W0306115

KNAUR

Nina Bilinszki

NO WAVES TOO HIGH

Roman

KNAUR

Besuchen Sie uns im Internet:
www.knaur.de

Aus Verantwortung für die Umwelt hat sich die Verlagsgruppe Droemer Knaur zu einer nachhaltigen Buchproduktion verpflichtet. Der bewusste Umgang mit unseren Ressourcen, der Schutz unseres Klimas und der Natur gehören zu unseren obersten Unternehmenszielen. Gemeinsam mit unseren Partnern und Lieferanten setzen wir uns für eine klimaneutrale Buchproduktion ein, die den Erwerb von Klimazertifikaten zur Kompensation des CO_2-Ausstoßes einschließt. Weitere Informationen finden Sie unter: www.klimaneutralerverlag.de

MIX
Papier | Fördert gute Waldnutzung
FSC® C083411
FSC www.fsc.org

Originalausgabe Februar 2023
Knaur Taschenbuch
Ein Imprint der Verlagsgruppe
Droemer Knaur GmbH & Co. KG, München

Dieses Buch wurde vermittelt von der Literaturagentur erzähl:perspektive, München (www.erzaehlperspektive.de).
Redaktion: Michelle Stöger
Covergestaltung: ZERO Werbeagentur, München
Coverabbildung: Collage unter Verwendung von khak und KaiMook Studio 99 / Shutterstock.com
Abbildungen im Innenteil von Shutterstock.com: Cosmic_Design, naratrip2, khak
Satz: Adobe InDesign im Verlag
Druck und Bindung: CPI books GmbH, Leck
ISBN 978-3-426-52939-3

2 4 5 3 1

Für das Meer
Weil du alles besser machst
immer ❤

Liebe Leser*innen,

bei manchen Menschen lösen bestimmte Themen ungewollte Reaktionen aus. Deshalb findet ihr am Ende des Buches eine Triggerwarnung.
Achtung: Diese enthält Spoiler für das gesamte Buch.
Wir wünschen euch gute Unterhaltung mit *No Waves too high*.

Nina und der Knaur Verlag

Kapitel 1

ALICIA

Der Ozean war mein Lebenselixier, das Rauschen der Wellen meine liebste Melodie. Wenn ich die Augen schloss, konnte ich mir noch immer einbilden, es zu hören, obwohl ich es bereits seit drei Monaten nicht erlebt hatte.

Drei verdammte Monate.

So lang hatte meine Tortur aus Operationen und Reha nach dem Haiangriff gedauert. Zwischenzeitlich hatte ich befürchtet, dass die ganze Sache nie ein Ende nehmen würde. Dass die Ärzte nie zufrieden mit dem Zustand meines Beins oder meine Physiotherapeuten mit meiner Beweglichkeit sein könnten. Doch jetzt saß ich tatsächlich – *endlich* – im Taxi auf dem Weg nach Hause. Ein kurzes Stück, als wir die Küstenstraße entlanggefahren waren, hatte ich das Meer sogar sehen können, doch jetzt, während wir durch die kleine Ortschaft fuhren, war es wieder aus meinem Blickfeld verschwunden.

Es war ohnehin nicht dasselbe, wie wenn die Wellen endlich wieder meine Knöchel umspielen. Wie mich endlich wieder auf ein Surfbrett zu legen, aufs Meer hinauszupaddeln und die höchste Welle zu reiten.

Vorfreude kribbelte durch meinen gesamten Körper, beginnend von meinen Fingerspitzen bis hinab zu meinen Zehen. Denn genau das war mein Plan, sobald wir die letzte Meile zu meinem Zuhause zurückgelegt hatten. Ich würde den Taxifahrer bezahlen, meine Reisetasche mit der dreckigen Wäsche zur Seite stellen, mir mein Surfbrett schnappen und damit zum Meer gehen. Zum Glück wohnte ich direkt in der Nähe eines kleinen

Kiesstrandes. Zwar waren die Wellen dort nicht so hoch wie am Worang Point, aber vielleicht war das nach den drei Monaten Auszeit, zu der ich notgedrungen verdonnert worden war, auch ganz gut. Nie zuvor hatte ich so lange auf mein geliebtes Surfen verzichten müssen, und der bloße Gedanke daran, dass ich endlich wieder loslegen konnte, ließ mich vor Freude schier in Tränen ausbrechen.

Das war auch der Grund, warum ich die Angebote meiner Freunde, mich aus der Reha abzuholen, ausgeschlagen hatte und stattdessen im Taxi saß. Auch wenn ich es fast genauso wenig abwarten konnte, sie außerhalb der Krankenhausatmosphäre wiederzusehen, wollte ich diesen Vormittag für mich nutzen. Mein Board und ich hatten ein Date, und ich plante, das Beste herauszuholen.

Unter all der Freude schwelte jedoch auch die Angst um Mum. Wie es ihr ging und in welchem Zustand ich das Haus vorfinden würde. In den letzten Jahren waren diese Fragen zu einer Art ständigem Begleiter geworden, den ich oftmals nur am Rande mitbekommen hatte. Aber nachdem ich drei Monate nicht zu Hause gewesen war, konnte ich sie nicht so gut ausblenden wie gewöhnlich.

»Wir sind da«, riss mich die Stimme des Taxifahrers aus meinen Gedanken. Ich sah auf und erblickte das Haus, in dem ich mein komplettes Leben verbracht hatte. Der einstöckige Bungalow mit der weißen Fassade, dem für Eden typischen blauen Dach und dem Blumenbeet, das immer etwas mehr Wasser vertragen könnte. Dafür waren die Wasserschalen für die Vögel frisch gefüllt worden, daher konnte ich darüber hinwegsehen.

Ich bezahlte den Taxifahrer und stieg aus. Aus dem Kofferraum holte ich meine Reisetasche, dann wandte ich mich unserem Haus zu.

Ich hatte den gepflasterten Weg zur Tür kaum erreicht, da

wurde diese von innen aufgestoßen, und meine Mum trat heraus. »Alicia, da bist du ja.«

Wie immer sah ich sie mir zuerst ganz genau an. Ihre blonden Haare waren ordentlich frisiert, sie trug eine Jeans, die ihr etwas zu weit war, und ein hellblaues T-Shirt. Doch das Wichtigste war, dass ihr Blick klar war und ihr Lächeln echt wirkte.

»Hey, Mum.«

Mit ausgestreckten Armen kam sie auf mich zu und zog mich in eine kurze Umarmung. »Wie geht es dir?«

»Gut.« Ich schulterte meine Reisetasche und folgte ihr ins Haus. »Ich bin froh, dass ich endlich nach Hause durfte.«

»Und damit ist deine Behandlung jetzt komplett vorbei?«

Ich stellte meine Reisetasche neben der Tür auf dem Boden ab und ließ meinen Blick durch den Raum wandern. Man befand sich beim Eintreten direkt im Wohnzimmer, das aufgeräumt und sauber wirkte. Ein wenig von dem Druck, der während der Fahrt auf mir gelastet hatte, löste sich, und ich konnte freier durchatmen.

»Nicht ganz.« Ich wandte mich Mum zu. »Ich muss weiterhin zur Physiotherapie, aber nur einmal die Woche, und die kann ich ambulant absolvieren.« Zunächst hatte man mir zwanzig weitere Stunden verschrieben – um meine Muskulatur zu stärken, das Gewebe zu lockern und meine allgemeine Beweglichkeit zu verbessern. Ich hoffte, dass diese Anzahl ausreichend sein würde, aber genauso gut konnte es passieren, dass nach Ablauf eine Verlängerung beantragt wurde.

»Aber wenigstens bist du wieder zu Hause. Komm erst mal an, ich habe deinen Lieblingskuchen besorgt.« Mum führte mich zu unserem Esstisch, der bereits gedeckt war. Auf meinem Teller befand sich ein Stück Käsekuchen, auf Mums ein Stück Obsttorte. Dazu hatte sie frischen Kaffee gekocht, und allein deswegen lief mir das Wasser im Mund zusammen. Die Plörre im Krankenhaus und während der Reha war eine wässrige Katastrophe gewesen, und meine Beine setzten sich von selbst in Bewegung, ohne dass ich ihnen den Befehl dazu gegeben hatte. Obwohl ich bis eben nur daran hatte denken können, endlich wieder aufs Surfbrett zu steigen, würde ich zu diesem verlockenden Mittagssnack nicht Nein sagen. Was machte es schon, eine halbe Stunde länger zu warten?

»Das wäre doch nicht nötig gewesen«, sagte ich, als ich mich auf meinen Platz setzte. Trotzdem freute es mich. Und zwar nicht nur für mich, sondern für Mum. Denn es bedeutete, dass es ihr gut ging. Gut genug, um das Haus zu verlassen, einzukaufen und das alles vorzubereiten. Das war keine Selbstverständlichkeit. Seit ich denken konnte, hatte Mum mit Depressionen zu kämpfen gehabt. Es gab Phasen, da konnte sie kaum das Bett verlassen, lag den ganzen Tag nur herum und putzte sich nicht einmal die Zähne. In anderen kam sie nicht *ins* Bett, konnte nicht schlafen und geisterte die ganze Nacht im Haus herum. Und dann gab es Phasen wie diese, in denen ich mir einbilden konnte, dass wir eine ganz normale Familie waren.

»Es ist das Mindeste, was ich tun konnte, nachdem mein kleines Mädchen endlich wieder zu Hause ist.« Lächelnd nahm sie vor mir Platz und griff nach ihrer Gabel. »Es war ganz schön still hier ohne dich.«

Ich trennte ein Stück Käsekuchen ab und schob es mir in den Mund. Sofort explodierte der Geschmack auf meiner Zunge, und ich schloss für einen Moment genüsslich die Augen. Nichts ging über die kleine Konditorei am Ende der Straße.

»Aber Grandma und Granddad waren doch bestimmt regelmäßig hier, oder?«, fragte ich, nachdem ich geschluckt hatte. Meine Großeltern hatten uns immer zur Seite gestanden, waren in manchen der früheren schlimmen Episoden meiner Mum sogar teilweise hier eingezogen.

»Natürlich, aber es ist einfach nicht dasselbe, wie dich jeden Tag um mich zu haben.« Sie sagte das so locker und freiheraus, als wäre es eine Selbstverständlichkeit, dass ich mit fast vierundzwanzig noch immer zu Hause wohnte. Und vielleicht war es das für sie auch, weil ich nie Anstalten gemacht hatte, etwas daran zu ändern.

Ich schüttelte den Kopf, um diese Gedanken zu vertreiben. »Wie geht es dir sonst so? Was habe ich in der Nachbarschaft verpasst?«, lenkte ich das Gespräch in eine andere Richtung.

»Mir geht es gut.« Mum nickte bekräftigend. »Ich arbeite wieder Teilzeit, um zwischendurch mal aus dem Haus zu kommen. Und in Eden ist alles wie immer. Manchmal habe ich das Gefühl, als würde die Zeit hier stillstehen. Ach so, Mary-Ann von gegenüber ist wieder schwanger.«

»Was?«, rief ich überrascht aus. »Wurde Pete nicht erst im Sommer geboren?«

»Genau.« Mum nickte. »Sie meinte aber auch, jetzt wäre Schluss. Drei Kinder sind genug, und entweder sie oder Jay ließen sich jetzt sterilisieren.«

»Wow.« Plötzlich kam es mir vor, als wäre ich viel länger als nur drei Monate weg gewesen. »Gibt es sonst noch was, das ich verpasst hab?«

Mum zuckte mit den Schultern. »Nicht wirklich. Der alte Mr Kirby hat eine neue Katze adoptiert, aber das ist wahrlich nichts Außergewöhnliches mehr.«

Jetzt musste ich lachen. Mr Kirby wohnte am Ende der Straße in einem Bungalow, der ähnlich aufgeteilt war wie unserer. Er war nie verheiratet gewesen, hatte keine Kinder, dafür rettete er am laufenden Band streunende Katzen. Ich hatte völlig den Überblick verloren, wie viele er mittlerweile beherbergte. »Er sollte einfach ein Tierheim eröffnen. Die müssen ihm doch mittlerweile die Haare vom Kopf fressen.«

Mum schmunzelte. »Das hab ich ihm auch gesagt, aber er meinte, er würde keine davon abgeben, weil man Menschen nicht vertrauen könnte.«

Ehe ich ihr antworten konnte, piepste mein Handy mit einer eintreffenden Nachricht. Ich zog es hervor und entdeckte, dass Kilian in unsere Whatsapp-Gruppe geschrieben hatte.

@Alicia: Heute Abend, 18 Uhr, Welcome back-Party im Moonlight!

Ein Grinsen breitete sich auf meinem Gesicht aus. Gott, was hatte ich meine Freunde vermisst. Fast sosehr wie das Surfen, dabei hatten sie mich regelmäßig in der Reha besucht oder Videocalls mit mir gemacht. Trotzdem war es nicht genug gewesen, wenn man sich sonst fast jeden Tag gesehen hatte. Sofort schrieb ich zurück.

Bin so was von dabei! Freue mich auf euch, will vorher aber eine Runde surfen gehen :)

Sofort sah ich, dass mehrere Leute zu tippen begannen.

Kilian: Genau deshalb treffen wir uns später. Sonst wären wir schon längst bei dir eingefallen.

Liam: Und du bist sicher, dass du es aus dem Ozean rausschaffst, nachdem du endlich wieder drin bist? ;)

Fotini: Aliciaaa <3 Wir sind so froh, dass du wieder da bist!

Sophie: Ich weine, dass ich nicht dabei sein kann :(

Kilian: Solltest du nicht längst schlafen? Wie spät ist es in Deutschland? Oder sollte ich lieber früh sagen?

Sophie: :p

Ich musste lachen, gleichzeitig wurde mir warm ums Herz. Ich hatte diese verrückte Bande wirklich vermisst. Auch Isabel und Sophie, die aktuell in Deutschland waren, aber bald für länger nach Eden zurückkehren würden. Hoffentlich für immer, doch das würde die Zeit zeigen. Eigentlich hatten sie nur ein Work-and-Travel-Jahr in Australien absolvieren wollen, bei dem Eden nur ein kurzer Punkt unter vielen auf ihrer Route hätte sein sollen. Doch dann hatte Isabel sich in Liam verliebt, und sie waren kurz entschlossen länger geblieben. Ihr Jahr war vorbei gewesen, kurz nachdem ich meine Reha begonnen hatte. In Deutschland hatten sie dann ein Fünfjahresvisum beantragt, mit dem sie bald nach Australien zurückkommen würden.

»Deine Freunde sind auch froh, dass du wieder da bist, oder?«, riss Mums Stimme mich aus meinen Gedanken.

Ich blickte auf und nickte. »Sie planen eine Party für mich heute Abend im Moonlight.« Ich aß das letzte Stück meines Käsekuchens, dann schob ich den leeren Teller von mir.

»Alles andere hätte mich auch überrascht.« Mit einem Lächeln griff Mum nach den leeren Tellern und stand auf.

»Und bis es so weit ist, gehe ich eine Runde surfen.« Ich erhob mich ebenfalls, schnappte mir meine Tasche, die noch immer neben der Tür stand, und machte mich auf in Richtung meines Zimmers, das den Gang entlang rechts vom Wohnzimmer lag. Hier sah es aus, wie ich es an dem Morgen verlassen hatte, als ich vor drei Monaten zum Surfen aufgebrochen war. Mein Bett war gemacht, und die fliederfarbene Tagesdecke war darüber ausgebreitet. Mein Schreibtisch war ein heilloses Chaos aus daraufgeschmissenen Büchern und Zeitschriften, weil ich ihn seit dem Ende der Highschool nur noch als Ablagefläche benutzte. Mein Kleiderschrank stand an der Wand, und an der Tür hing noch immer der Kleiderbügel mit dem luftigen Kleidchen, das ich an dem Abend für unser Treffen im Moonlight hatte anziehen wollen.

Ein Schnauben kam über meine Lippen, und ein bislang ungekannter Schmerz machte sich in meiner Brust breit. Ich würde es nie wieder anziehen. Generell konnte ich meinen halben Kleiderschrank wegschmeißen, weil ein Großteil meiner Garderobe aus kurzen Kleidern und knappen Shorts bestand, in denen ich mich nicht mehr wohlfühlte. Zumindest aktuell nicht. Vielleicht würde sich das wieder ändern, wenn etwas Zeit vergangen war, aber momentan …? Die Narbe war einfach hässlich. Sie war noch immer sehr rot – mir war mehrfach gesagt worden, dass sie noch verblassen würde, doch bisher war davon nichts zu sehen –, sie zog sich über einen Großteil meines rechten Oberschenkels, und wenn man nur einen Blick darauf warf, wusste man sofort, was geschehen war.

Gut, in Eden würde das ohnehin längst jeder erfahren haben, so gut wie der Buschfunk in unserem kleinen Ort funktionierte. Trotzdem wollte ich nicht, dass alle auf meine Beine starrten, um einen Blick auf die Narbe zu erhaschen, sobald sie mich sahen. Ich hatte die Befürchtung, dass ich vom *Golden Surfer Girl,* als das ich bisher bekannt gewesen war, zu der jungen Frau wurde, die von einem Hai angegriffen worden war.

Ein weiterer Grund, warum ich schnellstmöglich wieder auf mein Board wollte, um es allen zu zeigen. Um ihre Wahrnehmung von mir wieder in die richtige Richtung zu lenken. Ich würde genau da weitermachen, wo ich vor drei Monaten aufgehört hatte, wollte in den kommenden Wochen an möglichst vielen *Surf Competitions* teilnehmen, damit die Leute gar nicht mehr daran dachten, was mir zugestoßen war, sondern mich als das sahen, was ich mein Leben lang hatte sein wollen: die beste Surferin, die New South Wales je hervorgebracht hatte.

Ich nickte, wie um mir meine Gedanken selbst zu bestätigen, dann ging ich zu der schmalen Tür, die etwas versteckt neben dem Kleiderschank lag. Dahinter befand sich eine Abstellkammer, die kaum groß genug war, dass ich mich darin drehen konnte, aber genau passend, um meine drei Surfbretter aufzubewahren. Ich nahm das heraus, das sich besonders für kleine Wellen eignete, wie sie an dem Strandabschnitt hinter unserem Haus vorkamen, dann öffnete ich den Kleiderschrank, um einen meiner Neoprenanzüge hervorzuholen.

Ich wandte mich von dem Spiegel in meinem Zimmer ab, während ich mich auszog, um nicht versehentlich einen Blick auf meine Narbe zu werfen. Ich konnte sie nicht ansehen, ohne an das erinnert zu werden, was passiert war. Ohne erneut die Angst auf meiner Zunge zu schmecken, dass ich womöglich nie wieder surfen würde. Es war mein erster Gedanke gewesen, als ich nach der Operation im Krankenhaus aufgewacht war, und ich hatte noch heute Albträume davon, aus denen ich schweißgebadet hochschreckte.

Ein Schaudern durchlief meinen Körper, und resolut zog ich den Neoprenanzug meine Beine hoch. Da. Geschafft, ohne einen Blick auf die vermaledeite Narbe zu werfen. Ich wurde eindeutig besser darin.

Ich schlüpfte auch mit den Armen in den Anzug, zog den Reißverschluss am Rücken hoch, und erst dann wandte ich mich dem Ganzkörperspiegel zu, um mich zu betrachten. Sofort hoben sich meine Mundwinkel und mit ihnen meine Laune. Es war ein Anblick, den ich lange vermisst hatte. Einer, von dem ich trotz aller Beteuerungen meiner Ärzte eine Zeit lang befürchtete hatte, ihn nie wieder zu sehen. Ich drehte mich, um mich von allen Seiten betrachten zu können, und mein Lächeln wurde breiter. Ich sah aus wie immer, als wäre gar keine Zeit vergangen, seit ich den Anzug zuletzt getragen hatte. Nichts deutete gerade darauf hin, was mir zugestoßen war, was genau das war, was ich wollte. Vorfreude kam in mir auf, pulsierte durch meine Adern und brachte mich dazu, mich endlich in Bewegung zu setzen.

Ich schnappte mir mein Surfbrett und verließ mein Zimmer.

Mum spülte gerade in der Küche unser benutztes Geschirr, und ich steckte nur kurz den Kopf zu ihr rein. »Ich geh surfen, bis später.«

»Viel Spaß, Schatz.« Ich sah Besorgnis in ihren Augen aufblitzen, aber ehe sie etwas wie *›Pass auf die Haie auf‹* sagen konnte, hatte ich mich bereits abgewandt. Durch die Terrassentür trat ich hinaus in unseren kleinen Garten, der diesen Namen eigentlich nicht verdient hatte. Es war nur ein zwei Meter breites Rasenstück, das zu selten gemäht wurde, und auf dem zwei Liegestühle standen, die schon lange nicht mehr benutzt worden waren – zumindest nicht von mir. Heute schenkte ich dem jedoch kaum Beachtung, steuerte auf das kleine Tor im Zaun zu und verließ unser Grundstück.

Ein kleines Wäldchen aus Pinien und Eukalyptusbäumen verband die Siedlung, in der wir wohnten, mit dem schmalen Kiesstrand, der mein Ziel war. Es war nur eine kleine Bucht, an der man selten andere Leute antraf. Morgens tummelten sich dort einige Angler, zwischendurch waren Spaziergänger oder Leute mit ihren Hunden zu sehen, ansonsten war man meistens allein. So auch heute. Außer mir war niemand da.

Vor mir lag der weite Ozean. Es war nichts als blaues Wasser zu sehen, das sich am Horizont mit dem wolkenbehangenen Himmel traf. Das Rauschen der Wellen war Musik in meinen Ohren, ich schmeckte das Salz auf meinen Lippen, und irgendwo in der Ferne war das Kreischen einer Möwe zu hören. Diese scheinbare Unendlichkeit war etwas, das ich in meinen beengten Zimmern im Krankenhaus und während der Reha besonders vermisst hatte.

Ich blieb stehen und schloss für einen Moment die Augen. Der Wind wehte meinen Pferdeschwanz über meine Schulter, und aus irgendeinem Grund fing mein Herz an, schneller zu schlagen. War es die Aufregung? Ich versuchte tief einzuatmen, doch auch meine Kehle wurde eng. Es kam mir vor, als würden

Ketten um meinen Brustkorb liegen, die jemand fest zusammenzog. Ich öffnete die Augen wieder, aber das Atmen fiel mir immer schwerer, und mein Herz galoppierte regelrecht davon. Nicht so, als hätte ich Sport gemacht oder mich einfach nur überanstrengt, sondern auf eine Weise, die mir Angst einjagte, weil ich es so noch nie zuvor erlebt hatte. Mein Herzschlag war viel zu schnell, gleichzeitig bekam ich nicht genug Luft, und Schwindel setzte ein.

Was stimmt nicht mit mir?

Verzweifelt rieb ich über meine Augenlider, machte es damit aber nur schlimmer. Schwarze Punkte tanzten vor meinem Sichtfeld, meine Fingerspitzen begannen vor Taubheit zu kribbeln, und einen erschreckend langen Moment befürchtete ich, hier und jetzt ohnmächtig zu werden. Einfach umzukippen und auf den spitzen Steinen des Kiesstrandes aufzuschlagen.

Irgendwo hatte ich mal gelesen, dass man sich hinsetzen oder hinlegen sollte, wenn einen Schwindel überfiel, daher ging ich in die Hocke, doch das verschaffte mir überhaupt keine Abhilfe. Im Gegenteil, ich hatte das Gefühl, dass es schlimmer wurde, je länger ich den Ozean ansah. Mein geliebtes Meer, das ich mehr als alles andere vermisst hatte. Es lag nur wenige Meter vor mir und kam mir gleichzeitig unerreichbar vor. In meinem aktuellen Zustand traute ich mich nicht einmal, aufzustehen, weil ich befürchtete, dass mir sofort schwarz vor Augen werden würde. Wie sollte ich es da mit meinem Surfbrett aufs Meer schaffen?

Unmöglich.

Was auch immer mit mir los war, es wäre sträflich, es überhaupt zu versuchen. Wenn mir hier draußen etwas zustieß, wäre ich völlig auf mich allein gestellt. Es war niemand da, der mir helfen konnte, der überhaupt mitbekam, dass etwas nicht stimmte.

Mittlerweile saß ich zusammengekauert auf meinem Surfbrett, die Stirn auf meine Knie gelegt und die Arme um meine

Beine geschlungen. Mein Herz raste noch immer in einem mörderischen Tempo und schien nicht langsamer werden zu wollen. Was hatte das alles nur zu bedeuten?

Drei Monate hatte ich in Krankenhäusern und in einer Rehaklinik verbracht. Ich war so oft durchgecheckt worden wie nie zuvor in meinem Leben und mit ›*alles in bester Ordnung*‹ entlassen worden. Also wo kamen diese seltsamen Symptome auf einmal her? Hatten sie etwas übersehen? Gab es eine unentdeckte Krankheit in mir, die sie hervorrief?

Oder war es vielleicht etwas völlig anderes? Unwillkürlich trat das Bild meiner Mum vor mein inneres Auge, wie sie zusammengerollt auf der Couch lag und sich nicht bewegte. War mein Problem vielleicht ein viel tiefergehendes, das mit meinem körperlichen Zustand überhaupt nichts zu tun hatte?

So schnell der Gedanke gekommen war, so schnell verwarf ich ihn auch wieder. Das war eigentlich nicht möglich, immerhin hatte ich mich doch so auf das Surfen gefreut. Seit Tagen hatte ich an nichts anderes denken können, außer mit meinem Board zurück aufs Wasser zu gehen. Wenn wirklich etwas Psychisches dahintersteckte, hätte sich das doch schon viel früher bemerkbar gemacht.

Auf meinem Nacken hatte sich mittlerweile ein Schweißfilm gebildet, dabei war es nicht einmal sonderlich warm heute. Der Sommer neigte sich dem Ende zu, dicke Wolken verdeckten die Sonne, und der frische Wind, der vom Meer aufs Land wehte, ließ mich sogar frösteln. Aber vielleicht lag das bloß an was-auch-immer-mit-mir-los-war, denn als ich vor dem Rehazentrum auf mein Taxi gewartet hatte, war mir nicht kalt gewesen.

Ich konnte da heute nicht rein. Egal, was mit mir war, ich konnte in diesem Zustand nicht mit meinem Board aufs Meer. Ich konnte aber auch nicht hier sitzen bleiben.

Obwohl ich mich immer noch schwindelig fühlte, stand ich langsam auf. Zuerst hockte ich mich auf die Knie, wartete einen

Moment, um zu sehen, ob ich ohnmächtig wurde, und als nichts geschah, kam ich ganz auf die Füße. Meine Hände zitterten, mein Herz hämmerte noch immer in einem viel zu schnellen Rhythmus, und meine Atmung war zu flach, aber ich hatte es geschafft. Ich stand und fühlte mich zumindest halbwegs in der Lage, den kurzen Weg nach Hause anzutreten.

Kapitel 2

ALICIA

Meine Hände zitterten noch immer, als ich zu Hause ankam, aber mein Herzschlag hatte sich zumindest ein bisschen beruhigt. Als ich das Haus durch die Terrassentür betrat, war von Mum nichts zu sehen, wofür ich dankbar war. Sie würde sofort bemerken, dass etwas nicht stimmte. Ich hatte keine Ahnung, wie lange ich am Strand gehockt hatte, aber es konnte nicht länger als eine halbe oder Dreiviertelstunde gewesen sein. Nicht annähernd lang genug für eine ausgiebige Surfrunde. Außerdem war ich noch trocken, was ein untrügliches Indiz dafür war, nicht im Wasser gewesen zu sein.

Rasch verschwand ich in meinem Zimmer, stellte mein Surfbrett zurück in die Abstellkammer und öffnete meine Reisetasche, aus der ich meinen Kulturbeutel holte, mit dem ich ins angrenzende Bad ging. Bei meinem Anblick im Spiegel erschrak ich. Ich war viel zu blass, als wäre jegliche Farbe aus meinem Gesicht gewichen. Dazu stand noch immer Schweiß auf meiner Stirn, und meine Augen waren weit aufgerissen. Ich sah aus wie ein verschrecktes Tier, das seinem größten Widersacher begegnet und nur in letzter Sekunde entkommen war.

Ich wandte mich ab, schälte mich aus meinem Neoprenanzug und stellte mich unter die Dusche. Das Wasser drehte ich so heiß auf, wie ich es ertragen konnte, schloss die Augen und hielt mein Gesicht unter den Strahl. Es hatte eine beruhigende Wirkung. Fast so, als würde alles, was zuvor geschehen war, aus mir herausgewaschen werden. Aber egal, wie lange ich hier stand, es konnte meine ratternden Gedanken nicht beruhigen.

Was war das gerade gewesen? Etwas Ähnliches hatte ich nie zuvor verspürt. Es kam mir vor, als hätte mein Körper von einer auf die andere Sekunde kapituliert, nur konnte ich den Grund dafür nicht ausmachen. War es vielleicht wirklich ein körperliches Leiden, das bei den zahlreichen Untersuchungen im Krankenhaus übersehen worden war und sich ausgerechnet den Augenblick aussuchte, sich bemerkbar zu machen, als ich von der monatelangen Tortur entlassen worden war? Auch jetzt verspürte ich die Beklemmung noch tief in meiner Brust sitzen. Wie ein schlafendes Ungeheuer, das nur darauf wartete, mich erneut zu überfallen. Ich legte meine Hand auf meine Brust, genau an der Stelle, an der mein Herz vorhin noch viel zu schnell geschlagen hatte. Doch jetzt war es wieder zu seinem normalen Rhythmus zurückgekehrt. Nichts deutete mehr darauf hin, was am Strand geschehen war, aber ich konnte es auch nicht vergessen. Die Geschehnisse hatten sich in meine Erinnerung gebrannt, und selbst wenn so etwas nie wieder vorkam, würden sie so schnell nicht verblassen.

Ich drehte das Wasser ab und verließ die Dusche. Meine Haare wickelte ich in ein kleines Handtuch und ein großes um meinen Körper. So ging ich zurück in mein Zimmer. Meine Reisetasche beachtete ich gar nicht und öffnete stattdessen meinen Kleiderschrank. Meine kurzen Kleidchen und knappen Shorts ignorierte ich.

Vielleicht würde dieser Tag irgendwann kommen, an dem ich wieder zu ihnen griff, aber heute war es nicht so weit. Stattdessen zog ich eine weiße Jeans und ein geblümtes T-Shirt aus dem Schrank und zog mich an. Anschließend föhnte ich meine Haare, die ich offen ließ, weil der heiße Hochsommer vorbei war und ich darunter nicht schwitzen würde. Als ich mit allem fertig war, warf ich einen Blick auf die Uhr und ließ mich resigniert aufs Bett fallen. Ich hatte noch zwei Stunden, bis ich ins Moonlight musste, und keine Ahnung, womit ich sie füllen sollte. Ich könnte einen meiner Freunde anrufen oder in unsere Gruppe schreiben, dass wir uns schon früher treffen könnten, aber dann wüssten sie sofort, dass etwas nicht stimmte. Normalerweise bekam man mich so schnell nicht aus dem Wasser, wenn ich einmal mit meinem Surfbrett draußen war. Ich konnte mich an mehrere Situationen erinnern, an denen ich zu spät zu Verabredungen gekommen war, weil ich auf dem Board komplett die Zeit vergessen hatte.

Tja, das würde mir heute definitiv nicht passieren.

Am Ende schaltete ich meinen Laptop ein und sah mir einige Folgen *Brooklyn99* auf Netflix an. Ich war nie ein großer Serienschauer gewesen, weil ich früher selten zu Hause gewesen war, aber in den letzten Monaten hatte sich das geändert. Ich hatte einige großartige Serien durchgesuchtet, von denen meine Freunde früher geschwärmt hatten. *Breaking Bad*, *Sons of Anarchy*, und ich hatte mich sogar an einige Folgen *The Walking Dead* gewagt, obwohl mir Horror eigentlich immer zu gruselig war. Aber ich mochte die Geschichten der Menschen, die in einer ihnen völlig neuen Welt zu überleben versuchten.

Außerdem war ich auf eine Dokumentation gestoßen, die *Izzy's Koala World* hieß. Darin ging es um ein vierzehnjähriges Mädchen, das zusammen mit seinen Eltern verletzte Koalas rettete und sie pflegte, bis es sie wieder in der Wildnis aussetzen konnte. Ich musste unbedingt Liam davon erzählen, weil sie mich so sehr an ihn erinnert hatte. Oder vielleicht lieber Isabel, wenn sie zurück war. Vielleicht gab es eine Möglichkeit, ein ähnliches Format mit Liam aufzuziehen.

Der Gedanke ließ mich grinsen, während ich auf das Moonlight zuging, denn ich konnte mir in etwa vorstellen, was Liam davon halten würde. Auch wenn er sich mittlerweile mit Instagram angefreundet hatte – mehr oder weniger – und es seit seinem öffentlichen Statement keinen weiteren Shitstorm gegeben hatte, würde er niemals zustimmen, ein Filmteam auf das Sapphire Coast Koala Sanctuary zu lassen. Aber um ehrlich zu sein, würde ich gerne sein Gesicht sehen, wenn ich ihm das vorschlug.

Das Moonlight zu betreten war wie nach Hause kommen. Grayson stand hinter der Theke und winkte mir zu. Cooper neben ihm zapfte gerade ein Bier, aber auch seine Mundwinkel verzogen sich zu einem Lächeln. Es roch nach gebratenem Fleisch, würzigen Pommes, und irgendein Rocksong dudelte aus den Lautsprechern.

»Alicia.« Mit einem Mal stand Kilian vor mir, zog mich in die Arme und wirbelte mich im Kreis herum.

»Kilian, lass das«, schalt ich ihn, konnte das Lachen aber nicht verhindern.

»Ich freue mich halt, dich zu sehen«, entgegnete er, stellte mich aber wieder auf die Füße. »Du hast mir gefehlt.«

»Du mir auch, du Spinner.« Ich knuffte ihn in die Seite.

Kilian legte einen Arm um meine Schultern und führte mich nach hinten auf die Terrasse, wo die anderen bereits an einem Tisch saßen. »Ich wette, ich kann dich noch immer unter den Tisch trinken.«

Lachend stieß ich ihn von mir. Leider hatte er damit vollkommen recht. Ich war noch nie sonderlich trinkfest gewesen, aber nachdem ich drei Monate lang nicht mal einen Schluck Bier getrunken hatte, würde ich sicher nicht auf seine Wette eingehen.

Fotini sprang von ihrem Platz auf, kam um den Tisch herumgelaufen und zog mich in eine kräftige Umarmung. Ihre Haarspitzen waren momentan dunkelgrün gefärbt, und dazu trug sie Jeans mit einem schwarzen Oberteil, das mit Pailletten besetzt war und selbst designt aussah. »Du hast uns so gefehlt.«

Ich musste gegen die Enge in meiner Kehle anschlucken, weil ich plötzlich von einer Welle der Dankbarkeit überrollt wurde. Dankbarkeit, endlich wieder zu Hause und bei meinen wunderbaren Freunden zu sein, die alles stehen und liegen ließen, um den Abend mit mir zu verbringen. Zu Hause hatte ich das noch gar nicht empfinden können. Da hatte zuerst die Sorge um Mum überwogen und dann was auch immer am Strand geschehen war. Aber auch davon war jetzt nichts mehr zu spüren. Mein Herzschlag hatte sich wieder normalisiert, und wenn ich an den Moment zurückdachte, kam er mir vor, als wäre er einer anderen passiert. Als würde ich durch einen Schleier zu dieser anderen Alicia sehen, von der ich emotional abgekoppelt war, denn ich konnte mir diese unerklärlichen Symptome, die mich am Strand befallen hatten, gar nicht mehr vorstellen.

Ich schüttelte diesen Gedanken ab und zog Fotini noch ein bisschen enger an mich heran. »Du kannst dir nicht vorstellen, wie froh ich bin, wieder bei euch zu sein.«

Sie löste sich von mir und schob mich auf Armeslänge von sich weg, um mich eingehend zu betrachten. »Gut siehst du aus. Erholt.«

Ich musste so plötzlich lachen, dass ich mich an meiner eigenen Spucke verschluckte und einen Hustenanfall bekam. »Dabei bin ich alles andere als das. Hast du eine Ahnung, wie anstrengend so eine Reha ist?« Ich war jemand, der schon immer einen aktiven Lebensstil geführt hatte, aber die ersten Tage in der Reha hatte ich gedacht, ich müsste sterben. Die Übungen hatten zwar im entfernten Sinne mit Sport zu tun, waren aber gezielt darauf ausgerichtet, die zerstörten Muskeln in meinem Bein wieder aufzubauen – was ein langwieriger und schmerzhafter Prozess war.

Dazu kam, dass mein Tag regelrecht vollgestopft mit Terminen gewesen war. Ich hatte morgens zum Frühstück mein Zimmer verlassen, war von einer Anwendung zur nächsten Massage und der darauffolgenden Besprechung gehetzt und erst nach dem Abendessen wieder zurückgekommen.

Fotini kniff mir in die Wange und grinste breit. »Es scheint dir auf jeden Fall nicht geschadet zu haben.«

Ich verdrehte die Augen, aber ehe ich dazu kam, ihr zu antworten, wurde ich schon zur nächsten Person gezogen. Ich umarmte Kate, dann Liam und zum Schluss Grayson, der zudem eine riesige Torte an unseren Tisch brachte. »Double-Chocolate-Caramel-Fudge«, erklärte Kilian. »Wir dachten uns, das könntest du gebrauchen, nachdem du die letzten Wochen sicher zu wenig Soulfood bekommen hast.«

Wie auf Kommando begann mein Magen zu knurren, und das Wasser lief mir im Mund zusammen, wenn ich die Schokoglasur betrachtete. Gleichzeitig musste ich grinsen. Da war ich keine vierundzwanzig Stunden aus dem Gesundheitsregime der Reha entlassen und bekam bereits das zweite Mal einen Kuchen vorgesetzt. Aber ich würde mich ganz sicher nicht beschweren. »Das Essen im Krankenhaus war wirklich fürchterlich. Das in der Reha ging eigentlich, aber so geile Torten hat man da vergeblich gesucht.« In der Reha war viel Wert auf eine gesunde, ausgewogene Ernährung gelegt worden. Grundsätzlich versuchte ich das auch in meinen normalen Tagesablauf zu integrieren, aber manchmal brauchte ich einfach etwas Süßes für meine Seele. Es musste nicht einmal viel sein, ein kleines Stückchen Schokolade konnte schon Wunder wirken, aber auch davon hatte ich die letzten Wochen nicht annähernd genug bekommen.

»Du kannst jetzt alles nachholen, was du verpasst hast.« Kilian nahm das Messer zur Hand und schnitt die Hälfte der Torte in kleine Dreiecke. Das größte davon lud er mir auf den Teller.

Mit meiner Gabel bewaffnet, machte ich mich darüber her. Cremige Schokolade gepaart mit leicht salzigem Karamell traf auf meine Geschmacksnerven. Der Teig war so fluffig, er zerging direkt auf meiner Zunge. Ein zufriedener Laut verließ meine Kehle, und ich schloss genüsslich die Augen. »Das ist so gut«, nuschelte ich mit vollem Mund. »Ich möchte den Kuchen heiraten.«

»Ich möchte der Kuchen *sein*«, entgegnete Kate, die ihr Stück genauso verliebt ansah wie ich meins.

Über den Tisch hinweg taxierte ich sie. »Aber wenn du der Kuchen bist, kannst du ihn nicht essen. Beziehungsweise würdest du dich dann selbst essen, was irgendwie seltsam wäre.«

Unbeeindruckt zuckte sie mit den Schultern. »Und wenn du den Kuchen heiratest, müsstest du ihn mit ins Bett nehmen, was … na ja … nicht gerade hygienisch wäre.«

»Wie wäre es, wenn wir den Kuchen einfach essen, ohne ihn zu heiraten oder sonst was?« Kilian betrachtete uns leicht irritiert, und ich musste mir das Lachen verkneifen.

»Wie? Keine Wette, wer von uns das wirklich durchzieht?«, zog ich ihn auf.

Er schüttelte sich leicht. »Mit Essen spielt man nicht«, sagte er ernst. »Und über Essen macht man auch keine Witze.«

Kate seufzte leicht und stützte sich mit dem Ellbogen auf. »Da kennen wir uns schon so lange, und ich kannte diese Seite an dir gar nicht? Wie konntest du sie uns so lange verheimlichen?«

Während Kilian und Kate sich weiter kabbelten, grinste ich in mich hinein und wandte mich Liam zu, der neben mir saß. »Wie läuft das Sanctuary?« Liam leitete ein Koala-Rescue-Reservat in Eden, das in der Vergangenheit in Schwierigkeiten geraten war. Erst als seine Freundin Isabel, die ein Work-and-Travel-Jahr in Australien gemacht hatte, dort gelandet war, hatte sie den Laden komplett umgekrempelt und ihm zu neuem Ruhm verholfen.

»Sehr gut.« Liams Lächeln besaß eine Leichtigkeit, die ich bei ihm nicht gewohnt war. »Wir bauen gerade das vierte Gehege, Lucas arbeitet wieder Vollzeit bei uns, und wir konnten diesen Sommer so viele verletzte Tiere bei uns aufnehmen wie nie zuvor. Nicht nur Koalas. Mum bringt mittlerweile auch alle möglichen anderen aus den Nationalparks mit, die wir zuvor aus Platzgründen immer abweisen mussten.«

»Klingt super. Also kommen weiterhin regelmäßig Spenden rein?«

»Es schwankt immer ein bisschen. Wenn ich einen Koala mit einem schlimmen Schicksal vorstelle, kommt mehr rein, als wenn ich über unseren normalen Alltag im Sanctuary berichte. An Besuchstagen steigen die Spenden auch oft an. Allgemein ist es mittlerweile aber ausreichend, um ordentlich über die Runden zu kommen.«

Ich griff nach Liams Hand und drückte sie kurz. »Das ist doch die Hauptsache. Und mit Instagram hast du dich ebenfalls angefreundet?«

Er sah zur Seite und presste kurz die Lippen aufeinander. »Es gibt immer noch Tage, an denen ich die App am liebsten löschen würde. Tage, an denen wir blöde Kommentare bekommen, aus denen Neid und Missgunst sprechen. Ich versuche, sie bestmöglich zu ignorieren und sofort zu löschen, aber ich kann auch nicht verhindern, dass mich jeder Einzelne davon trifft.«

Mitfühlend nickte ich. Nachdem versehentlich ein Feuer auf dem Sanctuary ausgebrochen war, bei dem keine Tiere verletzt worden, aber die Gehege niedergebrannt waren, war ein Shitstorm über Liam hineingebrochen, woraufhin die Spenden ausgeblieben waren. Erst Isabel hatte mit einer großen Marketingaktion dem Sanctuary zu neuem Glanz verholfen, aber es gab immer noch einige Idioten, die es liebten, Stunk zu verbreiten.

»Verständlich, dass dich das mitnimmt.« Das Sanctuary war Liams Lebenstraum. Für die Tiere würde er alles tun, sogar sein letztes Hemd geben. »Aber die Kommentare können dir nichts anhaben. Das sind nur verbitterte Leute, die mit ihrem eigenen Leben unzufrieden sind und deshalb andere kritisieren, um sich selbst besser zu fühlen.«

Ironisch verzog er den Mund. »Das sagt Isabel auch immer.«

»Deine Freundin ist eine schlaue Frau. Wann kommen sie und Sophie wieder?«

»In zweieinhalb Wochen. Ich kann es kaum abwarten, sie wieder in die Arme zu schließen. Cooper und ich planen eine große Willkommensparty für sie.«

»So muss das sein. Ich vermisse die beiden auch.« Zwar schrieben wir uns in unserer Gruppe viele Nachrichten, aber durch den Zeitunterschied von Australien zu Deutschland waren sie wach, wenn ich im Bett war, und umgekehrt. Es war kaum möglich, eine Unterhaltung zu führen, die über wenige Nachrichten hinausging.

»Aber genug von mir. Wie geht es dir? Und wie war das erste Mal Surfen nach der langen Pause?«

Sofort war die Beklemmung wieder da, und das Lächeln rutschte von meinen Lippen. Wie gern würde ich Liam jetzt erzählen, dass ich die Zeit im Wasser genossen hätte und es wie nach Hause kommen gewesen war, auf meinem Board zu stehen. Aber ich konnte Liam auch nicht anlügen. Nicht vollständig zumindest. »Wir tasten uns neu aneinander heran.«

Er hob die Augenbrauen. »Wie meinst du das?«

Ich öffnete den Mund, um ihm zu sagen, was geschehen war, aber keine Worte verließen meine Lippen. Obwohl wir normalerweise keine Geheimnisse voreinander hatten, brachte ich es einfach nicht über mich, laut auszusprechen, dass ich es nicht einmal ins Wasser, geschweige denn auf mein Board geschafft hatte. Aber vielleicht war das auch gar nicht nötig. Vielleicht müssten Liam und die anderen nie erfahren, was sich heute zugetragen hatte. Noch immer war da die Hoffnung in mir, dass das heute bloß eine einmalige Sache gewesen war. Vielleicht war es einfach zu viel für mich gewesen. Nach den langen Wochen, die ich im Krankenhaus und in der Reha verbracht hatte, brauchte mein Körper möglicherweise einige Tage, um sich wieder an den *Normalzustand* zu gewöhnen. Eventuell würde die Sache schon morgen ganz anders aussehen und ich könnte ohne Probleme ins Wasser gehen. Sollte das der Fall sein, wollte ich meine Freunde nicht unnötig damit beunruhigen, was heute geschehen war. Wenn der Zustand länger anhielt, könnte ich sie immer noch einweihen.

Ich schüttelte den Kopf und versuchte, möglichst ehrlich zu lächeln. »Ich glaube, ich brauche einfach ein paar Tage, um wieder reinzukommen. Die lange Pause geht auch an mir nicht spurlos vorüber. Das ist alles.«

Liam sah nicht überzeugt aus. Kritisch bohrte sich sein Blick in meinen, wollte mich dazu bringen, ihm die ganze Wahrheit zu sagen, weil er mich gut genug kannte, um die kleinen Nuancen zu erkennen, wenn ich flunkerte. Und fast hätte es funktioniert. Beinahe hätte ich ihm alles gestanden, weil das einfach das war, was Liam und ich taten: Wir sagten uns die Wahrheit, auch wenn es wehtat. Doch dann kam etwas völlig anderes aus meinem Mund.

»Es ist einfach eine Umgewöhnung. Durch meine Verletzung«, ich deutete auf mein Bein, »hab ich noch nicht die Standfestigkeit wie vorher, aber ich denke, in einigen Tagen sollte das überwunden sein.«

»Oh.« Liams Blick senkte sich auf meinen rechten Oberschenkel, aber natürlich konnte er da nur den weißen Stoff meiner Jeans erkennen. Er schluckte sichtlich, ehe er mir wieder in die Augen sah. »Aber sonst ist alles okay? Also … die Ärzte haben dir doch grünes Licht gegeben, dass du alles wieder machen kannst, oder?«

Augenblicklich fühlte ich mich schlecht, meine Verletzung als Ausrede missbraucht zu haben. Aber wenn ich bald wieder die Alte war, müsste niemand davon erfahren. »Ja, klar, es ist so weit alles in Ordnung. Ich spüre die Narbe zwar noch und muss sie mehrmals am Tag eincremen, aber von der Beweglichkeit her schränkt sie mich nicht mehr ein. Ich glaube vor allem, dass ich mir selbst noch nicht zu hundert Prozent wieder vertraue, dass ich mein Bein voll belasten kann. Ich zögere auf dem Board, wenn ich mich eigentlich komplett reinlehnen müsste.«

»Verständlich nach der langen Zeit und dem, was dir zugestoßen ist.« Liam schob sich das letzte Stück seiner Torte in den Mund und nickte. »Aber grundsätzlich ist das wirklich gut. Wir hatten echt Angst um dich.«

»Ich auch.« Augenblicklich kamen mir die ersten bangen Minuten damals im Krankenhaus wieder in den Sinn. Ich war gerade aus der Narkose erwacht, Isabel und Sophie hatten an meinem Bett gesessen, und ihre besorgten Gesichter hatten mich die falschen Schlüsse ziehen lassen. Dass mein Bein hatte amputiert werden müssen und ich nie wieder surfen könnte. Es waren nur Sekunden gewesen, ehe ein Arzt mir versichert hatte, wieder völlig gesund zu werden, doch sie verfolgten mich bis heute in meinen Albträumen.

Erst später hatte ich erfahren, dass meine Freunde stundenlang im Wartebereich des Krankenhauses ausgeharrt hatten. Dass sie gebangt hatten, wie es mir ging, weil ihnen niemand etwas erzählt hatte. Ich wollte mir gar nicht ausmalen, wie sie sich gefühlt haben mussten, hatten mir die wenigen Sekunden doch schon ausgereicht.

Ich schob all diese Gedanken beiseite und blickte Liam fest an. »Genug Trübsal geblasen jetzt. Wir wollten heute doch feiern und eine gute Zeit haben.«

Liam nickte, und passend dazu trat Cooper mit einem Tablett Sektgläser an unseren Tisch. »Ich habe gehört, hier gibt es etwas zu feiern.« Er sah mich direkt an.« Schön, dass du wieder da bist. Die gehen aufs Haus.« Aus einem Impuls heraus stand ich auf und zog Cooper in eine Umarmung. Kurz vor meinem Unfall hatte er das Moonlight von seinem verstorbenen Großvater Bobby übernommen. Ich war bisher nicht dazu gekommen, mich länger mit ihm zu unterhalten – zumal wir anfangs auch dachten, dass Cooper nicht lange bleiben würde –, aber das musste ich ziemlich bald nachholen.

Ich nahm eins der Gläser, drückte Cooper ebenfalls eines in

die Hand und wartete, bis alle anderen auch versorgt waren, dann hielt ich meins in die Höhe. »Auf euch alle. Weil ihr die besten Freunde seid, die man sich wünschen kann.«

»Auf dich«, kam es fast einstimmig aus ihren Mündern, dann stießen wir gemeinsam an.

Kapitel 3

ALICIA

Heute wird es klappen.

Ich betrachtete mein Board, das neben mir an der Wand lehnte, und sprach mir selbst Mut zu. Nervosität machte sich in mir breit, weil ich kurz davor war, ein weiteres Mal an den kleinen Strand hinter unserem Haus zu gehen. Ich spürte es an dem nervösen Flattern in meiner Magengegend und in meinen Fingerspitzen, die zu kribbeln begannen.

Zwei Tage war es her, seit ich diesen seltsamen Anfall am Strand gehabt hatte, der mich davon abgehalten hatte, surfen zu gehen. Die Erinnerungen daran waren aber keinesfalls verblasst. Trotzdem hoffte ich, dass es heute anders ablaufen würde. Von den seltsamen Reaktionen meines Körpers hatte ich seitdem keine mehr bemerkt. Kein Herzrasen mehr, kein Schwindel, nicht mehr dieses unangenehme Gefühl, dass mit mir irgendwas nicht stimmen könnte. Was auch immer vor zwei Tagen vorgefallen war, es war sicher nur eine einmalige Angelegenheit gewesen. Hoffte ich.

Eigentlich hatte ich bereits gestern einen weiteren Surfversuch starten wollen, doch dann war ich mit dem Kater des Jahrhunderts aufgewacht. Eigentlich hatte ich im Moonlight gar nicht so viel Alkohol getrunken, aber die Kombination aus überhaupt mal wieder trinken und nach Monaten mal wieder bis drei Uhr nachts aufbleiben, hatte mir wohl den Rest gegeben. Ich hatte mich gefühlt, wie durch den Fleischwolf gedreht. Mein Kopf hatte gedröhnt, und meine Glieder waren schwer wie Blei gewesen. Es war ganz allgemein kein Zustand, in dem ich mich je auf mein Board gestellt hätte. Auch vor dem Unfall nicht, und selbst dann nicht, wenn mich jemand begleitet hätte. Surfen konnte gefährlich werden, vor allem, weil man die Strömungen nicht immer einschätzen konnte. Daher war ich gestern lieber zu Hause geblieben, hatte vormittags auf der Couch gegammelt und mich nachmittags in den Garten gelegt, um an meiner Bräune zu arbeiten, die mir in den letzten drei Monaten größtenteils abhandengekommen war. Mum hatte mich mit Kaffee und Soulfood versorgt, und irgendwie war es schön gewesen, einfach mal einen ganzen Tag nichts zu tun. Das machte ich ohnehin viel zu selten – wenn man von der Zeit im Krankenhaus nach meinen Operationen absah. Und da war es gezwungen gewesen, was dem Ganzen einen bitteren Beigeschmack gegeben hatte.

Aber heute war ich fit. Ich fühlte mich ausgeschlafen und hatte ordentlich gefrühstückt. Einem Ritt auf den Wellen stand nichts im Wege.

Ich schluckte die Empfindungen hinunter, die meine Kehle emporkrochen, und schnappte mir mein Board, um es mir unter den Arm zu klemmen. Dann verließ ich mein Zimmer, ging den schmalen Flur entlang, um das Haus durch die Terrassentür zu verlassen.

Das Wohnzimmer lag ruhig und verlassen da, aber ich konnte Mum in ihrem Schlafzimmer hantieren hören. Irgendwas klapperte, als wäre es heruntergefallen, und mein erster Impuls war es, hinzustürmen und nachzusehen. Es hatte eine Zeit gegeben, da hätten solche Geräusche mich in Angst versetzt, aber ich musste mir immer wieder in Erinnerung rufen, dass es Mum heute besser ging. Dass solche Geräusche normal waren und auch ich mal etwas fallen ließ, das Krach machte. Erst gestern war mir ein Kleiderbügel mit mehreren Jeans dran aus den Händen gerutscht und zu Boden gefallen. Rückwirkend betrachtet hatte es sich vermutlich nicht viel anders angehört.

Sie ist drei Monate ohne mich klargekommen.

Wie ein Mantra wiederholte ich diesen Satz mehrmals, dann machte ich mich auf den Weg zum Strand. Ein frischer Wind blies mir entgegen, als ich nach draußen trat. Es war noch nicht wirklich kühl, aber der Sommer war eindeutig vorbei. Dicke Wolken hingen am Himmel, aus denen es laut Wettervorhersage später auch regnen sollte. Perfektes Wetter für das, was ich vorhatte, weil es hieß, dass sich wenige bis gar keine Leute am Strand aufhalten würden.

Während ich durch das kleine Waldstück ging, horchte ich in mich hinein. Mein Herzschlag war ruhig und gleichmäßig, und ganz allgemein fühlte ich mich gut. Am Stand angekommen, schlüpfte ich als Erstes aus meinen Sandalen und ging mit nackten Füßen über den feinen Kies. Die kleinen Steinchen piksten unter meinen Fußsohlen, aber ich nahm den Schmerz kaum wahr. Dafür lief ich viel zu oft und nahezu überall barfuß.

Für einen Moment schloss ich die Augen und konnte die Veränderung in mir fühlen. Mein Herz begann schwerer zu schlagen. Auf eine Art, wie ich es nie zuvor verspürt hatte. Ich konnte es gar nicht richtig beschreiben, aber es war, als würde jeder Schlag anstrengender sein als der zuvor. Mein Brustkorb zog sich zusammen, und meine Atmung kam rasselnd, als würde ich gar nicht genug Luft in meine Lunge bekommen, egal, wie sehr ich mich anstrengte. Sofort schlug ich die Augen wieder auf und sah mich am Strand um. Außer mir war erneut niemand da, doch das beruhigte mich überhaupt nicht. Im Gegenteil. Mein Sichtfeld grenzte sich ein, und schwarze Pünktchen begannen vor meinen Augen zu tanzen. Trotzdem machte ich einen Schritt nach vorne. Dann noch einen. Ich konnte – *wollte* – einfach nicht akzeptieren, dass ich erneut fünf Meter von der Uferlinie entfernt aufgeben musste.

Ich schaffte es einen Meter weiter als vorgestern, dann wurde mir schwarz vor Augen, und ich sank erneut auf mein Board.

Die kleinen Kiessteine darunter gaben ein protestierendes Geräusch von sich, als ich mich mit meinem ganzen Gewicht auf das Surfbrett fallen ließ, doch das nahm ich kaum wahr. Tränen der Wut brannten in meinen Augen, weil ich einfach nicht verstand, warum mein Körper mich derart im Stich ließ. Jedes Mal kurz vor dem Ziel. Das Perfide war, dass es mir den ganzen Tag und auch gestern gut gegangen war. Kein Anzeichen davon, dass etwas mit mir nicht stimmte, aber sobald ich mich dem Ozean auch nur näherte, hatte ich das Gefühl, als müsste ich jeden Moment sterben. Als würde ich hier und jetzt in Ohnmacht fallen, ohne etwas dagegen unternehmen zu können. Ohne überhaupt zu wissen, was es ausgelöst hatte.

Dabei weißt du genau, woher es kommt.

Wie ein ungebetener Gast schlich sich die kleine Stimme in meinen Kopf. Ich wollte sie vertreiben, ignorieren und am liebsten verdrängen, was sie mir einflüsterte, aber konnte ich das wirklich? Wenn ich das Problem überwinden wollte, sollte ich da nicht wenigstens in Betracht ziehen, dass es einen psychosomatischen Ursprung haben könnte?

Von rechts sah ich eine Frau, die mit ihrer kleinen Tochter an den Strand und in meine Richtung gelaufen kam. Zu dem eigentlichen Chaos gesellte sich nun noch die Befürchtung, dass sie mich erkennen und ansprechen könnte. Dass sie mich fragen könnte, warum ich mit meinem Board hier auf den Steinen saß, anstatt draußen auf den Wellen zu sein. Dass sie auf den ersten Blick ausmachen könnte, was mit mir los war, auch wenn ich selbst noch mit mir haderte, es anzuerkennen.

Ich wollte das nicht. Ich wollte nicht, dass irgendjemand realisierte, dass ich zu einem Häufchen Elend wurde, sobald ich auch nur versuchte, mich dem Ozean zu nähern. Ich konnte mir die Schlagzeile im Lokalanzeiger schon vorstellen, wenn das die Runde machte. ›*Golden Surfer Girl hat Angst vor dem Wasser.*‹ Bisher hatte ich es genossen, dass eine Zeitung mich als *Golden Surfer*

Girl betitelt hatte und dieser Begriff von vielen Einwohnern in Eden übernommen wurde, doch in diesem Zusammenhang bekam er schnell einen zynischen Beigeschmack. Ich wollte gar nicht darüber nachdenken, was dann hinter vorgehaltener Hand über mich getuschelt wurde. Eden war ein kleiner Ort, in dem nicht viel passierte. Wir hatten keine hohe Kriminalitätsrate, hier waren keine großen Firmen ansässig, die sich mit zweifelhaften Machenschaften am Geld der ehrlichen Bürgerinnen und Bürger bedienten, und das monatliche Highlight war immer noch, wenn das Kreuzfahrtschiff der *Royal Caribbean Cruises* vor Anker lag und die gut betuchten Touristen das Städtchen bevölkerten. Gossip war etwas, das einen von seinen eigenen Problemen ablenkte, und ich hatte wirklich keine Lust, zum Stadtgespräch zu werden. Zumindest nicht mehr als ohnehin schon, denn ich konnte mir gut vorstellen, was seit dem Haiangriff über mich gesagt wurde.

Immerhin wusste ich noch genau, wie das damals mit Liam abgelaufen war, nachdem ihm versehentlich die Koala-Gehege niedergebrannt waren. Die Leute hatten sich darauf gestürzt, die Ereignisse waren im lokalen Supermarkt, am Hafen und am Strand diskutiert worden, und auch wenn nicht alle die falschen Aussagen geglaubt hatten, dass Liam das Feuer absichtlich gelegt haben sollte, wollte ich nicht, dass ähnliche Gerüchte auch über mich existierten.

Ein Schaudern durchlief meinen Körper, und ich versuchte, aufzustehen. Mit wackeligen Knien, die unter mir nachzugeben drohten, zwang ich mich in die Höhe. Alles um mich herum drehte sich, schwarze Punkte tanzten vor meinem Sichtfeld, und mein Herz schien vor mir davongaloppieren zu wollen, trotzdem machte ich weiter. Die Frau und ihre Tochter waren nur noch knapp fünfzehn Meter von mir entfernt, und ich musste hier weg sein, ehe sie mich erreichten.

Ich klemmte mir mein Board unter den Arm und machte den ersten wackeligen Schritt in Richtung schützendem Wald. Dann noch einen. Und noch einen. Nach jedem blieb ich stehen und versuchte, einen tiefen Atemzug zu nehmen, der nicht auf halbem Weg in meiner Lunge stecken blieb. Es gelang mir nur semigut. Trotzdem gab ich nicht auf.

Immer wieder blickte ich mich dabei nach der Mutter und ihrem Kind um, aber sie schenkten mir zum Glück keine Beachtung, sondern waren mit sich selbst beschäftigt. Das kleine Mädchen bückte sich dann und wann und hob etwas aus dem Kies auf – vermutlich Muscheln, die ans Ufer gespült worden waren, oder vielleicht auch kleine Steine, die besonders hübsch aussahen. Sie hatten mich bisher nicht mal entdeckt, aber ich wollte trotz allem nicht hierbleiben und riskieren, dass sie mich doch noch erkannten.

Ich stolperte in den Wald hinein, und sobald man mich durch das Dickicht nicht mehr sehen konnte, lehnte ich mich gegen einen Baumstamm und ließ mich daran zu Boden gleiten. Mein Herz jagte unnatürlich schnell in meiner Brust, mein Atem kam rasselnd, alles um mich herum drehte sich, und für einen erschreckend langen Moment befürchtete ich, mich übergeben zu müssen. Ich klammerte mich an dem Surfbrett vor mir fest, als wäre es mein Rettungsanker, schloss meine Augen und nahm lange, tiefe Atemzüge. Bis zehn zählen, während ich einatmete, bis zehn zählen beim Ausatmen. Ich wusste nicht, wie lange es dauerte, bis die Welt aufhörte, sich um mich zu drehen, aber es kam mir wie eine Ewigkeit vor. Bis das Zittern in meinen Gliedern nachließ und mein Herzschlag endlich in einen normaleren Rhythmus verfiel.

Schließlich fühlte ich mich sicher genug, um aufzustehen und den Heimweg anzutreten.

»Warst du surfen?«, erklang Mums Stimme, kaum dass ich die Terrassentür hinter mir zugezogen hatte.

Ich erstarrte mitten in der Bewegung, dann drehte ich langsam den Kopf in ihre Richtung. Sie stand an der Spüle und trocknete gerade einen Teller ab. Ihr Kopf war von mir abgewandt, also hatte sie mich bisher nur gehört, nicht gesehen. Vielleicht schaffte ich es, in meinem Zimmer zu verschwinden, ehe sie einen Blick auf mich erhaschte.

In dem Moment drehte sie sich zu mir um. Ihre Augen weiteten sich unmerklich, als sie mich vom Scheitel bis zur Sohle betrachtete. »Du bist noch trocken.« Es war eine Feststellung, aber ich konnte die unausgesprochenen Fragen dahinter lauern hören. Es war noch nie passiert, dass ich zum Surfen rausgegangen war und es dann nicht durchgezogen hatte. Surfen war schon immer meine Leidenschaft gewesen, normalerweise war es eher so gewesen, dass man mich nicht mehr aus dem Wasser herausbekommen hatte, wenn ich einmal drin gewesen war. Ich konnte mir vorstellen, wie seltsam mein Aufzug auf Mum wirken musste.

Doch auch ihr konnte ich nicht sagen, was mit mir los war. Meine Kehle zog sich zusammen, wenn ich nur darüber nachdachte. Ich verstand ja selbst nicht, was mit mir los war, konnte es nicht einmal beschreiben, wie sollte ich es da jemand anderem erklären? »Keine guten Wellen«, murmelte ich deshalb und rauschte an ihr vorbei in die Sicherheit meines Zimmers.

Dort ließ ich mein Board achtlos auf den Boden fallen und schmiss mich aufs Bett. Ich zog das Kissen über meinen Kopf und presste es vor meinen Mund. Am liebsten hätte ich hineingeschrien. So laut ich konnte, um etwas von der Anspannung, der Wut und der schrecklichen Befürchtung, es nie wieder auf die Wellen zu schaffen, aus mir herauszubekommen. Es war wie ein Druck in mir, der bald explodieren würde, wenn ich nichts dagegen unternahm.

Gleichzeitig wollte ich aber nicht, dass Mum mich hörte und ihre eigenen Schlüsse daraus zog. Sie würde ohnehin schon misstrauisch sein, nachdem sie mich gerade gesehen hatte, und ich wollte ihr nicht noch mehr das Gefühl geben, dass irgendwas nicht in Ordnung war. Gerade vor ihr wollte ich den Schein wahren, auch wenn es bei ihr am schwersten werden würde, immerhin wohnten wir zusammen.

Dabei ließ mich die Befürchtung nicht los, längst zu wissen, was das alles zu bedeuten hatte. Wie bereits beim letzten Mal waren sämtliche körperlichen Symptome wieder verschwunden, kaum dass ich den Strand verlassen hatte. Sie überfielen mich immer nur, wenn ich drauf und dran war, ins Wasser zu gehen. In das Wasser, in dem ich beim letzten Mal von einem Hai angegriffen worden war.

Konnte es sein, dass ich eine Angststörung entwickelt hatte? So ungern ich es vor mir selbst zugeben wollte, aber die Symptome passten genau dazu. Was ich die letzten zwei Male am Strand erlebt hatte, waren Panikattacken gewesen. Für mich waren das beängstigende Begriffe, vor allem, weil ich mich nie näher damit befasst hatte und keine Ahnung hatte, was genau das alles bedeutete. Aber allein der Gedanke, eine psychische Krankheit entwickelt zu haben, löste ein kaltes Grausen in mir aus. Sofort stiegen Bilder von Mum in ihren schwersten Zeiten in mir auf, als sie tagelang bewegungslos auf der Couch oder in ihrem Bett gelegen hatte, dabei war ihre Krankheit überhaupt nicht mit meiner zu vergleichen. Oder?

Ehrlich gesagt hatte ich nicht den Hauch einer Ahnung, aber das war eine Sache, bei der ich hoffentlich schnell Abhilfe schaffen konnte.

Ich schob das Kissen von meinem Gesicht und setzte mich im Bett auf. Dann zog ich meinen Laptop heran, klappte ihn auf und gab in der Google-Maske *Angststörung* ein.

Über drei Millionen Ergebnisse wurden mir angezeigt. Ich scrollte durch die erste Seite und klickte auf den Wikipedia-Artikel.

Angststörung ist ein Sammelbegriff für mit Angst verbundene psychische Störungen, deren gemeinsames Merkmal exzessive, übertriebene Angstreaktionen beim Fehlen einer wirklichen äußeren Bedrohung sind.

Wow. Na, damit fühlte ich mich doch gleich viel besser. Nicht. Vielleicht war in diesem Fall Wikipedia nicht die Seite, der ich mich zuwenden sollte. Sie war zu trocken, ging zu wenig auf die Gefühle und Bedürfnisse ein, die dahinterstanden. Außerdem war Wikipedia doch eine Seite, bei der jeder Dinge hinzufügen oder löschen konnte, egal, ob man zu dem Thema informiert war oder nicht. Woher sollte ich also wissen, dass das, was dort stand, überhaupt zutreffend war? Ich klickte zurück auf die Google-Seite, auf der auch Ergebnisse unterschiedlicher Kliniken und Gesundheitspraxen gelistet waren. Diese konnten mir sicher besser helfen.

Zwei Stunden später musste ich einsehen, dass der Wikipedia-Artikel wohl recht gehabt hatte, auch wenn ich die Worte immer noch harsch und etwas zu deutlich fand. Angststörungen wurden vom Unterbewusstsein ausgelöst, das uns vor einer potenziell gefährlichen Situation warnen wollte, obwohl noch längst keine Gefahr bestand. Auf meinen Fall übersetzt hieß das wohl, dass es im Ozean Haie gab, die mich angreifen konnten. Was grundsätzlich erst mal nicht falsch war, immerhin war mir genau das vor etwas mehr als drei Monaten zugestoßen, trotzdem war es lächerlich, nun bei jedem Gang an den Strand eine Panikattacke zu bekommen. Ich hatte nämlich auch etwas anderes gegoogelt. Im Schnitt gab es pro Jahr zehn tödliche Haiangriffe auf Menschen und Angriffe insgesamt nur um die siebzig.

Auf der ganzen Welt.

Jedes Jahr.

Generell gab es von über fünfhundert Haiarten nur sieben, die dem Menschen überhaupt gefährlich werden konnten. Die

Wahrscheinlichkeit, dass ich also von einem angegriffen wurde, lag bei … ach, keine Ahnung. Ich war in Mathe schon immer schlecht gewesen, ganz besonders in Wahrscheinlichkeitsrechnung, aber selbst ich verstand, dass sie bei über sieben Milliarden Menschen auf der Welt sehr gering war. Vermutlich noch viel geringer, wenn man bedachte, dass es mir schon mal passiert war. Mein logischer Verstand wusste das, aber mein Unterbewusstsein schien das Memo nicht bekommen zu haben. Das schienen alle Angststörungen gemeinsam zu haben. Es ging wohl irgendwie um Kontrolle, die man in gewissen Situationen nicht hatte. Vermutlich ähnlich, wie manche Leute Flugangst hatten, obwohl Flugzeuge das sicherste Verkehrsmittel überhaupt waren. Leider war es sehr viel einfacher, Flugzeuge zu meiden als das Meer, wenn man professionelle Surferin war.

Sämtliche Seiten, die ich gelesen hatte, empfahlen bei Angststörungen und Panikattacken eine Therapie. Beim bloßen Gedanken daran zogen sich meine Eingeweide schmerzhaft zusammen, und ein kaltes Schaudern lief über meinen Rücken. Mein Blick wanderte zur Tür, hinter der ich Mum noch immer in der Küche klappern hören konnte.

Auf gar keinen Fall würde ich eine Therapie machen. Zu deutlich hatte ich noch in Erinnerung, was diese bei meiner Mum angerichtet hatte. Dem würde ich mich unter keinen Umständen aussetzen. Es musste einen anderen Weg geben, diese Angst meines Unterbewusstseins loszuwerden und wieder ins Wasser gehen zu können. Und wenn es bisher keinen gab, dann würde ich eben einen erfinden. Es musste doch möglich sein, das alles ohne eine Therapie zu bewerkstelligen, bei der man ohnehin nur mit irgendwelchen Medikamenten zugedröhnt wurde.

Ich setzte mich sofort dran. Bis spät in die Nacht las ich eine Internetseite nach der anderen, stöberte Blogs anderer Betroffener auf, machte mir Notizen und hatte irgendwann das Gefühl, das World Wide Web komplett durchgespielt zu haben. Sämtliche Seiten von Kliniken und Praxen empfahlen natürlich eine Therapie. Selbstverständlich in ihrem Haus. Klar, immerhin wollten sie auch was daran verdienen. Aber ich fand auch andere Berichte, in denen Leute es auch ohne eine Therapie geschafft hatten. Die sich selbst aus ihrem Loch gekämpft und die Angststörung selbst überwunden hatten. Frenetisch machte ich mir Stichpunkte, was sich für mich umsetzbar anhörte.

Am nächsten Tag hatte ich einen Plan zurechtgelegt, von dem ich mir Erfolg versprach.

Kapitel 4

ETHAN

Ein schrilles Klingeln riss mich aus dem Schlaf. Ein Blick auf die Uhr verriet mir, dass es erst kurz vor elf war und ich damit kaum vier Stunden geschlafen hatte. Genervt schob ich meinen Kopf unter mein Kissen. Wer auch immer an der Tür war, sollte weggehen und später wiederkommen.

Oder gar nicht, das wäre auch eine Option.

Es klingelte erneut, länger diesmal, und ich stieß einen leisen Fluch aus. Was zur Hölle war daran nicht zu verstehen, wenn niemand öffnete? Einen Arm um das Kissen geschlungen presste ich es mir so fest wie möglich auf das Ohr, konnte das penetrante Geräusch damit jedoch nicht ausblenden. Aber ich wollte noch nicht aufstehen. Ich fühlte mich viel zu gerädert, um mich mit der Realität auseinanderzusetzen. Die ganze Nacht waren wir mit der *Andrew Cross* auf dem Pazifik unterwegs gewesen, um einen illegalen Trawler, ein Schiff für die Hochseefischerei, davon abzuhalten, in unseren Gewässern zu fischen. Es war ein hartes Manöver gewesen, bei dem sogar Warnschüsse in unsere Richtung abgegeben worden waren. Zum Glück wurde niemand verletzt, und am Ende hatten wir es tatsächlich geschafft, das Schiff zu vertreiben, ohne dass sie ihre Netze ins Wasser lassen konnten, aber die ganze Aktion hatte zur Folge, dass ich noch nicht bereit dazu war, irgendjemandem unter die Augen zu treten. Da war noch zu viel Hass auf Menschen in mir, die internationale Gesetze missachteten und damit nicht nur unschuldigen Tieren schadeten, sondern zudem das fragile Ökosystem des Ozeans zerstörten, was einen Einfluss auf unser aller Leben haben würde. Es eigentlich längst hatte. Und wofür das Ganze? Aus reiner Profitgier.

Ich hatte nur Verachtung für diese Menschen übrig und wollte so früh nach dem Aufwachen eigentlich gar nicht darüber nachdenken. Aber wer auch immer an meiner Tür war, ließ einfach nicht locker. Mittlerweile kam es mir vor, als würde mein Widersacher einfach dauerhaft den Finger auf den Klingelknopf drücken. Es hörte gar nicht mehr auf zu schrillen, und mir war vorher nie bewusst gewesen, wie nervig mein Klingelton war. Ich spürte es bis in meine Zähne, und hinter meinen Schläfen setzte ein dumpfes Pochen ein.

Herrgott noch mal!

Wütend schlug ich die Decke zurück und stand auf. »Ich komme ja«, brüllte ich aus dem gekippten Fenster, und sofort hörte das Schrillen auf. Himmlische Ruhe setzte ein, die in meinen Ohren dröhnte, sich aber trotzdem wohltuend anfühlte.

Vom Boden hob ich eine beige Shorts auf, schlüpfte hinein und ging auf nackten Füßen die Treppe hinunter, die direkt neben der Eingangstür endete. Mit Schwung zog ich sie auf, darauf vorbereitet, wem auch immer dahinter eine Verwünschung an den Kopf zu schmeißen, doch ich stockte, als ich sah, *wer* da auf dem Treppenabsatz stand.

Es war eine Frau, die mir entfernt bekannt vorkam, auch wenn ich sie im ersten Moment nicht einordnen konnte. Blonde lange Haare fielen ihr glatt über die Schultern. Ihre Augen waren groß und blau und wirkten genauso genervt, wie ich mich fühlte. Sie taxierten mich. Ihr Blick wanderte an mir hinab, über das zerknitterte T-Shirt, das ich zum Schlafen getragen hatte, und meine Shorts bis hin zu meinen nackten Füßen. Eine steile Falte erschien auf ihrer Stirn, als sie mir wieder ins Gesicht sah.

»Hast du etwa bis jetzt geschlafen?«

Ein Vorwurf lag in ihren Worten, und am liebsten hätte ich

ihr die Tür kommentarlos vor der Nase zugeschlagen. Warum ich es nicht tat, konnte ich mir selbst nicht erklären.

»Bist du ernsthaft hergekommen, hast mich aus dem Bett geklingelt und verurteilst mich nun für meinen Schlafrhythmus?« Mein Tonfall war unnatürlich scharf, aber das schien sie nicht zu beeindrucken.

»Es ist elf Uhr«, sagte sie, als würde das ihren Kommentar erklären.

»Und ich war erst um sechs im Bett«, hielt ich dagegen.

Die Andeutung eines Lächelns zupfte an ihren Mundwinkeln. »Zu viel gefeiert?«

Ich schnaubte. »Zu viel gearbeitet eher.«

Wieder erschien diese Falte auf ihrer Stirn. »Ich dachte, du bist Haiforscher, warum arbeitest du dann nachts?«

Für einen Moment schloss ich die Augen und kniff in meine Nasenwurzel. Ich hatte wirklich keine Lust, dieser wildfremden Frau zu erklären, dass ich mich ehrenamtlich bei Sea Shepherd engagierte, oder sie zu fragen, warum sie das noch nicht herausgefunden hatte, wenn sie davon abgesehen Informationen über mich eingeholt zu haben schien.

»Warum bist du hier? Und wer bist du überhaupt?«

»Oh, sorry.« Entschuldigend verzog sie den Mund. »Ich bin Alicia.« Als sie ihren Namen aussprach, fiel es mir wie Schuppen von den Augen. Sie war das *Golden Surfer Girl* von Eden. Zwar hatte ich ihre Karriere nie wirklich verfolgt, aber in einem kleinen Kaff wie Eden wurde man unausweichlich darüber informiert, wenn es eine Berühmtheit in der Stadt gab. Außerdem war mein Bruder Josh ein großer Fan von ihr. Wenn ich richtig informiert war, surfte Alicia schon von klein auf, hatte ihre ersten Competitions aber erst während der Highschool bestritten. Da war sie jedoch so gut gewesen, dass sie sich sofort einen Namen in der Szene gemacht hatte. Mittlerweile hatte sie einen großen Sponsorenvertrag an Land ziehen können, aber aus irgendeinem Grund, den ich mir nicht erklären konnte, bisher nie an internationalen Wettkämpfen teilgenommen. Und war sie nicht vor Kurzem erst von einem Hai angegriffen worden?

Unweigerlich wanderte mein Blick an ihr hinab, aber ich konnte keine Verletzungen an ihr ausmachen.

»Ich sehe, du weißt, wer ich bin.« Bitterkeit schwang in ihrer Stimme mit, und ich beeilte mich, meinen Blick wieder zu ihrem Gesicht zu heben.

»Sorry.« Es war mir unangenehm, dass ich sie angestarrt hatte, vor allem, da sie sich ganz offensichtlich nicht wohl damit fühlte.

»Ich sollte mich wohl daran gewöhnen, dass es mir öfter passieren wird.« Sie klang nicht danach, als würde sie sich darauf freuen, was ich voll und ganz verstehen konnte. Eden war ein überschaubarer Ort, an dem sich die meisten Leute kannten oder zumindest schon mal voneinander gehört hatten. Dadurch hatte sich auch jeder eine Meinung gebildet und fühlte sich berechtigt, diese auch zu äußern. Aber so schnell, wie Dinge hochkochten, waren sie meist auch wieder vergessen.

Das erklärte zwar immer noch nicht, warum Alicia hier war, aber ich wollte auch nicht länger vor meiner Haustür herumstehen. Ich brauchte einen Kaffee – oder zwei –, und irgendwie beschlich mich das Gefühl, dass das Gespräch mit Alicia ein längeres werden würde.

»Willst du reinkommen?« Ich trat einen Schritt zur Seite, um ihr Platz zu machen.

Sie sah mich überrascht an, als hätte sie nicht damit gerechnet, doch nach wenigen Sekunden setzte sie sich in Bewegung und betrat mein Haus.

»Die Küche ist den Gang entlang rechts.« Ich schloss die Tür hinter uns und folgte ihr.

Meine Küche – ebenso wie mein ganzes Haus – war klein, aber beinhaltete alles, was ich brauchte. Ein kleiner Tisch, an dem nur zwei Leute Platz hatten, stand links neben dem Eingang. Gegenüber befanden sich der Kühlschrank, ein Herd und eine schmale Arbeitsplatte, wobei ich so gut wie nie kochte. Unter dem Fenster, das nach hinten in meinen Garten zeigte, der eher einem Urwald glich, waren die Waschmaschine und der Geschirrspüler angeschlossen. In einem Schrank waren Geschirr und Besteck untergebracht, und viel mehr gab es hier nicht zu sehen.

Ich schaltete die Kaffeemaschine ein. »Willst du auch einen?«, fragte ich Alicia, die sich auf einen Stuhl gesetzt hatte und sich neugierig umsah.

»Gerne.«

Ich holte zwei Tassen aus dem Schrank, stellte die erste unter die Maschine und drückte den Knopf. »Milch? Zucker?«

»Milch bitte.«

»Ich hab aber nur Hafermilch.« Ich öffnete den Kühlschrank und holte sie heraus.

Alicia grinste, als hätte sie nichts anderes erwartet. »Das ist voll okay.«

Ich stellte die Milch vor ihr ab, und auch den Kaffee, sobald die Maschine fertig war. Dann bereitete ich meinen eigenen zu.

Als ich mich damit ihr gegenüber an den Tisch setzte, betrachtete sie die Tasse in ihren Händen. »Sea Shepherd«, murmelte sie. »Ist das der Grund, warum du die ganze Nacht unterwegs warst?«

Um ehrlich zu sein, hatte ich weiterhin keine Lust, ihr von meinem Leben zu erzählen, solange ich nicht wusste, warum sie hier war. Es kam mir total merkwürdig vor, dass sie vor meiner Tür aufgetaucht war. Meines Wissens waren wir uns nie zuvor begegnet. Ich war nicht in Eden aufgewachsen, sondern in Pambula, und dort auch zur Schule gegangen. Ich wohnte nicht in der Stadt und hielt mich auch nie an den einschlägigen Orten wie dem Moonlight auf. Auch am Hafen war ich nur, wenn ich für eine Expedition in See stach, daher konnte ich mir überhaupt nicht erklären, wie sie hierhergefunden hatte.

»Ich will nicht unhöflich erscheinen, aber was willst du von mir?« Denn dass sie nicht nur zum Quatschen da war, war mehr als offensichtlich. Sie wirkte angespannt, hatte die Hände so fest im Schoß verknotet, dass ihre Knöchel weiß hervortraten. Draußen war mir das noch nicht aufgefallen, doch jetzt war es mehr als offensichtlich.

Ihr Blick glitt zur Seite, und sie presste die Lippen fest aufeinander. Gleichzeitig legten ihre Hände sich um die Tasse. »Ich weiß nicht, wo ich anfangen soll«, sagte sie schließlich.

»Am besten am Anfang.«

»Ich kann nicht mehr ins Wasser«, platzte sie heraus.

Das war ziemlich kryptisch und ganz sicher nicht der Anfang. »Was meinst du damit?«

Abrupt sprang Alicia auf und begann, in meiner kleinen Küche auf und ab zu tigern. Dabei hielt sie ihre Kaffeetasse fest umklammert. »Ich habe … Angst, wieder ins Meer zu gehen. Sobald ich den Strand auch nur betrete, kann ich … ich kann mich nicht mehr rühren, mein Körper spielt völlig verrückt, als stünde ich kurz davor, zusammenzuklappen.«

»Du hast eine Panikattacke, wenn du ins Meer gehen willst?«, fragte ich, weil mir noch immer nicht klar war, was sie eigentlich von mir wollte. Ich war kein Psychologe, wenn das wirklich ihr Problem war, war sie bei mir an der völlig falschen Adresse.

Alicia ging noch immer in meiner Küche auf und ab, ohne mich anzusehen. Drei Schritte nach links. Umdrehen. Drei Schritte nach rechts. Und wieder zurück. »Genau.«

»Nur wenn du ins Meer gehen willst, oder generell, wenn du den Strand betrittst?«

Jetzt blieb sie doch stehen und wandte sich mit kraus gezogener Stirn mir zu. »Warum sollte ich einfach so an den Strand gehen?«

»Ist das nicht das, was die jungen Leute machen? Sich am Strand treffen, sonnenbaden und schwimmen gehen?«

Ihre Augenbrauen hoben sich. *»Die jungen Leute?«* Sie schnaubte. »Wie alt bist du? Vierzig?«

Ich verdrehte die Augen, konnte aber nicht verhindern, dass sich meine Mundwinkel hoben. »Es geht hier nicht um mich.«

Alicia gab ein Schnaufen von sich und drehte sich um. Sie blickte nun zum Fenster hinaus in meinen kleinen Garten. »Ich bin erst seit drei Tagen aus der Reha zurück. Ich wollte sofort wieder surfen gehen, doch als ich mich dem Strand genähert hab, hat mein Körper verrücktgespielt. Herzrasen, Schwindel, mir wurde so schwarz vor Augen, dass ich mich hinsetzen musste. Es war so schlimm, dass ich kurzzeitig befürchtet hab, auf der Stelle umzukippen.«

»Klassische Panikattacke«, murmelte ich. Ein Schaudern lief über meinen Rücken, weil Alicias kratzige Stimme deutlich machte, wie sehr sie das mitnahm.

Sie nickte, ohne mich anzusehen. »Irgendwie hab ich es zurück nach Hause geschafft, und je mehr ich mich vom Strand entfernt habe, desto besser wurde es. Abends im Moonlight hatte ich keine Probleme, genauso wenig am nächsten Tag, den ich überwiegend auf der Couch verbracht hatte, aber gestern …« Sie stockte und nahm einen zittrigen Atemzug. »Gestern wollte ich es noch mal versuchen, bin wieder mit meinem Board zum Strand gegangen … und hatte wieder eine Panikattacke.« Die letzten Worte sagte sie so leise, dass ich sie kaum verstehen konnte. Ich betrachtete Alicias angespannte Schultern, ihre Hände, die sie um die Kante der Waschmaschine verkrallt hatte. Sie tat mir unheimlich leid, es musste schrecklich für sie sein, nicht mehr das tun zu können, was sie liebte. Denn dass ihr das Surfen alles bedeutete, wurde selbst nach diesem kurzen Gespräch klar.

»Eine Sache verstehe ich aber noch nicht.«

Alicia wirbelte zu mir herum und sah mich aus diesen hellblauen Augen an. »Was?«

»Warum bist du hier? Es ist schrecklich, was du durchmachen musst, aber was willst du von mir? Ich bin kein Arzt, ich …«

»Du musst mir alles erzählen, was du über Haie weißt«, unterbrach sie mich.

Ich überlegte einen Moment, aber ihre Worte ergaben für mich keinen Sinn. »Was meinst du?«

»Na ja.« Sie zuckte mit den Schultern. »Du bist doch Haiforscher und damit Haiexperte. Ich dachte mir, wenn du mir alles sagst, was du über die Tiere weißt, dann hat auch mein Unterbewusstsein keinen Grund mehr, mir eine Angst einzureden, die völlig haltlos ist. Information ist der Schlüssel.« Sie klang sehr von ihrem Vorhaben überzeugt, aber ich konnte nur den Kopf schütteln.

»Ich glaube nicht, dass das so funktioniert«, gab ich zu bedenken. »Angststörungen lassen sich nicht mit rationalen Fakten wegdiskutieren.« Dann gäbe es keine Leute, die Flugangst hatten. Ich fand es absolut verständlich, dass Alicias Unterbewusstsein ihr mitteilen wollte, bloß nicht mehr ins Meer zu gehen, nachdem sie dort von einem Hai angegriffen worden war. Denn die Chance, dass es wieder geschehen könnte, war da, auch wenn sie verschwindend gering war. Ich hatte wirklich keine Ahnung von diesen Dingen, aber Angst war eine natürliche Schutzreaktion des Körpers, die sich nicht einfach mit Fakten widerlegen ließ. »Ich würde dir raten, eine Therapie zu machen.«

»*Nein!* Auf gar keinen Fall.« Alicias Reaktion war so abrupt, dass ich auf meinem Stuhl zurückwich. Plötzlich schimmerte eine ganz andere Furcht in ihren Augen. Eine, die tiefer zu liegen schien, und sie einnahm. »Ich … das kann ich einfach nicht.«

Kurz haderte ich mit mir, ob ich nachhaken sollte. Es ging

mich eigentlich nichts an. Ich kannte Alicia gar nicht und hatte kein Recht, sie nach diesen persönlichen Dingen zu fragen. Allerdings war Alicia zu mir gekommen, weil sie Hilfe von mir wollte, und ich sollte zumindest wissen, worauf ich mich da einließ, falls ich zustimmte. Was ich nicht vorhatte. »Warum?«

Für einen Moment brannte sich Alicias Blick in mich hinein. So intensiv, dass es mir vorkam, als könnte ich die Verzweiflung spüren, die sie empfand. Dann wandte sie sich ab und sah erneut aus dem Fenster in meinen Garten hinaus. »Meine Mum hat Depressionen«, begann sie schließlich zu erzählen, und mich beschlich der Verdacht, dass es ihr leichter fiel, über solche Dinge zu reden, wenn sie mich dabei nicht sehen konnte. »Als ich noch klein war, wurde sie in eine Therapie gesteckt, die aber alles nur schlimmer gemacht hat. Sie wurde einfach nur mit Medikamenten ruhiggestellt, was zur Folge hatte, dass sie nur noch apathisch auf der Couch gesessen hat. Ich war acht oder neun und musste mich zu der Zeit um das Essen und die Einkäufe kümmern, weil Mum das nicht mehr hinbekommen hat. Meine Grandma ist vorübergehend bei uns eingezogen, um uns zu unterstützen. Und obwohl sie diejenige war, die die Therapie für Mum gewollt hatte, war sie auch diejenige, die die Medikamente schließlich weggeschmissen und alles beendet hatte. Danach wurde es besser. Mum hat zwar immer noch Phasen, in denen es ihr nicht gut geht, aber sie ist dann nicht mehr komplett regungslos. Daher: Ich werde alles tun, um zu verhindern, eine Therapie zu machen und Medikamente nehmen zu müssen.«

Ich wollte ihr sagen, dass bei einer Angststörung ganz sicher keine Medikamente verabreicht wurden, aber um ehrlich zu sein, hatte ich nicht den blassesten Schimmer, ob das stimmte. Wo ich mir jedoch sicher war, war, dass es keine gute Idee war, sich selbst zu therapieren. Auch wenn ich Alicias Abneigung verstehen konnte. Es musste schrecklich für sie gewesen sein, das als kleines Kind durchzustehen, wenn man selbst nicht richtig verstand, was mit seiner Mum eigentlich los war. Wenn man selbst noch schutzbedürftig war und die Eltern eine Stütze darstellen sollten, anstatt sich auf einem abzustützen. Ich haderte mit mir, was ich tun sollte. Hatte ich Alicia anfangs noch loswerden wollen, weil sie mich nach zu wenigen Stunden aus dem Schlaf gerissen hatte, war dieser Wunsch verflogen. Sie tat mir leid, und ich wollte ihr helfen, auch wenn ich nicht wusste, wie ich das anstellen sollte. Denn ich war mir ziemlich sicher, dass es nichts bringen würde, ihr alles zu erzählen, was ich über Haie wusste. Auch wenn sie nicht, wie in den Medien oft dargestellt wurde, bösartig und blutrünstig waren, konnte ich nicht bestreiten, dass sie für den Menschen gefährlich sein konnten, wenn man ihnen in ihrem Habitat begegnete. Alicia hatte das am eigenen Leib erfahren, was der Grund war, warum sie jetzt vor mir stand.

Sie war immer noch von mir abgewandt, und ich betrachtete ihren Rücken, die langen blonden Haare und ihre schmale Taille. Sie sah absolut unversehrt aus, aber das unterstrich nur eine Sache, die meine Mum immer zu mir gesagt hatte. Die größten Wunden, die wir mit uns herumtragen, waren welche, die nicht auf den ersten Blick ersichtlich waren. Sie entstanden auf unserer Seele, hinterließen dort tiefe Risse, die wir oftmals ein Leben lang mit uns herumtrugen, und …

»O mein Gott, ist das ein Wombat?«, rief Alicia plötzlich.

»Das ist Stacey«, erklärte ich.

Fassungslos drehte sie sich zu mir um. »Du hast einen Wombat als Haustier?«

»Ja … nein … nicht direkt.« Auf meine nicht eindeutige Antwort hob Alicia die Augenbrauen, und ich musste schmunzeln. »Ich hab sie vor zwei Jahren beim Spazierengehen im Wald gefunden, humpelnd und völlig abgemagert. Also hab ich sie mit nach Hause genommen, um sie aufzupäppeln. Als sie wieder fit war, hab ich sie zurück im Wald ausgesetzt, nahe der Stelle, an der ich sie gefunden hatte. Aber sie ist wieder zurückgekommen.«

»Sie ist wieder zurückgekommen?«, wiederholte Alicia entgeistert.

»Ja.« Ich zuckte mit den Schultern. »Am Abend hat sie vor meiner Haustür auf mich gewartet. Am nächsten Tag hab ich sie noch mal in den Wald gebracht, weiter weg vom Haus diesmal, aber sie hat trotzdem zurückgefunden. Da hab ich ihr den Garten überlassen.« Ich stand auf, stellte mich neben Alicia und deutete aus dem Fenster. »Ich hab ein Loch in den Zahn gesägt, damit sie jederzeit kommen und gehen kann, wie es ihr beliebt. Manchmal ist sie tagelang weg – beim ersten Mal dachte ich, sie hätte endlich verstanden, dass das hier kein Platz für sie ist –, aber sie kommt immer wieder. Sie scheint sich hier wohlzufühlen. Warum auch immer, der Garten ist eine einzige Katastrophe. Und ich hab es aufgegeben, sie verjagen zu wollen.« Wenn ich ehrlich war, gefiel es mir sogar, dass sie blieb. Dass sie meinen Garten genauso als ihr Zuhause betrachtete wie ich das angrenzende Haus. Ich stellte immer eine frische Schale Wasser für sie bereit, aber nie etwas zu fressen. Darum sollte sie sich selbst kümmern. Ich wollte nicht, dass sie von mir abhängig wurde oder sich darauf verließ, in meinem Garten immer etwas vorzufinden. Aber ich hatte auch nichts dagegen, dass sie hier war. Absolut nicht. Auch wenn es nur ein Tier war, das nicht mit mir reden konnte, war es schön, wenn jemand da war, wenn ich nach Hause kam.

Alicia betrachtete mich aus dem Augenwinkel. »Also bist du auch so ein Tierretter wie Liam?«

Ich musste schmunzeln, dass sie mich ausgerechnet mit ihm verglich. »Nur dass die Tiere, für die ich mich gewöhnlich einsetze, im Wasser leben, und ich sie deswegen schlecht mit nach Hause nehmen kann.«

Alicia wandte sich von mir ab und sah wieder aus dem Fenster. Stacey war mittlerweile wieder in irgendeinem Gebüsch verschwunden und nicht mehr zu sehen. Stille senkte sich über uns, in der ich Alicias Anspannung geradezu spüren konnte. Sie flimmerte in der Luft zwischen uns, und im ersten Moment wusste ich nicht, wo sie herkam, hatten wir doch über etwas Unverfängliches geredet.

Schließlich seufzte sie. »Also, machst du es? Wirst du mir helfen?«

Mein erster Impuls war, erneut abzulehnen. Auch wenn ich kein Experte auf dem Gebiet der Angststörungen war, war ich mir ziemlich sicher, dass diese Methode keinen Erfolg hatte. Alicia bräuchte eine Therapie oder müsste zumindest mit jemandem sprechen, der darauf spezialisiert war. Aber wenn ich sie abwies, würde sie sich diese Hilfe nicht holen. Sie klang absolut entschlossen, es auf ihre Weise zu versuchen, sie würde sich von meinem Nein nicht entmutigen lassen. Vielleicht hatte sie es sogar eingeplant und weitere Personen in petto, die sie danach ansprechen könnte.

Und was, wenn Alicia an jemanden geriet, der nicht ihr Bestes im Sinn hatte? Bei dem sich ihre Panikattacken womöglich verschlimmerten? Vermutlich sollte es mir egal sein. Wir kannten uns nicht, und wenn ich sie jetzt wegschickte, würden wir uns wohl auch nicht wiedersehen. Aber genau das war das Ding. Es war mir nicht egal. Sie war Edens *Golden Surfer Girl,* sie tat mir leid, und ich stellte fest, dass es einen Teil in mir gab, der ihr helfen wollte. Allerdings auf *meine* Art. Ich würde ihr alles über Haie erzählen, und wenn das, wie vermutet, nicht klappte, würde ich sie irgendwie dazu bringen, diese Therapie zu machen.

»Okay«, gab ich schließlich nach, »ich helfe dir.«

Kapitel 5

ALICIA

Haie sind nicht das Problem.«

»Hm?« Überrascht sah ich von meinem Kaffee auf. Es war mein zweiter, und nachdem Ethan zugestimmt hatte, mir zu helfen, hatten wir über meine bisherige Surfkarriere gesprochen, daher kam diese Aussage von ihm etwas unvermittelt.

»Im Schnitt sterben zehn Menschen pro Jahr an einem Haiangriff«, redete er weiter. Ich nickte, denn das hatte ich gestern selbst schon herausgefunden. »Willst du raten, wie viele Haie dagegen pro Jahr von Menschen getötet werden?«

Ich zuckte mit den Schultern, denn ich hatte keine Ahnung. Klar wusste ich, dass Haie wegen ihrer Flossen gejagt wurden, aber ich konnte überhaupt nicht einschätzen, wie viele es insgesamt waren. Ich wusste ja nicht mal, wie viele Haie es in den Ozeanen überhaupt gab. Um ehrlich zu sein, hatte ich mich auch nie ausführlich mit dem Thema beschäftigt. »So zehntausend vielleicht«, riet ich ins Blaue hinein und fragte mich gleichzeitig, ob diese Zahl nicht viel zu hoch angesetzt war.

Ethan verzog den Mund, aber ich konnte seinen Gesichtsausdruck nicht deuten. Lag ich richtig, oder war die Zahl völlig falsch? Er ließ mich noch einen Moment zappeln, dann sagte er: »Eher hundert Millionen.«

»Hundert Millionen?«, rief ich erschrocken aus. Meine Stimme war eine Oktave zu hoch, und ich konnte nicht fassen, was ich da hörte. »Das kann unmöglich stimmen.« Das war so eine krasse Zahl, die ich mir nicht einmal vorstellen konnte. Wie viele Haie musste es dann insgesamt geben, wenn jedes Jahr so vie-

le getötet wurden? Und wurden die wirklich alle gegessen? Mein Hirn verknotete sich.

Mitgefühl legte sich auf Ethans Miene, als wüsste er genau, dass er gleich meine Weltanschauung zerstören würde. »Leider doch. Es ist ein riesiges Dilemma, das viel zu wenig mediale Aufmerksamkeit bekommt. Dass Haie für ihre Flossen getötet werden und dabei elendig verenden, muss ich dir sicher nicht sagen, oder?«

Ich schüttelte den Kopf, denn das war mir bewusst. Aber ich hätte nie gedacht, dass dadurch so viele Tiere verenden.

»Aber das ist nicht das einzige oder gar das größte Problem«, sprach Ethan weiter. »Die Tiere geraten in die Fischernetze der großen Vesseln, obwohl man sie gar nicht fangen will. Aber da, wo sich große Fischschwärme aufhalten, sind oft auch viele Haie zu finden, immerhin ist es ihre Nahrung. Vor allem nachts, denn viele Haiarten sind nachtaktiv. Dieser sogenannte Beifang wird dann zwar wieder zurück ins Meer geworfen, aber dann ist es meistens zu spät. Die Tiere sind verletzt, geschwächt und sterben trotzdem. Es interessiert sich nur keiner dafür, deswegen wird kaum darüber berichtet. Wenn auch nur ein Mal so ein Aufriss darum gemacht werden würde, wie wenn ein Mensch von einem Hai angegriffen wird, würde die Sache sicher anders aussehen.« Frust sprach aus jedem seiner Worte, den ich sogar nachvollziehen konnte. Ich fragte mich selbst, warum ich noch nie etwas darüber gehört hatte, wobei mir etwas anderes einfiel.

»Aber gibt es nicht dieses Siegel? Das mit der nachhaltigen Fischerei? Das belegt, dass die Fische ohne Beifang gefangen wurden?« Darüber hatte ich mal einen Bericht gelesen, auch wenn es schon so lange her war, dass ich vieles davon wieder vergessen hatte.

Ein lautes Lachen brach aus Ethan heraus, in dem nicht ein Fünkchen Humor mitschwang. »Dieses Siegel ist reine Augenwischerei. Mit großen Netzen ist es unmöglich, ohne Beifang zu fischen. Und wer soll das auch kontrollieren? Es sind keine unabhängigen Kontrolleure mit den Schiffen unterwegs, die Kapitäne werden lediglich danach gefragt, ob sie Beifang in ihren Netzen gesehen haben. Und jetzt rate …«

Über den Tisch hinweg sah Ethan mich eindringlich an. Sein Blick war herausfordernd, und meine Kehle war mit einem Mal staubtrocken. »Sie lügen?«, ergänzte ich.

»Natürlich.« Er zuckte mit den Schultern, als wäre es keine große Sache, aber in seinen Augen konnte ich seine Wut brennen sehen, die er bei dem Gedanken empfand. »Es kann ihnen ja keiner nachweisen. Wenn sie zurück im Hafen sind, ist nichts mehr davon an Bord, also muss ihren Aussagen vertraut werden.« Ein süffisantes Grinsen umspielte Ethans Mundwinkel, aber in seinen dunkelblauen Augen tobte ein Sturm.

»Es betrifft nicht nur Haie, oder?«, fragte ich vorsichtig.

Ethan schnaubte verächtlich. »Natürlich nicht. Es betrifft auch kleinere Walarten, alles, was sonst noch im Ozean herumschwimmt, und vor allem auch Delfine. Genau die also, die mit diesem lächerlichen Siegel angeblich geschützt werden sollen.«

Ich schüttelte den Kopf, weil ich nicht glauben wollte, was ich da hörte. »Warum ist das nicht bekannter? Warum wird nicht großflächig darüber berichtet, damit die Menschen wissen, was sie da eigentlich konsumieren.« Wenn ich darüber nachdachte, wie gerne und oft ich Fisch aß, wurde mir ein wenig schlecht. Ich hatte mich immer darauf verlassen, dass die Firmen, die dieses Siegel verwendeten, wirklich verantwortungsvoll agierten. Nie hatte ich hinterfragt, wie so was denn kontrolliert werden könnte. Mehr noch, insgeheim hatte ich Liam immer dafür belächelt, dass er seit Jahren vegan lebte. Hatte gedacht, dass ich verantwortungsbewusst konsumierte, indem ich mich informierte, Fleisch und Fisch nur bei regionalen Höfen oder direkt am Hafen bezog, und sicherstellte, dass die Tiere vernünftig aufgezogen und gut behandelt wurden. Doch nun kamen Zweifel in mir auf.

Ethan hob die Kaffeetasse in beide Hände und sah mich über den Rand hinweg an. »Den Unternehmen ist sehr daran gelegen, dass das nicht an die breite Öffentlichkeit gelangt. Sie wollen möglichst viel Fisch verkaufen, und ihnen ist bewusst, dass viele, auch wenn sie nicht auf Fleisch und Fisch verzichten wollen, mittlerweile zumindest nicht wollen, dass sie mit ihrem Konsum Schaden anrichten. Die Fischindustrie ist ein Multimilliarden-Dollar-Geschäft, das mafiaähnliche Strukturen aufweist. Niemand dort interessiert sich für den Konsumenten, sie alle wollen nur Geld machen, und dafür ist ihnen jedes Mittel recht.«

Ich schluckte, schüttelte aber erneut den Kopf. Was Ethan erzählte, klang fast wie aus einem Thriller. Etwas in mir sträubte sich dagegen, es anzunehmen, dabei wirkte Ethan alles andere als unehrlich. Aber ich konnte einfach nicht begreifen, wie so etwas nicht längst aufgeflogen war. Warum niemand darüber berichtete oder etwas dagegen unternahm.

»Wenn du mir nicht glaubst, kann ich dir den Film *Seaspiracy* auf Netflix empfehlen. Da wird einiges davon aufgedeckt und erklärt. Sea Shepherd hat daran auch mitgearbeitet«, sagte Ethan, als hätte er meine Gedanken erraten.

»Vielleicht mache ich das.«

Wir verfielen in Schweigen. Nach einem Moment sah Ethan auf seine Uhr und stand auf. »Wenn ich eh schon mal wach bin, kann ich auch einkaufen fahren.« Er stellte seine leere Tasse in die Spüle und rauschte an mir vorbei aus der Küche.

Ich blieb sitzen und trank meinen Kaffee aus. Eigentlich war ich hergekommen, um etwas über Haie zu erfahren und schnellstmöglich wieder surfen zu können, doch das war nicht, worum meine Gedanken gerade kreisten. Vielmehr stellte ich meine komplette Entscheidung infrage. Ethan hatte unserem

Gespräch seinen ganz eigenen Stempel aufgedrückt, und ich fragte mich, ob das jetzt immer so sein würde. Würden wir ständig vom eigentlichen Thema abkommen, und war es das, was ich wollte? Als ich mir gestern meinen Plan überlegt hatte, war ich davon ausgegangen, dass wir so drei oder vier Sitzungen benötigten, bis ich alles über Haie wusste und hoffentlich wieder angstfrei ins Wasser gehen konnte. Doch mittlerweile …

Ethan kam zurück in die Küche und unterbrach meinen Gedankengang. Er hatte sich umgezogen, trug jetzt dunkle Jeans, ein blaues T-Shirt und schwarze Chucks. Auch seine Haare sahen ordentlicher aus als zuvor. Ein Rucksack hing lässig über seiner rechten Schulter, und in der linken Hand hielt er eine Sonnenbrille.

»Ich will dich wirklich nicht rausschmeißen …« Unschlüssig blieb er vor mir stehen, und auch ich wusste im ersten Moment nicht, was ich sagen sollte. Wie verabschiedete man sich, wenn man sich auf diese unkonventionelle Weise kennengelernt hatte? Das hier war kein Date und auch kein Aufeinandertreffen zweier Leute, die sich zufällig begegnet waren und sich auf Anhieb gut verstanden hatten, auch wenn ich zugeben musste, dass Ethan wirklich gut aussah. Aber vielleicht dachte ich das auch nur, weil ich hoffte, dass er mir helfen würde.

»Ist schon okay. Sehen wir uns wieder?« Das klang jetzt doch eher, als würde ich nach einem Date fragen, dabei war das absolut nicht meine Absicht. »Ich meine, wirst du mir helfen, damit ich bald wieder surfen kann?«, schob ich daher hinterher und spürte, wie meine Wangen heiß wurden. Dass ich jetzt auch noch errötete, machte die Sache vermutlich nicht besser.

Ethan seufzte und schloss für einen Moment die Augen, nickte jedoch schließlich. »Ich glaube zwar immer noch nicht, dass es eine gute Idee ist, aber ich bin dabei.«

Trotz meiner vorigen Bedenken atmete ich erleichtert auf. Einen Plan B hätte ich nicht in der Hinterhand gehabt. »Ich verspreche auch, dass ich nett bin.«

Zum ersten Mal, seit ich hier saß, erschien ein ehrliches Lächeln auf Ethans Gesicht. »Daran habe ich keine Zweifel.« Aus der hinteren Hosentasche zog er sein Handy hervor und hielt es mir hin. »Gib mir deine Nummer, dann melde ich mich bei dir, und wir können was ausmachen.«

Ich nahm das Handy entgegen, speicherte meine Nummer ein und reichte es ihm zurück. »Aber nicht, dass du mich jetzt fünf Tage warten lässt.« Die Worte waren raus, bevor mir auffiel, dass es erneut klang, als würde ich mit ihm flirten.

Ethan lachte jedoch nur. »Keine Sorge, ich werde dich nicht ghosten.«

»Okay.« Ich stand auf und folgte ihm aus dem Haus. Ethan schloss hinter mir ab, während ich mich nach rechts wandte, wo ich mein Fahrrad an die Hauswand gelehnt hatte. »Dann warte ich einfach darauf, dass du dich meldest.«

Ethan war mittlerweile an seinem Auto, einem älteren Ford Focus, angekommen, drehte sich aber noch mal zu mir um. »Alles klar. Bis bald, Alicia.«

Er stieg ein, startete den Wagen und fuhr los. Ich sah ihm nach, bis er aus meinem Blickfeld verschwunden war, ein eigenartiges Gefühl in der Magengrube. Ich konnte überhaupt nicht einschätzen, ob der heutige Tag ein Erfolg war oder eher nicht. Obwohl Ethan zugestimmt hatte, mir zu helfen, hatte er alles andere als überzeugt von meinem Plan gewirkt. Doch ich konnte einfach keine Therapie machen. Wenn ich nur daran dachte, sah ich meine Mum vor mir, wie sie damals auf der Couch gesessen hatte. Apathisch und kaum ansprechbar. Ich war noch ein Kind gewesen, kaum eine Jugendliche, aber dieses Bild hatte sich in mein Gedächtnis gebrannt. Aber nicht nur das, sondern auch die Wochen danach. Als Mum sich um nichts gekümmert hatte – sich um nichts hatte kümmern können –, keine Hausaufgaben mit mir gemacht hatte, kein Essen gekocht und sich so gut wie gar nicht mit mir unterhalten hatte. Ich hatte mich selbst ins Bett bringen müssen, weil sie zwar körperlich anwesend, aber trotzdem nicht wirklich da gewesen war.

Wenn jemand in meiner Gegenwart auch nur das Wort *Therapie* aussprach, war das das Allererste, an das ich denken musste. Und ich wollte das auf gar keinen Fall für mich. Das würde mich erst recht nicht dazu bringen, wieder ins Wasser zu gehen, daher würde ich es um jeden Preis vermeiden.

Ethan war längst weg, als ich mich endlich aufs Fahrrad schwang und losfuhr. Im Gegensatz zu gestern schien die Sonne wieder von einem strahlend blauen Himmel, trotzdem lag ein Anflug von Herbst in der Luft. Die drückend heißen Temperaturen des Sommers waren längst vorbei, ein frischer Wind wehte, und vor allem abends musste man sich mittlerweile eine Jacke überziehen, weil es zu kalt geworden war, um nur mit einem T-Shirt rauszugehen.

Aber das störte mich gar nicht. Auch wenn ich mich selbst als Sommerkind bezeichnete, mochte ich auch die anderen Jahreszeiten – zumindest, solange es nicht allzu viel regnete. Außerdem verschaffte es mir momentan den Vorteil, dass ich lange Hosen tragen konnte, ohne von anderen schief angeschaut zu werden – oder mich zu Tode zu schwitzen.

Das Klingeln meines Handys riss mich aus meinen Gedanken. Im ersten Moment dachte ich, dass es sich vielleicht um Ethan handeln könnte, der sich bereits meldete, daher hielt ich an, schob mein Fahrrad auf den Bürgersteig und zog es aus meinem Rucksack hervor. Doch es war nicht Ethan, und ich musste einen Knoten der Enttäuschung hinunterschlucken.

»Hallo, Jen«, begrüßte ich meine Chefin aus dem Surfshop. Der Shop befand sich schon lange in der Hand ihrer Familie, und sie hatte ihn vor fünf Jahren von ihrem Dad übernommen, der zwar noch lange nicht das Alter für den Ruhestand erreicht hatte, sich aber trotzdem aus den Geschäften zurückziehen wollte.

»Alicia, wie geht es dir?«, fragte sie fröhlich.

Jen war einer dieser Menschen, die nahezu immer gute Laune hatten, und allein ihre Stimme zu hören, ließ ein Lächeln auf meine Lippen wandern. »Wirklich gut. Ich bin so froh, wieder zu Hause zu sein. Wie schön es ist, in seinem eigenen Bett schlafen zu können, weiß man ja erst, wenn man es eine Zeit lang nicht machen konnte.«

Jen lachte leise. »Kann ich total nachvollziehen. Ich schlafe woanders auch immer schlechter als zu Hause. Vor allem, wenn dann noch fremde Leute mit im Zimmer sind.«

»Ich hatte zum Glück ein Einzelzimmer in der Reha, aber das wird dann auch schnell einsam abends.«

»Besser einsam als genervt, wenn du mit jemandem das Zimmer teilst, den du nicht ausstehen kannst«, entgegnete Jen.

»Auch wieder wahr.« Mit dem Fuß klappte ich den Stehbügel des Fahrrads nach unten, um es nicht mehr festhalten zu müssen.

»Weswegen ich anrufe … ich will dich auf keinen Fall unter Druck setzen, aber kannst du schon absehen, ab wann du wieder arbeiten kommst? Unsere Sommeraushilfe hat morgen ihren letzten Tag, und ich überlege, ob es sich lohnt, eine weitere Aushilfe zu suchen und einzustellen, oder ob du bald wieder anfängst. Wie gesagt, fühl dich davon bitte nicht unter Druck gesetzt. Falls du noch eine Auszeit brauchst, ist das völlig okay. Ich müsste es nur wissen, damit ich planen kann.«

Unzählige Empfindungen durchfluteten mich, und ich wusste nicht, was ich zuerst fühlen sollte. Meinen Job im Surfshop hatte ich genauso vermisst wie alles andere in Eden, und am liebsten hätte ich gleich morgen wieder damit angefangen. Aber der Shop war direkt am Strand. Konnte ich den überhaupt betreten, ohne erneut eine Panikattacke zu bekommen? Selbst wenn ich sagte, dass ich erst mal keinen Surfunterricht geben würde, wäre ich keine drei Meter vom Ufer des Meeres entfernt, und die letzten zwei Male hatte ich es kaum an den Strand geschafft, ehe ich zusammengebrochen war.

Doch das war nicht mein einziges Problem. Meine Behandlung war noch nicht vollständig abgeschlossen. Die Physiotherapie wurde ambulant weitergeführt. Nächste Woche hatte ich meinen ersten Termin, und erst dann würde ich erfahren, in welchen Abständen ich dort erscheinen sollte.

»Ist es okay, wenn ich dir das erst nächste Woche sage? Meine Physio wird ambulant weitergeführt, und da weiß ich erst nach der ersten Stunde, wie oft und an welchen Tagen sie stattfinden wird. Wenn es passt, wäre ich froh, wenn ich gleich wieder arbeiten kommen könnte.«

»Natürlich ist das okay. Wir richten uns mit allem gerne nach dir.« Es war wohltuend, diese Worte aus Jens Mund zu hören, und gab mir den Mut, eine Sache anzusprechen.

»Ich würde aber erst mal keine Surfstunden geben. Ich weiß aktuell auch nicht, wann ich damit wieder starten kann, ich brauche da einfach noch etwas Zeit.« Mein Herz schlug mir bis zum Hals, während ich auf Jens Antwort wartete. Nicht, weil ich befürchtete, dass sie es ablehnen könnte, sondern weil ich Angst hatte, dass sie nach dem Grund fragte.

Doch ich hätte mir keine Sorgen machen müssen. »Du bekommst alle Zeit, die du brauchst«, sagte Jen. »Ich überlasse alle Entscheidungen dir. Wie viel du arbeiten kannst, was du dir zutraust und welche Tage dir am besten passen. Egal, was es ist, wir kriegen das gemeinsam hin. Die Hauptsache ist, dass du dich gut damit fühlst. Und wenn du sagst, du brauchst noch ein halbes Jahr, bis du überhaupt wieder anfangen kannst, dann ist das auch völlig okay.«

Hinter meinen Augenlidern begann es zu brennen, und die Empfindungen krochen meine Kehle hinauf. Ich hatte schon immer gewusst, dass Jen die beste Chefin war, die man sich vorstellen konnte, aber gerade unterstrich sie sehr deutlich, warum das so war. »Danke«, krächzte ich. »Für alles.«

»Wir wollen nur, dass es dir gut geht«, sagte sie schlicht.

»Und dafür liebe ich euch.« Mit dem Handrücken wischte ich die einsame Träne, die aus meinem Augenwinkel getropft war, von meiner Wange.

Jetzt lachte sie, wurde aber nach einer Sekunde wieder ernst. »Wir dich auch, deshalb wollen wir nur das Beste für dich.«

»Danke.« Dieses eine Wort würde niemals ausdrücken können, was ich empfand, aber ich hoffte, dass ich Jen meine Dankbarkeit irgendwann auf eine andere Weise zeigen konnte.

»Jederzeit. Melde dich, wenn du wegen der Physio Bescheid weißt. Bis dann, Alicia.«

»Bis nächste Woche, Jen. Bye.«

Ich beendete das Gespräch und ließ das Handy sinken. Ich konnte mich glücklich schätzen, eine Chefin wie Jen zu haben, die so unglaublich verständnisvoll war. Sie übte keinen Druck auf mich aus, aber wie so häufig machte ich mir selbst ohnehin am meisten Druck. Ich *wollte* wieder arbeiten. So schnell wie möglich, aber wie sollte das funktionieren, wenn ich den Strand nicht einmal betreten konnte?

Ist es nur, wenn du surfen gehen willst, oder hast du es auch generell, wenn du den Strand betrittst?

Ethans Frage fiel mir wieder ein, und dass ich keine Antwort darauf wusste. Konnte es möglich sein, dass die Panik mich nur befiel, wenn ich ins Wasser gehen wollte? Könnte ich den Strand betreten, wenn ich einfach nur spazieren gehen oder die Sonne genießen wollte? Ich war nie jemand gewesen, der sich ›einfach nur so‹ am Strand aufgehalten hatte, ohne früher oder später ins Wasser zu gehen – was auch der Grund war, warum ich etwas irritiert auf Ethans Frage reagiert hatte. Doch jetzt brannte es mir unter den Nägeln, es herauszufinden.

Ich schwang mich zurück auf mein Fahrrad und setzte meinen Weg nach Hause fort. Ethan wohnte etwas außerhalb von Eden in einer Gegend, in der ich nie zuvor gewesen war. Was vermutlich daran lag, dass es dort außer seinem Haus nichts gab. Es lag nicht in der Nähe des Strandes, sondern im Wald. Keine größere Straße führte daran vorbei, sondern man musste über einige unbefestigte Wege zu ihm fahren. Was brachte jemanden dazu, so abgeschieden zu wohnen? Bevor ich ihn kennengelernt hatte, hatte ich vermutet, dass er vielleicht menschenscheu war, doch davon hatte ich im Gespräch mit ihm nichts feststellen können. Ganz im Gegenteil. Er hatte aufgeschlossen gewirkt, und wir waren gleich miteinander klargekommen. Zumindest nachdem er den Schock überwunden hatte, von mir aus dem Bett geklingelt worden zu sein.

Ich musste über diese ersten Minuten schmunzeln. Als Ethan mir die Tür geöffnet hatte, hatte er für einige Momente gewirkt, als wollte er mir den Hals umdrehen – oder mir wortlos die Tür vor der Nase zuschlagen. Wenn ich ehrlich war, hatte ich genau damit gerechnet. Nicht erst, als ich realisiert hatte, ihn geweckt zu haben, sondern schon vorher. Auch wenn ich von meinem Plan überzeugt war, hatte ich irgendwie damit gerechnet, dass Ethan mich abweisen würde. Wahrscheinlich hätte ich es genauso getan, wären die Rollen vertauscht. Wenn plötzlich ein wildfremder Typ vor meiner Tür gestanden hätte, um mich darum zu bitten, ihm bei seiner Angststörung zu helfen.

Vermutlich sollte ich froh sein, dass ich Ethan aus dem Schlaf gerissen hatte. Er war sicher noch nicht ganz wach gewesen und hatte nur deswegen zugestimmt. Aber das war im Grunde egal, solange er sich wirklich wieder bei mir meldete.

Endlich lichtete sich der Wald, und die Küstenstraße rückte in mein Blickfeld, auf die ich nach links abbog. Mein Weg führte mich am Moonlight vorbei durch die Innenstadt, wo ich von einigen Leuten begrüßt oder mit neugierigen Blicken bedacht wurde. Kurz hinter dem Hafen bog ich links in die kleine Siedlung ab, in der Mum und ich wohnten. Unser Bungalow war einer der letzten in der Straße, und wie so oft waren die Nachbarskinder draußen und spielten auf der Straße.

»Hi, Alicia.«

»Schau mal, was wir gemacht haben.«

Ich hielt neben ihnen an und sah auf das Bild, das sie mit Kreide auf den Bürgersteig gemalt hatten. »Sieht toll aus«, sagte ich anerkennend, auch wenn ich keinen blassen Schimmer hatte, was es darstellen sollte. Es war bunt und hatte entfernt Ähnlichkeit mit einem Tier, aber mehr konnte ich nicht entziffern. Die Wahrscheinlichkeit war hoch, dass es sich um einen Charakter aus irgendeiner Zeichentrickserie handelte, die gerade bei den Kids beliebt war.

Zum Glück musste ich gar nicht erst nachfragen. »Das soll Homer Simpson sein«, erklärte die kleine Maisie bereitwillig.

»Ist der nicht eigentlich gelb?« Dann hätte ich ihn vielleicht erkannt. Im selben Augenblick fragte ich mich, ob sie überhaupt alt genug waren, um die Simpsons zu sehen.

»Nur gelb ist langweilig.«

»Außerdem sieht man das Gelb nicht gut.« Nate deutete auf eine Stelle, und tatsächlich, die Farbe war so blass, es sah eher aus wie weiß.

»Vielleicht solltet ihr daneben schreiben, dass es Homer ist, dann erkennt man ihn besser.« Auch abgesehen von der Farbe hatte die Figur auf dem Boden nicht viel Ähnlichkeit mit ihm. Aber ich würde mich hüten, das den Kids zu sagen.

Ein Strahlen erschien auf ihren Gesichtern. »Gute Idee.« Sofort machten sie sich an die Arbeit.

Ich verabschiedete mich von den Kindern und schob mein Fahrrad die letzten Meter zu unserem Bungalow. Ich stellte es in den kleinen Schuppen und betrat das Haus. Mum war nicht da, weil sie heute Nachmittag bei ihrem Kellnerjob im Café arbeitete, aber das war mir gerade recht. So konnte sie keine Fragen stellen, wenn ich sofort wieder zum Strand ging – eindeutig nicht, um zu surfen, was ich noch nie getan hatte.

Aus der Küche holte ich einen übrig gebliebenen Bagel vom Frühstück gegen das flaue Gefühl in meinem Magen. Ich war nicht sicher, ob es wirklich vom Hunger kam oder schon ein Vorbote meiner Angst war, weil ich mich erneut auf dem Weg zum Strand befand. Aber ich hatte den ganzen Tag bisher kaum etwas gegessen. Zum Frühstück hatte ich nur einen halben Toast hinunterbekommen, weil ich so nervös wegen des Gesprächs mit Ethan gewesen war, und bei ihm hatte ich nur zwei Kaffee getrunken.

Ich wickelte den Bagel in eine Serviette, steckte ihn mit einer Flasche Wasser und einem kleinen Handtuch in meinen Rucksack, dann verließ ich das Haus wieder. Der Weg durch das kleine Waldstück kam mir viel kürzer vor als gewöhnlich, und am Strand war deutlich mehr los. Ich schluckte und blieb kurz stehen, um mich in beide Richtungen umzusehen. Eine junge Familie mit zwei kleinen Kindern baute Türme aus Kieselsteinen in der Nähe des Wassers, einige Jugendliche spielten Rugby, und ein älteres Ehepaar schlenderte an der Uferlinie entlang. Keiner von ihnen beachtete mich, trotzdem fühlte ich mich wie auf dem Präsentierteller. Wenn ich heute zusammenbrach, würde das nicht unbeobachtet vonstattengehen. Mein erster Impuls war es, sofort umzudrehen und nach Hause zurückzugehen, aber ich zwang meine Beine dazu, stehen zu bleiben. Stattdessen zog ich meine Flipflops aus und verstaute sie in meinem Rucksack. Meine Füße auf die von der Sonne gewärmten Kieselsteine zu setzen, tat unheimlich gut, und erst jetzt fiel mir auf, dass mein Herzschlag völlig normal war. Er raste nicht, ich war nicht kurzatmig, und auch die Beklemmung, die die letzten Male meinen ganzen Körper befallen hatte, war heute nicht da. Zwar war da noch immer das mulmige Gefühl in meinem Magen, doch jetzt war ich mir fast sicher, dass es vom Hunger rührte.

Im Stillen dankte ich Ethan, dass er mich überhaupt erst auf die Idee gebracht hatte. Obwohl er gesagt hatte, mir nicht helfen zu können, hatte er das genau genommen schon getan, und ich war mir sicher, mit ihm gemeinsam noch viel mehr erreichen zu können. Es war irgendwie seltsam, aber obwohl wir uns nicht kannten, hatte ich das Gefühl, ihm vertrauen zu können. Als ich bei ihm gewesen war, hatte ich etwas zwischen uns verspürt. Etwas, das ich nicht benennen konnte, aber das zwischen uns aufgeflackert war und ich noch immer in mir fühlen konnte.

Etwas, das mir jetzt den Mut gab, mich in Bewegung zu setzen. Zuerst ging ich am Waldrand entlang, möglichst weit vom Ufer entfernt. Aber je länger ich ohne Probleme unterwegs war, desto näher traute ich mich ans Wasser. Einen Meter weiter, dann noch einen, und noch einen.

Ich kam bis kurz vor die Uferlinie, als es anfing. Mit einem Mal begann mein Herz zu rasen, und mein Brustkorb zog sich so weit zusammen, dass mir das Atmen schwerfiel. Meine Hände zitterten, und Schweiß brach mir auf dem Nacken aus. Diesmal spürte ich den Fluchtinstinkt in mir deutlich. Mein Körper wollte weg aus dieser Situation, und heute gab ich ihm sofort nach. Ich ging einige Meter zurück und setzte mich auf den Kies. Da, wo ich das Meer zwar sehen konnte, aber in sicherer Entfernung zu ihm war. Und langsam beruhigte sich mein Körper wieder. Diesmal war es keine vollständige Panikattacke gewesen, und es kam mir vor, als hätte ich es generell besser unter Kontrolle gehabt – wenn es eine Kontrolle dabei überhaupt gab.

Ich war ungefähr so weit vom Wasser entfernt, wie es der Surfshop, in dem ich arbeitete, auch war. Das war eine große Erleichterung, bedeutete es doch, dass ich zumindest wieder arbeiten konnte. Auch wenn der Rest meines Lebens nicht mehr das war, was ich gewohnt war, blieb mir zumindest diese eine

Sache. Es war ein Anfang, wenn auch nur ein klitzekleiner, aber vielleicht konnte ich ihn als Startpunkt betrachten, von dem aus ich mir den Rest zurückeroberte.

Ich holte den Bagel aus meiner Tasche, biss genüsslich hinein und ließ meinen Blick über das Meer gleiten. Die Wellen brachen sich sanft am Strand, und das Rauschen löste eine tiefe Ruhe in mir aus, die ich normalerweise nur auf meinem Board verspürte. Ich konnte regelrecht spüren, wie ich mit jedem Atemzug ruhiger wurde. Warum war mir nicht früher aufgefallen, welche Wirkung das Meer auf mich hatte? Oder hatte ich es nur falsch interpretiert, indem ich dachte, dieser Zustand bestünde nur, wenn ich mich mit meinem Board *darauf* befand?

Eigentlich war es auch irrelevant, ich war froh, dass ich es nun wahrgenommen hatte. Nachdem ich meinen Bagel aufgegessen hatte, blieb ich einfach sitzen und ließ das Meer auf mich wirken. Lauschte dem Rauschen der Wellen, dem Kreischen der Möwen, schmeckte das Salz auf meinen Lippen und spürte die Sonne auf meiner Haut, wann immer sie sich zwischen den Wolken hervorschob. Ich stand erst auf, als mir der Hintern vom Sitzen auf den kleinen Steinchen wehtat.

Als ich den Weg zurück nach Hause antrat, fühlte ich mich deutlich besser als auf dem Hinweg.

Kapitel 6

ETHAN

Das war erfolgreich.«

Deepti trat zu mir an die Reling. Ihre langen dunkelbraunen Haare waren zu einem dicken Zopf geflochten, aus dem sich mittlerweile mehrere Strähnen gelöst hatten, die vom Wind um ihren Kopf herumgeweht wurden.

»Hmm«, gab ich von mir. »Ich weiß nicht so recht.« Wir hatten die illegale Fischerei Vessel zwar vertrieben, aber keine weiteren Informationen über das Schiff in Erfahrung bringen oder es festsetzen können. Der Name, der ursprünglich mal am Bug angebracht worden war, war abgekratzt gewesen, wir wussten nicht, wer oder wie viele Personen sich darauf befunden hatten oder ob sie schon etwas gefischt hatten, ehe wir sie erreichten. Nur weil sie gerade kein Netz draußen gehabt hatten, hieß das nicht, dass nicht bereits ein großer Fang im Inneren verstaut war. Zwar hatten wir die Küstenwache sofort alarmiert, als wir das Schiff entdeckt hatten, aber auch sie hatten es nicht rechtzeitig zu unserer Position geschafft, ehe der Trawler abgedreht hatte und verschwunden war.

Deepti streckte ihr Gesicht der Sonne entgegen und seufzte. »Es *war* erfolgreich«, sagte sie mit Nachdruck. »Wir haben illegale Fischer davon abgehalten, ihre Netze in unseren Gewässern auszulassen. Wir haben sie aus den geschützten Bereichen vertrieben. Das dürfen wir als Erfolg verbuchen.«

Ich wusste, dass sie recht hatte, nur fühlte ich mich dadurch kein Stück besser. »Aber wir haben keine Ahnung, ob sie nicht gleich in indischen Gewässern weitermachen.«

»Nein, das wissen wir nicht«, stimmte sie zu. »Aber das ist auch nicht unsere Aufgabe. Wir können nicht die ganze Welt retten.«

Das hatte Deepti schon so oft zu mir gesagt, dass ich schmunzeln musste. »Ich würde aber gern«, gab ich ihr meine Standardantwort. »Stell dir eine Welt vor, die völlig befreit vom Bösen ist.«

Jetzt lachte sie richtig. »Was würden wir dann den ganzen Tag machen? Wir wären doch arbeitslos.«

»Nun ja.« Ich zuckte mit den Schultern. »Genau genommen ist das hier nicht unser Job. Wir werden nicht dafür bezahlt.« Unsere Arbeit bei Sea Shepherd war ehrenamtlich. In meinem richtigen Job war ich Haiforscher, während Deepti etwas völlig anderes machte und im Handwerksbetrieb ihres Dads arbeitete. Die meisten von denen, die regelmäßig mit der *Andrew Cross* unterwegs waren, hatten Jobs, die sich abseits des Meeres befanden. Dennoch einte uns die Liebe zum Ozean und all seinen Bewohnern.

»Es ist unsere Herzensangelegenheit, was es nur umso wichtiger macht. Egal, ob wir dafür bezahlt werden oder nicht.« Sie klopfte mir leicht auf die Schulter. »Ich geh schon mal runter, meine Sachen zusammenpacken.«

Ich nickte ihr zu, blieb aber, wo ich war. In der Ferne war bereits der Hafen von Eden zu erkennen, den wir in ungefähr zwanzig Minuten erreichen würden. Wie so oft wollte ich mich aber noch nicht vom Meer trennen. Seit Jahren war es zu einem zweiten Zuhause für mich geworden. Nicht nur für Sea Shepherd war ich regelmäßig auf dem Wasser unterwegs, sondern auch für meinen richtigen Job. Es gab Wochen, da verbrachte ich hier mehr Zeit als an Land. Und nachdem ich meine anfängliche Seekrankheit überwunden hatte, wollte ich an vielen Tagen gar nicht zurück. Diese Freiheit und unendliche Ruhe, die ich auf dem Meer verspürte, kannte ich aus keinem anderen Bereich meines Lebens.

Das war die Sache, die mich mit Alicia verband, und warum ich ihr unbedingt helfen wollte, auch wenn ich keine Ahnung hatte, wie ich das anstellen sollte. Aber ich konnte ihren Frust und ihre Verzweiflung so gut nachempfinden. Ich wüsste nicht, was ich an ihrer Stelle tun würde, wenn ich nicht mehr zurück aufs Meer könnte.

In den letzten zwei Tagen, seit sie mich aus dem Schlaf gerissen hatte, hatte ich, öfter als mir lieb war, an sie denken müssen. Und obwohl ich immer noch nicht davon überzeugt war, dass ihr Plan funktionieren würde, zog ich jetzt das Handy aus meiner Hosentasche und wählte ihre Nummer.

»Ja? Alicia hier«, ging sie nach dem dritten Klingeln ran.

»Hi, hier ist Ethan.«

»Oh, Ethan. Du hast dich tatsächlich gemeldet.« Sie klang überrascht, aber auch erfreut.

»Hatte ich doch versprochen«, gab ich schmunzelnd zurück.

»Stimmt.« Eine kurze Pause folgte, dann: »Aber das sagen Typen nach dem ersten Date immer, auch wenn sie dich nie wiedersehen wollen.«

Ich konnte nicht anders, als laut zu lachen.

»Nicht, dass wir ein Date gehabt hätten«, schob Alicia schnell hinterher, was mich noch mehr zum Schmunzeln brachte. Es war erfrischend, mit Alicia zu reden. Das war es vor zwei Tagen in meiner Küche schon gewesen. »Wie du siehst, bin ich keiner *dieser* Typen. Und um das noch zu unterstreichen … hast du gleich Zeit?«

»Klar, warum?«, kam es wie aus der Pistole geschossen.

»Ich dachte, wir könnten damit beginnen, dir deine Angst vor dem Wasser zu nehmen. Wir fahren gerade in den Hafen von Eden ein, aber wir könnten uns in einer halben Stunde am Killer Whale Museum treffen?«

»Was wollen wir denn dort? Ich hab keine Angst vor Walen.«

Ein Grinsen schlich sich auf meine Lippen. Mit dieser Reaktion hatte ich gerechnet. »Das wirst du dann schon sehen. Also, kommst du?«

»Natürlich.« Ich hörte Alicia im Hintergrund rascheln. »Aber wehe, es wird nicht gut.«

»Prepare to be amazed«, entgegnete ich. »Bis gleich.«

»Bye, Ethan.«

Ich legte auf und wandte mich von der Reling ab, um in die Mitarbeiterräume unter Deck zu gehen. Deepti und Mason waren schon dabei, alles wegzuräumen und sicher zu verstauen. Ich half ihnen mit dem Rest, und als wir gerade zu unserem Anlegeplatz fuhren, waren wir damit fertig.

Ich verabschiedete mich von der Mannschaft, schnappte mir meinen Rucksack und verließ als einer der Ersten die *Andrew Cross*. Am belebten Hafen schlängelte ich mich durch die Menschen hindurch. Obwohl wir schon Ende März hatten, waren noch immer einige Touristen da. Mit ihren Handys und Kameras schossen sie unzählige Fotos der anliegenden Schiffe und Jachten und unterhielten sich in Sprachen, die ich nicht verstand. Ich senkte den Kopf, um bloß nicht von jemandem nach dem Weg gefragt oder über die *Andrew Cross* ausgequetscht zu werden, von der ich gerade gekommen war, und ging zügigen Schrittes weiter.

Am Auto angekommen, schmiss ich meinen Rucksack in den Kofferraum und setzte mich hinters Steuer. Mein Ford Focus war nicht mehr der neueste, aber gepflegt und brachte mich sicher überall hin. Da ich wegen der Arbeit alle zwei bis drei Wochen nach Canberra musste, war der Wagen unabdingbar für mich, auch wenn ich aus Umweltschutzgründen mittlerweile gern darauf verzichtet hätte. Aber auch wenn ich es nur ungern zugab, es lag nicht an einzelnen Personen, die Klimakatastrophe zu verhindern. Die Regierungen mussten endlich entsprechende Gesetze erlassen, aber sie taten noch immer viel zu wenig, obwohl sich jeder der Dringlichkeit mittlerweile bewusst sein sollte.

Ich schüttelte meinen Kopf, um diese Gedanken zu vertreiben. Wie hatte Deepti gerade so treffend gesagt? Ich konnte nicht die ganze Welt retten. Auch wenn ich das gern tun würde, sollte ich dies wohl im Hinterkopf behalten.

Alicia wartete bereits vor dem Eingang des Killer Whale Museum, als ich den Wagen auf den Parkplatz lenkte. Wie beim letzten Mal trug sie dunkle Jeans, ein luftiges pinkes T-Shirt und eine leichte Strickjacke darüber. Ihre langen blonden Haare waren zu zwei Zöpfen geflochten. Ein Rucksack war über ihre Schulter geschlungen, und das Fahrrad, das neben ihr an der Wand des Museums lehnte, musste ihres sein, denn das hatte auch vor meiner Haustür gestanden.

Ich stieg aus, holte meinen Rucksack aus dem Kofferraum und ging auf sie zu. Der Blick aus ihren hellblauen Augen war auf mich gerichtet, und sie lächelte, als ich näher kam.

»Hey.« Alicia rückte den Träger auf ihrer Schulter zurecht und grinste zu mir hoch. Erst jetzt fiel mir auf, dass sie fast einen Kopf kleiner war als ich, was bei meinen knapp eins neunzig auch nicht weiter verwunderlich war.

»Hast du gut hergefunden?«, fragte ich unnötigerweise.

Sie lachte darauf. »Ich bin in Eden aufgewachsen, und mein Granddad war oft mit mir hier, als ich ein Kind war.« Sie sah zum Eingang, und ihre Miene wurde wehmütig, als würde sie in Erinnerungen schwelgen.

»Also hat dich der Ozean schon immer fasziniert?«, fragte ich.

»Oh ja. Früher habe ich alles verschlungen, was mit dem Meer und seinen Bewohnern zu tun hatte. Auf einem Surfbrett zu stehen war nur noch die Krönung des Ganzen. Danach wollte ich nie wieder etwas anderes tun.«

Ich war immer etwas neidisch auf Menschen, die schon früh gewusst hatten, was sie tun wollten. »Das klingt echt schön.« Ich zog die Eingangstür zum Museum auf und bedeutete Alicia, vor mir einzutreten.

»War das bei dir auch so?«

Ein schmerzhafter Stich fuhr durch mein Herz, und ich schloss für einen Moment die Augen. Über den Grund für meinen Jobwunsch hatte ich seit Jahren nicht mehr geredet. An manchen Tagen vergaß ich ihn sogar, aber dann kehrte er in Momenten wie diesen mit der Macht einer Abrissbirne zurück. All die Bilder waren wieder da, und Kaylas Gesicht erschien überdeutlich vor meinem inneren Auge.

Ich schüttelte mich, wollte jetzt nicht an sie denken und würde ganz sicher nicht darüber sprechen, was vor zehn Jahren geschehen war.

»Ich wusste sehr lange nicht, was ich tun wollte«, sagte ich. »Ich war einer dieser motivationslosen Teenager, die eigentlich nur in den Tag hineinlebten. Das änderte sich erst in der Highschool. Trotzdem wusste ich sehr lange nicht, was ich mit meinem Leben anstellen sollte.« Das war nicht komplett gelogen, auch wenn es nicht unbedingt der Wahrheit entsprach, aber es war das Beste, was ich Alicia gerade antworten konnte.

Ich winkte Mel zu, die hinter dem Ticketschalter saß, dann wandte ich mich in die entgegengesetzte Richtung und ging auf eine Tür zu, über der *Personal* stand. Hinter der Tür befand sich eine Treppe, die in ein Untergeschoss führte. Kalter, nackter Beton und metallene Treppenstufen gaben dem Ganzen nicht unbedingt einen einladenden Eindruck, und unsere Schritte hallten laut von den Wänden wider. Zwei Etagen stiegen wir hinab, dann wartete eine weitere Tür auf uns, die ich für Alicia aufschloss. Dahinter befand sich ein schmaler Gang, von dem mehrere Räume abgingen.

»Ich wusste nicht, dass es das alles hier gibt«, sagte Alicia. Mit großen Augen sah sie sich um, obwohl es noch nicht viel zu bestaunen gab.

»Die Räumlichkeiten waren schon immer hier unten, es wusste nur niemand davon.« Ich steuerte die letzte Tür im Gang an. »Früher wurden hier Walskelette gelagert, die es nicht in die Ausstellung geschafft hatten. Diese wurden nach und nach an andere Museen verkauft, und vor fünfzehn Jahren hat die Canberra University die Räume angemietet, um ihr Meeresschutzprogramm auszuweiten.« Ich zuckte mit den Schultern und stieß die Tür auf, vor der wir mittlerweile standen. »Und voilà, so bin ich zu meinem Arbeitsplatz gekommen.«

Alicia trat ein, während ich den Lichtschalter betätigte. Drei Leuchtstoffröhren an der Decke sprangen flackernd an, begleitet von diesem statischen *Zing*, das so typisch für sie war. Ein großer Flachbildschirm hing an der Wand, und auf zwei Schreibtischen standen Hightech-Computer mit den größten Rechenmaschinen, die ich je gesehen hatte. Die Ausrüstung hier unten kostete ein halbes Vermögen, weshalb nur wenige Leute Zugang dazu hatten. Genau genommen nur Braden und ich.

»Wow.« Langsam drehte sich Alicia im Kreis. »Das sieht irgendwie sehr nach Science-Fiction aus. *Das* ist dein Arbeitsplatz?«

Ich nickte. »Zumindest ein Teil davon.«

»Wie kommt man an so einen Job?«

»Erkläre ich dir gleich, zuerst will ich dir was zeigen.« Ich bedeutete Alicia, sich vor den Bildschirm zu stellen, schaltete ebendiesen und den rechten Computer an. Nachdem der PC hochgefahren war und ich mich angemeldet hatte, rief ich das Programm auf, das ich Alicia zeigen wollte, und stellte die Ausgabe auf den Bildschirm. Sofort erschienen unzählige leuchtende Punkte dort, die wie wahllos verteilt aussahen.

Angestrengt kniff Alicia die Augen zusammen und legte den Kopf leicht schief. »Was *ist* das?«

Ich konnte mir ein Lachen nicht mehr verkneifen. »*Das* sind Haie im Ozean, die wir überwachen. Wann immer wir im Meer einem Exemplar begegnen, statten wir es mit einem Peilsender aus, der über GPS getrackt werden kann. So können ihre Routen überwacht werden. Welche Entfernungen legen sie zurück? Wo halten sie sich länger auf? Wo und wie lange treffen sich ganze Gruppen? Die Batterien in den Peilsendern halten ungefähr ein Jahr, dann verschwinden die Haie wieder von unserer Bildfläche, aber bis dahin können wir unheimlich viele Informationen über sie sammeln. Wie warm sind die Gewässer, in denen sie sich aufhalten, wie schnell sind sie unterwegs, und wo schwimmen sie lang?«

Beim letzten Punkt wandte ich mich Alicia zu. »Und das ist etwas, das dich interessieren könnte.« Wahllos klickte ich auf einen der Punkte, und ein anderes Programm öffnete sich. Rechts war ein kleines Fenster mit allen möglichen Daten. Das Datum, wann der Peilsender angebracht worden war, stand dort, genauso wie die Koordinaten, wo es passiert war. Die Entfernung, die der Hai seitdem zurückgelegt hatte, und alle möglichen anderen Daten. Links davon befand sich nun eine Karte, die den zurückgelegten Weg dokumentierte. Alle Haie in diesem Programm waren von mir mit Peilsendern ausgestattet worden, meistens im Pazifik oder im Indischen Ozean. Diesen speziellen hatte ich kurz vor Tasmanien erwischt, und wir folgten seinem Weg seit knapp fünf Monaten.

»Wie du hier siehst, hat der Hai sich überwiegend in tiefen Gewässern aufgehalten.« Ich deutete auf die hellblau leuchtende Linie und danach auf die grauen Bereiche, die Landmassen darstellten. »Generell gibt es nur wenige Haie, die sich regelmäßig in Ufernähe aufhalten, und das sind meist kleinere, wie Riffhaie.«

Alicia trat näher an den Bildschirm heran und betrachtete ihn interessiert. »Können nicht auch Riffhaie bis zu zwei Meter lang werden?«

»Können sie«, stimmte ich zu. »Aber die meisten sind kleiner, so um einen Meter fünfzig. Außerdem sind Riffhaie nachtaktiv. Tagsüber sind sie meist in irgendwelchen Höhlen anzutreffen, wo sie schlafen und sich ausruhen. Erst nachts kommen sie dann zum Jagen hervor. Aber darauf wollte ich gar nicht hinaus. Wie du oben siehst, halten sich die meisten größeren Haiarten gar nicht in Ufernähe auf. Je größer die Haie, desto größer die Fische, die sie fressen. Und die sind eher auf dem offenen Meer anzutreffen. Nur sehr selten verirren sie sich in Gewässer, wo auch wir zum Schwimmen oder Surfen sind. Beim Surfen natürlich noch eher, weil man dafür weiter raus aufs Meer muss. Aber die Wahrscheinlichkeit, einem zu begegnen, ist wirklich gering.«

Alicia hatte sich von dem Bildschirm abgewandt und betrachtete mich stattdessen, ein kleines Lächeln umspielte ihre Mundwinkel. »Du gehst richtig darin auf, oder?«

Ertappt zog ich den Kopf ein. Wenn man mich auf Haie ansprach, konnte ich stundenlang darüber reden, auch wenn mir bewusst war, dass das bei einem Großteil der Bevölkerung kein beliebtes Thema war. »Es ist halt mein Job«, sagte ich ausweichend.

»Ja, klar, aber es ist ein Unterschied, ob man seinen Job nur macht, um damit Geld zu verdienen, oder weil er einem darüber hinaus etwas bedeutet.« Alicia betrachtete mich weiterhin. So intensiv, dass ich befürchtete, sie könnte Dinge in mir entdecken, die sie nicht sehen sollte.

»Zurück zu dir«, wechselte ich das Thema und deutete auf den Bildschirm. »Die meisten Haiarten bleiben, wie gesagt, auf dem offenen Meer und verirren sich nur sehr selten in Ufernähe.«

»Weiß man, warum?« Alicia sah noch immer mich statt des Bildschirms an, und auch ich konnte mich kaum von ihren blauen Augen lösen. »Warum sie überhaupt in Strandnähe kommen?«

»Darüber streitet sich die Wissenschaft«, musste ich leider zugeben. »Viel ist wohl der Suche nach Nahrung geschuldet.

Durch die Überfischung der Ozeane fehlt den Haien in einigen Bereichen schlicht die Nahrung. Dadurch müssen sie längere Strecken auf sich nehmen, um überhaupt was zu fressen zu finden, was sie unweigerlich näher an Strände bringt. Auch die immer wärmer werdenden Wassertemperaturen könnten einen Ausschlag geben. Aber man vermutet auch, dass seltsame Strömungen dafür verantwortlich sein können. Haie stranden ja auch manchmal, genauso wie Wale es tun. Nur redet kaum jemand darüber, weil es die Leute nicht interessiert. Ein Hai mit seinen vielen Zähnen sieht dabei natürlich nicht so süß und bemitleidenswert wie ein Wal aus.« Ich konnte die Bitterkeit nicht aus meiner Stimme heraushalten, aber es frustrierte mich ungemein, dass vor allem Haie so einen schlechten Ruf in der Bevölkerung hatten. Ich verstand einfach nicht, woher es kam. Klar waren sie Raubtiere, aber das waren Tiger auch. Es gab viele gefährliche Tiere auf der Welt, und es war nie schlau, in deren Lebensbereich einzudringen, trotzdem hatte keines einen derart schlechten Ruf wie der Hai. Selbst der verdammte T-Rex schnitt im öffentlichen Ansehen deutlich besser ab.

»Was? Das wusste ich nicht. Warum hab ich noch nie davon gehört?« Mit großen Augen sah Alicia mich an, aber ich konnte nur mit den Schultern zucken. Darauf hatte ich selbst keine Antwort. Niemand musste Haie mögen, trotzdem hatten sie dasselbe Recht auf ein geschütztes Leben wie alle anderen Arten.

Alicia zog sich einen Stuhl heran und setzte sich. »Ich fühle mich echt schlecht, dass ich ganz offensichtlich so wenig informiert bin.«

»Musst du nicht«, versicherte ich ihr. »Es ist nicht deine Schuld.« Ich nahm den zweiten Stuhl und setzte mich ihr gegenüber.

»Trotzdem.« Eine kleine sture Falte erschien auf ihrer Stirn. »Ich merke erst jetzt, dass ich mich nie richtig mit dem Lebensraum auseinandergesetzt habe, in dem ich den größten Teil meiner Zeit verbringe. Nicht bevor …« Ihr Blick senkte sich zu ihrem rechten Oberschenkel, und ich vermutete, dass sie dort von dem Hai erwischt worden war. »Es ist ja auch nicht so, als hätte ich mich sonst nicht mit Artenschutz beschäftigt. Seit der Schulzeit helfe ich im Sanctuary von Liam Wilson aus, aber ich habe mir noch nie Gedanken über die Meeresbewohner gemacht, dabei ist doch bekannt, dass es auch um sie nicht gut steht.«

Alicia sah so geknickt aus, dass der Wunsch in mir aufkam, sie in den Arm zu nehmen und sie zu trösten. Innerlich schüttelte ich über mich selbst den Kopf. Das war doch total bescheuert. Jeden anderen würde ich in Gedanken – oder auch laut – dafür verurteilen, sich nicht eher informiert oder dafür interessiert zu haben, aber bei Alicia rutschte mir etwas ganz anderes raus: »Du kannst nicht die ganze Welt retten.« Das, was Deepti vorhin zu mir gesagt hatte und ich nicht annehmen konnte.

Alicia verzog den Mund. »Das ist auch gar nicht meine Absicht. Aber mich etwas mehr als bisher damit beschäftigen, wäre gut.«

Ich sah Alicia an. Sah sie *richtig* an. Sie war nicht das, was ich von ihr erwartet hatte, dabei hatte ich nicht einmal großartige Erwartungen an sie gehabt. Dass sie Surferin war, war alles, was ich zuvor von ihr gewusst hatte, und ich war niemand, der aufgrund dessen voreilige Schlüsse über jemanden zog. Trotzdem fühlte sich dieses Gespräch mit Alicia surreal an. Ich hatte mit ihr über die Routen sprechen wollen, die Haie zurücklegten, um ihr zu zeigen, dass sie sich nur selten in Ufernähe verirrten und sie keine Angst vor ihnen zu haben brauchte. Doch wir waren so schnell beim Tierschutz gelandet, dass mir noch immer der Kopf davon schwirrte. Aber nicht nur deswegen. Mir wurde bewusst, dass Alicia und ich uns ähnlicher waren, als ich anfangs geglaubt hatte. Und das löste etwas in mir aus, das ich nicht klar benennen konnte.

Alicia räusperte sich. »Versteh mich nicht falsch, ich weiß natürlich, dass ich nicht jedes einzelne Tier auf der Welt retten kann. Nicht mal die Hälfte davon. Aber wenn es eine Möglichkeit dazu gäbe, würde ich sie wählen.«

»Ich weiß genau, was du meinst. Leider können wir als Einzelpersonen nur so viel ausrichten.« Ich hob meine rechte Hand, hielt Daumen und Zeigefinger kaum einen Zentimeter auseinander. »Es bedarf mehr Anstrengung der Regierungen. Mehr Schutzgebiete, die dann auch wirklich kontrolliert werden. Was wir mit Sea Shepherd machen, ist oftmals nur ein Tropfen auf den heißen Stein. Der Ozean ist so riesig, wir können ihn nicht komplett überwachen. Wenn wir mal eine Vessel davon abhalten, ihre Netze auszuwerfen, können wenige Kilometer von uns entfernt fünf andere sein, die wir gar nicht auf dem Schirm haben.«

Alicia bedachte mich wieder mit diesem Blick, der mir durch Mark und Bein ging. »Ist das nicht unheimlich frustrierend?«

Ich lachte humorlos. »Natürlich ist es das. Aber was wäre die Alternative? Gar nicht mehr rauszufahren und nicht mal dieses eine Schiff davon abzuhalten, die Überfischung zu beenden?«

»Nein.« Das Wort kam leise, fast schon zögerlich aus ihrem Mund. Nachdenklich zog sie die Unterlippe zwischen die Zähne. »Aber fühlt man sich da nicht trotzdem manchmal machtlos?«

Darüber musste ich kurz nachdenken. »Ich würde nicht unbedingt machtlos sagen, denn es ist ja nicht so, dass wir gar nichts ausrichten können. Aber es ist schon so, als würde man versuchen, einen Flickenteppich zu stopfen. Man schließt ein Loch mit viel Anstrengung. Man ist stolz darauf, weil es nicht einfach war, weiß aber gleichzeitig, dass noch mindestens hundert andere auf einen warten, von denen man die meisten nicht mal sehen kann.«

Alicia seufzte leise und schlug die Augen nieder. Sie sah auf ihre Hände, die locker in ihrem Schoß verschlungen waren. Einerseits wirkte sie relaxed, gleichzeitig ging aber auch eine Anspannung von ihr aus, die fast greifbar war. Ich konnte es nicht einmal erklären, aber ich konnte meinen Blick auch nicht von ihr lösen.

»Ich habe es übrigens geschafft, an den Strand zu gehen, ohne eine Panikattacke zu erleiden. Danke für den Tipp.«

Die Worte kamen so plötzlich und hatten so überhaupt nichts mit dem zu tun, worüber wir zuvor gesprochen hatten, dass ich erst einmal verständnislos blinzelte. Dann fiel mir das Gespräch in meiner Küche wieder ein, und wie ich sie gefragt hatte, ob die Angststörung sie nur befiel, wenn sie surfen wollte, oder auch, wenn sie generell an den Strand ging. »Hey, das ist richtig gut. Von da aus können wir uns dann weiter vorarbeiten.« Ich hatte noch immer keine Ahnung, wie das aussehen könnte. Wie wir es schaffen sollten, Alicia von ihrer Angst zu befreien, und ob das ohne professionelle Hilfe überhaupt möglich war.

»Ja. Es tat so gut, einfach nur in der Nähe des Meeres zu sitzen, dem Wellenrauschen zu lauschen und den Wind in meinen Haaren zu spüren. Mir war bis zu dem Moment gar nicht bewusst, wie sehr ich das vermisst hatte.«

Sehnsucht lag in ihrer Stimme, bei der sich in meiner Brust etwas zusammenzog. Ich wusste genau, wovon sie sprach. Das Meer war so ein wichtiger Teil meines Lebens, dass ich nicht wusste, ob ich ohne es leben oder glücklich werden könnte. Als ich damals in Canberra studiert hatte, war ich so oft wie möglich nach Hause gekommen, und wenn es nur für wenige Tage gewesen war. Das Erste, was ich dann getan hatte, war, mich an den Strand zu setzen und aufs Meer zu schauen. Es gab nichts, was mir mehr inneren Frieden verschaffte.

Eine halbe Stunde später packten wir unsere Sachen zusammen und verließen mein Büro. Ich schloss hinter uns ab und ließ Alicia den Vortritt. Auf der Treppe blieb sie plötzlich stehen und drehte sich zu mir um.

»Ich möchte helfen.« Fast lief ich in sie hinein und konnte nur in letzter Sekunde stoppen. Für einen Moment war ich zu überrumpelt von ihrer Bitte, um adäquat zu reagieren.

»Was?«, fragte ich daher.

»Ich möchte helfen«, wiederholte sie. »Bei Sea Shepherd. Das sind alles freiwillige Helfer, oder? Da könnt ihr doch sicher noch jemanden gebrauchen.«

Wir waren immer auf der Suche nach mehr Leuten, die sich für unsere Sache einsetzten. Trotzdem überraschte mich Alicias Bitte, weil ich nicht damit gerechnet hatte. Von all den Menschen auf dieser Welt gehörte sie zu den wenigen, denen ich es nicht verdenken könnte, wenn sie sich fortan vom Ozean und allem, was damit zu tun hatte, fernhielten. Sie hatte das erlebt, was für andere das absolute Grauen war. Viele hatten Angst vor einer Begegnung mit Haien im Wasser. Alicia hatte es nicht nur erlebt, sondern würde auch für den Rest ihres Lebens die Narben davontragen. Die auf ihrer Haut genauso wie die auf ihrer Seele. Trotzdem hatte sie heute nicht nur intensiv mit mir über den Schutz der Meerestiere diskutiert, jetzt bot sie auch noch an, bei Sea Shepherd arbeiten zu wollen.

»Hat es dir die Sprache verschlagen?« Sie legte den Kopf schief und grinste mich an.

Ich räusperte mich. »Sorry. Klar kannst du gerne helfen, aber kannst du denn auf ein Schiff, ohne eine Panikattacke zu bekommen?« Zwar würde sie dort nicht direkt mit Wasser in Berührung kommen, wäre aber komplett davon umgeben.

»Hmm.« Sie zuckte mit den Schultern. »Ich weiß es nicht.« Betreten sah sie zur Seite. »Und wahrscheinlich könnt ihr es nicht gebrauchen, euch auf dem Schiff um jemanden zu kümmern, der sich nicht beisammenhat.«

Ich hätte es anders ausgedrückt, aber leider hatte sie recht. Trotzdem hieß das nicht, dass sie nicht helfen konnte. »Wir machen am Wochenende eine Strandsäuberungsaktion. Da könntest du dabei sein. Dass du zum Strand kannst, hast du ja schon ausprobiert, und dann könntest du ein paar Leute aus dem Team schon einmal kennenlernen. An das andere tasten wir uns dann einfach heran?«

Sofort sah Alicia zu mir auf. Hoffnung schimmerte in ihren Augen. »Wirklich? Ja, ich wäre gern dabei. Wo genau ist das?«

»Müsste ich noch mal nachschauen. Wir machen die Aktion einmal im Monat, immer an einem anderen Strand. Wenn du magst, kann ich dich Samstagmorgen abholen und mitnehmen.«

»Okay, klingt super.«

Kapitel 7

ALICIA

Ich klopfte an Kilians Tür und wartete darauf, dass er mir öffnete. Die Sonne schien heute von einem wolkenlosen Himmel, aber ein kühler Wind verschaffte mir eine Gänsehaut auf den Armen. Ein Hauch von Herbst lag in der Luft, und heute hätte ich wohl auch in einer Zeit vor dem Unfall eine lange Jeans getragen und sie nicht bloß angezogen, damit niemand meine Narbe sah.

Weil Kilian nicht öffnete, klopfte ich ein zweites Mal, und kurz darauf noch mal. Durch das schmale Fenster neben der Tür versuchte ich, ins Innere zu spähen, konnte aber nichts ausmachen. Es war dunkel und still.

Seltsam.

Zwar waren wir nicht verabredet gewesen, aber da Kilian als freiberuflicher Journalist tätig war, war er um diese Uhrzeit normalerweise zu Hause.

Kurzerhand holte ich mein Handy hervor und rief ihn an.

»Hey, Alicia«, nahm er nach dem zweiten Klingeln ab.

»Wo treibst du dich rum?«

Er stockte kurz, dann: »Bei meinen Eltern.«

»Oh, ich wollte dich eigentlich besuchen, aber ich kann auch morgen vorbeikommen.«

»Du kannst auch zu meinen Eltern kommen.« Im Hintergrund raschelte etwas. »Ich spiele hier eigentlich eh nur den Babysitter.« Ich konnte das Grinsen in seiner Stimme hören, bei dem sich meine eigenen Mundwinkel wie von selbst hoben.

»Ich bin in fünf Minuten da«, sagte ich und legte auf. Dann

ging ich zurück zu meinem Fahrrad, um mich auf den kurzen Weg zu Kilians Elternhaus zu machen. Schon als ich in die Straße einbog, kamen die alten Erinnerungen in mir auf. Früher hatten wir hier viel Zeit verbracht. Als wir Teenager gewesen waren, waren Kilians Eltern an den Wochenenden oft weggefahren, und Kilian hatte seine legendären *Sturmfrei-Partys* gefeiert. Ich erinnerte mich an laue Sommerabende in seinem Garten, den leckeren Eistee seiner Mum und viele Wetten, die ich meistens verloren hatte.

Vor dem Haus stieg ich ab und schob mein Fahrrad den schmalen Weg entlang, der neben dem Gebäude in den Garten führte. Kilian kniete in einem der Beete und rupfte Unkraut. Er trug ein ehemals blaues T-Shirt, das schon einige Flecken aufwies, und eine Jeans, die an den Knien völlig verdreckt war. Seine blonden Haare klebten an seiner Stirn, aber er lächelte breit, als er mich entdeckte.

»Bist du unter die Gärtner gegangen?«, begrüßte ich ihn und stellte mein Fahrrad auf der Terrasse ab.

Sein mörderischer Blick brachte mich zum Lachen. »Wie wäre es, wenn du mir hilfst, anstatt große Töne zu spucken?« Mit dem Handrücken wischte er den Schweiß von seiner Stirn, verteilte dabei aber gleichzeitig Erde darauf.

Ich seufzte theatralisch. »Eigentlich bin ich nicht zum Arbeiten hier, aber so freundlich, wie du mich fragst, wie könnte ich da ablehnen?«

Killian stimmte in mein Lachen mit ein. Ich schnappte mir eine Harke, die auf dem Tisch lag, und gesellte mich zu ihm an das Beet. Er war schon gut vorangekommen. Neben ihm lag ein beachtlicher Haufen an Unkraut, aber wenn ich mir das Beet so ansah, hatte er nicht einmal ein Drittel davon befreit. Also machte ich mich an die Arbeit.

»Wen musst du denn babysitten?«, fragte ich irgendwann.

Als wäre das sein Stichwort gewesen, vernahm ich ein aufgeregtes Bellen aus dem Haus, und eine Sekunde später stürmte ein beiges Ungeheuer heraus. Lucky fiel über mich her, und ich konnte ihn nur in letzter Sekunde davon abhalten, mir über das Gesicht zu schlecken.

»Hey, du Wirbelwind.« Ich kraulte ihn hinter den Ohren, was er besonders gern mochte. »Wie geht es dir?«

Lucky rollte sich auf den Rücken, dabei halb in das Beet hinein, das Kilian gerade von Unkraut befreite, damit ich als Nächstes seinen Bauch kraulte.

»Er hat dich auch vermisst.«

Ich schnaubte. »Sagst du nicht immer, dass Lucky eine treulose Tomate ist und sich jedem anbiedert, in der Hoffnung auf Streicheleinheiten?«

Kilians Grinsen wurde breiter. »Tut er auch, aber so wie er aus dem Haus geschossen und auf dich zugerast ist … das macht er nicht bei jedem. Du kannst schon ein bisschen stolz darauf sein.«

Ich lachte und verstärkte die Kraulbewegungen an Luckys Bauch. Lucky war mittlerweile acht Jahre alt. Kilian hatte ihn als Welpen im Wald gefunden – völlig abgemagert und von Flöhen befallen. Er hatte ihn mit nach Hause genommen, um ihn vom Tierarzt durchchecken zu lassen und dann in ein Tierheim zu bringen, aber nach kaum zwei Tagen hatte der Hund sich in sein Herz und das seiner Eltern geschlichen, sodass es ihnen unmöglich gewesen war, ihn abzugeben. Deswegen hatten sie ihm auch den Namen Lucky verpasst – weil es eine glückliche Fügung für alle gewesen war, dass Kilian mehr oder weniger über ihn gestolpert war.

»Ich fühle mich dann jetzt mal geehrt.« Ich versuchte, Lucky aus dem Beet zu schieben, damit ich Kilian helfen konnte, aber einmal liegend ließ sich dieses Vierzigkilomonster nicht bewegen. »Wo sind deine Eltern?«

Ein Schatten legte sich über sein Gesicht. »Dad ist arbeiten, und Mum ist mit Grandma beim Arzt. Und weil dieses Vieh«, er deutete auf Lucky, »überhaupt nicht mehr allein sein kann, ohne das halbe Haus zu zerstören, darf ich meinen Vormittag hier verbringen, bis sie zurückkommen.«

Augenblicklich traf mich das schlechte Gewissen. Bei Kilians Grandma wurde im letzten Jahr Alzheimer diagnostiziert, und obwohl Kilian mich regelmäßig in der Reha besucht hatte, hatte ich ihn nicht einmal danach gefragt.

Lucky schien genug von den Streicheleinheiten zu haben, denn er stand auf und legte sich einige Meter von uns entfernt in den Schatten, sodass ich endlich damit beginnen konnte, Unkraut zu rupfen. »Wie geht es ihr denn? Sorry, dass ich dich in den letzten Wochen nicht einmal danach gefragt hab.«

Wirsch schüttelte er den Kopf. »Du hattest genug eigene Probleme, da wollte ich dich nicht noch damit belasten.«

Ich verdrehte die Augen. »Du kannst mich immer damit belasten. Das nennt man Freundschaft.« Dabei ignorierte ich das Ziehen in meinem Magen, weil es auch bei mir Dinge gab, von denen er nichts wusste.

Die Andeutung eines Lächelns umspielte seine Mundwinkel. »Es ist genauso Freundschaft, zu verstehen, dass du zu viel anderes im Kopf hattest. Ich weiß, dass du immer für mich da bist.«

Ich packte eine Distel und buddelte die lange Wurzel aus. »Jetzt erzähl schon, oder muss ich erst eine Wette draus machen?«

Kurz zuckten Kilians Mundwinkel, dann wurde er ernst. »Es gibt gute und schlechte Tage, aber man merkt, dass es stetig bergab geht. Letztens hat sie vergessen, wo sie ihre Schlüssel fünf Minuten zuvor abgelegt hat. Das ist erst mal nichts Dramatisches, aber sie ist bei der Suche ganz hektisch, fast schon panisch geworden, hat Schränke aufgerissen und alles, was drin war, herausgezogen. Sie hat sich gar nicht beruhigen lassen, bis wir ihre Schlüssel gefunden hatten. Es war … beängstigend, vor allem, weil es seitdem öfter vorkam. Als sie dann auch noch auf dem Weg zum Arzt während der Fahrt die Autotür öffnen und aussteigen wollte, haben wir beschlossen, sie nicht mehr allein zu lassen, auch wenn es nur für eine halbe Stunde ist. Was, wenn sie genau in der Zeit ihren Schlüssel sucht und nicht finden kann? Oder etwas anderes passiert, das …« Kilian brach ab, und seine Schultern sackten herab. In seinem Blick lag eine Mischung aus Verzweiflung und Wut, weil seine Situation – und vor allem die seiner Grandma – so verdammt unfair war. Ich rückte etwas näher an ihn heran und legte eine Hand auf seine Schulter.

»Das tut mir so unfassbar leid. Ich wünschte, es gäbe etwas, das ich tun kann«, murmelte ich.

Kilian lächelte leicht, auch wenn es die Traurigkeit nicht aus seinen Augen wischen konnte. »Du bist hier, das reicht mir schon.«

Auch meine Mundwinkel zuckten ein Stück nach oben. »Wir sind alle für dich da. Wann immer du uns brauchst. Ich hoffe, das weißt du.«

Kilian nickte, dann widmete er sich wieder dem Beet zu unseren Füßen, rupfte weiter Unkraut heraus.

»Wie soll es denn jetzt weitergehen? Was habt ihr vor?«, fragte ich, und packte selbst einen Löwenzahn, den ich versuchte, inklusive Wurzel aus der Erde zu ziehen.

»Es bleibt alles wie gehabt. Wir geben Grandma nicht in ein Heim, das haben Mum und Dad schon beschlossen. Ich helfe aus, so gut ich kann. Alles andere … das sehen wir dann, wenn es so weit ist.«

Ich nickte, auch wenn ich ein mulmiges Ziehen im Magen nicht verhindern konnte. Es war sehr löblich von Kilians Familie, dass sie ihre Grandma zu Hause pflegen wollten. Doch oftmals wusste man im Vorfeld gar nicht, was man sich damit aufbürdete. Ich hatte es selbst erlebt, auch wenn meine Mum eine ganz andere Krankheit hatte. Trotzdem stieß man dabei an seine Grenzen, auch wenn man vorher dachte, alles im Griff zu haben.

»Lass uns über was Erfreulicheres reden«, riss Kilian mich aus meinen Gedanken. »Wie läuft das Surfen?«

Der Knoten in meinem Magen wurde fester, schwerer, und ich musste für einen Moment die Augen schließen. Fast wäre mir herausgerutscht, dass ich Angst hatte, ins Wasser zu gehen, doch ich konnte die Worte im letzten Moment verhindern. Ich hasste es, meine Freunde anzulügen. Normalerweise war ich ein ehrlicher Mensch, aber in dem Fall brachte ich es einfach nicht über mich, die Wahrheit auszusprechen. Meine Freunde hatten sich in den letzten Monaten genug Sorgen um mich gemacht, ich wollte ihnen eine Pause gönnen.

Aber wenn ich ehrlich zu mir war, war das nicht der Hauptgrund. Ich wollte nicht, dass sie mich mit anderen Augen sahen. Ich erinnerte mich noch zu genau an die Anfangszeit von Mums Depressionen. Als sie nur noch herumgesessen, keine Energie mehr hatte und die Wohnung um uns herum langsam verwahrloste. Ich war fast noch ein Kind gewesen, aber hatte mich plötzlich um viele Dinge kümmern müssen. Einkaufen, Essen machen, aufräumen, zusätzlich zu meinem Schulkram. Und das Schlimmste war gewesen, dass ich angefangen hatte, es Mum übel zu nehmen, sich nicht mehr um mich zu kümmern. Rein logisch wusste ich, dass die Krankheit nicht ihre Schuld war, dass sie es nicht absichtlich tat, um mich zu ärgern. Aber ich hatte auch nicht verhindern können, dass das Bild, das ich von meiner Mum hatte, Risse bekam. Sie war nicht mehr dieser unverwüstliche Fels in der Brandung, der jedem Sturm für mich trotzte. Plötzlich hatte sie sich auf mich verlassen, diesen Part zu übernehmen, und wenn ich ganz ehrlich zu mir selbst war, machte ich ihr bis heute Vorwürfe.

Und *das* war es, was ich nicht in den Augen meiner Freunde sehen wollte, wenn ich ihnen die Wahrheit sagte. Natürlich war mir bewusst, dass die Beziehungen zu meinen Freunden gänzlich andere als die zu meiner Mum waren, trotzdem war da diese Angst in mir, dass sich unser Verhältnis verändern könnte, wenn sie davon erfuhren.

Außerdem hatte ich immer noch die Hoffnung, dass das, was ich mit Ethan unternahm, bald Früchte tragen würde. Und es wäre doch unsinnig, meinen Freunden davon zu erzählen, wenn es sich in zwei bis drei Wochen wieder erledigt hatte. Oder?

»Ich komme so langsam wieder rein.« Jedes falsche Wort fühlte sich wie Säure auf meinen Lippen an. »Aber es wird wohl noch etwas dauern, bis ich wieder bei einer Competition starten kann.«

Kilian kniff die Augen zusammen und musterte mich aufmerksam. »Du kannst in den paar Monaten doch nicht alles verlernt haben.«

»Nein, ich …« Mist, was sollte ich nur darauf antworten? Hitze breitete sich in meinem Nacken aus, weil ich mich wie in einer Falle fühlte, die kurz davor war, zuzuschnappen. »Ich vertraue meinem Bein noch nicht richtig. Also, ich weiß, dass ich eigentlich alles wieder damit machen kann, aber in manchen Momenten, vor allem wenn ich auf meinem Board stehe, zögere ich noch, gehe nicht voll rein, und damit hätte ich bei einer Competition natürlich keine Chance.«

Kilian nickte langsam. »Völlig verständlich. Aber dann solltest du es auch ruhig angehen lassen. Dein Körper braucht die Eingewöhnung vermutlich, also stress dich nicht zu sehr deswegen.«

Ich verzog den Mund zu einem ironischen Grinsen. »Leichter gesagt als getan.«

»War klar, dass du dich nicht zurücknehmen kannst.« Ein wissender Ausdruck lag auf seiner Miene. »Aber du weißt schon, dass du niemandem von uns etwas beweisen musst und dir so viel Zeit nehmen kannst, wie du brauchst, um wieder vollständig fit zu werden?«

»Ich weiß.« Ich seufzte, dann sagte ich es noch mal mit etwas mehr Nachdruck. »Ich weiß.«

Aufmunternd lächelte Kilian mir zu. »Lass es einfach auf dich zukommen.«

Drei Stunden später war ich am Strand, um meine erste Arbeitsstunde anzutreten. Der Wind hatte aufgefrischt, blies mir um die Nase, und der vormals blaue Himmel war jetzt von einigen Wolken bedeckt, zwischen denen nur noch vereinzelt Sonnenstrahlen hervorblitzten.

Ich ging auf die kleine Hütte zu, die mir so vertraut wie meine Westentasche war. Das helle Holz, die zwei Klappstühle, die davorstanden, und die Girlande, die im Wind wehte. Bei den Surfbrettern, die daneben zur Ausstellung im Sand lagen, verspürte ich ein sehnsuchtsvolles Ziehen in meiner Brust. Augenblicklich musste ich wieder an mein Gespräch mit Kilian denken. Wie er gesagt hatte, ich solle mir selbst nicht zu viel Druck machen. Wenn das das einzige Problem wäre, würde ich damit klarkommen. Mein Blick schweifte von den Surfbrettern zum endlosen Ozean, und das Ziehen in meiner Brust wurde stärker. Ich *vermisste* das Surfen, diese Freiheit, die ich nur auf meinem Board verspürte. Dieser Moment, wenn die richtige Welle einen erfasste, hoch hinaustrug und plötzlich alles andere unwichtig wurde. Nur dann konnte ich alles um mich herum vergessen. Mein Kopf, in dem sonst immer viel zu viele Gedanken lautstark umherwirbelten, war mit einem Mal still und gönnte mir eine Verschnaufpause.

Das Meer lag keine vier Meter von mir entfernt. So nah, und gleichzeitig unerreichbar für mich. Je länger ich es ansah, desto mehr verspürte ich die Veränderungen in mir. Der leicht erhöhte Herzschlag und das nervöse Kribbeln in meinen Fingern, als würden sie taub werden. Ich war noch weit von einer Panikattacke entfernt, aber mein Körper warnte mich bereits unmissverständlich, nicht näher an das Meer heranzutreten. Dabei war das doch das Einzige, was ich wollte: mich endlich wieder in die Fluten zu stürzen.

Ich schluckte gegen den Kloß an, der sich in meiner Kehle gebildet hatte, und wandte mich ab. Gerade rechtzeitig, denn ich sah Jen aus dem Surfshop kommen. Ihre dunkelbraunen Haare waren zu zwei Zöpfen geflochten, die rechts und links über ihre Schultern hingen. Ein breites Grinsen lag auf ihren vollen Lippen, und sie kam mit schnellen Schritten auf mich zu, um mich in die Arme zu schließen. Obwohl Jen nur sechs Jahre älter war, hatte ihre Umarmung etwas Mütterliches, in das ich mich gerne fallen ließ.

»Ich freue mich so, dass du wieder da bist.« Sie schob mich auf Armeslänge von sich, um mich eingehend zu betrachten. Im Gegensatz zu vielen anderen, die wussten, was mir zugestoßen war, zuckte ihr Blick dabei nicht hinab zu meinem Bein, sondern ruhte auf meinem Gesicht. »Geht es dir wieder gut?«

Ein Lächeln anzuknipsen, war diesmal nicht schwer, einfach weil ich mich so sehr freute, sie zu sehen. »Bestens. Bin schon fast wieder die Alte.«

»Das ist wirklich toll.«

»Gibt es hier etwas Neues?«

Jen breitete die Arme aus und drehte sich im Kreis. »Wie du siehst, ist momentan nicht viel los. Die Saison ist so gut wie vorbei, auf dem Campingplatz residieren bloß noch einige Backpacker und Langzeitcamper. Es laufen noch zwei Surfkurse, einer davon mit Kindern, die Andrej übernommen hat und zu Ende führen wird.« Jen zuckte mit den Schultern und sah mich wieder an. »Und das war es auch schon. Du hast echt nicht viel verpasst.«

Ich atmete tief durch. »Es fühlt sich aber so an, weil ich den ganzen Sommer nicht da war.« Dabei war der Sommer eigentlich nur die Vorbereitung auf den Herbst. Dann fing normalerweise für mich die richtige Saison an. Wenn die Touristen weniger, das Wetter rauer und die Wellen höher wurden, trauten sich nur noch geübte Surfer aufs Board. Das war immer die aufregendste Zeit im Jahr für mich, und trotz allem war ich noch immer gewillt, diese Saison mitzunehmen, auch wenn ich ehrlicherweise nicht wusste, ob ich es schaffen würde.

Jen griff nach meiner Hand und drückte sie kurz. »Ich kenne das Gefühl, aber du hast wirklich nichts verpasst. Zumindest nichts, was sich nicht nachholen lässt. Mach dir keinen Stress, deine ganze Karriere liegt noch vor dir.«

Ich unterdrückte die Verzweiflung, die meine Kehle hinaufkriechen wollte. Jen sagte praktisch das Gleiche wie Kilian zuvor, und rein rational wusste ich, dass sie recht hatten. Nur warum fühlte es sich dann an, als wäre mittlerweile alles verloren? Als würde die Hoffnung wie feiner Sand durch meine Finger rieseln?

Ich schüttelte diese Gedanken ab und verabschiedete mich von Jen, die zu einem Termin musste. Ich sah ihr hinterher, bis sie vom Strand verschwunden war, dann wandte ich mich der kleinen Hütte zu. Ein Lächeln breitete sich auf meinen Lippen aus, als ich darauf zutrat und durch den Holzperlenvorhang, der im Sommer Insekten draußen halten sollte, eintrat.

Innen sah es aus wie immer. Im hinteren Bereich waren die vielen Surfbretter aufgereiht, die man hier ausleihen konnte und die für den Surfunterricht verwendet wurden. Daneben stand eine Kleiderstange mit Neoprenanzügen, die ebenfalls ausgeliehen werden konnten. Darunter lagen etliche Surfschuhe in allen Größen und Formen bereit. Obwohl sich viele Surfer zu cool dafür waren, welche zu tragen, schwor ich darauf. Sie gaben einem viel mehr Grip auf dem Board, was vor allem bei hohem Wellengang von Vorteil war. Rechts von mir befand sich eine Auslage, in der Leashes, Surfwax und einige andere Kleinigkeiten ausgestellt waren. Hinter mir an der Wand hingen einige Surfboard Bags, in denen man sein Brett und jegliches Equipment sicher verstauen konnte. Unser Shop war eine Mischung aus Utensilien, die man ausleihen, und solchen, die man kaufen konnte. Surfbretter konnten stunden- oder tageweise ausgeliehen werden. Wir verlangten eine recht hohe Kaution, was vermutlich der Grund war, warum uns noch nie eins geklaut worden war.

Ich trat hinter den Tresen der Auslage, auf dem das kleine Büchlein lag, in das wir die Namen derjenigen eintrugen, die Boards ausgeliehen hatten. Fein säuberlich standen dort Vor- und Nachname, die Nummer des Boards, der Tag der Ausleihe und wann wir es zurückerwarteten. Aktuell waren nur zwei Bretter verliehen. Eins sollte heute noch zurückgebracht werden, das andere am Sonntag.

Ich wandte mich vom Tresen ab und dem kleinen Kühlschrank zu, der versteckt in der Ecke stand, zog die Tür auf und holte eine Dose Cola heraus, mit der ich mich draußen vor die Hütte setzen wollte. Arbeitstage, die wie heute außerhalb der Saison lagen, bestanden zu einem Großteil daraus, auf Kundschaft zu warten.

»Hey«, ertönte eine tiefe Stimme hinter mir, die mich erschrocken herumfahren ließ.

Ein Typ mit langen, gelockten Haaren stand im Eingang, den Holzperlenvorhang mit einer Hand zur Seite geschoben. Eine Sonnenbrille steckte in seinen Haaren, die er heute eigentlich nicht benötigte, weil es größtenteils bewölkt war, und ein lässiges Grinsen umspielte seine Lippen.

»Hey, was kann ich für dich tun?« Ich stellte die Dose Cola zur Seite und wandte mich ihm vollends zu.

»Ich brauche eine neue Leash, an meiner ist das Fußbändchen gerissen.« Er hob seine Hand und legte die Leash vor mir ab. Ich zog sie zu mir heran. Sie sah schon etwas älter aus, daher war es kein Wunder, dass gerade die dünnen Teile irgendwann brüchig wurden.

»Ja, die ist leider nicht mehr zu retten«, bestätigte ich ihm.

Leichthin zuckte er mit den Schultern. »Passiert, so oft, wie sie benutzt wurde.«

Ich blickte zu ihm hoch, weil er mehr als einen Kopf größer war als ich. »Dann war es immerhin gut angelegtes Geld.«

Er lachte. »Alles, was mit Surfen zu tun hat, ist bei mir gut angelegtes Geld.«

»Kenne ich.« Ich nickte, dann zog ich die Tür hinter der Auslage auf und holte das Brett hervor, auf dem die unterschiedlichen Leashes lagen. »Du brauchst vermutlich keine Beratung, oder?«, fragte ich und legte es auf der Auslage ab.

»Quatsch.« Sein Lächeln wurde etwas überheblich, und ich musste mich dazu zwingen, nicht die Augen zu verdrehen. Typen wie ihn gab es in der Surfcommunity wie Sand am Meer. Sie dachten, sie würden alles wissen, aber ich hatte es schon vor vielen Jahren aufgegeben, ihnen Neuheiten vorstellen zu wollen. Heute kam noch erschwerend hinzu, dass ich selbst seit drei Monaten keinen Fuß in den Surfshop gesetzt hatte und damit nicht einmal wusste, was es im Sortiment gab.

Der Typ beugte sich darüber, inspizierte die einzelnen Leashes, nahm einige in die Hand und entschied sich innerhalb von zwei Minuten für eine, die er mir reichte. »Die nehme ich.«

»Alles klar.«

Ich kassierte ihn ab, dann folgte ich ihm mit meiner Cola aus dem Shop auf den Strand. Sein Board lag neben der Hütte, und er eilte darauf zu, um die Leash sofort daran zu befestigen. »Dann will ich mal testen, ob die auch hält.« Er zwinkerte mir zu, dann machte er sich auf den Weg in Richtung Meer.

Ich sah ihm hinterher, wie er mit seinem Board in die Fluten ging, es irgendwann auf der Wasseroberfläche ablegte, sich daraufschwang und hinaus ins Meer paddelte. Der Wunsch, es ihm gleichzutun, wurde nahezu übermächtig in mir, aber mittlerweile wusste ich genau, was passierte, wenn ich mich dem

Meer zu sehr näherte. Aber das dämpfte mein Verlangen nicht im Geringsten.

Ich öffnete die Cola und trank einen Schluck daraus. Surfen war immer mein Rettungsanker gewesen. Das, was mir Kraft gegeben und mich alles um mich herum hatte vergessen lassen. Schon als Kind hatte ich auf dem Board gestanden, aber erst, als es meiner Mum so schlecht gegangen war, hatte ich mich vollends darin verloren. Damals hatte mich der Zustand meiner Mum sehr belastet. Die Sorgen um sie hatten mich täglich begleitet und mir Bauchschmerzen bereitet. Nur auf dem Board hatte ich vergessen können. Da hatte ich mich frei und unbeschwert gefühlt. Und jetzt wusste ich nicht mehr, wer ich war, nachdem mir diese Leichtigkeit abhandengekommen war.

Kapitel 8

ALICIA

»Wohin bist du denn so früh unterwegs?«

Die Stimme meiner Mum ließ mich erschrocken zusammenfahren, als ich gerade meine Schuhe anzog. Ich warf einen Blick über meine Schulter. Noch im Pyjama stand sie am Ende des Wohnzimmers, die Augen ganz klein und ihre Haare ein chaotisches Nest auf ihrem Kopf. Ich hatte nicht damit gerechnet, sie zu sehen, bevor ich losfuhr, war sie normalerweise um sieben doch nie wach.

»Ethan holt mich gleich ab, wir fahren zu einem Beach Cleaning.«

Mums Augenbrauen hoben sich, und sie trat einige Schritte näher. »Ethan?«

»Ein … Freund«, stammelte ich, weil ich nicht wusste, wie ich ihn betiteln sollte. Als Freunde würde ich uns eigentlich noch nicht bezeichnen, aber wir waren auch keine flüchtigen Bekannten mehr. Irgendwas dazwischen?

Um meine eigene Unsicherheit zu überspielen, plapperte ich einfach weiter. »Er engagiert sich bei Sea Shepherd, und sie machen regelmäßige Aktionen, wo sie Strände von Müll befreien, der dort von Einheimischen und Touristen liegen gelassen oder aus dem Meer angeschwemmt wurde. Ich finde das super, daher dachte ich, ich beteilige mich mal daran.«

Falls das überhaupt möglich war, hoben sich Mums Augenbrauen noch weiter. Sie betrachtete mich, als hätte sie mich nie zuvor gesehen und wüsste nicht, was sie mit mir anstellen sollte. »Seit wann interessierst du dich für Umweltschutz?«

Ich verdrehte die Augen, musste aber das Zucken in meinen Mundwinkeln unterbinden, denn sie hatte ja recht. Bisher hatte ich keinen Gedanken daran verschwendet. »Ich finde, an der Rettung unseres Planeten sollten wir uns alle beteiligen.« Ich zog die letzte Schleife an meinem Schuh zu, dann stand ich auf und warf meinen Rucksack über eine Schulter. »Außerdem möchte ich vielleicht irgendwann mal Kinder haben, und auch die sollten noch einen bewohnbaren, schönen Planeten haben.«

Mum verzog das Gesicht und lachte leise. »Ich freue mich, dass du dein Interesse für den Erhalt unserer Lebensräume gefunden hast, aber es ist eindeutig zu früh, um über meine vielleicht irgendwann möglichen Enkelkinder zu sprechen.«

Ich stimmte in ihr Lachen mit ein. »Warum bist du um die Uhrzeit überhaupt schon wach?« Normalerweise kam Mum nie vor neun oder zehn Uhr aus ihrem Schlafzimmer, und selbst dann war sie vor ihrem ersten Kaffee meistens nicht ansprechbar.

Sofort verschwand das Lächeln von ihren Lippen, und ihr Blick richtete sich zum Boden. »Ich habe einen Termin.«

»Einen Termin?«, wiederholte ich, als hätte ich sie nicht verstanden. Die einzigen Termine, die Mum für gewöhnlich hatte, waren ihre Schichten im Café. Das öffnete jedoch erst um zehn, und sowieso übernahm Mum dort erst ab nachmittags.

Einen Moment lang presste sie die Lippen aufeinander. Unsicherheit flatterte über ihr Gesicht, das kurz darauf von Entschlossenheit abgelöst wurde. »Du musst nicht alles wissen.« Damit rauschte sie an mir vorbei und verschwand ins Bad. Das Zuschlagen der Tür hörte sich unnatürlich laut in der Stille der Wohnung an.

Fassungslos starrte ich das dunkle Holz der Badezimmertür an. Was war hier gerade geschehen? Wer war diese Person, und was hatte sie mit meiner Mum gemacht? Nicht nur, dass sie nach meiner Rückkehr aus der Reha extra Kuchen für mich gekauft hatte, jetzt stand sie morgens auch noch um sieben Uhr zu ominösen Terminen auf, von denen sie mir nichts verraten wollte. Kurz wallte Angst in mir auf, dass sie in eine neue depressive Phase gerutscht sein könnte, doch fast augenblicklich schüttelte ich über mich selbst den Kopf. Immer wenn Mum depressiv gewesen war, war das komplette Gegenteil der Fall gewesen. Sie war nur schwer aus dem Bett gekommen und hatte erst recht keine Termine angenommen, die nicht absolut nötig gewesen waren. Ihr Verhalten gerade passte absolut nicht dazu, nur was war es dann? Ich konnte mir absolut keinen Reim darauf machen.

Oder hatte sie einen Freund? Über diese Möglichkeit hatte ich noch nicht nachgedacht, weil Mum nicht mehr gedatet hatte, seit mein Dad uns damals verlassen hatte. Aber es wäre eine Erklärung, und wenn ich ganz ehrlich war, würde mich das sehr für sie freuen.

Ein lautes Hupen riss mich aus meinen Gedanken. Ich sah aus dem Fenster und entdeckte Ethans Auto, das direkt vor unserer Einfahrt stand. Was auch immer mit meiner Mum los war, ich konnte mich nicht länger damit beschäftigen. Ich nahm eine dünne Strickjacke von der Garderobe, weil es heute bewölkt war, dann verließ ich die Wohnung.

Draußen lief ich erst mal gegen eine Wand aus drückender Schwüle, die fast augenblicklich Schweißperlen auf meine Stirn treten ließ. Die Strickjacke hätte ich mir eindeutig schenken können.

An Ethans Wagen angekommen, stieg ich auf der Beifahrerseite ein. »Guten Morgen«, begrüßte ich ihn und ließ mich auf den Sitz fallen.

»Hey.« Er warf mir ein kurzes Lächeln zu. »Startklar?«

»Absolut.« Ich schnallte mich an, dann rutschte ich etwas tiefer in den Sitz. Ethan legte den ersten Gang ein und fuhr los. »An welchen Strand geht es eigentlich?« Das hatte er mir bisher noch nicht verraten, und ich musste gestehen, dass ich neugierig war.

»An den Gillards Beach hinter der Nelson Lagoon. Er liegt etwas außerhalb an einer versteckten Bucht, wo öfter Müll aus dem Meer angeschwemmt wird.« Ethan warf mir einen kurzen Blick aus dem Augenwinkel zu, ehe er sich wieder auf die Straße konzentrierte. »Weil dort kaum Einheimische oder Touristen hinkommen, gibt es dort keine regelmäßige Reinigung.«

Ich nickte, denn von solchen einsamen Stränden gab es in Australien eine ganze Menge. Überall außerhalb der Ballungsgebiete waren sie zu finden, die kaum jemand betrat und um die sich demnach auch niemand kümmerte. »Wir waren mal zum Surfen an so einem«, sagte ich leise. »Eigentlich war es ein super schöner Strand, aber es lag so viel Zeug herum … Plastikscheiß, durchweichte Windeln und sogar Teile von Fischernetzen. Wir haben damals ein bisschen was mitgenommen und weggeschmissen, aber …«

»Es war so viel, dass ihr es unmöglich alles säubern konntet«, beendete Ethan meinen Satz. Ich nickte, und er presste die Kiefer aufeinander.

Ich betrachtete sein Profil. Die gerade Nase, seine geschwungenen Lippen, die gerade angespannt wirkten. Seine hohen Wangenknochen und die ausgeprägte Kieferpartie mit dem dunklen Bartschatten. Seine dunklen, leicht gelockten Haare hingen ihm wirr in die Stirn, und seine blauen Augen waren auf die Straße gerichtet. Zum ersten Mal wurde mir bewusst, wie schön Ethan war. Seine ebenmäßigen Gesichtszüge könnte ich mir gut in einer Werbung für das nächste Rasierwasser vorstellen, auch wenn er bei der Vorstellung wahrscheinlich nur die Augen verdrehen würde. Ethan war nicht der Typ zum Modeln, aber er hätte jegliche Voraussetzung dafür.

Als würde er meine Musterung bemerken, drehte er den Kopf in meine Richtung, und sein Blick traf mich mitten ins Herz.

Mir stockte der Atem, und für einen Moment befürchtete ich, dass er mir meine Gedanken an der Nasenspitze ablesen könnte. Doch natürlich war das unmöglich, und nach wenigen Sekunden lenkte er seinen Blick wieder nach vorne.

»Du hast mich damit wirklich überrascht«, murmelte er.

»Womit?«

»Dass du heute mitkommen wolltest.«

Meine Augenbrauen hoben sich, und meine Mundwinkel taten es ihnen gleich. »Willst du mir damit sagen, dass du mich für eine egoistische Tussi gehalten hast, der es egal ist, was mit unserem Planeten geschieht?«

Er lachte so plötzlich, dass es halb wie ein Husten klang. »Also, als *Tussi* hab ich dich noch nie gesehen.« Wieder traf sein Blick auf meinen, und diesmal konnte ich eindeutig den Schalk darin erkennen.

»Aber der Rest stimmt?« Ich tat betroffen und legte eine Hand auf meine Brust. »Und ich dachte, wir wären schon weiter.«

Ein weiteres Lachen brach aus ihm heraus, und ich musste gestehen, dass es mir gefiel, ihn zum Lachen zu bringen. »Wir *sind* weiter«, sagte er, als er sich etwas beruhigt hatte. »Deswegen kann ich ohne Umschweife zugeben, dass ich mich geirrt hab und es mir leidtut.«

»Okay, okay«, lenkte ich ein. »Entschuldigung angenommen. Und deine erste Annahme war gar nicht so abwegig, immerhin habe ich mir bisher wirklich zu wenige Gedanken darüber gemacht. Daher bin ich froh, dass ich an dich geraten bin.«

»Und ich bin froh, dass ich dich nicht weggeschickt hab, wie ich es ursprünglich vorhatte.«

Seine Worte wärmten mich von innen und brachten mich gleichzeitig zum Lachen. »Oh, das hab ich gesehen, dass du mich zuerst nicht reinlassen wolltest. Dein Blick sprach Bände: *Wer ist diese Irre, und was will sie von mir?*«

Ethan stimmte mit ein. »Du hast mich aus dem Schlaf geklingelt. Sei froh, dass ich überhaupt in der Lage war, ganze Sätze zu bilden.«

»Es war fast mittags! Woher hätte ich denn wissen sollen, dass du erst morgens im Bett warst?« Noch immer musste ich über unser erstes Aufeinandertreffen schmunzeln. Wie verwirrt, verschlafen und verärgert Ethan mir die Tür geöffnet hatte. Damals hatte ich kurzzeitig befürchtet, dass die Situation eskalieren könnte, doch mittlerweile kannte ich ihn ein wenig besser und konnte mir nicht vorstellen, dass er jemals ausfällig werden würde.

»Du hättest einfach vorher anrufen können.«

Ich schnaubte. »Du hättest doch sofort wieder aufgelegt. Das geht immerhin einfacher, als jemandem die Tür vor der Nase zuschlagen.«

Er zog auf unheimlich niedliche Weise die Nase kraus. »Stimmt«, sagte er schließlich. »Wenn mich jemand angerufen und gebeten hätte, ihr alles über Haie zu erzählen, was ich weiß, hätte ich das sicher für einen schlechten Scherz gehalten und aufgelegt.«

So wie er es sagte, klang es wirklich etwas verrückt. »Warum hast du mich dann überhaupt in deine Wohnung gelassen?«, fragte ich leise. Ich hätte es ihm nicht verdenken können, hätte er mich weggeschickt.

Er sah in meine Richtung, und sein Blick ging mir durch und durch. Darin war eine Intensität zu sehen, die mich völlig unvorbereitet traf. »Weil ich dich einfach nicht wegschicken konnte.«

Ich schluckte und wusste nicht, was ich darauf antworten sollte. Sämtliche Worte verließen mich, und zurück blieb nur das Kribbeln auf meiner Zunge, das nach Hoffnung schmeckte. Hoffnung, dass Ethan genau der Richtige war, um mir zu helfen, und wir gemeinsam einen Weg aus dieser Misere finden würden.

Ethan sah zurück auf die Straße, und der Bann zwischen uns war gebrochen.

Die restliche Fahrt verbrachten wir schweigend, bis Ethan schließlich von der Küstenstraße abbog und auf einen kleinen Parkplatz fuhr. Ein weiteres Auto und ein Van standen bereits dort, und um Letzeren war eine Traube Leute versammelt, die Mülltüten unter sich aufteilten.

»Da sind sie«, sagte Ethan unnötigerweise und hielt hinter dem Pkw an. Wir stiegen aus und gingen auf die Leute zu. Einige sahen kurz auf und begrüßten Ethan.

»Hey, Leute«, sagte er, legte eine Hand auf meinen unteren Rücken und schob mich ein wenig vor. »Das ist Alicia, sie wird uns heute helfen.«

»Hi, Alicia.« Ein Typ mit langen blonden Haaren und sonnengebräunter Haut nickte mir freundlich zu. Zwei weitere winkten kurz, und eine Frau mit langen dunklen Haaren, die zu einem dicken Zopf geflochten waren, drehte sich zu uns um. Sie war so wunderschön, dass mir kurzzeitig der Atem stockte. Ihre braune Haut hatte einen goldenen Schimmer, ihre Augen waren groß und so dunkel wie die stürmische See, und ein breites Lächeln zierte ihre vollen Lippen.

Sie kam auf uns zu und hielt mir die Hand hin. »Hi, ich bin Deepti.«

Ihr Name war genauso schön wie der Rest von ihr, und obwohl ich mich plötzlich eingeschüchtert fühlte, ergriff ich ihre schlanken Finger. »Alicia.«

»Schön, dass du uns hilfst. Hast du so etwas schon mal gemacht?«

»Nein«, kam es etwas kleinlaut über meine Lippen. Eigentlich sollte es nicht so schwer sein, Müll von einem Strand aufzusammeln, aber mir wurde gerade bewusst, dass ich vermutlich die Einzige war, die sich bisher nicht ehrenamtlich für den Schutz der Umwelt engagiert hatte. Die anderen würden wie Ethan seit

Jahren darum kämpfen, den Erhalt bedrohter Tier- und Pflanzenarten voranzutreiben, und mich vermutlich sofort als Newbie erkennen, auch wenn ich es nicht extra erwähnte. Selten zuvor hatte ich mich derart außerhalb meines Elements gefühlt.

»Ach, das macht gar nichts«, sagte Deepti fröhlich und zerschlug damit alle meine Bedenken. »Jasen hier ist auch erst einige Wochen dabei«, sie deutete auf den blonden Typen mit dem Pferdeschwanz, »und wir freuen uns immer, wenn wir neue Leute für unsere Sache gewinnen können. Holt euch eure Utensilien, dann können wir starten.«

Ethan führte mich zum Van, dessen hintere Türen offen standen. Im Inneren waren zwei weitere Männer, die ich etwas älter, auf Anfang dreißig, schätzte. Sie reichten jedem von uns einen Greifarm, Einmalhandschuhe und einen blauen Müllsack, und dann ging es auch schon los.

Wir betraten den Strand, der auf den ersten Blick wie jeder andere aussah. Er war weitläufig, breit und mit hellem Sand. Erst bei genauerem Hinsehen fiel mir auf, wie viel Unrat darauf verteilt lag. Hier eine Plastiktüte, da ein Coffee-to-go-Becher, dort etwas, das wie ein Teil eines Fischernetzes aussah.

Ethan legte eine Hand auf meinen Rücken und dirigierte mich nach rechts. »Komm, wir gehen hier lang, die anderen nehmen sich die entgegengesetzte Richtung vor.«

Ich folgte Ethan, und nach wenigen Sekunden schloss auch Deepti zu uns auf. »Ich bleib bei euch.«

Ethan grinste. »Wir sind eh die Cooleren.«

»Wow.« Deepti lachte. »Das sind ja ganz neue Töne von dir.«

Er wackelte mit den Augenbrauen. »Ich bin ein Mann mit vielen Talenten.«

»Und einem ziemlich großen Ego«, schob ich hinterher, was Deepti endgültig zum Lachen brachte.

»Ich mag dich.« Freundschaftlich stupste sie mich mit der Schulter an. »Was machst du sonst so, wenn du dich nicht von diesem übergroßen Ego dazu überreden lässt, an Strandsäuberungsaktionen teilzunehmen?«

Es war so eine unschuldige Frage, die ich bisher immer gern beantwortet hatte, doch plötzlich bereitete sie mir Magenschmerzen. Wenn ich Deepti sagte, wer ich war und was ich machte, würde sie sofort eins und eins zusammenzählen. Es war schon verwunderlich, dass sie bisher noch nicht realisiert hatte, dass ich das *Golden Surfer Girl* war, das von einem Haiangriff aus der Bahn geworfen worden war. Und eigentlich hatte ich gehofft, am heutigen Tag mal nicht daran denken oder darüber reden zu müssen.

»Ich bin Surferin«, sagte ich mit so viel Begeisterung, wie ich aufbringen konnte.

Sie verzog den Mund. »Ich hoffe, du nimmst es mir nicht übel, aber damit kann ich gar nichts anfangen.«

Ethan trat neben sie, legte einen Arm um ihre Schultern und sah an ihr vorbei zu mir. Der Schalk blitzte in seinen Augen. »In ihrer Erziehung ist leider etwas schiefgelaufen.«

Sie schlug nach ihm, aber er sprang in letzter Sekunde außer Reichweite. »Ich verstehe den Sinn dahinter einfach nicht. Man ist auf einem winzigen Brett der Gewalt des Ozeans ausgeliefert.«

»Das nennt sich Sport«, widersprach Ethan. »Und es macht Spaß.«

»Spaß.« Sie schnaubte verächtlich. »Hört sich für mich eher nach Folter an. Warum tut man sich das freiwillig an? Und dann noch, indem man sich ständig mit anderen messen muss?« Sie wandte sich mir zu. »Sorry, das ist nichts gegen dich.«

So hatte ich das auch gar nicht aufgefasst. Im Gegenteil, ich fand es sogar sehr erfrischend, auch wenn ich ihre Worte nicht so stehen lassen konnte. »Aber das ist doch gerade der Reiz daran. Bei nahezu allen anderen Sportarten sind die Grundvoraussetzungen immer gleich. Ein Spielfeld mit exakt vorgeschriebener Größe und Rasenlänge. Fest vorgeschriebene Größen bei Spielbällen, und wie viel Druck in ihnen sein soll. Tore, die immer an denselben Stellen stehen und die gleichen Maße haben. Aber beim Surfen ist das anders. Du kannst das Meer nicht kontrollieren. Jede Welle ist anders, daher muss ich mich immer wieder neu darauf einstellen. Ich muss *mit* dem Meer zusammenarbeiten, um zu gewinnen. Nur die besten Surfer schaffen es, jede Welle richtig zu nehmen und darauf zu performen. Man weiß nie, welche als Nächstes kommt, aber das ist genau eins der Dinge, die ich so sehr daran liebe.«

Für einen Moment starrte Deepti mich mit offenem Mund an. Genauso wie Ethan, der hinter ihr stand und in dessen Blick neben Bewunderung auch etwas anderes lag, das wie eine warme Berührung über meine Haut raste. Ein Schauer rieselte über meinen Rücken, und ich wollte mich abwenden, weil es mir plötzlich unangenehm war, wie leidenschaftlich ich über das Thema geredet hatte, mit dem Deepti gar nichts anfangen konnte.

»Siehst du?« Sie wandte sich Ethan zu und deutete mit dem Finger auf mich. »Das kann ich nachvollziehen. Viel mehr als dieses banale ›*Ich muss mich mit anderen messen*‹-Gerede vieler Kerle.«

Ich musste kichern. »Na ja, ich möchte schon gern auch die Beste sein, wenn ich zu einer Competition antrete.«

»Hey, ich hab dich gerade gelobt, mach das nicht wieder kaputt.«

Jetzt lachten wir alle, und Ethan räusperte sich. »Wir sollten so langsam mal anfangen.«

Wir standen noch immer an dem Platz, an dem die anderen uns zurückgelassen hatten. Ich drehte mich um, aber von ihnen war schon längst nichts mehr zu sehen.

»Sollten wir«, stimmte Deepti zu. »Sonst stehen wir in einer Stunde noch hier und quatschen.«

»Sorry, ich wollte euch nicht von der Arbeit abhalten.« Ich wusste, dass es wichtig war, was sie hier machten.

»Ach.« Deepti winkte ab. »Wenn überhaupt jemand Schuld hat, dann Ethan, immerhin hat er dich mitgebracht.«

»Pah«, entgegnete er. »Du freust dich doch darüber. Außerdem zwinge ich euch ja nicht dazu, euch gut zu verstehen und dabei die Zeit zu vergessen.«

»Hey.« Obwohl ich lachen musste, ging ich dazwischen. Wenn Ethan und Deepti jetzt mit einer ausufernden Diskussion begannen, würden wir erst recht nie anfangen. »Wie machen wir das jetzt? Teilen wir uns auf?«

Deepti und Ethan starrten sich für einen Moment länger an. Eine Spannung lag in der Luft, bei der ich mir nicht sicher war, ob sie mir zugehört hatten oder doch gleich verbal aufeinander losgehen würden.

Dann räusperte sich Ethan erneut, und die Spannung verpuffte wie Luft aus einem Ballon. »Genau, wir splitten uns auf. Ich übernehme die Uferlinie, ihr könnt euch die Mitte und den oberen Bereich teilen. Greif alles auf, was nicht an den Strand gehört, und schmeiß es in den Müllsack.«

»Alles klar, klingt eigentlich total easy. Müssen wir den Müll danach trennen?«

»Das machen die Leute an der Mülldeponie, zu denen wir die Säcke fahren«, erklärte Deepti.

»Okay. Ich würde dann hier oben bleiben, wenn das für alle in Ordnung ist.« Vermutlich würde ich auch auf der Mitte des Strandes klarkommen, weil er hier so breit war, dass ich trotzdem weit genug vom Meer entfernt sein würde. Trotzdem fühlte ich mich hier sicherer und wollte es nicht drauf ankommen lassen, vor Deepti eine Panikattacke zu erleiden.

»Klar«, sagte Deepti sofort. »Ich übernehme dann die Mitte.«

Ethan nickte. »So machen wir es.« Er drehte sich um und ging in Richtung Uferlinie. Auch Deepti entfernte sich einige Meter von mir, und gemeinsam begannen wir, den Strand abzulaufen und Müll aufzusammeln.

Es war so viel mehr, als ich je für möglich gehalten hatte. Sobald ich darauf achtete, fiel mir beinahe auf jedem Meter etwas auf. Überwiegend waren es Plastikflaschen, egal, ob von Getränken oder Kosmetik. Damit füllte sich mein Müllsack recht schnell. Aber ich fand auch andere Sachen. Strohhalme, Ohrenstäbchen, Einkaufstüten in allen Größen und Variationen, sogar eine durchweichte Windel war dabei. Mit jedem Meter, den wir an diesem Strand zurücklegten, und mit jedem weiteren Teil, das in meinen Müllsack wanderte und ihn schwerer machte, wurde das Gewicht auf meinen Schultern drückender. Für das hier waren wir Menschen verantwortlich. Wir ließen unseren Müll überall liegen, verunreinigten die Meere und unseren ganzen Planeten damit. Nicht nur, dass es die Landschaft verschandelte, es war auch gefährlich für die Tiere, die sich daran verletzen oder es fressen konnten.

»Hey«, erklang plötzlich eine Stimme, die mich erschrocken zusammenfahren ließ. Ich war so auf meine Arbeit konzentriert gewesen, dass ich kaum etwas um mich herum mitbekommen hatte. Erst recht nicht, dass außer uns noch andere Leute hier waren.

Ich sah auf und entdeckte drei Jugendliche, die vor mir standen und mich mit großen Augen betrachteten.

»Hi?« Es klang wie eine Frage, weil ich unsicher war, was sie von mir wollten.

Die Jugendlichen, zwei Jungs und ein Mädchen, die ich alle auf sechzehn oder siebzehn Jahre schätzte, sahen sich fragend an. Schließlich trat das Mädchen mit dem dunklen Pferdeschwanz vor. »Also …« Ein vorsichtiges Lächeln lag auf ihren Lippen. »Wir sind uns nicht ganz sicher, aber bist du nicht Alicia? Alicia Taylor?«

Augenblicklich beschleunigte sich mein Puls, und ich musste gegen die Enge in meiner Kehle anschlucken. »Die bin ich.«

»Wow, das ist so cool«, sagte der rechte Junge mit den hellen Haaren, die ihm fast bis in die Augen hingen. »Wir surfen auch und verfolgen deinen Weg schon so lange.«

»Ja«, stimmte der zweite zu, der raspelkurze Haare hatte, deren Farbe ich nicht erkennen konnte. »Wir sind froh, dass es dir wieder besser geht.«

Als wäre das ein Stichwort gewesen, wanderten all ihre Blicke an mir herab, als würden sie meinen Körper auf Verletzungen scannen. Es war das erste Mal, dass mir das so offensichtlich passierte, und am liebsten hätte ich schützend die Arme vor meiner Brust verschränkt. Aber ich versuchte, möglichst unbeteiligt stehen zu bleiben, um nicht noch zu verdeutlichen, wie unangenehm mir das war.

»Ja«, sagte der erste mit den hellen Haaren wieder. »Als wir von dem Haiangriff gehört haben, hatten wir kurz Angst, dass du nie wieder surfen könntest, aber du siehst echt fit aus.«

»Wir wollen dich bestimmt nicht belästigen«, fügte das Mädchen hinzu, ehe ich etwas erwidern konnte, »aber wäre es möglich, dass wir ein Foto mit dir machen? Vielleicht da vorne direkt am Meer?« Ich folgte der Richtung, in die sie deutete, und erst da wurde mir bewusst, wie viel näher ich dem Ufer gekommen war, ohne es zu bemerken.

Ich erstarrte, und das Blut in meinen Adern gefror. Ungebeten stiegen Bilder vor meinem inneren Auge auf, wie ich mitten auf dem Ozean auf meinem Surfbrett gelegen hatte und den Hai, eine Sekunde bevor er zugebissen hatte, bemerkt hatte. Ich erinnerte mich an scharfe Zähne und den Schmerz, der alles andere überschattet hatte. Das Rauschen der Brandung kam mir plötzlich viel lauter vor als zuvor. Fast so, als würde ich mich mitten darin befinden und als würden die hohen Wellen über mir zusammenschlagen. Als würde ich unter ihnen begraben werden und ihr Gewicht mich weiter und weiter in den Grund drücken.

Mein Herz begann zu rasen, auf diese ungesunde Weise, die

mir mittlerweile nur zu vertraut war. Ich versuchte, mit tiefen, ruhigen Atemzügen dagegen anzukommen, doch es war ein hoffnungsloses Unterfangen. Schwindel setzte ein, meine Fingerspitzen wurden taub, dann brach die Panikattacke vollends über mich herein. Ich wollte nur raus aus dieser Situation, weg vom Meer und diesen Jugendlichen, von denen ich mich bedrängt fühlte, obwohl sie nichts Schlimmes taten. Sie waren eigentlich nur nett und konnten nicht wissen, was sie mit ihrer Bitte, ein Foto in der Nähe des Wassers machen zu dürfen, in mir ausgelöst hatten. Nur wie sollte ich ihnen das begreiflich machen? Wie sollte ich ihnen sagen, dass es gerade nicht ging, es aber nicht an ihnen lag, ohne zu verraten, was *wirklich* mit mir los war? Beim bloßen Gedanken daran, mit wildfremden Menschen über meine Angststörung zu sprechen, raste mein Herz noch mehr und wollte nahezu aus meiner Brust hinausspringen.

Mein nächster Atemzug blieb auf halbem Weg in meiner Brust stecken, und dunkle Punkte tanzten vor meinen Augen. Hektisch sah ich mich um, konnte aber weder Ethan noch Deepti entdecken …

Kapitel 9

ETHAN

Ich merkte sofort, dass etwas nicht stimmte. Ein Blick auf Alicia, ihr angespanntes Gesicht und die hochgezogenen Schultern reichte aus, um zu erkennen, dass es ihr nicht gut ging. Zuerst dachte ich jedoch, dass sie einfach von den Jugendlichen genervt war, die sie angesprochen hatten. Dass sie vielleicht etwas zu ihr gesagt hatten, was ihr nicht gefiel. Erst später bemerkte ich die nackte Panik in ihrem Blick und ihre Haut, die immer fahler wurde, und realisierte, dass sie von einer Panikattacke befallen sein musste.

Die Jugendlichen um sie herum schienen nicht zu bemerken, was mit Alicia los war. Die Begeisterung, vermutlich einem ihrer Idole begegnet zu sein, war unverändert auf ihren Mienen zu lesen, und sie schienen auf irgendeine Antwort von Alicia zu warten, die sie ihnen nicht geben würde. Nervös huschte ihr Blick umher, ohne dabei überhaupt etwas von ihrer Umgebung mitzubekommen. Als wäre sie komplett in ihrer eigenen Welt gefangen. In einer, die nichts Gutes bereithielt, wenn ich ihre Mimik richtig deutete.

Wie von selbst setzten sich meine Beine in Bewegung und brachten mich zu ihr. Ohne darüber nachzudenken, was ich da tat, trat ich an ihre Seite und umfasste ihre Hand mit meiner, verschränkte unsere Finger miteinander. Zuerst schien es keine Wirkung auf sie zu haben. Ihre Finger lagen schlaff in meinen, und sie ließ nicht erkennen, ob sie mich überhaupt wahrnahm. Ihr Blick lag unfokussiert auf dem weiten Ozean, und ihr Atem kam in knappen, abgehackten Zügen.

»Was ist mit ihr?«

So langsam realisierten auch die Jugendlichen, dass etwas nicht in Ordnung war. Sie warfen sich besorgte Blicke zu, eine streckte die Hand in Alicias Richtung aus, ließ sie aber wieder sinken, ehe sie sie berührte. Sie taten mir leid, daher sagte ich: »Es geht ihr nicht gut«, ehe ich sie wieder ausblendete und mich voll auf Alicia konzentrierte.

Ich trat einen Schritt näher an sie heran, bis mein Mund nur noch Zentimeter von ihrem Ohr entfernt war. »Alicia«, raunte ich ihr zu, in der Hoffnung, zu ihr durchzudringen. Die Jugendlichen blieben dicht bei uns stehen und sahen sich fragend an, aber ich versuchte, mich von ihnen nicht aus dem Konzept bringen zu lassen. Nur Alicia zählte.

Ein weiteres Mal sagte ich ihren Namen, und dieses Mal zuckte sie kaum merklich zusammen. »Ich bin hier«, schob ich hinterher. »Es ist alles gut.« Keine Ahnung, ob das stimmte, aber es war das Einzige, was mir gerade einfiel. Ich sprach weiter auf Alicia ein, kleine Nichtigkeiten, die nichts bedeuteten, in der Hoffnung, dass meine Stimme reichte, um sie aus ihrer Trance zurückzuholen.

Irgendwann wandte sich Alicia blinzelnd in meine Richtung. Zuerst sah sie noch immer ins Nichts, aber nach einem Moment, der sich wie eine Ewigkeit für mich anfühlte, sah sie mich an. Ihr Blick fand meinen, und ich las Überraschung darin.

»Ethan?«

»Ich bin da«, wiederholte ich. »Ich gehe nicht weg.« Nie würde ich sie in einer Situation wie dieser allein lassen, wenn ich sie mitbekam. Ich wusste nicht mal, warum dieses Gefühl so stark in mir war, immerhin kannten wir uns kaum, trotzdem war es so unabdingbar da, dass es alles andere in den Schatten stellte.

Alicia nickte und schluckte sichtlich.

»Lass uns von hier weg und dort drüben hinsetzen.« Ich deutete auf einige umgefallene Baumstämme am Ende des Strandes.

Vielleicht würde es sie beruhigen, etwas weiter vom Wasser weg zu sein. Generell fühlte ich mich gerade komplett überfordert, weil ich keine Erfahrung mit Angstpatienten hatte. Ich hoffte, sie aus der Stresssituation herauszubringen, würde ihr helfen. Das hatte ich irgendwo mal gelesen, wenn ich mich recht erinnerte.

Als ich vorsichtig an Alicias Hand zog, folgte sie mir bereitwillig.

»Geht es ihr besser?«, fragte einer der zwei Typen. Ich hatte völlig vergessen, dass die Jugendlichen noch immer bei uns waren, so fokussiert auf Alicia war ich gewesen. Doch dann sah ich die Betroffenheit in ihren Gesichtern und realisierte, dass sie befürchteten, was auch immer mit Alicia los war, ausgelöst zu haben.

»Es hat nichts mit euch zu tun«, sagte ich zu ihnen. »Aber sie braucht jetzt Ruhe.« Damit drehte ich mich um und führte Alicia zu einem der Baumstämme. Nach einem leichten Drücken auf ihre Schultern ließ sie sich auf das Holz sinken. Ihre Haut war noch immer aschfahl, und ihre Hände waren eiskalt und zitterten.

Ich ging vor ihr in die Hocke und legte meine Hände an ihre Wangen. Im Gegensatz zu ihren Fingern fühlte sich ihr Gesicht heiß, fast schon fiebrig an. Ihr Atem kam rasselnd, und ihr Blick war auf einen Punkt über meiner Schulter gerichtet.

»Geht es wieder?«, fragte ich leise.

Für einen Moment schloss sie die Augen, nur um sie kurz darauf wieder aufzureißen, als würde die Dunkelheit alles noch verschlimmern. Knapp schüttelte sie den Kopf.

Ich nahm meinen Rucksack von den Schultern, holte meine Flasche Wasser heraus, schraubte den Deckel ab und reichte sie ihr. »Trink etwas. Und sag mir, was ich tun kann.«

Mit zitternden Fingern griff Alicia danach, setzte die Flasche an ihre Lippen und trank einen winzigen Schluck. Dann noch einen. Und noch einen. »Erzähl mir irgendwas«, krächzte sie.

»Was willst du hören?« Mein Kopf war mit einem Mal völlig leer, ganz zu schweigen davon, dass ich ohnehin nicht der Typ für Small Talk war.

»Keine Ahnung. Irgendwas. Was ist dein Lieblingsfilm?«

»Sharknado«, kam es wie aus der Pistole geschossen, und im selben Moment wollte ich mich für diese unbedachte Äußerung in den Hintern treten. Alicia hatte eine Angststörung vor Haien entwickelt, da würde es ihr sicher nicht helfen, wenn ich jetzt von einem Haifilm redete.

Abrupt drehte sie den Kopf und sah mich direkt an. Und zum ersten Mal, seit die Jugendlichen an sie herangetreten waren, hatte ich auch das Gefühl, dass sie mich wirklich wahrnahm. »Was?«, fragte sie entgeistert. »Du stehst auf *Sharknado?* Ausgerechnet *du?*« Vielleicht bildete ich es mir bloß ein, aber ich meinte, dass ihre Mundwinkel ein bisschen nach oben zuckten.

»Was soll das denn heißen? Ich erforsche Haie, natürlich mag ich dann auch Filme mit ihnen.«

Alicia schnaubte leise. »Aber ist der nicht viel zu unrealistisch und stellt Haie völlig falsch dar?«

Ich zuckte mit den Schultern. »Natürlich, aber dieser Film stellt sie so offensichtlich falsch dar, dass man ihm gar nicht böse sein kann. Ich meine, Haie, die in einem Tornado angeflogen kommen und Leute sogar in zehn Zentimeter tiefem Wasser angreifen. Niemand würde tatsächlich glauben, dass das passiert. Und außerdem sind sie so schlecht gemacht, dass sie schon wieder gut sind.«

Alicia legte den Kopf schief. »Ich glaube, ich hab die nie gesehen.«

»Was? Wie kann man die noch nie gesehen haben? Die sind Kult.«

»Ich weiß, aber man muss ja nicht jeden Trend mitmachen.«

Etwas Farbe war in Alicias Wangen zurückgekehrt, und sie wirkte ruhiger als zuvor. Was ich tat, schien Wirkung zu zeigen, daher machte ich damit weiter. »Muss man nicht, aber wo bleibt denn da der Spaß? Man will doch mitreden können.«

Sie zog die Augenbrauen hoch. »Ethan Parfit, ich hätte dich nicht für einen Mainstream-Guy gehalten.«

Jetzt musste ich lachen. »Was ist so schlimm daran?«

»Gar nichts.« Alicia schüttelte den Kopf. »Ich hätte es dir einfach nur nicht zugetraut.«

»Warum nicht?« Die Antwort interessierte mich wirklich.

Verlegen wandte sie den Blick ab. »Ich dachte irgendwie, dass im Leben eines Haiforschers kein Platz für so was ist. Bist du nicht eher daran interessiert, der Welt ein *richtiges* Bild von den Tieren zu vermitteln?«

Mein Mund verzog sich zu einer Grimasse. »Grundsätzlich stimmt das schon. Deswegen hab ich auch ein Problem mit den alten *Der Weiße Hai*-Filmen. Aber *Sharknado* ist dermaßen überzogen, da würde wirklich niemand glauben, dass es passieren könnte … hoffe ich zumindest«, schob ich hinterher. Die Dummheit der Menschen war unendlich, daher würde ich nicht bestreiten, dass es jemanden gab – irgendwo auf dieser Welt –, der danach wirklich befürchtete, ein Tornado könnte einen Hai ins Inland befördern.

Alicia trank einen weiteren Schluck aus der Wasserflasche. Sie sah mittlerweile deutlich besser aus. Ihre Augen waren klar und auf mich gerichtet, und das Zittern in ihren Gliedern hatte nachgelassen. »Da kann ich nicht mitreden, ich hab sie nie gesehen.«

»Solltest du irgendwann nachholen«, sagte ich.

Ein kleines Lächeln umspielte ihre Lippen. »Zeigst du sie mir? Und hältst dabei meine Hand, falls ich Angst bekomme?«

Es war fast eine unschuldige Frage, gleichzeitig lag da ein Funkeln in ihren Augen, das zuvor nicht da gewesen war und mich überlegen ließ, ob Alicia vielleicht mit mir flirtete. Bisher hatte ich nichts aus der Richtung von ihr verspürt, wenn man mal von den scherzhaften Sprüchen ganz am Anfang absah. Außerdem hatte sie gerade erst eine Panikattacke hinter sich. Innerlich schüttelte ich den Kopf über mich selbst, denn ich musste die Zeichen falsch deuten. Unter keinen Umständen würde Alicia in dieser Situation mit mir flirten. Überrascht stellte ich fest, dass ein Hauch von Enttäuschung diesen Gedanken begleitete.

»Klar, können wir machen.« Meine Stimme klang rauer als zuvor, und ich räusperte mich.

»Super, vielleicht können wir das auch darunter verbuchen, dass du mir gegen meine Ängste hilfst.«

Der kleine Stich bohrte sich tiefer in mich hinein. Mit diesem Satz hatte Alicia mehr als deutlich gemacht, was sie von mir wollte. Und dass es das Einzige war, woran sie interessiert war. Ich wusste auch gar nicht, warum es mich plötzlich störte, weil ich nie anders über sie gedacht hatte. Doch plötzlich war da dieser kleine Wunsch in meinem Herzen, sie näher kennenzulernen – und zwar nicht nur, um sie zurück aufs Surfbrett zu bekommen. Dabei war das total absurd. Wir lebten in völlig verschiedenen Welten. Nur weil sie heute mit zu dieser Strandsäuberung gekommen war, hieß das nicht, dass sie plötzlich zur Retterin der Ozeane aufsteigen würde.

Abrupt stand ich auf, um mich von diesen Gedanken zu befreien. »Sollen wir weiter, oder willst du lieber zurück?«

Mit zusammengezogenen Augenbrauen sah sie zu mir auf, offensichtlich über meinen Themenwechsel verwirrt. »Wir sind doch gerade erst gekommen.«

Das war keine Antwort auf meine Frage. »Aber dir geht es nicht gut … oder ging es gerade zumindest nicht. Wenn du nicht weitermachen willst oder kannst, bringe ich dich gerne zurück nach Hause.«

Alicia schüttelte den Kopf, bevor ich zu Ende gesprochen hatte. »Auf keinen Fall. Mein Müllsack ist nicht mal zu einem Drittel voll und dieser Strand noch immer ganz schön versifft. Von so einer kleinen Panikattacke lasse ich mich nicht so leicht aus der Bahn werfen. Wir machen weiter.« Eine Entschlossenheit lag in ihrer Stimme, die mich lächeln ließ. Gleichzeitig stand sie auf, als wollte sie ihre Worte unterstreichen. Sie griff nach dem Müllsack und ihrem Greifarm, den sie neben sich im Sand hatte fallen lassen.

»Okay, aber du bleibst schön hier oben, und wenn du merkst, dass es dir nicht gut geht, sagst du umgehend Bescheid.« Ich freute mich, dass sie weitermachen wollte, gleichzeitig hoffte ich, dass sie sich damit nicht übernahm.

Alicia verdrehte die Augen. »Ja, Dad.«

Ich schnaubte und stieß sie leicht mit der Schulter an. »Geh an die Arbeit und werd nicht frech.«

Ihr glockenhelles Lachen begleitete mich, während wir weiter den Strand entlanggingen. Deepti war mittlerweile nicht mehr zu sehen. Ich vermutete, dass sie gar nicht mitbekommen hatte, wie Alicia und ich zurückgeblieben waren, weil sie so vertieft in ihre Arbeit gewesen war.

Die Wolkenwand über uns wurde dichter und undurchdringlicher, weit entfernt war bereits das erste Grummeln von Donner zu hören. Bei dem Geräusch hob auch Alicia ihren Blick gen Himmel. »Meinst du, wir werden heute noch nass?«

Als hätte sie es damit heraufbeschworen, fiel mir in der Sekunde der erste Regentropfen auf die Nase. »Vermutlich.« Ich konnte den Sarkasmus nicht aus meiner Stimme heraushalten.

»Shit.« Alicia rieb sich über die Stirn, als hätte sie gerade ebenfalls einen Regentropfen abbekommen. »Hätte ich doch bloß meinen Mund gehalten.«

Das schien das Stichwort für den Himmel zu sein, der in der Sekunde seine Schleusen öffnete. Ein wahrer Sturzbach regnete auf uns herab, dicke Tropfen, die uns innerhalb kürzester Zeit bis auf die Unterwäsche durchnässten.

»Bist du sicher, dass wir nicht zurückwollen?«, fragte ich Alicia ein weiteres Mal, doch sie schnaubte nur.

»Ich bin nicht aus Zucker. Außerdem werde ich beim Surfen regelmäßig bis auf die Haut nass. Wir machen weiter.«

Ich verkniff es mir, ihr zu sagen, dass sie beim Surfen auch einen Neoprenanzug trug, der sich nicht mit Wasser vollsaugen und schwer wie Blei an ihr hängen würde. Ganz zu schweigen von der Möglichkeit, sich in diesem Wetter eine Erkältung einzufangen. Alicia war eine erwachsene Frau, und auch wenn wir uns noch nicht gut kannten, wusste ich eine Sache mittlerweile sicher von ihr: Sie ließ sich ungern etwas vorschreiben, und aufgeben stand erst recht nicht auf ihrer Agenda.

Zudem schien der Regen sie wirklich nicht zu stören. Ganz im Gegenteil, als er gerade kräftig vom Himmel prasselte, blieb Alicia stehen, drehte das Gesicht nach oben und schloss die Augen. Eine ganze Weile stand sie so da, die Tropfen benetzten ihre Wangen, ihre Stirn und ihre Lippen. Ein zufriedener Ausdruck legte sich auf ihre Miene, den ich nie zuvor bei Alicia gesehen hatte. Zum ersten Mal, seit ich sie kennengelernt hatte, war ihre Stirn frei von Sorgenfalten, und es war ein so einnehmender Anblick, dass ich mich nicht davon abwenden konnte. Ich spürte, wie auch meine Mundwinkel sich hoben, und am liebsten hätte ich diesen Augenblick für die Ewigkeit festgehalten, dabei konnte ich nicht einmal sagen, warum.

Der Regenschauer dauerte zwar nur eine halbe Stunde, ehe sich die Sonne leicht zwischen den aufbrechenden Wolken hervorschob, aber bis dahin waren wir klatschnass. Sogar in meinen Turnschuhen stand das Wasser, die bei jedem Schritt zu quietschen begannen. Zurück am Parkplatz, zauberte Mason einige Handtücher für uns hervor, mit denen wir uns notdürftig abtrocknen konnten. Als ich Alicia schließlich bei sich zu Hause absetzte, waren ihre Lippen nichtsdestotrotz leicht bläulich.

»Ist dir kalt?«, fragte ich unnötigerweise, nachdem ich vor ihrem Haus geparkt hatte.

»Eigentlich nicht.« Sie lächelte breit, aber ich sah auch die

Gänsehaut, die sich auf ihren Armen gebildet hatte. Der Wunsch, mit meinen Händen darüberzureiben, bis sie etwas aufgewärmt war, keimte in mir auf. Ich war nicht einmal überrascht darüber, weil es nicht das erste Mal heute war, dass ich mich zu ihr hingezogen fühlte. Plötzlich wollte ich die Zeit mit uns verlängern, dabei wäre es besser, wenn sie schnellstmöglich unter eine warme Dusche kam, bevor sie sich erkältete.

»Du bist eine schlechte Lügnerin«, gab ich zurück.

Sie zuckte mit den Schultern. »Ich bin auch viel zu ehrlich, um gut lügen zu wollen.«

Darauf fiel mir keine gute Erwiderung ein. Alicia schwieg ebenfalls, machte aber auch keine Anstalten, das Auto zu verlassen. Und so saßen wir da, sahen uns an, und mit jeder Sekunde, die verstrich, fühlte sich die Luft im Inneren aufgeladener an. Mit all dem Ungesagten zwischen uns, unseren Empfindungen und meinem Wunsch, irgendetwas Gehaltvolles von mir zu geben. Aber mir fiel nichts ein, mein Kopf war wie leer gefegt, und schließlich räusperte sich Alicia.

»Ich sollte dann wohl mal rein.«

Ich nickte, obwohl ich sie gern aufgehalten hätte. »Danke, dass du heute dabei warst.«

»Hat echt Spaß gemacht. Also, von dem kleinen Zwischenfall abgesehen, aber ich muss mich wohl darauf einstellen, dass ich öfter darauf angesprochen werde.« Kurz presste sie die Lippen aufeinander und sah zur Seite. »Danke, dass du da warst und mir geholfen hast.«

»Jederzeit.« Das meinte ich vollkommen ernst.

Ihre Mundwinkel zuckten noch ein Stück höher, ihr Blick hielt mich noch einen Augenblick länger gefangen, dann wandte sie sich ab und öffnete die Beifahrertür. »Bis bald, Ethan.«

»Bis bald, Alicia.«

Ich sah ihr hinterher, bis sie im Haus verschwunden war, erst dann startete ich den Wagen und fuhr los.

Kapitel 10

ALICIA

Noch immer bildete ich mir ein, Ethans Hand spüren zu können, die meine sanft umfasst und mich von den Jugendlichen weggezogen hatte. Das Kribbeln, das ich dabei gefühlt hatte, raste noch immer durch meinen Arm und brachte meine Gefühlswelt durcheinander, dabei war seitdem ein ganzer Tag vergangen.

Was war da am Strand nur passiert? Die Jugendlichen, die mich angesprochen hatten, hatten doch lediglich ein Foto mit mir machen wollen, trotzdem hatte es mich geradewegs in eine Panikattacke katapultiert, wie ich sie schon seit Tagen nicht mehr erlebt hatte. Wenn Ethan nicht gewesen wäre, ich wüsste nicht, ob ich heil aus der Situation herausgekommen wäre.

Aber Ethan *war* da gewesen. Er hatte mich nicht allein gelassen, sondern war bei mir geblieben, hatte meine Hand gehalten und mir Nichtigkeiten erzählt. Ich musste drüber lachen, dass es ausgerechnet das Gespräch über *Sharknado* gewesen war, das mich aus meiner Panik gerissen hatte. Es war irgendwie ironisch, waren es doch Haie, die sie in erster Linie auslösten. Gleichzeitig war ich aber auch genau deswegen zu Ethan gegangen. Damit er mir alles über Haie erzählte, was er wusste, um damit meine Angststörung überwinden zu können. Und warum sollten nicht auch unrealistische, überzogene Filme dabei helfen können?

Allerdings hätte ich es ihm nicht zugetraut, Fan dieser Filme zu sein. Wie ich ihn bisher kennengelernt hatte, war er ein ernsthafter und gewissenhafter Typ, was die Forschung von

Haien betraf. Er sprach mit einer Leidenschaft von seiner Arbeit, die ich bisher nur von Liam und seinen Koalas kannte. Kilian nahm Dinge generell eher auf die leichte Schulter, Kate liebte ihren Job als Rettungsschwimmerin zwar, war aber oft von den leichtsinnigen Touristen genervt und brauchte ihren schwarzen Humor, um an manchen Tagen nicht durchzudrehen. Fotini ging völlig in ihrer Arbeit als Designerin auf, legte dabei aber nicht diese Verbissenheit an den Tag, die ich an Liam und nach kurzer Zeit auch schon an Ethan feststellen konnte. Und Liam würde einem Film wie *Sharknado,* wenn er über Koalas wäre, nichts abgewinnen können. Er würde es furchtbar finden, dass die Koalas in einem falschen Licht dargestellt wurden, was wohl der Grund war, warum ich sein Verhalten auf Ethan übertragen hatte.

Mit einem Seufzen ließ ich meinen Kopf auf mein Kissen sinken und blickte an meine weiß gestrichene Decke. Durch das Fenster fielen Sonnenstrahlen, die meinen Arm und meine rechte Seite wärmten. Von dem Unwetter, in das wir gestern geraten waren, war heute nichts mehr zu sehen. Die Sonne schien von einem strahlend blauen Himmel, die Temperaturen lagen weiterhin über zwanzig Grad, und heute konnte ich mir einbilden, dass der Sommer in eine Verlängerung ging.

Innerlich schnaubte ich. Der Sommer ging vielleicht in eine Verlängerung, meine Angstzustände aber auch. Ich hätte nie erwartet, dass mich am Strand eine Panikattacke überfallen würde, nur weil einige Jugendliche mich erkannten und ansprachen. Ich hatte ja nicht einmal vorgehabt, ins oder zumindest in die Nähe des Wassers zu gehen. Trotzdem hatte ich gar nicht so schnell reagieren können, wie sie über mich hereingebrochen war. Würde das jetzt regelmäßig passieren? Dass ich eine Panikattacke bekam, wenn ich am wenigsten damit rechnete? Was würde es als Nächstes auslösen? Eine Party im Moonlight? Wenn ich bei der Arbeit war oder wenn ich andere Leute beim

Surfen beobachtete? Etwas völlig anderes, das vielleicht gar nichts mit Wasser zu tun hatte?

Eigentlich wollte ich gar nicht darüber nachdenken, aber ich konnte es auch nicht verhindern.

Dabei sollte ich mich freuen, weil Isabel und Sophie heute aus Deutschland zurückkehren würden. Jede mit einem Fünfjahresvisum in der Tasche, das es ihnen ermöglichte, länger zu bleiben. Zum ersten Mal an diesem Tag musste ich lächeln, und die trüben Gedanken verflüchtigten sich etwas. Ich konnte es nicht abwarten, meine Freundinnen aus Deutschland wiederzusehen. Etwas über drei Monate war es her, seit sie Australien nach ihrem Work-and-Travel-Jahr hatten verlassen müssen, aber wenn ich ehrlich war, kam es mir viel länger vor. Das lag mit Sicherheit auch an meiner langen Reha, in der die Zeit für mich stillgestanden hatte, aber vor allem auch daran, dass ich die Gespräche mit ihnen vermisste. Mir fehlte ihr Lachen, ihr Humor, aber auch dieser unbändige Glaube in mich, und es machte mich unfassbar glücklich, sie heute Abend wieder in die Arme schließen zu können.

Liam und Cooper hatten eine große *Welcome back*-Party im Moonlight für die beiden geplant und dabei alle Leute eingeladen, die Isabel und Sophie in ihrem ersten Jahr hier kennengelernt hatten. Zwar würde es nicht wie bei ihrem Abschied eine geschlossene Gesellschaft sein, aber ich war mir trotzdem sicher, dass wir einen großen Bereich der Bar für uns beanspruchen würden.

Doch bis es so weit war, lag noch eine Schicht im Surfshop vor mir. Lustlos quälte ich mich aus dem Bett, um mich endlich anzuziehen.

Es war kurz vor acht Uhr abends, als ich am Moonlight ankam. Die Türen standen sperrangelweit offen, und laute Rockmusik dröhnte nach draußen. Gerade sangen AC/DC davon, sich auf dem *Highway to Hell* zu befinden, und als ich eintrat, entdeckte ich als Allererstes Grayson, der im Takt dazu den Kopf nickte, während er die ersten Biere zapfte. Es war auch schon gut was los. Eine Familie mit zwei Kindern besetzte einen Tisch rechts von mir, einige der üblichen Verdächtigen saßen an der Theke, und wie immer suchte mein Blick nach Bobby, der früher dahintergestanden und sich mit ihnen unterhalten hatte. Doch Bobby würde nie wieder seine geliebte Bar betreten, und das mittlerweile altbekannte Ziehen in meiner Brust setzte ein. Es war im letzten Jahr erträglicher geworden, aber ich befürchtete mittlerweile, dass es nie ganz weggehen würde. Bobby war einfach seit meiner Kindheit ein nicht wegzudenkender Teil des Moonlight gewesen, sodass es mir noch immer schwerfiel, mir die Bar ohne ihn vorzustellen. Auch wenn Cooper einen wirklich tollen Job machte.

Ich wandte meinen Blick von der Theke ab und entdeckte Kilian, der gemeinsam mit Fotini und Kate an einem Tisch im hinteren Bereich saß. Die Türen zur Terrasse waren aufgezogen, aber niemand saß draußen, weil der Himmel mittlerweile voller dicker Wolken war, aus denen es, so wie es aussah, heute noch regnen würde.

»Hey.« Ich begrüßte meine Freunde mit einer Umarmung und setzte mich zu ihnen an den Tisch. »Isabel und Sophie sind wirklich wieder da?« Bei allem, was in den letzten Monaten schiefgelaufen war, befürchtete ich noch immer, dass sie in letzter Sekunde durch irgendwas aufgehalten worden waren. Ein defektes Flugzeug, das nicht starten konnte, eine Unwetterfront, die sie dazu gezwungen hatte, umzukehren, oder etwas anderes Unrealistisches.

»Sind sie«, beruhigte Kilian meine Nerven sofort. »Liam hatte mir bereits geschrieben, nachdem er und Cooper die beiden abgeholt haben.«

»Wie lange sind sie schon hier?«, wollte Fotini wissen.

»In Eden? Anderthalb Stunden etwa.« Er griff nach seinem Bier und trank einen kräftigen Schluck. »Aber …« Abrupt brach er ab, den Blick auf etwas hinter meiner Schulter gerichtet, und ein breites Grinsen erschien auf seinen Lippen. »Da ist sie ja.« Er sprang auf, während ich mich auf meinem Stuhl umdrehte. Und da war sie. Isabel. Sie betrat gerade neben Liam das Moonlight, ebenso breit grinsend und mit leuchtenden Augen. Sobald sie Kilian entdeckte, wurde ihr Lächeln strahlender, sie ließ Liams Hand los und raste regelrecht auf Kilian zu, der die Arme ausbreitete und sie auffing. Er drehte sie im Kreis, was Isabel ein Quietschen entlockte. Gleichzeitig krallte sie sich an ihm fest, als hätte sie ihn ein halbes Leben nicht gesehen, und nicht bloß einige Monate.

»Ich bin so froh, dass ich wieder hier bin!« Ihre Stimme klang erstickt, weil sie das Gesicht an Kilians Brust vergraben hatte. Eine Sekunde später riss sie den Kopf zurück und drückte ihm einen Kuss auf die Wange. Dabei fiel ihr Blick auf mich, und sie quietschte erneut. »Alicia.« Sie löste sich von Kilian und fiel eine Sekunde später mir um den Hals, drückte mich so fest an sich, dass mir für einen Moment die Luft wegblieb. Aber das störte mich nicht im Geringsten, im Gegenteil. Ich hielt sie mindestens genauso sehr fest, atmete tief ihren Geruch ein.

»Ich hab dich wirklich vermisst.« Wir lösten uns voneinander, und jetzt hatte ich Zeit, sie mir zum ersten Mal richtig anzusehen. Ihre Haare waren etwas kürzer, reichten ihr nur noch bis knapp über die Schulter, wirkten dabei aber etwas heller, als hätte sie sie mit Farbe aufgefrischt. Sie war deutlich blasser, von der Bräune, die sie hier gehabt hatte, war nichts mehr übrig, weil sie aus den Wintermonaten in Deutschland kam. Aber davon abgesehen, sah sie genauso aus, wie ich sie in Erinnerung hatte.

»Frag mich mal. Ich hab euch so sehr vermisst, dass es mich an manchen Tagen in den Wahnsinn getrieben hat.« Sie schob sich eine Haarsträhne hinter das Ohr.

»Ach komm, du hast doch vor allem Liam vermisst«, zog ich sie auf. Ich wusste, dass es nicht stimmte, sonst hätte sie sich nicht auch so oft bei den anderen und mir gemeldet, aber ihr entrüstetes Gesicht war es allemal wert.

»Das stimmt überhaupt nicht.«

»Hey!«, kam es sofort von Liam.

Mit einem Lächeln wandte sie sich ihm zu. »Sorry, Schatz. Du hast mir sehr gefehlt, aber die anderen, Australien und die Koalas mindestens genauso. Ohne euch alle ist es einfach nicht dasselbe.« Damit zog sie auch Fotini und Kate in eine kräftige Umarmung.

Ich zuckte erschrocken zusammen, als eine Hand auf meiner Schulter landete. Im ersten Moment dachte ich – hoffte ich sogar –, dass es sich um Ethan handeln könnte, was völlig abwegig war. Ich hatte ihn nie zuvor im Moonlight gesehen, obwohl er gar nicht so weit außerhalb der Stadt wohnte. Trotzdem wünschte ein Teil von mir plötzlich, diesen Abend nicht nur mit meinen Freunden, sondern auch mit ihm verbringen zu können.

Ich verspürte keine Enttäuschung, als ich mich umdrehte, denn ich blickte in Sophies strahlendes Gesicht, die mir eine Sekunde später um den Hals fiel. »Alicia, o mein Gott, du bist zurück. Ich bin zurück, und wir sind alle endlich wieder zusammen.« Sie redete so schnell, dass ich kaum hinterherkam, aber ich verstand sie auch so. Ich fühlte, was sie sagen wollte, denn mir ging es ganz genauso. Isabel und Sophie waren so schnell ein fester Bestandteil meines Lebens und unserer Clique geworden, dass es sich wirklich angefühlt hatte, als hätten sie bei ihrer Abreise einen Teil von uns allen mit nach Deutschland genommen.

»Ihr dürft nie wieder gehen«, murmelte ich mit belegter Stimme, weil meine Emotionen mich in diesem Moment zu übermannen drohten. Meine Kehle zog sich zusammen, und ein Brennen hinter meinen Augenlidern setzte ein. Um mir nichts anmerken zu lassen, drückte ich Sophie noch etwas fester an mich, bis ich mich wieder unter Kontrolle hatte. Erst dann gab ich sie frei, damit sie auch die anderen begrüßen konnte, und fand mich Cooper gegenüber, der mir freundlich zunickte. Dabei hielt er eine Hand an Sophies Schulter, als könnte er gar nicht anders, als sie durchgehend zu berühren, um sich davon zu überzeugen, dass sie wirklich wieder da war.

Nachdem sich alle begrüßt hatten, setzten wir uns gemeinsam um den Tisch. Sophie wählte den Platz direkt neben mir, rückte ihren Stuhl eng neben meinen und lehnte verschwörerisch den Kopf in meine Richtung. »Wie geht es dir?«, fragte sie leise. »Alles okay?«

Ich schluckte und starrte auf einen dunklen, verbrannten Fleck auf dem Tisch vor uns. »Sollte es heute nicht vielmehr um Isabel und dich gehen?«, versuchte ich, ihrer Frage auszuweichen.

Sie stupste mich mit dem Ellbogen an. »So läuft das bei Freunden nicht. Ich möchte auch wissen, wie es dir ergangen ist. Vor allem wegen dem, was du hinter dir hast, aber ich würde die Frage auch zu jeder anderen Zeit stellen, nachdem wir mehrere Monate nicht persönlich miteinander sprechen konnten.«

Erwartungsvoll sah Sophie mich an, und ich unterdrückte ein Seufzen. »Es wird langsam. So habe ich gar keine Probleme mehr mit dem Bein, aber Surfen ist noch etwas … schwierig. Ich vertraue mir selbst noch nicht zu hundert Prozent, dass ich es voll belasten kann, aber das kommt sicher mit der Zeit.« Je öfter ich diese Lüge erzählte, desto leichter kam sie mir über die Lippen. Einerseits war es erschreckend, andererseits genau das, was ich brauchte.

»Aber das klingt doch schon mal gut.« Sophie griff nach meiner Hand und drückte sie kurz. »Immerhin hast du überhaupt schon wieder auf dem Brett gestanden und kannst, davon abgesehen, wieder alles machen. Wenn man bedenkt, wie schwerwiegend deine Verletzung war, ist das schon ein großer Fortschritt. Sei nicht zu hart zu dir selbst, dass es noch nicht so läuft, wie du es dir wünschst.«

Obwohl Sophie einen anderen Aspekt ansprach, beruhigten mich ihre Worte. Vielleicht war mein größtes Problem wirklich, dass ich zu ungeduldig war. Rührte ein Teil meiner Angst etwa daher, dass ich zu viel auf einmal wollte? Ich war kaum aus der Reha entlassen, da hatte ich wieder surfen gehen wollen, hatte mir mein Board geschnappt und war in Richtung Meer verschwunden. Und es konnte doch gut sein, dass ich einfach noch nicht so weit war. Dass mein Körper noch mehr Zeit zum Heilen brauchte, auch wenn meine Ungeduld dadurch ins Unermessliche wuchs.

»Das klingt in der Theorie leichter, als es in Wirklichkeit ist.«

Sophie nickte. »Kann ich total verstehen. Sei trotzdem sanfter mit dir. Dein Körper hat viel mitgemacht, gönne ihm auch Pausen.«

»Ich versuche es. Ehrlich. Aber jetzt will ich wirklich wissen, wie es dir geht.«

»Einfach nur gut.« Ihr Blick wanderte kurz zu Cooper, der schräg gegenüber von uns saß und sich mit Liam unterhielt. »Ich bin glücklich, dass ich wieder hier sein kann. Nächsten Monat beginnt schon mein Studium in Canberra. Dafür muss ich einige Kurse nachholen, die wir in Deutschland noch nicht begonnen haben, aber die kann ich erst mal online absolvieren. Eine Zeit lang hatte ich Bedenken, ob alles gut ausgeht, aber am Ende hat sich alles gefügt.«

Diesmal war ich diejenige, die nach ihrer Hand griff und sie kurz drückte. »Tut es das nicht immer?«

Sophie lachte und stupste mich mit dem Ellbogen an. »Das gilt aber auch für dich.«

Mein eigenes Lachen fühlte sich etwas gestelzt an, und ich konnte das mulmige Gefühl in meiner Magengrube nicht komplett unterdrücken. Ich hoffte wirklich, dass Sophie recht behalten würde, war mir da aber nicht so sicher. Nicht, nach dem gestrigen Vorfall.

»Hast du eigentlich bei der Reha irgendwelche netten Pfleger kennengelernt?«

So wie Sophie *netten* betonte, meinte sie eigentlich etwas völlig anderes, das wusste ich mittlerweile. Ein verächtliches Schnauben lag mir bereits auf den Lippen, denn von den Pflegern in der Reha hatte ich keinen auch nur ansatzweise interessant gefunden, doch dann schweiften meine Gedanken zu Ethan. Zu seiner Hand, die meine gestern fest umfasst hatte, während er leise auf mich einredete und mich aus meiner Panikattacke holte. Zu seinen blauen Augen, in denen immer so viel mehr lag als das, was er sagte. Zu seinem lauten Lachen, als der Regenschauer uns völlig durchnässt hatte.

»Aha!« Sophie durchschaute mich sofort. »Wer ist er? Erzähl mir alles.«

»Niemand«, wiegelte ich sofort ab. »Ich kenne ihn gar nicht richtig.«

Sophie zog die Augenbrauen hoch. »Das heißt ja nicht, dass du ihn nicht toll finden kannst.«

Ich spürte, wie Hitze in meine Wangen schoss und Schmetterlinge in meinen Unterleib einzogen. Dass ich Ethan toll fand, konnte ich nun wirklich nicht mehr bestreiten. »Aber nur weil ich jemanden nett finde, heißt das nicht, das wir auch gut füreinander wären.« Oder dass Ethan mich als irgendetwas anderes ansah als die Surferin, die seine Hilfe wollte, weil sie sich nicht mehr ins Wasser traute.

»Wieso?« Sophie kniff die Lippen zusammen. »Hat er dich schlecht behandelt?«

»Nein, nein, überhaupt nicht«, entgegnete ich sofort. »Es ist nur …« *Kompliziert,* fiel mir als Erstes ein, aber das klang viel zu abgedroschen für das, was zwischen Ethan und mir war, und erinnerte mich zu sehr an den Facebook-Status mancher Jugendlichen von vor zehn Jahren. »Wir haben uns durch Zufall kennengelernt. Er ist Meeresbiologe und arbeitet im Keller des Killer Whale Museum, wo sich eine Forschungsstation befindet. Uns verbindet die gemeinsame Liebe zum Ozean, aber davon abgesehen sind wir grundverschieden, und ich weiß einfach nicht, ob das ausreicht.«

»Das kannst du nur herausfinden, wenn du es ausprobierst. Siehst du ihn wieder?«

»Ja.« Fast hätte ich gelacht, denn das war so sicher wie das Amen in der Kirche. »Ich weiß nur nicht, wann, weil er jetzt erst mal einige Tage unterwegs ist.« Bevor wir uns gestern verabschiedet hatten, hatte Ethan mir mitgeteilt, dass er die kommenden Tage mit der *Andrew Cross,* dem Schiff von Sea Shepherd, unterwegs sein würde.

Ein strahlendes Lächeln breitete sich auf Sophies Lippen aus. »Dann wüsste ich nicht, warum du es nicht auf dich zukommen lassen solltest. Wie ist er denn so?«

»Er ist nett.« Das war das Erste, was mir einfiel, wenn ich an Ethan dachte.

»Das ist ein bisschen dürftig, oder?« Sophie schlug ein Bein über das andere und rückte näher an mich heran. »Wie sieht er denn aus?«

Ein verzücktes Seufzen verließ meinen Mund, ehe ich es verhindern konnte. »Rein optisch ist er voll mein Typ. Groß, dunkelhaarig, und in seinen Augen könnte ich versinken.«

Sophie lächelte wissend. »Das klingt, als könnte er mir auch gefallen.«

»Hey!« Ich knuffte sie in die Seite. »Ich dachte, du wärst glücklich.«

Jetzt lachte sie. »Natürlich! Aber deswegen darf man doch noch schauen.« Verschwörerisch lehnte sie sich näher zu mir. »Zurück zu Ethan. Was macht er sonst so? Welche Filme mag er? Ich brauche mehr Infos.«

»*Sharknado*«, platzte es aus mir heraus, doch dann stutzte ich. Erst weil Sophie mich darauf ansprach, fiel mir auf, dass ich sonst nichts über Ethan als Person wusste, weil ich nie danach gefragt hatte. Ich hatte nichts über ihn gefragt, bloß nach seiner Arbeit und seinem Haiwissen. Selbst nach seinem Lieblingsfilm hatte ich nur deshalb gefragt, weil ich etwas Unverfängliches gebraucht hatte, um mich aus der Panikattacke zu holen. Ein Ziehen breitete sich in meinem Unterleib aus, und ein bitterer Geschmack legte sich auf meine Zunge. Ich war so auf mich und meine Probleme fokussiert gewesen, dass ich völlig vergessen hatte, dass auch Ethan ein Mensch mit Gefühlen und Wünschen war. Was wollte er vom Leben, vom Schutz der Meerestiere einmal abgesehen? Mit einem Mal wollte ich all das von ihm wissen. Seine Lieblingsfarbe, welche Musik er hörte, und was er machte, um nach einem langen Arbeitstag zu entspannen.

»Ich sagte ja, wir kennen uns noch nicht gut«, schob ich entschuldigend an Sophie gewandt hinterher.

Sie zuckte mit den Schultern, aber ehe sie mir antworten konnte, zwängte sich Isabel zwischen uns. »Was tuschelt ihr hier so?«

»Wir tuscheln gar nicht«, entgegnete ich.

»Alicia hat jemanden kennengelernt«, sagte Sophie im selben Atemzug.

»Ohhh.« Isabel quetschte einen Stuhl zwischen unsere und setzte sich. »Erzähl mir alles.«

Ich funkelte Sophie an. »Ich hasse dich ein kleines bisschen.«

Sie lachte laut. »Tust du überhaupt nicht.«

Isabel stieß mich mit dem Ellbogen an. »Jetzt erzähl schon.«

»Da gibt es gar nicht viel zu sagen.« Es klang kläglicher als beabsichtigt, aber mittlerweile war es mir unangenehm, dass ich so wenig über Ethan herausgefunden hatte.

»Aber das ist doch aufregend. Gerade die Anfangszeit, wenn sich alles noch so neu anfühlt und man jeden Tag etwas Neues über die Person herausfinden kann.« Ihr Blick suchte und fand Liam, der uns schräg gegenübersaß, und ein liebevolles Lächeln breitete sich auf ihren Lippen aus. Dabei zog sich etwas in mir schmerzhaft zusammen. Die Liebe, die Liam und sie teilten, war etwas, das ich bisher noch nie erlebt hatte, und mittlerweile fragte ich mich, ob es sie für mich überhaupt gab. Es war nicht einmal so, dass ich noch nie verliebt gewesen wäre oder einen Freund gehabt hätte, aber diese besondere Verbindung zwischen zwei Menschen, von der alle immer schwärmten, hatte ich noch nie erlebt.

»Ich finde es eher verwirrend, weil ich nicht weiß, woran ich bin.«

Das brachte Isabel und Sophie zum Lachen. »Ja, das gehört leider auch dazu. Aber wie du an uns siehst, kann sich das am Ende lohnen.«

Anstelle einer Antwort stieß ich angestrengt die Luft aus. Keine Ahnung, ob das auch auf mich zutreffen würde. Momentan wusste ich ja nicht mal, ob ich das wollte. Klar, Ethan sah gut aus, und ich mochte ihn, aber das war doch noch keine Grundlage für eine Beziehung.

In dem Moment sprang Kilian auf und stellte sich auf seinen Stuhl. Er ragte über uns, hielt sein Bier in die Höhe, und an dem Funkeln in seinen Augen erkannte ich, was kommen würde, ehe er es aussprach. »Isabel und Sophie, es ist so schön, dass ihr wieder da sein. Diese zwei da«, er deutete auf Liam und Cooper, »waren in den letzten Monaten unausstehlich.«

»Hey!«, protestierte Liam, während wir anderen lachten.

»Ist so, Mann. Versuch dich jetzt nicht rauszureden«, entgegnete Kilian, bevor er sich wieder uns zuwandte. »Ich hatte mir eigentlich einen Toast für euch überlegt, doch jetzt, wo wir hier alle zusammensitzen, finde ich, wir sollten eure Rückkehr auf andere Weise gebührend feiern … mit einer Wette.«

Kollektives Stöhnen ertönte, Fotini buhte ihn sogar aus, aber ich konnte nicht anders, als einfach laut zu lachen. Das hier war es, was ich in den letzten Monaten schmerzlich vermisst hatte. Diese Menschen, die mir einfach immer ein gutes Gefühl gaben. Die Dynamik in unserer Gruppe, Kilians bescheuerte Wetten, die vermutlich nicht mal er selbst ernst nahm. Mittlerweile war ich davon überzeugt, dass er nur noch damit anfing, weil er wusste, dass er damit jedes Mal die Stimmung hob. Ich bekam gar nicht mit, was Kilian als Wette vorschlug, weil ich noch immer lachen musste, aber es war auch nicht wichtig. Auch wenn gerade jeder so tat, als sei er davon genervt, würde es immer jemanden geben, der darauf einging. Und als sich Sophie erhob, wusste ich, dass Kilian seine Gegnerin gefunden hatte.

Kapitel 11

ETHAN

Wir sind gleich da.«

Ich blickte auf zu Deepti, die am Eingang zu meiner Kajüte lehnte. Ihre schwarzen Haare waren zu einem dicken Zopf geflochten, aus dem sich durch den Wind auf hoher See etliche Strähnen gelöst hatten. Müdigkeit lag auf ihren Zügen, aber ein Lächeln umspielte ihre Lippen, das ich sofort erwiderte.

Ich rieb mir die Augen, die mittlerweile zu brennen begonnen hatten, weil ich zu lange auf den Bildschirm vor mir gestarrt hatte. Während des dreitägigen Trips mit der *Andrew Cross* waren wir einigen Haien begegnet, und bei fünf von ihnen hatte ich es geschafft, sie mit Peilsendern auszustatten. Nun musste ich die Haie katalogisieren – Gattung, Rasse, Aussehen, geschätztes Alter, Koordinaten des Erstkontakts. Es war etwas mühselig, aber wenn ich es nicht sofort machte, hatte ich einiges davon vergessen, bis ich zurück zu Hause war.

»Danke, ich packe gleich zusammen.«

Sie schüttelte den Kopf. »Kein Stress, ich wollte dir nur Bescheid geben.« Sie lehnte sich gegen den Türrahmen und verschränkte die Arme.

»Ich bin aber nach drei Tagen auf hoher See froh, wenn ich mal wieder festen Boden unter den Füßen habe.« Zwar wurde ich mittlerweile nicht mehr seekrank, aber so ganz würde ich mich wohl nie an das Schaukeln auf den Wellen gewöhnen. Wenn wir nur einen Tag unterwegs waren, hatte ich sogar gar keine Probleme mehr damit, aber sobald es mehr als zwei Tage waren und ich auf hoher See schlafen musste, wachte ich morgens mit einem flauen Gefühl im Magen auf, das nicht mehr wegging, ehe ich zurück an Land war. Und ja, ich wusste, dass ich mir dafür den falschen Beruf ausgesucht hatte.

»Ich weiß genau, was du meinst.« Deepti gähnte ausgiebig. »Ich kann hier nie vernünftig schlafen und freue mich schon darauf, heute Abend in mein Bett zu kommen. Wo ich keine Angst haben muss, nachts rauszufallen, weil es so schmal ist.«

Ich schnaubte. »Sei ehrlich, du vermisst doch nur deine Katzen.« Deepty besaß zwei Maine-Coon-Kater, die sie immer zu ihren Eltern brachte, wenn sie länger als einen Tag weg war.

Sie seufzte, und ein sehnsüchtiger Ausdruck legte sich in ihren Blick. »Das auch. Habe schon mal überlegt, ob ich sie nicht einfach mitnehmen soll, aber ich befürchte, das würde im Chaos enden.«

Ich musste lachen. »Sie treiben uns dann vermutlich in den Wahnsinn.«

Sie grinste. »Oder wir sind den Katzen nur noch hinterher, um sie davon abzuhalten, ins Wasser zu springen, weil sie Fische und Vögel jagen wollen.«

Darüber hatte ich noch gar nicht nachgedacht. Deepti hatte mal erzählt, dass ihre Kater alles jagten, was sich bewegte, und einer dabei mal auf einen Baum geklettert war, von dem er allein nicht wieder runtergekommen war. Die Vorstellung, dass es auch im Wasser passieren könnte, das sie eigentlich gar nicht mochten, brachte mich erneut zum Lachen. »Das wäre mal etwas völlig Neues.« Ich versuchte mir gerade vorzustellen, wie alle über das Schiff jagten, um zwei Katzen vor dem Ertrinken zu bewahren. Es war wohl wirklich an der Zeit, dass ich wieder festen Boden unter den Füßen hatte. Diese Seeluft schien mir nicht zu bekommen.

Deepti stimmte in mein Lachen mit ein und schüttelte den Kopf. »Ich weiß nicht, ob wir das ausprobieren wollen.«

»Könnte spaßig werden.«

»Nur arbeitet dann niemand mehr.«

Ich zuckte mit den Schultern. »Irgendjemand«, ich sah sie mit hochgezogenen Augenbrauen an, »hat mir mal gesagt, ich würde sowieso zu viel arbeiten.«

Sie verdrehte die Augen. »Tust du ja auch, aber deswegen werde ich trotzdem nicht meine Katzen mit auf die *Andrew Cross* bringen.« Dann stieß sie sich von der Tür ab. »Ich sollte mal meine Sachen packen.«

Das Schiff war langsamer geworden, also waren wir schon in der Hafeneinfahrt. Ich nickte Deepti zu und stand ebenfalls auf.

Sie war kaum aus meinem Blickfeld verschwunden, da vibrierte mein Handy mit einer eintreffenden Nachricht. Ich nahm es vom Tisch und warf einen Blick auf das Display.

Alicia: Hey, wie geht's dir? Wann wollen wir uns das nächste Mal treffen? :)

Augenblicklich schlich sich ein Lächeln auf meine Lippen. In den letzten Tagen hatte ich öfter an sie denken müssen. Nicht nur an den Vorfall bei der Strandsäuberung, und wie sie sich nicht davon hatte beeindrucken lassen, obwohl es sie kurzzeitig aus der Bahn geworfen hatte. Sie hatte einfach weitergemacht, und ihr Lachen, als der Regenguss über uns hereingebrochen war, hallte noch immer in meinen Ohren nach. Sie war unglaublich stark und schien es nicht mal selbst zu realisieren.

Ich entsperrte mein Handy, um ihr zu antworten.

Ethan: Bin grad auf dem Weg zurück in den Hafen. Waren drei gute, aber anstrengende Tage auf See. Wir können uns gern morgen oder so treffen, sobald du Zeit hast. Mir ist eine Idee gekommen, was wir als Nächstes versuchen können :)

Sofort erschienen drei Pünktchen in der rechten unteren Ecke, die andeuteten, dass Alicia mir zurückschrieb.

Alicia: Mist, du bist noch unterwegs, hatte im Kopf, dass du gestern schon zurückgekommen wärst. Sorry, wollte dich nicht damit überfallen! Morgen hätte ich tatsächlich Zeit. Was hast du dir denn überlegt?

Ethan: Kein Problem, ich sitze gerade eh nur rum und warte darauf, dass wir anlegen :) Ich dachte, wir könnten an den Pambula River Mouth fahren, um zu sehen, ob du dich anderen Gewässern als dem Meer nähern kannst. Falls ja, könnten wir uns von da langsam vorarbeiten :)

Diesmal dauerte es länger, bis Alicia mir antwortete. Gespannt wartete ich, was sie zu meinem Vorschlag sagen würde. Die Idee war mir gestern gekommen, als ich mit Deepti über etwas völlig anderes gesprochen hatte. Obwohl ich gar nicht über Alicia nachgedacht hatte, flackerte dieser Gedanke in meinem Unterbewusstsein auf und ließ sich nicht mehr vertreiben.

Das Handy vibrierte in meinen Fingern, und ich sah darauf.

Alicia: Das klingt echt gut! Vielleicht könnte ich dann endlich mal wieder schwimmen gehen. Ist zwar nicht dasselbe wie im Meer, aber wie du sagtest, wir arbeiten uns langsam vor.

Ethan: Dann ist es abgemacht. Was hältst du so von 14 Uhr bei mir? Muss morgens erst ins Büro, die Ergebnisse der letzten Tage in den Computer übertragen, aber danach wäre ich frei.

Alicia: Du nennst das Kabuff unter dem Killer Whale Museum echt dein Büro? :D

Ich konnte regelrecht vor mir sehen, wie Alicia herausfordernd die Augenbrauen hochzog, und in mir zog sich etwas verlangend zusammen.

Ethan: Wie würdest du es denn nennen?

Ein Rumpeln ging durch das Schiff, das andeutete, dass wir den Hafen erreicht hatten und an unsere Anlegeposition fuhren. Rasch schaltete ich meinen Laptop aus, verstaute ihn zu den anderen Sachen in meinem Backpack und schwang ihn über meine Schulter. Dann schob ich das Handy in meine Hosentasche. Ein letztes Mal ließ ich meinen Blick durch die Kajüte wandern, um zu checken, dass ich nichts vergessen hatte, dann verließ ich den Raum. Durch die engen Gänge ging ich nach oben an Deck, wo der Rest der Mannschaft bereits versammelt war. Sie alle konnten es kaum erwarten, zurück an Land und zu ihren Familien zu gelangen. Mason zurrte gerade das Tau fest, um das Schiff an Ort und Stelle zu halten, und Deepti befestigte die Planke, über die wir die *Andrew Cross* verlassen würden.

»Hach.« Mason stellte sich neben mich, seine blonden Haare vom Wind zerzaust. »Freue mich schon auf ein Bier heute Abend mit den Jungs im Pub.«

Mit einer Hand klopfte ich ihm auf den Rücken. »Das hast du dir auch verdient.«

Er hob die Schulter. »Das haben wir uns alle verdient.«

Ich trank keinen Alkohol, aber ich wusste, was er meinte. Es war ein erfolgreicher Trip gewesen. Auch für mich. Unter den fünf Haien, die ich mit Peilsendern ausgestattet hatte, war auch ein Walhai, die ich bisher sehr selten zu Gesicht bekommen hatte. Ich konnte es schon jetzt kaum erwarten zu erfahren, welche Informationen der Peilsender mir über dieses Tier verschaffen würde.

Deepti gab die Planke frei, und wir verließen nacheinander

das Schiff. Ich ging zum Langzeitparkplatz, auf dem mein Auto stand, und verfrachtete meinen Backpack in den Kofferraum. Dann stieg ich ein und fuhr los.

Erst zu Hause zog ich mein Handy wieder hervor und las Alicias Nachricht.

Alicia: Hightech-Keller mit dunklen Ecken, aus denen Monster hervorspringen könnten?

Ihre Beschreibung meines Kellerbüros brachte mich zum Lachen.

Ethan: Monster habe ich dort noch keine gesehen, und ich habe schon ganze Nächte dort verbracht.

Alicia: Auch keine Spinnen?

Ethan: Spinnen sind keine Monster.

Alicia: O doch, vor allem australische. Ich weiß, ich sollte dran gewöhnt sein, weil ich hier aufgewachsen bin und ständig welche im Haus finde, aber mit denen werde ich mich nie anfreunden können.

Ethan: Je größer sie sind, desto ungefährlicher sind sie.

Alicia: Nicht hilfreich, Ethan. Überhaupt nicht!

Erneut musste ich mir ein Lächeln verkneifen, während ich die Kaffeemaschine anstellte, um mir eine Tasse zuzubereiten. Ein Blick auf die Uhr verriet mir, dass es bereits nach vier Uhr nachmittags war, aber mein Schlaf-wach-Rhythmus war durch meine Arbeit ohnehin völlig im Eimer. Ich war öfter nachts mit Sea

Shepherd draußen unterwegs oder saß häufiger in meinem fensterlosen Kabuff, wie Alicia es nannte, als mir lieb war. Ob ich jetzt noch Kaffee trank oder nicht, hatte keinen Einfluss darauf, ob ich später schlafen konnte.

Ich hatte gerade die Tasse unter den Ausfluss gestellt, als das Handy auf meinem Tisch zu klingeln begann. Am Klingelton erkannte ich sofort, dass es sich um meinen Bruder handelte.

Ich wandte mich von der Kaffeemaschine ab, um danach zu greifen. »Hey, Josh, wie geht's?«

»Alles bestens, Brüderchen. Und selbst?«

Ich schnaubte, denn ich war drei Jahre älter als er. Nur weil ich dazu einen halben Kopf kleiner war, fühlte er sich dazu berufen, mich *Brüderchen* zu nennen. Und zwar seit dem Tag, an dem ihm aufgefallen war, dass er mich überragte.

»Kann nicht klagen. Bin gerade erst von einer Tour zurückgekommen und hab jetzt erst mal ein paar ruhigere Tage vor mir.«

»Hervorragend. Bringt mich auch direkt zu meinem Anliegen.«

Meine Augenbrauen hoben sich. »Dein *Anliegen?*« Das klang förmlicher, als ich es von Josh gewöhnt war – und zwar um einiges.

»Ich hab Leah gefragt, ob sie mich heiraten will«, platzte er heraus.

»Was?« Fast hätte ich hinterhergeschoben, ob er dafür nicht etwas zu jung war. Josh war erst zweiundzwanzig, und heutzutage musste man doch wirklich nicht so früh heiraten. Andererseits waren Leah und er schon seit Ewigkeiten zusammen, und was wusste ich schon, der nie eine Beziehung gehabt hatte, die länger als einige Monate gehalten hatte?

In letzter Sekunde bekam ich die Kurve. »Was hat sie gesagt?«

»Ja, natürlich. Sie hat Ja gesagt, bevor ich die Frage überhaupt zu Ende stellen konnte«, sprudelte es aus ihm heraus. »Wir haben auch sofort angefangen zu planen und möchten gleich Anfang nächsten Jahres im Herbst heiraten. Es soll keine große Veranstaltung sein, nur die nächsten Verwandten und engsten Freunde. Am liebsten eine Zeremonie am Strand irgendwo. Und ich möchte, dass du mein Trauzeuge bist.«

Für einen Moment vergaß ich zu atmen, und mein Brustkorb zog sich zusammen. Es war kein schlechtes Gefühl, nur ein völlig unerwartetes. Vielleicht, weil ich nicht damit gerechnet hätte, dass er mich fragte. Klar, wir waren Brüder und hatten ein gutes Verhältnis zueinander, aber es war nicht so, dass wir viel Zeit miteinander verbrachten. Vielleicht lag es aber auch an der Ernsthaftigkeit in seinen Worten, an der Art und Weise, wie er schon weitergedacht hatte, als bloß Leah zu fragen, und dem puren Glück, das aus jedem seiner Worte sprach. Es unterstrich, wie viele Gedanken er sich darüber gemacht hatte und dass er diesen Schritt wirklich *wollte*.

»Es wäre mir eine Ehre, dein Trauzeuge zu sein«, sagte ich, als ich meine Stimme wiedergefunden hatte. Sie klang immer noch etwas rauer als gewöhnlich, weil ich von meinen eigenen Empfindungen überrumpelt wurde.

»Danke, ich hatte etwas Angst, dass du ablehnen könntest.«

Ich runzelte die Stirn. »Warum sollte ich das tun? Ist ja nicht so, als würde ich dir dein Glück nicht gönnen.«

»So meinte ich das auch nicht. Aber wir heiraten ja schon ziemlich jung, das ist mir bewusst. Niemand sonst in unserem Freundeskreis denkt darüber nach, auch wenn sie schon länger zusammen sind. Du warst immer der Vernünftigere von uns beiden, daher dachte ich, du rätst mir, nichts zu überstürzen. Ich habe selbst sehr lange darüber nachgedacht, ob ich Leah jetzt fragen oder noch einige Jahre warten soll. Aber was hätte Warten genutzt? Ich bin mir zu tausend Prozent sicher, dass Leah die eine ist. Ich bin noch immer verliebt in sie wie am ersten Tag. Vielleicht sogar noch ein bisschen mehr. Kann es immer noch auseinandergehen? Klar. Aber das könnte es auch, wenn wir mit der Hochzeit warten, bis wir dreißig sind.«

Mittlerweile war ich doppelt froh, zuvor meine Klappe gehalten zu haben. Ich hätte wissen müssen, dass Josh so eine Entscheidung nicht leichtfertig traf. Auch wenn er manchmal impulsiv handelte, war er niemand, der die wichtigen Dinge kopflos entschied.

»Wenn du dir sicher bist, dann stehe ich zu hundert Prozent hinter dir«, sagte ich schlicht.

»Danke, Ethan. Das bedeutet mir viel.«

Meine Mundwinkel hoben sich wie von selbst. »Du weißt schon, dass du dir für den Anlass dann endlich einen Anzug kaufen musst, oder?« Ich konnte mich nicht daran erinnern, ihn jemals in etwas anderem als Jeans und T-Shirt gesehen zu haben.

Ein lautes Lachen brach aus ihm heraus. »Du aber genauso. Als mein Trauzeuge musst du gut neben mir aussehen. Allerdings nicht zu gut, damit du mir nicht die Show stiehlst.«

Jetzt lachte ich richtig. »Ich dachte, das sagt man eher bei den Frauen.«

»Pff, das ist ganz schön sexistisch, findest du nicht? Ist ja auch egal, auf jeden Fall gehen wir zusammen Anzüge einkaufen, damit ich das sicherstellen kann.«

»Müssen die dann auch farblich aufeinander abgestimmt sein?«, schob ich glucksend hinterher.

»Wir könnten Einstecktücher in denselben Farben wählen und das dann auf Leahs Blumengesteck abstimmen.«

Wir prusteten erneut los, und diesmal dauerte es etwas, bis wir uns wieder beruhigt hatten.

»Eine Sache noch«, sagte Josh schließlich. »Verrate Mum und Dad noch nichts davon, wir wollen es ihnen bei Mums Geburtstag in zwei Wochen verkünden.«

Ein bittersüßes Gefühl nistete sich in meinem Brustkorb ein.

»Mum wird begeistert sein. Leah war schon immer wie eine Tochter für sie.« *Wie die Tochter, die sie mal gehabt, aber dann verloren hatte.*

»Ich weiß.« Melancholie schwang in diesen Worten mit. Dieselbe, die ich auch verspürte, und für einen Moment erinnerte ich mich an früher, an Kayla, hörte ihr Lachen und ihre hohe Stimme, wenn sie uns herumkommandierte. Doch dann schob ich diese Gedanken ganz schnell weit weg, weil sie noch immer viel zu wehtaten.

»Auf jeden Fall wird Leah in ihrem Hochzeitskleid besser aussehen als wir beide zusammen«, versuchte ich, die Stimmung wieder etwas aufzulockern.

Joshs Lachen klang noch etwas wehmütig. »Davon ist auszugehen. Ich muss dann jetzt auch los, treffe mich noch mit den Jungs, aber wir sprechen bald wieder.«

»Na klar, bis bald.«

»Bis die Tage, Brüderchen.«

Ich schnaubte und wollte noch etwas erwidern, aber da hatte Josh schon aufgelegt. Als ich das Handy sinken ließ, sah ich, dass Alicia mir erneut geschrieben hatte.

Alicia: Ich werde dann morgen gegen zwei bei dir sein.

Ich bestätigte ihr die Uhrzeit, ehe ich das Handy beiseitelegte und mich meinem Backpack widmete, um die dreckigen Klamotten in die Waschmaschine zu schmeißen.

Kapitel 12

ALICIA

Ich lehnte mein Fahrrad an die Wand neben Ethans Haus und wischte mir mit dem Handrücken den Schweiß von der Stirn. Obwohl es gar nicht so warm heute war, hatte die halbstündige Fahrt von mir zu Ethan mich mehr ausgelaugt, als ich zugeben wollte. Ich nahm einige tiefe Atemzüge, um meinen Puls etwas zu beruhigen. Vermutlich hatte ich mein volles Fitnesslevel von vor dem Angriff noch nicht wiederhergestellt – was nach insgesamt drei Monaten Klinik und Reha auch kein Wunder war.

Ich betätigte den Klingelknopf und hatte prompt ein Déjà-vu zu dem Tag, als ich zum ersten Mal hier gestanden hatte. Wie nervös ich gewesen war – und fest davon überzeugt, dass Ethan mir wortlos die Tür vor der Nase zuschlagen würde. Warum er das nicht spätestens getan hatte, nachdem ich ihm meinen verrückten Plan erzählt hatte, verstand ich bis heute nicht.

Genauso wenig konnte ich mir erklären, was Ethan davon hatte, mir zu helfen. Anfangs hatte ich gar nicht darüber nachgedacht, aber mittlerweile wusste ich, wie viel er mit der Arbeit und Sea Shepherd zu tun hatte. Trotzdem hatte er zugestimmt, auch noch mich in seinen vollen Terminkalender zu packen, und das, obwohl wir uns zuvor überhaupt nicht gekannt hatten.

Aber ich war froh, dass er es tat. Nicht nur, weil ich mir erhoffte, durch ihn meine Angststörung lindern zu können, sondern auch wegen des warmen Gefühls, das mich immer öfter überfiel, wenn ich ihn sah oder an ihn dachte.

Mit einem strahlenden Lächeln öffnete Ethan mir. Er trug

Jeans und ein hellblaues T-Shirt. Sofort erhöhte sich mein Puls, weil er in dieser schlichten Kleidung so unfassbar gut aussah. Seine Füße steckten in schwarzen Flipflops, und sein Blick wanderte langsam an meinem Körper hinab und wieder hinauf. Fast bildete ich mir ein, ihn wie eine Berührung spüren zu können.

»Hi. Du bist schon da.«

Zur Sicherheit sah ich auf meine Uhr. »Genau pünktlich.«

»Stimmt.« Er griff hinter sich nach einer vollgepackten Tasche. Oben drauf lag ein großes Handtuch, aber was sich sonst darin befand, konnte ich nicht sehen. »Wollen wir dann los?«

»Klar.«

Wir gingen zu Ethans Auto, und er verfrachtete die Tasche in den Kofferraum. Ich stellte meinen Rucksack, in den ich ebenfalls ein Handtuch und eine Flasche Wasser gepackt hatte, daneben, dann stieg ich auf der Beifahrerseite ein.

»Willst du mit denen etwa Auto fahren?« Ich deutete auf die Flipflops, die Ethan noch immer an den Füßen hatte. Irgendwo hatte ich mal gelesen, dass man das nicht tun sollte, weil man damit nicht genug Halt auf den Pedalen hatte.

Er zuckte mit den Schultern und schnallte sich an. »Ist ja nur ein kurzes Stück.« Er hob den Kopf, und sein Blick traf auf meinen. »Oder willst du lieber fahren?«

Ich lachte laut. »Ganz bestimmt nicht.«

»Hast du keinen Führerschein?«, stellte er die offensichtlichste Frage.

»Doch.« Ich schnallte mich ebenfalls an, während Ethan den Motor startete. »Meinen Führerschein habe ich mit achtzehn gemacht, aber wir haben nie ein Auto besessen, daher bin ich seitdem kaum gefahren.« Alles, was sich in Eden befand, konnte ich bequem mit meinem Fahrrad erreichen, und zu Zielen, die etwas außerhalb lagen, nahm ich den Bus oder wurde von meinen Freunden mitgenommen.

Langsam fuhr Ethan aus der Einfahrt auf die Straße. »Dann

solltest du diesen hier besser nicht fahren. Er hat so seine Eigenheiten.« Ein lautes Rumpeln erklang vom Motor, als wollte der Wagen Ethans Worte unterstreichen, und ich musste lachen.

»Solange er uns nicht unterm Hintern zusammenbricht.«

»Das macht er nicht.« Ethan tätschelte das Armaturenbrett. »Bisher hat er mir gute Dienste geleistet und mich sicher überall hingebracht.«

Zehn Minuten später erreichten wir den Ben Boyd National Park. Ethan zahlte den Eintritt und fuhr dann zu einem Parkplatz, der in der Nähe des Flusses lag. Der Pambula River floss aus dem Landesinneren bis ins Meer und passierte auf seinem Weg zwei Seen. Einer davon – der größere – lag im Ben Boyd National Park. Sowohl der Fluss als auch der See waren gespickt mit langen Sandstränden, die bis an den anliegenden Wald heranreichten. Zudem gab es etliche Wanderwege, die mitten durch dieses wunderschöne Fleckchen Natur führten und vor allem im Frühjahr und jetzt im Herbst stark frequentiert waren. Auch heute begegneten uns unterwegs viele Leute, ein Großteil davon mit Backpacks und Wanderschuhen ausgestattet, aber vereinzelt trafen wir auch auf welche, die wie wir nur kleine Taschen dabeihatten und auf etwas Ruhe und Erholung aus waren.

Ethan führte uns auf direktem Weg zum Fluss. Sobald wir den Strand erreichten, zogen wir unsere Schuhe aus und schoben unsere nackten Füße in den bereits aufgewärmten Sand. Ein zufriedenes Seufzen entfuhr mir, das jedoch nicht zu hören war, weil das Schreien einiger spielender Kinder es übertönte. Aber das tat dem Gefühl der Zufriedenheit in meiner Brust keinen Abbruch. Wenn es etwas gab, das ich wie nichts anderes mit *zu Hause* verband, dann war es das hier. Meine Füße im warmen Sand, die feinen Körner kitzelten zwischen meinen Zehen, der Geruch von Meer in meiner Nase und Wind in meinen Haaren.

Ich gönnte mir einige Sekunden, in denen ich einfach nur existierte, dann folgte ich Ethan, der bereits vorgelaufen war.

Gemeinsam gingen wir am Ufer entlang in Richtung See. Ethan so nah am Wasser, dass seine Füße hin und wieder überspült wurden, ich eher am Waldrand, wo ich halb im Schatten war. Der Strand hier war nicht sonderlich breit, nur knappe drei Meter trennten mich vom Wasser. So nah war ich dem geliebten Nass seit dem Haiangriff vor über drei Monaten nicht mehr gewesen, und bisher verspürte ich keine der Anzeichen einer nahenden Panikattacke.

»Geht es?«, fragte Ethan in diesem Moment, als hätte er meine Gedanken erraten.

»Keine Probleme.« Meine Mundwinkel hoben sich, und mein Herz fühlte sich etwas leichter als in den letzten Tagen an. Vielleicht konnten wir hier und heute endlich einen Durchbruch erzielen.

Wir suchten uns eine Stelle aus, an der keine anderen Leute waren, die uns beobachten konnten. Ethan breitete seine Decke aus, die groß genug war, dass wir beide darauf Platz hatten, dann zog er sich in einer fließenden Bewegung das T-Shirt über den Kopf. Ein definierter Oberkörper kam darunter zum Vorschein. Keiner, der von regelmäßigem Krafttraining kam, aber es war offensichtlich, dass Ethan in seiner Freizeit nicht nur auf der Couch herumlungerte. Es war ein schöner Oberkörper. Definiert, aber nicht zu aufgeplustert, ganz so, wie ich es am liebsten mochte, und es dauerte eine gefühlte Ewigkeit, bis ich meinen Blick davon lösen konnte.

Ein Kichern entwich mir, als ich feststellte, dass Ethan zwar an den Armen gebräunt, am Bauch und an der Brust aber ziemlich blass war. T-Shirt-Bräune hatte meine Mum es immer genannt, weil sie mir als Kind im Sommer oft etwas übergezogen hatte, wenn wir am Strand gewesen waren, um mich vor den Sonnenstrahlen zu schützen. Damals hatte ich ebenfalls oft so ausgesehen, und irgendwie katapultierte Ethans Anblick mich nun in diese unbeschwerte Kindheit zurück.

Ich zog ebenfalls mein Oberteil aus und ließ es auf meine Schuhe fallen, die ich neben der Decke in den Sand gestellt hatte. Ich sah auf, als ich Ethans Blick auf mir spürte. Er starrte mich an, wie ich es zuvor auch bei ihm getan hatte. Sein Blick wanderte an meinem Oberkörper hinab über mein knallgelbes Bikinioberteil bis zu meinen Hüften, die in meinen Jeans steckten. Ich konnte ihn fast wie eine warme Berührung spüren, und ein Schauer raste über meinen Rücken. Eine Spannung lag in der Luft zwischen uns, die zuvor nicht da gewesen war, und der Wunsch, Ethan körperlich näher zu sein, kam in mir auf. Er schluckte sichtlich, dann schien er sein Starren zu bemerken und drehte sich abrupt um.

»Wollen wir da…« Er räusperte sich. »Wollen wir dann schauen, ob du dich dem Wasser nähern kannst?«

Augenblicklich überkam mich Nervosität. Ethan hatte bereits eine meiner Panikattacken mitbekommen, und ich wollte nicht, dass er Zeuge einer weiteren wurde. Aber vor allem wollte *ich* keine weitere durchstehen müssen. Beim bloßen Gedanken daran schlug mein Herz schneller und kräftiger, dabei hatte ich mich dem Wasser keinen Zentimeter genähert.

Ethan trat näher und griff nach meiner Hand. Er verschränkte unsere Finger miteinander, und ein angenehmes Kribbeln jagte durch meinen Arm. »Wir machen es zusammen, okay? Und gehen sofort zurück, wenn du nicht weiterkannst. Du musst dich nicht zwingen, solltest du Panik verspüren. Sag einfach Bescheid, wenn es nicht mehr geht, und wir hören sofort auf.«

Seine ruhige Stimme ließ mich aufblicken. In seinen Augen lag nichts als Verständnis und Zuversicht. Kein Anschein von Mitleid oder Ungeduld, und genau das gab mir den Mut, es wenigstens zu versuchen. Ich nickte knapp und ging einen Schritt vor. Dann noch einen. Und noch einen. Nach jedem hielt ich an, wartete kurz, ob ich eines der Anzeichen einer anbahnenden

Panikattacke verspürte, und ging erst weiter, als alles okay war. Es war eine mühselige Schneckenwanderung in Richtung Fluss, aber jedes Innehalten gab mir die Zuversicht, dass ich den nächsten Schritt wagen konnte. Sprichwörtlich.

Ethan blieb die ganze Zeit an meiner Seite und hielt meine Hand. Er sagte nichts, aber das war auch gar nicht nötig, denn allein seine Anwesenheit reichte aus, um mich zu beruhigen und immer weiter in Richtung Wasser zu gehen.

Ich wusste nicht, wie lange es dauerte, aber irgendwann stand ich direkt am Ufer, und mein linker großer Zeh berührte bereits das Wasser. Ich war so darauf fokussiert gewesen, immer einen Schritt vor den anderen zu setzen, dass ich gar nicht mitbekommen hatte, wie ich mich dem Fluss näherte. Kurz hielt ich die Luft an und wartete auf die Panik. Ich war mir sicher, dass sie mich jetzt überfallen musste, wie sie es zuvor schon so oft getan hatte, aber sie blieb aus. Also machte ich einen weiteren Schritt vor, setzte meinen rechten Fuß bis zum Knöchel ins Wasser.

Ein überraschtes Keuchen entwich mir, weil es kälter war als gedacht. Gleichzeitig tat es unfassbar gut, weil ich nicht damit gerechnet hatte, es so weit zu schaffen. Tränen sammelten sich in meinen Augen, aber es waren welche der Freude, weil ich mittlerweile mit beiden Füßen im Wasser des Flusses stand. Klar, es war noch nicht das Meer, trotzdem war es ein riesiger Fortschritt für mich. Einer, den ich nicht für möglich gehalten hätte, als Ethan ihn vorgeschlagen hatte. Auch wenn es von Anfang an gut geklungen hatte, ich hatte nicht wirklich daran geglaubt, es zu schaffen, wenn ich ganz ehrlich zu mir war.

Und doch stand ich jetzt hier, mit beiden Füßen im Wasser, während Ethan noch immer meine Hand hielt, die er sanft drückte.

»Geht es?«

Ich öffnete meine Augen und sah zu ihm auf. Eine Träne löste sich aus meinem Augenwinkel und rollte meine Wange hinab, aber ich ignorierte sie völlig. Stattdessen lächelte ich den Mann an, der das hier überhaupt erst möglich gemacht hatte, denn von selbst wäre ich gar nicht auf die Idee gekommen, es an einem Fluss zu versuchen.

»Ich stehe im Wasser«, sagte ich leise. »Das ist so krass, ich hab echt nicht damit gerechnet.«

Ethans Mundwinkel hoben sich ebenfalls, und etwas Zärtliches trat in seinen Blick. »Ich wusste auch nicht, ob es funktioniert, aber ich dachte mir, dass es einen Versuch wert wäre.«

»War es ganz offensichtlich.« Ich sah an mir hinab, zu meinen Füßen, die im glasklaren Wasser versunken waren, und schob meine Zehen in den nassen Sand darunter. »Ich komme hier einfach nie wieder raus. Vielleicht schlafe ich sogar hier.«

Ethan lachte und ließ damit mein Herz hüpfen. »Ich weiß nicht, ob das so angenehm ist, hier zu schlafen, wenn man immer Gefahr läuft, dass einem nachts die Nase voll Wasser läuft.«

Ich verzog den Mund, denn damit hatte er leider recht. »Egal, ich bilde mir jetzt einfach ein, dass mir das nicht passiert. Dafür ist das einfach viel zu toll.« Ich ließ meinen Blick um uns herum gleiten. Es war wirklich wunderschön hier. Das Sonnenlicht glitzerte auf der Oberfläche des Flusses, der an dieser Stelle bestimmt dreißig Meter breit war. Fast direkt dahinter begann der Wald mit seinen hohen Eukalyptusbäumen, deren unvergleichlicher Geruch mir in der Nase lag. Vögel zwitscherten in den hohen Kronen, und weit entfernt war das Kreischen einer Möwe zu hören, doch davon abgesehen war es ruhig um uns herum.

Friedlich, schoss es mir durch den Kopf. *Hier ist es absolut friedlich.*

Ethan drückte meine Hand, und erst da fiel mir auf, dass er sie immer noch festhielt. Es war eigentlich gar nicht mehr nötig, aber gleichzeitig wollte ich seine auch nicht loslassen. Ob es ihm genauso ging? Oder hielt er sie noch immer nur deswegen fest, weil er dachte, ich würde es brauchen?

Plötzlich bemerkte ich einen Schatten im Augenwinkel. Etwas Großes, Dunkles, das sich unter der Wasseroberfläche gar nicht so weit weg von uns befand. Mit einem Mal stand ich nicht mehr mit Ethan am Pambula River, sondern lag auf meinem Surfbrett und wartete auf die nächste Welle. Auch dort hatte ich einen Schatten gesehen, Sekunden bevor der Hai zugebissen hatte. Jetzt fiel mir alles wieder ein. Wie ich damals gar nicht realisiert hatte, was dort im Wasser war, bis die Schnauze mit den messerscharfen Zähnen daraus auftauchte und ein Schmerz durch meinen Oberschenkel jagte, wie ich ihn nie zuvor verspürt hatte.

Auch jetzt zog sich ein Ziehen durch meine Narbe, und die Bilder in meinem Kopf waren so real, dass ich wirklich dachte, wieder in diesem Moment, in dieser Situation zu sein.

Ich riss mich von Ethan los, sprintete aus dem Wasser und den Strand entlang, bis ich meine Stirn an einen Baumstamm lehnen konnte. Mein Puls raste, und die Bilder in meinem Kopf wollten einfach nicht verschwinden. Ich hatte mir verboten, daran zu denken, seit ich im Krankenhaus aufgewacht war. Mein kompletter Fokus hatte auf meiner körperlichen Genesung gelegen, um möglichst schnell wieder aufs Wasser zu können, und ich hatte verdrängt, was überhaupt geschehen war. Doch jetzt brachen die Erinnerungen über mich herein, ohne dass ich sie aufhalten konnte. Alles fühlte sich so real an, dass ich mir sogar einbildete, das Salz auf meinen Lippen schmecken zu können und das Blut zu riechen, das aus meiner Wunde geflossen war.

Warme Hände legten sich um meine Wangen und drehten meinen Kopf. Ich blinzelte, und nach einigen Sekunden rückte Ethans Gesicht in mein Blickfeld. Besorgt musterte er mich aus seinen blauen Augen. »Du bist okay«, murmelte er. »Du bist in Sicherheit.«

Mein Atem kam in abgehackten Zügen, und es fiel mir schwer,

seine Worte mit den Bildern in meinem Kopf in Einklang zu bringen, die nur ganz langsam verblassten.

»Alicia, konzentrier dich auf meine Stimme.« Er musste näher an mich herangetreten sein, denn plötzlich konnte ich ihn über das Rauschen in meinen Ohren deutlicher verstehen. Ich bildete mir sogar ein, seinen Duft wahrzunehmen. »Dir kann nichts passieren. Und ich lasse dich auf keinen Fall allein. Das würde ich nie tun.« Ethan sprach weiter, doch ich bekam die Worte kaum mit. Wie er mir geraten hatte, konzentrierte ich mich einzig und allein auf seine Stimme, die mich aus der Dunkelheit meiner eigenen Gedanken hinausgeleiten wollte. Ich klammerte mich mental an ihr fest, wie sich meine Hand gerade an Ethans Arm festkrallte. Der sanfte Druck seiner Finger auf meinen Wangen erdete mich und teilte mir mehr als alles andere mit, dass ich okay war, dass ich noch da war und dass er an meiner Seite war.

Ich wusste nicht, wie viel Zeit vergangen war, bis sich mein rasendes Herz beruhigt hatte und ich die Panikattacke nur noch als schwache Wellen in meinen Fingerspitzen fühlte. Ich drückte Ethans Handgelenk, um ihm mitzuteilen, dass ich wieder da war, weil meine Kehle noch immer eng war und ich meiner Stimme nicht traute.

Ethans Hände rutschten von meinen Wangen an meinem Hals hinab bis zu meinen Schultern. Automatisch hob ich den Kopf, um ihm in die Augen sehen zu können. Ich konnte Sorge darin erkennen, aber auch Erleichterung, und seine Mundwinkel hoben sich ein Stück. »Hey«, sagte er leise und so unfassbar sanft, dass es einen angenehmen Schauer über meinen Rücken jagte.

»Hey«, krächzte ich. Er war mir so nah, dass mir zum ersten Mal die feinen Sommersprossen auf seiner Nase auffielen. Sie waren kaum erkennbar in seinem gebräunten Gesicht, aber aus dieser kurzen Entfernung konnte ich sie gerade ausmachen.

»Geht's wieder?«

Ich nickte und wollte es eine Sekunde später zurücknehmen. Denn Ethan dirigierte mich zur Decke und drückte mich darauf nieder. Sofort vermisste ich seine Wärme, seine Berührung. Er wandte sich ab und kramte in seiner Tasche herum.

»Hier.« Kurz darauf hielt er mir eine Wasserflasche unter die Nase.

Ich nahm sie, schraubte den Verschluss auf und trank mit gierigen Schlucken daraus. Mir war gar nicht klar gewesen, wie durstig ich war. Das Wasser vertrieb auch den letzten Rest dieses seltsamen Gefühls in mir, das die Panikattacke hinterlassen hatte. »Danke.« Ich reichte Ethan die Flasche zurück und ließ mich neben ihm in den warmen Sand sinken.

Wir verfielen in Schweigen und sahen hinaus auf den Pambula River. Ich wusste nicht, was ich sagen oder tun sollte. Ein Teil von mir wollte sich entschuldigen und erklären, wie es zu diesem Vorfall gekommen war, dabei verstand ich es selbst nicht so genau. Ich hatte einen Schatten gesehen, der mir groß und bedrohlich vorgekommen war. Vielleicht war es ein Fisch gewesen, von denen es einige in diesem Gewässer gab, aber mittlerweile fragte ich mich, ob es nicht auch Einbildung gewesen sein könnte. Ob mein Hirn mir nicht einen Streich gespielt und mir nur vorgegaukelt hatte, dass sich dort etwas im Fluss befunden hatte. Immerhin hatte ich zu dem Zeitpunkt bereits mit beiden Füßen im Wasser gestanden, und vielleicht war das mittlerweile genug für meinen Kopf, um verrücktzuspielen.

Ich wusste nicht mehr, was ich denken sollte. Und vor allem … ich wollte das alles nicht mehr. Diese Angst, diese furchtbaren Symptome meines Körpers und dieses ständige Grübeln, was ich wie anders machen könnte. Ich wollte mein Leben zurück. Mein unbeschwertes, freies Leben, bei dem ich nicht bei jedem Schritt nachdenken musste, ob er richtig war oder zum nächsten Totalausfall führen würde. Und zum ersten Mal fragte ich mich, ob das überhaupt möglich war. Ob ich je wieder an diesen Punkt gelangen würde, wo ich mein Leben nicht um die Angststörung herum planen müsste.

Eine Schwere legte sich auf meine Schultern und um mein Herz.

»Was machen wir jetzt?«, fragte Ethan in die Stille hinein, und plötzlich wollte ich nur noch weg von hier.

»Lass uns zu dir fahren und *Sharknado* gucken«, platzte es aus mir heraus.

»Was?« Entgeistert starrte Ethan mich an, als hätte ich jetzt vollkommen den Verstand verloren. »Ich weiß nicht, ob das eine gute Idee ist.«

Ein bitteres Lachen war meine Antwort. »Ist das jetzt nicht mittlerweile egal? Ich schaffe es ja nicht mal, in einen verdammten Fluss zu gehen, ohne in Panik zu geraten. Ich erschrecke mich vor einem Schatten, der vermutlich zu einem Fisch gehörte, der bloß handtellergroß war. Wenn da überhaupt irgendwas gewesen war. Was soll *Sharknado* jetzt noch schlimmer machen? Das ist doch eigentlich nicht mehr möglich.« Wut schwang in meiner Stimme mit. Wut auf mich selbst und meinen Körper, der mich im Stich gelassen hatte. Zumindest fühlte es sich so an. Ich wusste nicht, wie ich es je wieder schaffen sollte, zurück aufs Surfbrett zu kommen, und das frustrierte mich mehr, als ich mit Worten ausdrücken konnte. Es war ein schmerzhafter Druck, der sich knapp unterhalb meines Herzens eingenistet hatte und nicht mehr verschwinden wollte.

»Trotzdem will ich nicht dafür verantwortlich sein, dass du dadurch vielleicht einen Rückschlag erleidest.« Ethan drehte sich im Sand in meine Richtung und war mir plötzlich so nah, dass sein Duft mir in die Nase trat. Eine Mischung aus Moschus und dem Salz der See, die für mich nach Freiheit roch.

»Das bist du auch nicht, weil es meine freie Entscheidung ist.

Du zwingst mich ja nicht dazu, das zu schauen, sondern ich will das.«

Ethan presste die Lippen aufeinander, und ein Muskel in seinem Kiefer zuckte. »Ich weiß trotzdem nicht, ob es eine gute Idee ist.«

Ich verkniff mir ein Seufzen. Es war echt lieb, dass er so auf mich achtgeben wollte, aber ich wollte das gerade nicht. Ich wollte diesen verdammten Film sehen, wollte jetzt wissen, ob ich mit diesem wenigstens noch klarkam, ohne einen Rückfall zu erleiden. »Du musst keine Rücksicht auf mich nehmen. Ich kann immer noch selbst entscheiden, was ich mir zumuten kann und was nicht. Und wenn ich nicht weiß, was ich ertragen kann, möchte ich trotzdem die Kontrolle darüber haben, was ich versuchen möchte. Bitte behandele mich nicht wie ein rohes Ei.«

»Sorry.« Mit einer Hand fuhr Ethan durch seine Haare, die danach in alle Richtungen abstanden. »Ich wollte dich nicht bevormunden oder so, aber ich mache mir Sorgen um dich.«

Meine Mundwinkel hoben sich zu einem kleinen Lächeln, und meine Wut verrauchte ein bisschen. »Das ist lieb, aber unnötig. Ich könnte es auch einfach allein zu Hause gucken, würde es aber viel lieber mit dir zusammen machen und dazu deine Expertenmeinung hören.«

Ethan rappelte sich auf, klopfte sich den Sand von der Jeans und seufzte leise. »Du machst es mir echt schwer, abzulehnen.«

Ein amüsiertes Schnauben kam über meine Lippen. »Dann tu es nicht.«

Er verdrehte die Augen, konnte ein Lächeln aber nicht verhindern. »Dann lass uns los.«

Kapitel 13

ETHAN

Ich war noch immer nicht davon überzeugt, dass das eine gute Idee war. Nicht, nachdem Alicia sich zuvor vor einem Schatten im Wasser erschreckt und danach wohl von ihren Erinnerungen übermannt worden war. Denn sie konnte nicht wirklich gedacht haben, dass aus dem Fluss ein Hai auf sie zukommen würde. Auch wenn *Sharknado* zu den unrealistischsten Filmen gehörte, die ich je gesehen hatte, spielte er trotzdem mit den Ängsten, die Menschen vor Haien hatten. Und ob das etwas war, das Alicia sich momentan ansehen sollte, wusste ich wirklich nicht.

Andererseits konnte ich sie aber auch nicht davon abhalten. Wie sie so treffend gesagt hatte, könnte sie sich die Filme auch bei sich zu Hause anschauen, wenn ich ablehnte, und bei dem Gedanken wurde mir noch mulmiger. Hier war ich wenigstens dabei, konnte ihre Reaktionen beobachten und notfalls gegensteuern, sollte ihr unwohl werden.

»Popcorn?«, fragte ich, nachdem ich die Tür zu meinem Haus geöffnet hatte. Ich hing den Schlüssel an den Haken neben der Tür und stellte meine Tasche mit der Decke und dem Proviant, den wir nicht benötigt hatten, auf den Boden.

Alicia kickte ihre Schuhe von den Füßen und sah zu mir auf. »Zu Popcorn sage ich nie Nein.«

»Süß, salzig oder mit Karamell?«

»Mit Karamell.« Alicia zog ein Haarband aus ihrer Hosentasche und fasste ihre blonden Haare zu einem hohen Zopf zusammen.

»Alles klar.« Ich deutete ins Wohnzimmer, damit sie sich schon mal setzen konnte, und ging gegenüber in die Küche. Aus einem Schrank nahm ich eine Popcornschachtel, legte sie in die Mikrowelle und schaltete diese an. Dann holte ich zwei Dosen Cola aus dem Kühlschrank, denn was passte besser zu süßem Popcorn als ein ebenso süßes Getränk? Als die Mikrowelle mit einem *Pling* andeutete, dass das Popcorn fertig war, zog ich die Tüte vorsichtig an einer Ecke heraus, schnitt sie auf und schüttete den Inhalt in eine große Schüssel. Dann ging ich damit und mit den Getränken ins Wohnzimmer.

Alicia hatte es sich bereits auf meiner Couch bequem gemacht. Im Schneidersitz hatte sie die rechte Seite des Sofas in Beschlag genommen. Der Raum war genauso klein wie der Rest des Hauses, aber mehr brauchte ich nicht. Es gab eine Couch, einen Fernseher, ein schmales Bücherregal, in dem überwiegend Fachliteratur stand, und einen Tisch, der mit Zeitschriften nahezu überquoll. In einer davon blätterte Alicia gerade.

»O Gott«, quietschte sie plötzlich und hielt mir eine Seite hin, auf der Fotos von Krokodilen zu sehen waren. Im ersten Moment befürchtete ich, dass sie vor diesen Tieren ebenfalls Angst haben könnte, doch das Funkeln in ihren Augen ließ die Sorge so schnell verrauchen, wie sie gekommen war. »Die sind von Cooper.«

»Wer?«, fragte ich, weil ich den Namen noch nie gehört hatte.

»Cooper Lee. Er ist mit einer Freundin von mir zusammen und hat vor einigen Monaten das Moonlight von seinem Großvater übernommen. Er ist Naturfotograf, und ich hab mich gerade gefreut, einige seiner Fotos in dieser Zeitschrift zu entdecken.«

Ich setzte mich neben Alicia, stellte das Popcorn und die Getränke vor uns auf dem Tisch ab und warf einen genaueren Blick auf die Zeitschrift. Es war ein *Wildlife*-Magazin, von denen ich einige abonniert hatte. Die Fotos zeigten Leistenkrokodile, sogenannte Salties, und ganz klein unten in der Ecke war das Copyright mit @*Cooper Lee* angegeben. »Sehr cool, wie viele Naturschützer es damit in Eden gibt.«

Alicia grinste breit. »Muss an der Luft liegen. Oder vielleicht ist hier irgendwas im Wasser.«

»Träum weiter.« Ich stand auf, ging zum Fernseher und zog eine der Schubladen darunter auf, in der sich meine nicht sehr ausgeprägte DVD-Sammlung befand. Ich kramte den ersten Teil von *Sharknado* hervor und legte die DVD in den Player.

»Bist du bereit?« Ich ließ mich neben Alicia, die sich bereits die Popcornschüssel geschnappt hatte, auf die Couch fallen.

»So was von.« Sie rutschte auf der Couch nach hinten und streckte die Beine aus, bis sie die Füße auf dem Tisch ablegen konnte. »Und wehe, der ist nicht wenigstens ein bisschen gruselig.«

Ich zuckte mit den Schultern, weil ich nicht wusste, was ich darauf antworten sollte. Wir kannten uns nicht gut genug, als dass ich einschätzen konnte, was Alicia gruselig fand und was nicht. Ich fand *Sharknado* vor allem witzig, weil er dermaßen überzogen war, dass ich ihn nicht ernst nehmen konnte. Aber ob Alicia das mit ihrer Angststörung genauso sehen würde, konnte ich überhaupt nicht sagen.

Daher startete ich einfach den Film. Die Anfangssequenz war zu sehen, in der eine Nachrichtensprecherin über eine seltsame Wetterlage informierte, die viele schwere Tornados an der Westküste der USA vorhersagte. Obwohl noch nicht richtig was passiert war, fing Alicia laut an zu lachen und schlug sich eine Hand vor die Stirn. Erstaunt sah ich vom Fernseher zu ihr.

»O Gott. Das realisiere ich ja jetzt erst.«

»Was?« Ich hatte keine Ahnung, was sie meinte.

»Der Film heißt *Sharknado,* weil die Haie im Tornado angeflogen kommen?« Sie lachte so sehr, dass ich kaum verstand, was sie sagte.

»Wusstest du das nicht?« Mittlerweile hatte ich Angst, dass Alicia vor Lachen von der Couch rutschen könnte, daher brachte ich die Popcornschüssel in Sicherheit.

Es dauerte etwas, bis sie sich wieder halbwegs beruhigt hatte. »Ich hatte keine Ahnung. Fand den Namen immer so blöd, dass ich mich nicht näher mit dem Film beschäftigt hab, doch jetzt muss ich gestehen, dass er eigentlich ganz cool ist.«

»So wie der ganze Film eigentlich.«

»Was noch zu beweisen wäre.« Mit hochgezogenen Augenbrauen taxierte sie mich, dann wandte sie sich erneut dem Fernseher zu. Ich stellte die Schüssel mit dem Popcorn zwischen uns, sodass wir beide hineingreifen konnten, und machte es mir auf der Couch bequem.

An Alicias immer wiederkehrendem Schnauben wurde recht schnell deutlich, dass sie *Sharknado* nicht annähernd so amüsant fand wie ich. Immer wieder beobachtete ich sie aus den Augenwinkeln. Anfangs noch, um sicherzustellen, dass der Film ihre Angststörung nicht triggerte, doch irgendwann fand ich ihre Reaktion fast amüsanter als das, was sich auf dem Bildschirm abspielte. Ihre Mimik war unheimlich ausdrucksstark, und bereits nach wenigen Minuten war mir klar, dass sie den Film nicht mochte. Immer wieder zuckten ihre Mundwinkel nach unten. Ihre Augen verengten sich, und zwischendurch kräuselte sich ihre Nase auf schrecklich niedliche Weise. Manchmal bewegten sich ihre Lippen lautlos, als müsste sie etwas loswerden, wollte aber nicht, dass ich es hörte.

Schließlich verdrehte sie die Augen und schnaubte. »Himmel, ist der schlecht.«

»Gar nicht«, widersprach ich sofort. »Der ist Kult.«

»Nur weil er Kult ist, schließt es nicht aus, dass er schlecht ist. Ist ja nichts Neues, dass die Mehrheit der Menschen keinen guten Geschmack beweist. Sieh dir nur diese Szene an.« Sie deutete auf den Fernseher, wo gerade ein Szenario am Strand gezeigt wurde, und stieß ein verzweifeltes Stöhnen aus. »Der steht nicht mal bis zu den Knöcheln im Wasser, aber wird von einem Hai gepackt? Wie soll das gehen? *Wie?*«

Die absolute Verzweiflung in ihrer Stimme ließ mich lachen. »Aber das ist es doch, was es so gut macht. Der Film lebt davon, überzogen und unrealistisch zu sein. Die Macher haben auch nie etwas anderes behauptet.«

Alicia riss die Augen auf und starrte mich an. »Es ist offensichtlich, dass du keine Ahnung hast.«

»Die Frage ist, habe ich keine Ahnung, oder müssen wir uns über deinen Geschmack Sorgen machen?«

»Pah.« Alicia griff nach einem Popcorn und warf es nach mir. Es traf mich mitten an der Stirn und fiel dann in meinen Schoß hinab. Für zwei, drei weitere Sekunden sahen wir einander nur an, dann brachen wir gleichzeitig in Gelächter aus.

»Mit Essen spielt man nicht«, rutschte mir das heraus, was Mum früher immer gesagt hatte, wenn Josh und ich uns am Esstisch nicht benehmen konnten.

»Himmel, ich ess ihn ja schon«, murmelte sie und griff nach dem Popcorn. Für einen Moment war sie mir so nah, dass ich nichts anderes außer sie wahrnahm. Ihre Hand berührte meinen Oberschenkel nahe meiner Hüfte, ihr Gesicht war nur Zentimeter von meinem entfernt, und ihr Duft nach Pfirsich drang mir in die Nase. Ich wusste nicht, ob es von ihrem Shampoo oder ihrem Duschgel kam oder ganz einfach zu Alicia gehörte, aber für einen Moment konnte ich nicht klar denken. Ein Prickeln raste über meine Haut, und für einen Augenblick schien die Zeit stillzustehen. Alicia sah zu mir auf, und in ihren Augen flackerte etwas, das das Gefühlschaos in meinem Inneren widerspiegelte. Die Sekunden dehnten sich aus, während sie meinen Blick gefangen hielt. Ihre Lippen öffneten sich leicht, und sie lehnte sich noch ein Stück mehr in meine Richtung. So nah, dass ich sie fast küssen könnte.

Doch ehe ich diesen Gedanken überhaupt zu Ende führen konnte, ging ein Ruck durch sie, sie packte ein Popcorn, lehnte sich wieder zurück und schob ihn sich genüsslich in den Mund.

»Da siehst du? Alles weg.«

Noch immer schwirrte mir der Kopf, und ich musste mich räuspern, weil meine Kehle so vollgestopft mit Empfindungen war. Es war so schleichend geschehen, dass ich es gar nicht mitbekommen hatte, aber Alicia löste etwas in mir aus, das konnte ich nicht mehr von der Hand weisen. Dabei war ich absolut genervt von ihr gewesen, als sie mich bei unserem ersten Treffen nach zu wenigen Stunden Schlaf aus dem Bett geklingelt hatte. Damals war mein erster Impuls gewesen, sie wegzuschicken, und mittlerweile war ich froh, es nicht getan zu haben.

Mir gefiel, dass sie mir unter die Haut ging, auch wenn mich das in eine andere Art von Zwickmühle brachte. Denn Alicia war nur hier, damit ich ihr über ihre Angststörung hinweghalf, aber mittlerweile war ich mir sicher, dass das, was wir versuchten, nicht ausreichte. Dass *ich* nicht die richtige Person war, um ihr da rauszuhelfen. Ehrlich gesagt hatte ich keine Ahnung, was ich tat. Klar, ich kannte mich mit Haien aus, aber von Psychologie hatte ich nicht den Hauch einer Ahnung, auch wenn ich selbst schon mal Hilfe hatte in Anspruch nehmen müssen. Aber es war aus einem völlig anderen Grund als bei Alicia gewesen.

Ich konnte für sie da sein, wenn sie eine Panikattacke erlitt, aber dadurch wurden sie ja nicht weniger. Zwar hatte ich mal irgendwo gelesen, dass Konfrontationstherapie eine Vorgehensweise bei Angstpatienten war, aber wenn ich sie immer wieder diesen Situationen aussetzte, ohne ihr die nötigen Mittel bereitzustellen, wie sie mit ihren eigenen Gefühlen umgehen musste, würde ich es am Ende womöglich noch schlimmer machen. Je mehr Zeit ich mit Alicia verbrachte, desto sicherer war ich mir, dass sie eine Therapie benötigte. Doch so vehement, wie sie bisher dazu reagiert hatte, würde sie mir überhaupt zuhören, wenn ich es ansprach?

Ich unterdrückte ein Seufzen und sah nach rechts. Alicia blickte wieder auf den Fernseher, die Augen zusammengekniffen und die Nase auf diese süße Art gekräuselt, bei der ich den Finger ausstrecken und sie glatt streichen wollte. Etwas in meiner Brust zog sich schmerzhaft zusammen, und mit einem Mal war ich mir nicht mehr sicher, ob ich das Thema wirklich ansprechen wollte. Aber es hatte mir noch nie geholfen, mich vor unbequemen Dingen zu drücken. Meistens brachen sie dann über einem zusammen, wenn man es am wenigsten gebrauchen konnte. Daher verpasste ich mir einen mentalen Tritt und räusperte mich.

»Denkst du, dass es was bringt, was wir machen?«

Alicia lachte. »Diesen Film schauen? Definitiv nicht.«

Seufzend griff ich nach der Fernbedienung und drückte die Pausentaste. »Das meine ich nicht.«

Mit unzähligen Fragezeichen im Blick wandte Alicia sich mir zu. »Was …?«

Ich schluckte das beklemmende Gefühl in meiner Kehle runter, das mir sagte, dass ich mit dem Kommenden alles zwischen uns zerstören könnte. »Ich weiß, dass du das nicht willst, aber du solltest wirklich noch mal über eine Therapie nachdenken.«

Mit einem Mal verschloss sich ihr Gesicht, wurde hart, kalt und unnahbar. »Ich hab dir schon mal gesagt, warum das nicht geht. Das steht nicht zur Diskussion. Und ich dachte, dass wir uns da einig wären. Wenn du mir nicht mehr helfen willst, suche ich mir halt jemand anderen.«

Genau das hatte sie schon zu mir gesagt, als sie das erste Mal vor meiner Tür aufgetaucht war, und damals war es das gewesen, was mich überzeugt hatte, ihrem Vorschlag zuzustimmen, doch diesmal gab ich mich nicht so leicht geschlagen. »Ich weiß, aber hör mir bitte kurz zu. Das, was wir versuchen, zeigt überhaupt keine Wirkung, weil ich nicht ausgebildet bin. Ich kann dich zwar unterstützen, wenn du eine Panikattacke hast – und das mache ich auch gerne –, aber ich kann dir nicht die Werkzeuge an die Hand geben, wie du diese verhindern kannst. Das kann nur geschultes Personal machen.«

Alicia schnaubte verächtlich. »Und ich weiß genau, wie diese Werkzeuge aussehen. Es sind Medikamente, die dich müde machen. Teilweise so müde, dass du nicht mehr am Leben teilhaben kannst. Natürlich bekomme ich keine Panikattacken mehr, wenn ich es nicht mal schaffe, aus dem Bett aufzustehen.« Selbst ihre Stimme war schärfer geworden, aber in ihren Augen blitzte etwas auf, das ihre Verletzlichkeit unterstrich.

»Das verstehe ich.« Das tat ich wirklich. »Aber ich bin überzeugt, dass es auch andere Wege gibt, die ohne Medikation auskommen. Warum hörst du es dir nicht wenigstens mal an und entscheidest dann?«

Ich konnte sehen, wie bei meinen Worten etwas in Alicia zerbrach. Als würde das Vertrauen, das sie zu mir aufgebaut hatte, in einer Rauchwolke verpuffen. Damit zerfiel auch ihre harte Schale in tausend Einzelteile, und darunter war nur noch Schmerz zu sehen. Ein Schmerz, der mich augenblicklich wünschen ließ, dieses Thema nie angesprochen zu haben.

»Ich habe mich längst entschieden.« Ihre Stimme brach beim letzten Wort, trotzdem stand sie mit gestrafften Schultern auf. »Ich denke, ich sollte jetzt gehen.« Danach rauschte sie an mir vorbei.

»Alicia, warte.« Ich stellte die Schüssel mit Popcorn auf den Tisch und sprang auf, doch da war sie schon aus dem Wohnzimmer verschwunden. Im Flur sah ich noch, wie sie aus der Haustür verschwand, sich auf ihr Fahrrad schwang und davonfuhr.

»Alicia«, rief ich ein letztes Mal, ehe sie um eine Kurve fuhr und vom Wald verschluckt wurde.

Fuck.

Das war wirklich nicht, wie dieser Tag hatte enden sollen. Überhaupt nicht. Dabei wollte ich ihr doch nichts Böses. Aber vielleicht würde sie das erst verstehen, wenn sie *meine* Geschichte kannte. Vielleicht war es an der Zeit, dass ich mich ihr öffnete und das erzählte, was ich sonst niemandem sagte.

Kurz überlegte ich, mich ins Auto zu setzen und ihr zu folgen. Um ihr sofort davon zu erzählen und sicherzustellen, dass sie sicher zu Hause ankam. Aber vermutlich würde sie mir gerade nicht einmal zuhören. Sie war so schnell abgehauen und hatte damit mehr als deutlich gemacht, dass sie kein Interesse an einer weiteren Diskussion hatte. Es wäre besser zu warten, bis sich die Gemüter etwas beruhigt hatten, um dann erneut das Gespräch mit ihr zu suchen.

Kapitel 14

ALICIA

Noch immer wurde mir das Herz schwer, wenn ich an das letzte Gespräch mit Ethan, und wie ich vor ihm geflohen war, zurückdachte. Gleichzeitig wurde ich aber auch noch wütend. Ich hatte ihm doch gesagt, dass ich keine Therapie machen wollte, und ihm sogar erklärt, warum. Warum konnte er das nicht akzeptieren?

Ich wälzte mich in meinem Bett herum auf die andere Seite und zog die Decke bis zur Nasenspitze hoch. Ich war noch nicht bereit, mich diesem Tag zu stellen, dabei war es schon fast elf Uhr mittags. Am liebsten würde ich vergessen. Vergessen, dass ich vorgestern erneut fast eine Panikattacke bekommen hatte, nur weil ich einen verdammten Schatten im Wasser gesehen hatte. Vergessen, dass ich mich mit Ethan gestritten und keine Ahnung hatte, ob ich weiterhin auf ihn zählen konnte. Vor allem wollte ich jedoch verdrängen, dass Ethan mit seinen Bedenken recht hatte. Was wir versuchten, brachte bisher überhaupt nichts. Ich konnte mich dem Meer noch immer nur auf wenige Meter nähern, und was noch schlimmer war, ich wollte es gar nicht weiter versuchen. Ich hatte Angst davor, Angst zu bekommen, so seltsam das klang. Aber allein dieses Gefühl, das mich beschlich, kurz bevor die Panikattacke einsetzte, löste mittlerweile große Abneigung in mir aus. Ich wollte mich diesen Situationen eigentlich nicht mehr aussetzen, gleichzeitig würde ich es so aber nie schaffen, zurück auf mein Board zu kommen.

Gestern war meine erste Physiotherapie gewesen, und die Muskeln in meinen Beinen schmerzten auf diese angenehme

Weise, als hätte man zu viel Sport gemacht, der einem aber guttat. Während ich auf der Liege gelegen und mich hatte durchkneten lassen, hatte ich mir geschworen, dass ich es später bei der Arbeit erneut versuchen würde, wenn nichts los war. Dass ich schauen würde, wie weit ich mich dem Meer nähern könnte, und ob es besser war als zuvor. Selbst kleine Schritte würde ich aktuell als Erfolg verbuchen, was an sich schon traurig genug war. Doch dazu war es nicht einmal gekommen. Ich hatte mich nicht getraut. Die Wellen gestern waren zwar hoch gewesen und viele Surfer im Wasser, aber am Strand war nichts los gewesen. Eigentlich die perfekten Voraussetzungen, um einen neuen Versuch zu wagen. Doch sobald ich nur darüber nachgedacht hatte, waren meine Beine wie gelähmt gewesen. Sie hatten sich nicht gerührt, und irgendwann hatte ich aufgehört, meinen Beinen den Befehl dazu zu geben.

Strampelnd drehte ich mich auf den Rücken, zog das Kissen vor mein Gesicht und stöhnte laut hinein. Ich ging mir schon selbst auf die Nerven. Kein Wunder, dass Ethan die Geduld mit mir verlor. Für ihn als Außenstehenden musste das alles noch viel anstrengender sein, trotzdem hatte er bisher mit keinem Wort erwähnt, dass er mir nicht mehr helfen oder mich nicht mehr sehen wollte. Das hatte ich bloß vorgestern in seinen Versuch hineininterpretiert, zumindest über eine Therapie nachzudenken, doch mittlerweile war ich mir nicht mehr sicher, ob das Gespräch wirklich in die Richtung gegangen wäre.

Seufzend zog ich das Kissen von meinem Gesicht und legte die Arme darum. Ich schätzte, wir mussten darüber reden, was vorgefallen war. Ich wollte die Zeit, die wir miteinander verbrachten, nicht aufgeben, und das lag nicht mehr nur daran, weil ich mir von Ethan Hilfe erhoffte.

Da war etwas zwischen uns. Die Luft fühlte sich statisch aufgeladen an, wenn wir zusammen waren. Vorgestern hatte ich es deutlicher als je zuvor verspürt, und ich war mir sicher, dass es nicht bloß einseitig war. Vor allem, als ich das Popcorn von Ethans Schoß genommen hatte, hatte ich in seinem Blick dieselben Fragen schimmern gesehen, die auch mich beschäftigten. Aber auch in anderen Momenten betrachtete er mich manchmal, als würde er mich zum ersten Mal *sehen* und wüsste gleichzeitig ganz genau, was ich für ihn war. Selbst wenn Ethan mir nicht mehr bei meiner Angststörung helfen wollte – was ich ihm nicht verübeln würde –, wollte ich herausfinden, was das zwischen uns sein könnte. Isabel und Sophie hatten absolut recht gehabt, manchmal musste man den Dingen auf den Grund gehen, und mittlerweile war ich bereit, das bei Ethan zu tun. Wenn er das auch wollte. Und vielleicht wäre es ohnehin besser, wenn wir beides nicht zusammen weiterführten.

Ich setzte mich im Bett auf und strich mir die Haare aus dem Gesicht. Das klang doch nach einem Plan, mit dem ich arbeiten könnte, nachdem ich mich für meine überstürzte Flucht entschuldigt hatte. Doch das würde bis morgen warten müssen, denn heute hatte ich andere Pläne. Heute startete eins von zwei jährlichen Highlights in Eden. Das *Ocean Fall Festival.*

Das *Ocean Fall Festival* war an das *Eden Whale Festival* angelehnt und fand jedes erste Wochenende im April statt, wenn die Migration der Buckelwale aus der Antarktis in die wärmeren Gefilde auf ihrem Höhepunkt war. Hunderte Wale waren dann vor Edens Küsten zu sehen. Sie bevölkerten die Twofold Bay, wo sie Rast machten, ehe sie zur Paarung weiter nördlich zogen. Es war ein Spektakel, das viele Leute anzog, auch wenn es nicht ganz mit dem *Eden Whale Festival* mithalten konnte, das Anfang Oktober stattfand. Dort kehrten die Buckelwale mit ihrem Nachwuchs zurück in den Süden. Sie gemeinsam in der Twofold Bay beobachten zu können, war immer ein atemberaubender Anblick. Außerdem war der Oktober ein Touristenhöhepunkt, was zusätzlich Besucher zum Festival lockte und es allein dadurch populärer machte.

Schon als Kind hatte ich mich jedes Jahr auf beide Festivals gefreut, und auch jetzt ging ich jedes Mal mit meinen Freunden hin. In knapp einer Stunde würden Liam und Isabel mich abholen, und so langsam musste ich mich ranhalten, wenn ich rechtzeitig fertig werden wollte.

Zwei Stunden später stellte Liam seinen Pick-up auf dem Parkplatz der Twofold Bay ab, der schon gut gefüllt war. Ich warf einen Blick auf den Strand der Bucht, an dem sich bereits etliche Menschen tummelten und der bunt geschmückt war. Girlanden und bunte Lämpchen waren überall angebracht, dazu schwebten riesige Luftballons in den Formen unterschiedlicher Wale über die Köpfe der Menschen hinweg. Die Luft war erfüllt von Musik und dem Schnattern der Menschen, immer wieder durchbrochen vom Schrei der Möwen, die zu Hunderten über die Stellen im Meer kreisten, an denen die Wale zur Fütterung ansetzten, und damit Fische und allerlei Plankton an die Oberfläche trieben.

Isabel stellte sich neben mich, schob die Hände in die Hosentaschen und atmete tief ein. »Jetzt bin ich schon zum zweiten Mal auf dem *Ocean Fall,* war aber noch nie auf dem *Eden Whale Festival.*«

»Ehrlich?« Erstaunt wandte ich mich ihr zu.

»Nein, als wir für unser Work-and-Travel-Jahr in Eden angekommen sind, hatten wir es gerade verpasst, und dann mussten wir abreisen, kurz bevor es wieder stattfand.«

»Krass.« Ich hätte schwören können, dass Isabel und Sophie auch schon beim *Eden Whale Festival* dabei gewesen waren, aber das lag vermutlich daran, dass sie für mich mittlerweile so sehr zu unserer Clique dazugehörten, dass ich mir gar nichts anderes mehr vorstellen konnte. »Aber dafür kannst du es ab jetzt jedes Jahr genießen.« Ich hakte mich bei ihr unter. »Komm, wir gehen die anderen suchen.«

Liam folgte uns. Wir entfernten uns vom Strand und gingen in Richtung des Street Festivals, das zum *Ocean Fall Festival* gehörte. Hier waren etliche Buden aufgebaut. An einigen bekam man Essen, Trinken oder Waren, die in und um Eden herum hergestellt wurden. Wieder andere dienten Informationszwecken. Die Zeit des Walfangs wurde bei ihnen geschildert, und wie es dazu gekommen war, dass diese Tiere nun geschützt wurden.

Wir fanden Kilian, Cooper und Sophie an einem der ersten Getränkestände. Kilian hatte bereits ein Bier in der Hand, während Sophie und Cooper sich an je einer Cola festhielten.

»Hey, wie geht's euch?« Ich umarmte einen nach dem anderen.

»Kilian ist unerträglich heute.« Sophie erdolchte ihn fast mit ihren Blicken.

»Ich will Spaß haben«, entgegnete er, aber sein düsterer Blick strafte seine Worte Lügen.

Sophie schnaubte. »Wir können dich am Kinderspielplatz abgeben, sie haben dort ein Bällebad, hab ich mir sagen lassen.«

»Hört auf zu streiten, Kinder«, ging ich dazwischen und versuchte, die seltsame Spannung zu ignorieren, die in der Luft lag. Normalerweise kamen Sophie und Kilian gut miteinander aus, doch davon war heute nichts zu spüren. »Wollen wir erst mal eine Runde gehen?«

»Klar«, stimmte Kilian sofort zu. Auch Sophie und die anderen nickten, und wir setzten uns langsam in Bewegung. Ich wollte mich zu Kilian zurückfallen lassen, um ihn zu fragen, was los war, doch er verwickelte Liam in ein Gespräch über Rugby, daher schob ich mich zwischen Isabel und Sophie.

Sie erzählten mir von ihren ersten Tagen an der University Canberra, während wir die Straße entlanggingen und an jedem Stand kurz stehen blieben. Am ersten gab es Schmuck, der aus Muschelstücken hergestellt war, der nächste verkaufte selbst bestickte Handtücher und Waschlappen. Der folgende informierte über die verschiedenen Walarten, die in der Region um Eden vorkamen. Immer weiter gingen wir, bis wir fast am Ende der Straße angelangt waren und mir ein Shop ins Auge fiel, an dem die schwarze Flagge von Sea Shepherd flatterte.

Abrupt blieb ich stehen. War dieser Stand schon immer hier gewesen? Ich konnte mich nicht daran erinnern, musste aber gestehen, dass ich früher auch nicht darauf geachtet hätte. Vor Ethan hab ich damit nicht viel verbunden, dabei setzten sie sich doch für die Ozeane ein, die ich so sehr liebte.

Im Inneren des Standes waren zwei Leute, von denen mir eine Person sehr vertraut war. Ihre dunklen Haare fielen ihr offen bis fast zur Hüfte, und ein Lächeln breitete sich auf ihrem Gesicht aus, als sie mich entdeckte.

»Hi, Alicia.«

»Hey, Deepti. Ich wusste gar nicht, dass ihr hier auch einen Stand habt.«

»Schon seit Jahren. Kann ich dich zu irgendwelchen Flyern überreden?« Sie deutete auf die Zettel, die ausgebreitet vor ihr lagen, denen ich jedoch nur einen kurzen Blick schenkte.

»Ach, wenn ich was wissen will, frage ich einfach Ethan.« Unauffällig versuchte ich mich umzusehen, ohne ihn jedoch zu entdecken.

»Ethan müsste hier auch irgendwo sein.« Anscheinend hatte Deepti meinen Blick bemerkt. »Aber ich glaube, er holt gerade etwas zu trinken. Das ist übrigens Mason.« Sie deutete auf den Kerl neben sich, von dem ich mir sicher war, ihn bei der Strandsäuberung schon gesehen zu haben.

»Hi, Mason.« Er nickte mir knapp zu, und ich stellte Isabel, Sophie und Kilian vor, die mittlerweile ebenfalls an den Stand getreten waren. Wo Liam und Cooper abgeblieben waren, wusste ich nicht.

Isabel und Sophie drängten sich neben mich und sahen sich

neugierig um, während Kilian Mason in ein Gespräch verwickelte.

»Bringt das was, wenn ihr diesen Stand hier während des Festivals betreibt?«, wollte ich von Deepti wissen.

Sie wog den Kopf hin und her. »Teils, teils. Es hilft auf jeden Fall bei den Spenden, viel lieber würden wir aber neue Leute rekrutieren, die ehrenamtlich bei uns einspringen.«

Nun ließ ich meinen Blick doch über die Flyer wandern, die vor mir ausgelegt waren. »Wenn du willst, kannst du mir welche mitgeben, die ich bei uns im Surfshop auslege.«

Erst war Deepti überrascht, dann breitete sich ein Lächeln auf ihrem Gesicht aus. »Oh, echt? Das würdest du machen?«

»Wir könnten doch auch welche im Moonlight auslegen. Es gibt keinen Ort, wo ganz Eden sich regelmäßiger versammelt als dort.« Kilian lehnte sich vor, sah dabei aber immer noch Mason an, dessen Lächeln deutlich machte, dass ihm das mehr als gut gefiel.

»Na klar«, sprang Sophie ein. »Wir haben eh immer die unterschiedlichsten Sachen ausliegen, und das ist etwas, hinter dem Cooper und ich zu hundert Prozent stehen.«

Nachdenklich legte Isabel den Kopf schief. »Im Reservat ergibt es zwar keinen Sinn, Flyer auszulegen, dafür sind die monatlichen Besuchstage zu wenige, aber ich könnte auf unserer Webseite auf euch aufmerksam machen? Dass wir zusammenarbeiten und unsere Unterstützer auch mal bei euch vorbeischauen sollen? Ich kann dir nicht versprechen, wie viel das bringt, weil wir ja mehr darauf aus sind, Spenden zu erhalten, aber das wäre allemal besser als nichts.«

»Leute, ich weiß gar nicht, was ich sagen soll.« Deepti griff mit einer Hand nach meiner und mit der anderen nach Isabels. »Danke, ganz ehrlich. Wir können jede Hilfe und jeden Dollar mehr als gut gebrauchen. Und vor allem ist es wichtig, mehr Aufmerksamkeit für das Leid der Tiere zu schaffen.« Dann schweifte ihr Blick zu einer Stelle hinter mir, und ihr Lächeln wurde noch breiter. »Hey, Ethan, schau, wen die Welle angespült hat.«

Bei der bloßen Erwähnung von Ethans Namen donnerte mein Herz los. Wie in Zeitlupe drehte ich mich um und entdeckte ihn auf Anhieb. Seine dunklen Haare hingen ihm auf der linken Seite in die Stirn, er trug ein schwarzes T-Shirt mit dem Aufdruck von Sea Shepherd und eine helle Jeans, die tief auf seinen Hüften hing. In den Händen trug er ein Tablett mit mehreren Dosen Cola, Fanta und Ginger Beer. Der Blick aus seinen blauen Augen traf mich mit voller Wucht, und meine Knie wurden weich. Erleichtert registrierte ich das Lächeln, das seine Lippen umspielte, und auch meine Mundwinkel hoben sich wie von selbst.

»Alicia.« Er reichte an mir vorbei, stellte das Tablett achtlos auf den Flyern ab, und eine Sekunde später befand ich mich in seiner Umarmung. Sein Duft hüllte mich ein, seine Hände lagen sanft, aber mit Druck auf meinen Hüften, und seine Wärme drang durch das dünne T-Shirt auf meine Haut. Ich verschränkte meine Arme an seinem Rücken, krallte mich regelrecht an seinem Shirt fest und wünschte mir, dass er mich nie wieder loslassen würde. Erleichterung spülte über mich hinweg, weil er es mir anscheinend nicht übel nahm, dass ich nach unserem letzten Gespräch regelrecht vor ihm geflohen war, und für einen Moment verstärkte ich den Griff um seine Mitte.

Nur widerwillig löste ich mich von ihm und drehte mich um, um Ethan meinen Freunden vorzustellen. Sie alle sahen uns mit Fragezeichen in den Augen an. Isabel grinste zudem wissend, was mir die Röte in die Wangen trieb.

Ich räusperte mich. »Das ist Ethan. Wir haben uns … durch Zufall kennengelernt.« Ich stolperte über die Worte, weil ich nicht wusste, wie ich Ethan vorstellen sollte. Bisher hatte ich nicht einmal drüber nachgedacht, dass Ethan früher oder später auf meine Freunde treffen würde, und irgendwie kam mir das im Nachhinein reichlich unüberlegt vor.

Ethan versuchte, sein Lachen als Hustenanfall zu tarnen, was ihm mehr schlecht als recht gelang. Dabei lag sein Blick auf mir, auf eine prüfende Art und Weise, die die Schmetterlinge in meinem Bauch in Aufruhr versetzte. »Hey, Leute«, grüßte er in die Runde.

»Das sind Isabel, Sophie und Kilian«, stellte ich meine Freunde der Reihe nach vor. Erneut sah ich mich in der Menge um uns herum um, ob ich Liam und Cooper entdeckte, doch von den beiden fehlte weiterhin jede Spur.

»Schön, euch kennenzulernen.« Ethan nickte ihnen zu.

»Hey, Ethan.« Isabel trat vor und reichte ihm ihre Hand. »Wo hat Alicia denn jemanden wie dich *durch Zufall* aufgegabelt?« Ihr Blick wanderte an ihm auf und ab, und ich wusste schon jetzt, dass sie mich mit Fragen bombardieren würde, sobald wir allein waren.

Mir wurde heiß und kalt zugleich, und ich wollte schon dazwischengehen, ihr irgendeine weitere Lüge auftischen, auch wenn ich nicht wusste, welche das war, da sagte Ethan: »Wenn wir euch das verraten würden, müssten wir euch leider töten.«

Isabel und Sophie lachten. Selbst Kilian schmunzelte, obwohl er noch immer Mason zugewandt war, und Deepti schnaubte. »Du guckst zu viele Actionfilme.«

Mit einem breiten Grinsen zuckte Ethan die Schultern. »Es hat mich halt aufs Leben vorbereitet.«

»Du hast zu viel Sonne abbekommen, das ist aber auch alles.«

»Du bist nur neidisch auf meine außergewöhnliche Schönheit.«

Deepti stöhnte verzweifelt, während Kilian laut lachte und zum ersten Mal seinen Blick von Mason löste, um Ethan anzusehen. »Ich mag dich.« Er hielt eine Hand hoch, in die Ethan einschlug.

Deepti taxierte mich. »Wer hat diesen Kerlen eigentlich dieses übermäßige Ego in die Kinderstube gesteckt?«

»Ich habe nicht den Hauch einer Ahnung.« Sophie lehnte sich vor, und ihre Stimme nahm einen verschwörerischen Klang an. »Aber ich glaube, sie wollen damit irgendwas kompensieren.«

Deeptis Augenbrauen hoben sich. »Du meinst so was wie einen zu kleinen Schwanz?«

Wir lachten, und eine Sekunde später sahen mich alle an.

»Was?«, fragte ich, weil ich keine Ahnung hatte, worauf sie hinauswollten.

Deeptis Blick wanderte von mir zu Ethan und wieder zurück, und erneut schoss Hitze in meine Wangen.

O Gott, *das* meinte sie. »Woher soll ich das denn wissen?« Meine Stimme war eine Oktave zu hoch, und ich konnte nicht verhindern, mich zu fragen, wie gut Ethan untenherum wohl bestückt war. Wenn überhaupt möglich, wurde mir noch heißer, was nicht besser wurde, als ich Ethans stechenden Blick auf mir bemerkte. Ein Lächeln umspielte seine Lippen, das von Hunderten Möglichkeiten berichtete, und plötzlich wollte ich jede einzelne davon ausprobieren.

Aber auch alle anderen sahen mich weiterhin an, und ich hatte keine Ahnung, was ich nun erwidern sollte. Wo war das Mauseloch nur, in das man sich verkriechen konnte, wenn man es am dringendsten brauchte?

»Ich glaube, das war Alicia irgendwie unangenehm«, sagte Sophie fröhlich.

»Ich kann dazu halt keine Aussage treffen«, versuchte ich mich zu verteidigen. »Wie wäre es denn, wenn wir stattdessen über Coopers bestes Stück sprechen?«

»Oh, glaub mir, er hat keinen Grund, etwas kompensieren zu müssen.« Es kam wie aus der Pistole geschossen und verschaffte uns einen weiteren Lachanfall.

Isabel zuckte mit den Schultern. »Liam auch nicht.«

Ich sah mich um, konnte die beiden aber noch immer nirgendwo entdecken. »Ist das der Grund, warum sie vom Erdboden verschwunden sind?«

»Keine Ahnung.« Isabel seufzte leise und wandte sich Sophie zu. »Sollen wir sie mal suchen gehen?«

»Ist vielleicht besser, bevor sie wieder irgendeinen Blödsinn anstellen.«

Ich wollte ihnen gerade folgen, da umfassten warme Finger mein Handgelenk, und ein Prickeln raste durch meinen Arm. Ich blieb stehen und drehte mich zu Ethan um. Seine blauen Augen musterten mich aufmerksam. In ihnen lag so viel Zuneigung, dass es mir für einen Moment den Atem raubte, aber darunter konnte ich auch Besorgnis und Unsicherheit entdecken.

»Suchen wir uns einen ruhigen Platz und trinken was zusammen?«

Ich wusste, dass es nur ein Vorwand war, um mit mir über unsere Auseinandersetzung zu sprechen, trotzdem nickte ich und griff nach einem Ginger Beer.

Kapitel 15

ETHAN

Ich führte Alicia über das Street Festival zurück in Richtung Twofold Bay. Mittlerweile war es deutlich voller geworden, und vor allem vor den Getränke- und Essensständen mussten wir uns an Menschentrauben vorbeidrängen. Um Alicia zwischen den ganzen Leuten nicht zu verlieren, griff ich nach ihrer Hand und verschränkte unsere Finger miteinander. Es war erstaunlich, wie vertraut sich diese Geste mittlerweile für mich anfühlte, dabei kannten wir uns doch erst wenige Wochen.

»Ich hätte nicht gedacht, dich heute hier zu treffen.« Ich hatte darauf gehofft, aber nicht wirklich damit gerechnet, dass wir uns zufällig über den Weg liefen. Kurz hatte ich sogar überlegt, ob ich Alicia schreiben sollte, aber nach ihrer überstürzten Flucht hatte ich lieber warten wollen, bis sie sich von sich aus meldete.

Alicia drängte sich mit ihrer Schulter gegen meine, um einem entgegenkommenden Paar mit Kinderwagen Platz zu machen. »Ich bin jedes Jahr hier. Schon seit meiner Kindheit. Das Festival werde ich mir nie entgehen lassen, wenn ich es verhindern kann.«

»Dann wundert es mich noch vielmehr, warum wir uns nie zuvor über den Weg gelaufen sind.« Bisher hatte ich gedacht, dass wir uns einfach nicht an denselben Plätzen aufgehalten haben konnten, weil ich mir sicher war, dass Alicia mir aufgefallen wäre. Doch so langsam zweifelte ich daran.

»Wer weiß.« Spielerisch stupste sie mich mit der Schulter an. »Vielleicht haben wir irgendwann sogar schon miteinander gesprochen und erinnern uns bloß nicht daran.«

»Auf gar keinen Fall.« Entschieden schüttelte ich den Kopf. »Das hätte ich nicht vergessen. Wir sind maximal aneinander vorbeigelaufen, aber alles andere hätte ich nicht vergessen.«

Alicia taxierte mich aus unergründlichen Augen. Ich konnte sehen, dass sie etwas fragen wollte, doch in dem Moment drängten sich einige Jugendliche zwischen uns und schoben uns auseinander.

Sobald sie uns passiert hatten, griff ich erneut nach Alicias Hand. Wir gingen weiter, doch schon wenige Schritte später blieb ich abrupt stehen. Vor uns war kein Durchkommen mehr. Wir hatten die Bühne erreicht, auf der gleich das Kinderprogramm losgehen würde, aber nach den Massen, die sich davor tummelten, könnte man meinen, sie würden auf einen international gefeierten Rockstar warten. »Lass uns da lang.« Ich deutete nach links auf eine schmale Lücke zwischen zwei Buden. Wir zwängten uns hindurch und traten hinter ihnen ins Freie.

»Himmel, ist das voll heute.« Alicia nahm einen tiefen Atemzug und schob sich eine Haarsträhne hinter das Ohr.

»Ist es das samstags nicht immer?« Ich konnte mich nicht daran erinnern, dass es jemals ein Wochenende auf dem *Ocean Fall* oder *Eden Whale Festival* gegeben hatte, an dem es signifikant leerer gewesen wäre. Selbst bei Regen nicht. »Komm, ich kenne eine Abkürzung.« Ich führte Alicia zwischen zwei Häusern entlang in ein kleines Waldstück, das direkt an den Strand reichte. Ein schmaler Trampelpfad leitete uns den Weg, den ich schon unzählige Male gegangen war. Eigentlich könnte ich Alicias Hand jetzt loslassen, immerhin waren wir gerade die Einzigen hier. Aber das wollte ich gar nicht, und auch Alicia machte keine Anstalten, sich von mir zu lösen.

»Hast du hier mal gewohnt, oder warum kennst du die Geheimgänge?«

Ihre Frage war wie ein Schlag in die Magengrube, weil sie viel näher an der Wahrheit lag, als sie vermutlich glaubte. »So was in der Art.« Meine Stimme brach beim letzten Wort, was Alicia natürlich nicht verborgen blieb. Ich versuchte, ihrem fragenden Blick auszuweichen, aber auch das war natürlich unmöglich. »Lass uns ein ruhiges Plätzchen suchen, dann erkläre ich dir alles.« Es hing ohnehin mit dem zusammen, was ich ihr sagen wollte, da konnte ich beides gut verbinden.

Wir fanden einen Platz auf einem umgestürzten Baum am Rand des Waldes, auf den wir uns setzen konnten. Vor uns lag der weiße Sandstrand, an dem sich die Wellen brachen, und aus der Ferne drangen die Geräusche des Festivals zu uns. Das Kreischen von Kindern und unterschiedliche Musikrichtungen wurden vom Wind bis zu uns getragen.

Wir setzten uns nebeneinander auf den Baumstamm. Alicia drehte das Ginger Beer zwischen ihren Händen, ohne die Dose zu öffnen. »Es tut mir leid, dass ich vorgestern einfach so abgehauen bin. Ich …«

»Mir tut es leid«, unterbrach ich sie, und sie hob überrascht den Kopf in meine Richtung. »Ich hätte dich nicht drängen sollen. Du hast mir von Anfang an gesagt, warum du das nicht möchtest, und das hätte ich akzeptieren müssen … oder dich zumindest nicht derart damit überfallen sollen.« Das war der einfache Part gewesen. Der Part, den ich jedem erzählt hätte. Aber ich wollte, dass Alicia verstand, warum ich so gehandelt hatte, und dafür musste ich sie tiefer in meine Vergangenheit blicken lassen, ihr die Narben auf meiner Seele zeigen, die ich normalerweise sorgsam vor der Welt verschloss.

»Ich nehme es dir nicht übel, dass du mir gesagt hast, eine Therapie könnte mir besser helfen«, sagte Alicia leise. Sie starrte auf meinen imaginären Punkt im Sand, die Schultern fast bis zu den Ohren hochgezogen. »Was meinst du, warum ich meinen Freunden noch immer nichts von der Angststörung erzählt hab? Weil sie mir genau das auch raten würden. Und einige von ihnen haben mitbekommen, was damals mit Mum war.«

Ich fuhr mit einer Hand durch meine Haare und sah aufs Meer hinaus. Die Wellen glitzerten im Sonnenlicht, ehe sie sich am Strand brachen. »Ich würde dir gern erzählen, warum ich dir das vorgeschlagen habe, aber dazu muss ich etwas weiter ausholen.«

Ich spürte Alicias Blick auf mir, drehte mich aber nicht zu ihr um. »Ich bin ganz Ohr.«

Das war alle Ermutigung, die ich brauchte. »Ich hatte mal eine Schwester. Kayla war eine Nachzüglerin und damit das Nesthäkchen in der Familie. Eigentlich wollten Mum und Dad nach Josh und mir keine Kinder mehr. Dad hat sich sogar sterilisieren lassen, trotzdem ist Mum, acht Jahre nachdem Josh geboren wurde, wieder schwanger geworden. Kayla war ein wahrer Sonnenschein, wir haben sie vergöttert, aber …« Meine Stimme brach beim letzten Wort, und meine Kehle zog sich zu. Es war sehr lange her, dass ich über den Vorfall gesprochen hatte. Und ich redete grundsätzlich mit niemandem außerhalb meiner Familie darüber. Alicia konnte nicht wissen, wie besonders es war, dass ich sie darin einweihte, aber mir war dieser Umstand dafür umso bewusster.

Alicia sah mich noch immer an, doch ich versuchte, sie bestmöglich auszublenden, weil ich befürchtete, sonst nicht weitersprechen zu können. »Kayla hatte Krebs … Leukämie, und sie hat es leider nicht überlebt. Es war eine schwere Zeit für uns. Drei Jahre hatten meine Eltern mehr oder weniger im Krankenhaus mit ihr verbracht. Josh und ich mussten viel zu schnell erwachsen werden, uns um viele Dinge kümmern, um die Kinder und Jugendliche sich eigentlich noch nicht kümmern sollten. Aber das Leben ist halt nicht fair, und am Ende stand immer die Hoffnung, dass Kayla nach dieser schweren Zeit wieder zu uns nach Hause zurückkehren könnte.«

Alicia rutschte näher an mich heran und legte ihren Kopf an meine Schulter. Fest umfasste sie meine Hand und drückte sie, und ich bildete mir ein, dass es mir allein dadurch schon besser ging.

»Tut mir leid, dass du das erleben musstest.«

Ich legte einen Arm um sie und zog sie noch etwas näher an mich. Sie zu spüren und im Arm zu halten, gab mir die Kraft, weiterzusprechen. »Nach Kaylas Tod sind wir alle in ein tiefes Loch gefallen. Für mich hat es sich angefühlt, als wären all unsere Anstrengungen die Jahre zuvor umsonst gewesen. Als hätten wir uns für nichts und wieder nichts aufgerieben. Mum und Dad waren zwar wieder zu Hause, aber nicht wirklich anwesend. Sie kamen mit dem Tod ihrer Tochter gar nicht klar und kamen mir manchmal wie Geister vor. Ich konnte sie zwar sehen, aber es war, als wären sie gar nicht richtig bei uns. Josh hatte eine schlimme Phase, hat angefangen, sich in der Schule zu prügeln oder auf Partys zu betrinken, und ich …? Ich wusste gar nicht mehr, wo oben und unten ist, und habe versucht, mich mit allem, was ich finden konnte, abzulenken, um nicht darüber nachdenken zu müssen.«

Erneut drückte Alicia meine Hand. »Das muss furchtbar gewesen sein. Für euch alle.«

Ich nickte bloß.

»Wie seid ihr da wieder rausgekommen?«

Ich nahm einen tiefen Atemzug, denn das war der Part, weswegen ich Alicia überhaupt davon hatte erzählen wollen. »Über eine Familientherapie, die sich gezielt mit unserer Trauer beschäftigt hat.« Endlich drehte ich den Kopf und sah Alicia direkt an. »Ich will dir nichts vormachen. Es war hart, an manchen Tagen schlimmer, sich damit auseinanderzusetzen, als alles zu verdrängen versuchen. Aber es hat uns geholfen. Es hat uns als Familie wieder zusammengeführt und uns Techniken an die Hand gegeben, mit unserer Trauer umzugehen, ohne uns von ihr zerstören zu lassen. Und das alles ohne Medikamente. Wenn ich dir also sage, dass es Therapien gibt, die ohne

Medikation auskommen, dann, weil ich das aus eigener Erfahrung weiß.«

Alicia öffnete den Mund, um etwas zu sagen, aber ich hob die Hand, weil ich noch nicht fertig war. »Ich kenne mich, wie gesagt, mit Angststörungen nicht aus, aber ich weiß, dass du zu nichts gezwungen wirst. Du kannst zu einem Erstgespräch gehen, und wenn du mit dem Therapeuten nicht klarkommst, dir danach jemand anderen suchen. *Deine* Bedürfnisse sollten immer berücksichtigt werden.«

In Alicias Augen schimmerte etwas, das ich nicht benennen konnte. Sie schluckte sichtbar und spielte mit den Fingern meiner Hand, die sie noch immer umklammert hielt. »Es tut mir so leid, dass dir das widerfahren ist«, sagte sie erneut. »Ich kann mir gar nicht vorstellen, wie sich das angefühlt haben muss. Aber wir haben mehr gemeinsam als zuvor gedacht. Wir mussten beide zu früh erwachsen werden und Aufgaben übernehmen, die eigentlich Sache unserer Eltern gewesen wären.«

»Was ist eigentlich mit deinem Vater?« Sie hatte ihn bisher nie erwähnt, immer nur von ihrer Mum gesprochen.

»Er hat uns verlassen, als ich fünf war. Ist ganz klischeehaft mit einer anderen durchgebrannt und hat sich danach nie wieder gemeldet. Keine Ahnung, wo er heute ist oder was er macht, aber es interessiert mich auch nicht.« Sie zuckte die Schultern, als würde es ihr überhaupt nichts ausmachen, aber ich hörte auch das, was sie nicht sagte. Dass ihre Kindheit vielleicht einfacher gewesen wäre, wenn er geblieben wäre. Wenn sie eine zweite Person gehabt hätte, auf die sie sich verlassen konnte. Dass vielleicht nicht so viel an ihr hängen geblieben wäre, als es ihrer Mum schlecht ging. Dass es vielleicht gar nicht so weit gekommen wäre.

Ich drehte meine Hand in ihrer, verflocht unsere Finger miteinander und drückte sie. »Ich würde mir wünschen, dass wir beide andere Sachen erlebt hätten.«

Sie schnaubte leise. »Ich auch. Aber wie sagtest du noch so schön? Das Leben ist nicht fair.«

Nein, das war es nicht. Trotzdem mussten wir uns irgendwie damit arrangieren. »Fragst du dich auch manchmal, wie dein Leben heute aussehen würde, wenn du das alles nicht erlebt hättest? Wenn du eine ganz normale, glückliche Kindheit gehabt hättest?«

Ein leises Seufzen kam über ihre Lippen, das mehr ausdrückte, als Worte es je vermochten. »Mittlerweile nicht mehr so oft, aber früher ständig.« Wehmut schimmerte in Alicias Augen. »Besonders schlimm war es immer, wenn ich bei Freunden zu Besuch war, deren Eltern sich um sie gekümmert haben. Da war immer dieser Gedanke ›wie wäre es, wenn es bei mir zu Hause genauso wäre?‹. Und …« Sie brach ab, kaute unsicher auf ihrer Unterlippe herum.

»Du kannst mir alles sagen«, ermutigte ich sie. Ich kannte all diese Gedanken genau, ich würde sie nicht dafür verurteilen.

»Ich frage mich halt, ob die Angststörung nicht auch zum Teil davon kommt, dass ich durch Mum vorbelastet bin. Dass Mum mir irgendwas vererbt hat, dass …«

»Stopp«, unterbrach ich sie. Ich legte meine freie Hand an ihre Wange und drehte sanft ihren Kopf, bis sie mich ansah. »Tu das nicht. Mach dir – oder ihr – keine Vorwürfe, denn das hilft niemandem. Ich würde dir gerne sagen, dass es unmöglich ist, mentale Krankheiten weiterzuvererben, aber ich muss gestehen, dass ich von dem Thema keine Ahnung habe. Was ich aber weiß, ist, dass du es da raus schaffen kannst. Es wird sicher hart und anstrengend, aber ich glaube ganz fest daran, dass du es schaffen wirst.«

»Meinst du?« Unsicherheit schwang in ihrer Stimme mit, und mein Herz wurde schwer für sie. Ich wünschte mir so sehr, dass ich ihr die Angst abnehmen könnte, aber ich wusste einfach nicht, wie.

»Absolut.« Ich packte so viel Sicherheit in dieses Wort, wie ich aufbringen konnte. »Und ich bin jeden Schritt an deiner Seite … wenn du das möchtest.«

Ein Lächeln breitete sich auf ihren Lippen aus. Etwas zittrig noch, aber es erreichte ihre Augen. »Das wäre schön.«

Für einen Moment verlor ich mich in ihren hellblauen Augen, die mich mit einer Mischung aus Unsicherheit und Dankbarkeit betrachteten. Doch darunter schimmerte noch etwas anderes, das mir den Atem verschlug.

Schließlich räusperte ich mich. »Wollen wir mal wieder zu den anderen zurück? Nicht, dass sie sich fragen, wo wir abgeblieben sind.« Eigentlich würde ich viel lieber den Rest des Tages mit Alicia hier sitzen bleiben, aber ich war nicht nur zum Spaß, sondern vor allem zum Arbeiten auf dem *Ocean Fall Festival.* Ich konnte meine Leute nicht einfach so im Stich lassen.

»Okay … klar.« Alicia sah sich um und nahm das Ginger Beer aus dem Sand, das sie bisher nicht einmal geöffnet hatte. Auch ich hatte meine Cola nicht angerührt, aber wir hatten auch wirklich Wichtigeres zu tun gehabt.

Dann drehte sie sich in meine Richtung, und unsere Blicke trafen sich. »Wenn du jemals mit jemandem über Kayla reden willst, egal, über was, ich bin immer für dich da.«

Ein warmes Gefühl durchflutete mich, und meine Kehle war so vollgestopft mit Empfindungen, dass ich schlucken musste. Dass sie mir das anbot, bedeutete mir mehr, als ich mit Worten ausdrücken konnte. »Danke.«

Einen weiteren Moment sahen wir uns nur an, dann stand ich auf und hielt ihr eine Hand hin, um ihr ebenfalls aufzuhelfen. Sie griff danach, ließ sich auf die Beine ziehen, und plötzlich war sie mir so nah wie nie zuvor. Nur Zentimeter trennten uns voneinander, und ich wusste, dass es vermutlich besser wäre, etwas mehr Abstand zwischen uns zu bringen, aber ich konnte nicht. Meine Beine gehorchten mir nicht, waren wie mit dem Erdboden verwachsen, und auch Alicia machte keine Anstalten, sich von mir entfernen zu wollen. Und wenn ich ganz ehrlich war, dann wollte ich es auch gar nicht. Dafür gefiel es mir viel zu gut, dass ich ihren Duft einatmen konnte und ihren Atem auf meiner Wange spürte.

Ihr Blick huschte über mein Gesicht, als wollte sie jedes Detail davon in sich aufnehmen, und blieb schließlich an meinen Lippen hängen. Ein warmer Schauer raste über meinen Rücken, und während ich noch überlegte, ob es der richtige Moment war, um sie zu küssen, lagen ihre Lippen bereits auf meinen. Sie waren sanft, vorsichtig und probierend. Ein erster Kuss, aber gleichzeitig so viel mehr. Verlangen pochte in meinen Lenden, und es kostete mich jedes bisschen meiner Selbstbeherrschung, Alicia nicht zu packen und gegen den nächstbesten Baum zu pressen. Stattdessen legte ich eine Hand an ihre Wange, lehnte meinen Kopf zur Seite und vertiefte unseren Kuss.

Beim ersten Kontakt meiner Zunge mit ihrer war denken nicht mehr möglich. Ich seufzte leise, denn ich konnte nicht mehr zählen, wie oft ich mir in den letzten Tagen genau das gewünscht hatte. Dann legte ich meine zweite Hand an ihre Taille und zog sie eng an mich. Alicia legte die Arme um meine Schultern und verkrallte ihre Finger in meinen Haaren. Ein bittersüßer Schmerz raste über meine Kopfhaut, der mich nur dazu animierte, weiterzumachen. Niemals aufzuhören, um irgendwann mit ihrem Geschmack auf meiner Zunge sterben zu können.

Ich wusste nicht, wie lange es dauerte, bis wir uns voneinander lösten. Einige Minuten? Oder doch eher Stunden? Ich hatte jegliches Zeitgefühl verloren und war überrascht, als die Geräusche des Festivals wieder in mein Bewusstsein traten, denn sie hatte ich während unseres Kusses gar nicht mehr wahrgenommen.

Alicia atmete genauso schwer wie ich. Ihre Lippen waren von unserem Kuss noch feucht und leicht gerötet, was nur den

Wunsch in mir wachrief, sie ein weiteres Mal zu küssen. »Das war überraschend.« Meine Stimme war viel rauer als gewöhnlich.

»Aber gut.« Alicia strahlte mich an, und diesmal gab ich dem inneren Drang nach, beugte mich vor und küsste sie erneut, ganz kurz diesmal.

»Sehr gut sogar.«

Ich griff nach Alicias Hand, und gemeinsam gingen wir den Waldweg zurück in Richtung Festival. Je näher wir kamen, desto lauter wurde die Musik. Es schien, als wäre das Kinderprogramm auf der Bühne bereits vorbei und von der ersten lokalen Band abgelöst worden, die heute auftrat. Wie lange genau waren wir weg gewesen?

»O mein Gott«, quietschte Alicia plötzlich und drückte meine Hand. Wir waren gerade aus dem Wald herausgetreten, befanden uns aber immer noch hinter den Buden, die die Straße säumten. Die Lautstärke war hier höher, sodass ich Alicias Worte nur gerade so ausmachen konnte, trotzdem war mir nicht klar, worauf ihr Ausruf zielte.

»Was ist?«

»Wir sind nicht die Einzigen, die sich zum Küssen zurückgezogen haben.«

Ich scannte die Umgebung, konnte aber noch immer nicht erkennen, wovon sie sprach. »Wo?«

»Da.« Mit dem Finger deutete sie in den Wald zurück. Ich sah in die Richtung, und tatsächlich, zwischen den Bäumen konnte ich zwei Gestalten ausmachen, die an einen Baumstamm gelehnt wild knutschten. Ich blinzelte … und die Kinnlade fiel mir herab. Einen der beiden kannte ich.

»Das ist Mason.« Auch der andere kam mir irgendwie bekannt vor, auch wenn ich nicht einordnen konnte, wo ich ihn schon mal gesehen hatte.

»Und Kilian.«

»Ach, daher kenne ich ihn.« Mir fiel wieder ein, dass sich die beiden vorhin an unserem Stand schon gut unterhalten hatten. Offenbar hatten sie es nun noch eine Stufe weitergetragen.

»Shit.« Siedend heiß fiel mir etwas anderes ein. »Wer hilft Deepti am Stand, wenn Mason und ich beide weg sind?« Und vor allem, wie lange war sie dort schon allein?

Alicias Augen weiteten sich, und sie zog an meiner Hand. »Lass uns zu ihr gehen.«

Wie schon zuvor dauerte es lange, bis wir uns einen Weg durch die Menschenmassen auf dem Festival gebahnt hatten. Es schienen noch deutlich mehr geworden zu sein. Obwohl wir erneut die Abkürzung um die Bühne herum wählten, kamen wir auch an anderen Passagen kaum durch. Zudem war die Geräuschkulisse lauter geworden. Nicht nur die Musik der Band, auch lautes Lachen und diverse Gesprächsfetzen drangen an mein Ohr.

Als wir den Stand endlich erreichten, stutzte ich erneut, denn Deepti war nicht allein, aber ich hatte den Typen, der neben ihr stand, nie zuvor gesehen. Er hatte dunkle Haare, die zu einem Man Bun zusammengefasst waren, und seine Arme waren mit Tattoos überzogen. Die beiden waren in ein Gespräch verwickelt und hatten uns noch nicht bemerkt.

»Cooper«, sagte Alicia überrascht, und in dieser Sekunde fragte ich mich, ob sie jede Person in Eden kannte.

Die beiden sahen zu uns. Deeptis Blick wanderte von mir zu Alicia und dann zu unseren noch immer verflochtenen Händen. Sie grinste wissend. »Wie schön, dass ihr es zurückgeschafft habt. Ich dachte schon, mich hätten alle verlassen, denn auch Mason ist wie vom Erdboden verschluckt.«

»Der knutscht hinten im Wald mit Kilian.« Alicia musste sich das Lachen verkneifen.

Deepti verdrehte die Augen, und Cooper verschluckte sich fast an seiner Cola.

»Und was habt *ihr* im Wald getrieben, wenn ihr sie dort entdeckt habt? Denn was getrunken kann es nicht gewesen sein.« Anklagend deutete sie auf unsere ungeöffneten Getränke.

Ich sah zu Alicia, deren Wangen sich rot verfärbt hatten, und presste die Lippen aufeinander, um ein zufriedenes Grinsen zurückzuhalten. Deepti bemerkte es natürlich trotzdem. Sie kannte mich viel zu gut, um sich so leicht von mir auf die falsche Fährte führen zu lassen.

»Dachte ich es mir doch.« Den Kopf schüttelnd, drehte sie sich um und hob ihre Umhängetasche mit dem Sea-Shepherd-Logo vom Boden auf. »Aber wo ihr schon mal da seid, könnt ihr jetzt auf den Stand aufpassen. Ich muss aufs Klo, und wenn ich nicht in der nächsten halben Stunde etwas zu essen bekomme, werde ich einen Mord begehen.«

»Und das will niemand. Sieh zu, dass du wegkommst.« Mit einer Handbewegung scheuchte ich sie aus dem Büdchen und nahm ihren Platz ein.

»Cooper ist übrigens derjenige, der die Naturfotos macht«, sagte Alicia zu mir. Dann wandte sie sich ihm zu. »Ich hab bei ihm eine Zeitschrift entdeckt, in der Bilder von dir waren.«

»Ach, echt? Gut zu wissen, dass diese Zeitschriften tatsächlich jemand kauft.«

»Würde sie niemand kaufen, würdest du keine Aufträge für weitere Bilder mehr bekommen«, erwiderte ich schmunzelnd.

Geschlagen hob er die Schultern. »Auch wieder wahr. Trotzdem frage ich mich manchmal, wie hoch diese Auflagen eigentlich sein können, wenn ich von der überwiegenden Bevölkerung oft das Gefühl übermittelt bekomme, dass sich kaum jemand für Natur- und Tierschutz interessiert.«

»Ich weiß genau, was du meinst. Ich habe auch oft das Gefühl, gegen Windmühlen anzukämpfen«, erklärte ich.

Interessiert blickte er auf. »Du machst auch irgendwas mit Sea Shepherd?«

»Er macht vor allem was mit Haien«, warf Alicia ein.

»Ich bin Meeresbiologe«, erklärte ich. »Spezialisiert habe ich mich auf Haie und arbeite dafür an einigen Projekten mit der University Canberra zusammen. Dadurch bin ich überhaupt erst zu Sea Shepherd gekommen. Ursprünglich habe ich sie aufgesucht, damit ich sie auf Seefahrten begleiten und währenddessen Peilsender an Haien anbringen kann. Ziemlich schnell ist mir dann klar geworden, wie wichtig die Arbeit von Sea Shepherd ist, und mittlerweile engagiere ich mich auch zusätzlich ehrenamtlich bei ihnen.«

Cooper nickte.

»Du solltest mal eine Beitragsserie über uns machen«, rutschte es mir heraus.

Er lachte leise. »Wenn mir das jemand aufträgt, wäre ich sofort dabei.«

Für den Rest des Abends blieben wir am Stand. Alicia war die ganze Zeit in meiner Nähe. Immer wieder spürte ich ihre Blicke auf mir, und auch ich musste ständig in ihre Richtung sehen. Aber obwohl wir uns zuvor schon vor unseren Freunden berührt hatten, fasste ich sie nicht erneut an. Nicht, weil es mir peinlich oder unangenehm war, sondern weil ich befürchtete, sie nie wieder loszulassen, sobald ich meine Hand an ihre Haut legte.

Kapitel 16

ALICIA

Das ständige Vibrieren meines Handys auf meinem Nachttisch weckte mich am nächsten Morgen. Grummelnd drehte ich mich auf die andere Seite und zog die Bettdecke bis über meinen Kopf. Ich wollte noch nicht aufstehen, war mir ziemlich sicher, dass ich nicht genug geschlafen hatte, und wollte noch nicht der Realität ins Auge blicken. Der Tag auf dem *Ocean Fall Festival* war zu schön gewesen und …

Der Kuss mit Ethan fiel mir wieder ein, und mit einem Schlag war ich hellwach. Meine Lippen begannen zu prickeln, und Hitze breitete sich in mir aus. Ich hätte gestern mit allem gerechnet, nur nicht damit. Nicht, nachdem ich zuvor noch vor ihm weggelaufen war. Eher hatte ich befürchtet, dass er nichts mehr mit mir zu tun haben wollte, aber das war ganz offensichtlich nicht der Fall. Ganz im Gegenteil, ich hatte eher das Gefühl gehabt, dass Ethan noch viel aufmerksamer gewesen war als ohnehin schon. Und ich fühlte mich geehrt, dass er mir von seiner Schwester erzählt hatte. Es war ihm nicht leichtgefallen, das hatte ich gemerkt, und ich fragte mich, wie vielen er wohl generell davon berichtete.

Mein Handy brummte erneut, und diesmal drehte ich mich um und nahm es vom Nachttisch. Sieben neue Nachrichten in unserer Whatsapp-Gruppe wurden mir angezeigt.

Isabel: Alicia, wohin bist du gestern so lange mit Ethan verschwunden?

Sophie: Und was habt ihr gemacht????

Sophie: Und vor allem: Warum hast du uns noch nicht ausführlich von ihm berichtet?

Kate: Ethan? Wer ist Ethan? Was habt ihr gestern getrieben?

Isabel: Ethan ist ein gut aussehender Haiforscher, mit dem Alicia gestern verdächtig lange vom Ocean Fall Festival verschwunden ist ...:)

Liam: Warum findest du ihn gut aussehend? Muss ich mir Sorgen machen?

Isabel: Niemals :*

Amüsiert schüttelte ich den Kopf und antwortete.

Alicia: Seid nicht so neugierig! ;-)

Alicia: Vielleicht möchte ich einen Typen erst mal selbst kennenlernen, bevor ich ihn euch zum Fraß vorwerfe.

Alicia: Und wenn ihr schon neugierig sein wollt, dann fragt lieber, wohin Kilian gestern so lange mit Mason verschwunden ist.

Sophie: Da müssen wir nicht fragen, er hat uns bereitwillig erzählt, wie gut Mason küssen kann :p

Ich lachte laut auf. Natürlich hatte er das. Alles andere hätte mich bei Kilian auch gewundert. Ich schrieb meinen Freunden, dass Ethan und ich uns ebenfalls geküsst hatten, ich ihn sehr mochte, mehr aber nicht dazu sagen würde, ehe ich wüsste, ob mehr aus uns werden konnte. Trotzdem schlug ich vor, dass ich ihn ja mal mitbringen könnte, wenn wir uns im Moonlight oder am Strand trafen, damit sie ihn besser kennenlernen konnten.

Gestern hatte sich Ethan zwar am Stand mit Cooper unterhalten, aber die anderen waren zu dem Zeitpunkt bereits zur Bühne gegangen, um die Bands anzusehen, die am Abend auftraten. Auch Cooper hatte sich irgendwann zu ihnen gesellt, aber ich war den Rest des Abends bei Ethan und Deepti geblieben.

Erneut kroch Hitze in mir hoch, wenn ich bloß an Ethan dachte. Wenn ich die Augen schloss, konnte ich noch immer seine Lippen auf meinen spüren und den Kuss Revue passieren lassen, mit dem er sich zu Hause von mir verabschiedet hatte. Kurz hatte ich darüber nachgedacht, ob ich ihn noch hereinbitten sollte, um ihn weiter zu küssen oder *mehr* zu machen, mich dann aber dagegen entschieden. Nicht, weil ich es nicht gewollt hätte. Auch jetzt zog sich mein Unterleib bittersüß zusammen, wenn ich nur daran dachte, überall von Ethan berührt zu werden. Aber ich wollte auch nichts überstürzen. Ethan und ich kannten uns erst wenige Wochen, und nachdem wir uns gestern ausgesprochen und er mir von seiner Vergangenheit erzählt hatte … irgendwie wäre es mir da falsch erschienen, gleich mit ihm im Bett zu landen.

Ich legte das Handy beiseite, obwohl es schon wieder viermal in meiner Hand vibriert hatte. Die Nachrichten würde ich mir später ansehen, zuerst wollte ich duschen und frühstücken.

Mit frischen Sachen ging ich ins angrenzende Bad. Nachdem ich mir die Zähne geputzt hatte und auf die Toilette gegangen war, stellte ich mich unter die heiße Dusche. Eine Viertelstunde später war ich mit allem fertig und machte mich auf den Weg in die Küche.

Im Wohnzimmer stutzte ich und blieb stehen. Auf dem

Wohnzimmertisch standen drei halb volle Gläser und einige Take-away-Boxen, die einen leicht ranzigen Geruch verströmten. Über der Rücklehne der Couch hing ein T-Shirt, und unweit davon lag eine Jeans auf dem Boden.

Langsam ging ich weiter durch in die Küche. In der Spüle stapelte sich das benutzte Geschirr, die Tür eines Hängeschranks stand offen, und auf der Ablage stand eine halb leere Flasche Rotwein. Etwas in mir zog sich schmerzhaft zusammen, aber ich versuchte, mich zu beruhigen. Das alles musste noch gar nichts bedeuten. Für andere wäre der Zustand unserer Wohnung nicht einmal etwas Ungewöhnliches. Es war nicht übermäßig unordentlich oder gar schmutzig, aber etwas, das es bei uns nur gab, wenn es Mum nicht gut ging. Trotzdem musste es noch lange nicht heißen, dass Mum wieder in ihre Depressionen zurückgefallen war. Sie konnte einfach nur einen schlechten Tag gehabt haben. Den hatte schließlich jeder mal.

Ich versuchte, mich zu erinnern, ob es in den letzten Tagen auch schon so ausgesehen hatte, aber es fiel mir nicht ein. Was überwiegend daran lag, dass ich außer zum Schlafen kaum zu Hause gewesen war. Entweder war ich arbeiten, bei der Physiotherapie oder mit meinen Freunden oder Ethan unterwegs gewesen. Letzte Nacht hatte ich beim Heimkommen nicht einmal das Licht angeschaltet, daher fiel mir der Zustand der Wohnung erst jetzt auf.

Es muss nichts heißen, sagte ich mir immer wieder, während ich die Tür des Hängeschranks schloss und den Korken in die Weinflasche steckte, der bisher danebengelegen hatte. Dann warf ich einen Blick in den Kühlschrank, aus dem mich – abgesehen von einer angebrochenen Packung Butter und einem Tetrapak Orangensaft – gähnende Leere grüßte. Unschlüssig zog ich meine Unterlippe zwischen die Zähne und drehte mich im Kreis. Reagierte ich über? Die Wohnung sah wirklich noch nicht *schlimm* aus, aber ich hatte sie auch schon lange nicht mehr so gesehen. Vermutlich war ich zum Teil selbst schuld daran, immerhin war ich ebenfalls kaum hier gewesen, und ich wusste auch, dass Mum in letzter Zeit wieder mehr gearbeitet hatte. Konnte ich es ihr da verübeln, dass sie abends keine Lust mehr hatte, einkaufen zu gehen und zu kochen, sondern sich lieber etwas bestellte? Oder dass sie den Tisch nicht abgeräumt hatte, nachdem sie ein Glas Wein getrunken hatte?

Ich war mir ziemlich sicher, dass das auch in anderen Familien vorkam, aber egal, wie sehr ich mir das einzureden versuchte, ich konnte das flaue Gefühl in meiner Magengrube nicht verscheuchen. Denn ich hatte das schon einmal erlebt, und damals war es kein vorübergehendes Ereignis gewesen. Damals hatte es genauso begonnen und war in einem schleichenden Prozess schlimmer geworden, bis ich mit vierzehn die Einzige gewesen war, die sich überhaupt um irgendwas gekümmert hatte.

Ich schüttelte den Kopf, um die Erinnerungen zu vertreiben. Stattdessen machte ich mich auf die Suche nach Mum. Ihre Schlafzimmertür war nur angelehnt, daher stieß ich sie sanft auf und warf einen Blick hinein. Die Vorhänge vor den Fenstern waren zugezogen und tauchten das Zimmer in dämmriges Licht, trotzdem erkannte ich die Silhouette ihres Körpers auf dem Bett. Gleichmäßige, tiefe Atemzüge verrieten mir, dass sie noch schlief. Es war erst neun Uhr früh, da war es noch nicht ungewöhnlich, dass man an einem Sonntag noch schlief. Oder?

So leise wie möglich schloss ich die Tür wieder und beschloss, erst mal aufzuräumen. Ich schmiss die Take-away-Boxen in den Mülleimer, leerte die benutzten Gläser aus und stellte sie in die Spülmaschine. Dasselbe machte ich mit dem Geschirr aus der Spüle und stellte die Maschine danach an. Ich brachte den Müll raus, der auch schon überzuquellen drohte, faltete Mums Klamotten zusammen und legte sie auf einen Stuhl. Dann wischte ich über den Wohnzimmertisch, saugte den Boden und goss die Blumen am Fenster, die auch schon die Blätter hängen ließen.

Währenddessen bekämpfte ich das immer nagendere Gefühl in mir, dass etwas nicht stimmte. Dass es Mum nicht gut ging und sie bereits in dem Stadium war, wo sie nicht einmal mehr versuchte, den äußeren Anschein zu wahren.

Als ich mich endlich mit der ersten Tasse Kaffee auf die Terrasse setzte, war ich kurz davor, aus der Haut zu fahren. Mum hatte sich immer noch nicht blicken lassen, und ich hatte auch keine Geräusche aus ihrem Schlafzimmer wahrgenommen. Ich wollte mir keine Sorgen machen, konnte es aber nicht mehr verhindern.

Ich trank einen Schluck von meinem Kaffee und nahm mein Handy zur Hand. Unsere Whatsapp-Gruppe zeigte über dreißig neue Nachrichten an, aber ich ignorierte sie und öffnete stattdessen den Chat mit Ethan.

Alicia: Ich glaube, Mum hat einen Rückfall.

Keine zehn Sekunden später klingelte mein Telefon. »Hey.«

»Hi.« Ethans ruhige, tiefe Stimme ließ mich gleich etwas freier atmen. »Was ist passiert?«

Ich berichtete ihm, wie ich die Wohnung nach dem Aufwachen vorgefunden hatte und dass es mich mit erschreckender Klarheit an Mums letzte Episode erinnerte.

»Hm«, machte Ethan, nachdem ich geendet hatte. »Grundsätzlich sieht es bei mir auch manchmal so aus, wenn ich eine stressige Phase habe.«

»Das ist ja genau das, was mich so fertigmacht. Ich *weiß*, dass das völlig normal sein kann, vor allem, weil Mum in letzter Zeit mehr gearbeitet hat. Aber egal, wie oft ich mir das sage, ich kann die Bedenken damit nicht abstellen.«

»Soll ich vorbeikommen?«

Ethans simple Frage stellte seltsame Dinge mit meinem Herzen an. Es stolperte und hüpfte gleichzeitig vor Freude. »Das würdest du tun?«

»Natürlich. Gib mir eine halbe Stunde, ich liege selbst noch im Bett, aber vielleicht kann ich dich ein wenig ablenken.«

Sofort wanderten meine Gedanken zu den vielen Möglichkeiten, mit denen Ethan mich *ablenken* könnte, auch wenn er vermutlich keine davon meinte. Ich räusperte mich, um im Hier und Jetzt zu bleiben. »Das wäre schön.«

»Gib mir eine halbe Stunde«, wiederholte er, und nie zuvor hatte ich einen Satz so gerne zweimal gehört.

Wir legten auf, und um die Zeit totzuschlagen, bis Ethan kam, schaute ich in unsere Whatsapp-Gruppe rein. Zahlreiche neue Nachrichten waren nach meinem Bericht eingetrudelt. Meine Freunde wollten wissen, wie Ethan und ich uns kennengelernt hatten, seit wann wir uns trafen und wie lange das mit uns schon lief. Kilian hatte versucht, auf einiges davon zu antworten, weil er der Einzige war, mit dem ich bisher überhaupt über Ethan gesprochen hatte, aber von ihm zu lesen, dass ich Ethan durch Zufall kennengelernt hatte, verschaffte mir ein mulmiges Gefühl in der Magengrube. Ich mochte es nicht, meine Freunde anzulügen, aber noch viel weniger wollte ich ihnen die Wahrheit sagen. Gleichzeitig fragte ich mich aber mittlerweile, wie lange ich diese Scharade noch aufrechterhalten konnte. Wie Ethan so treffend beschrieben hatte, machte ich keine Fortschritte. Ich konnte mich dem Meer noch immer nicht nähern, geschweige denn darin baden oder surfen gehen. Es ging auf den Herbst zu – die Jahreszeit mit den höchsten Wellen –, und früher oder später würde jemandem auffallen, dass ich das Meer mied, dass ich mich nicht für Competitions anmeldete und mein Board in meinem Zimmer verstaubte.

Ich ließ das Handy sinken, legte den Kopf in den Nacken und schloss für einen Moment die Augen. Die Sonne wärmte mein Gesicht, konnte die trüben Gedanken aber nicht vertreiben. Weder die über mich noch die über meine Mum. Ich trank den letzten Schluck meines Kaffees, dann ging ich zurück ins Haus.

Zielstrebig steuerte ich die Tür zu Mums Schlafzimmer an, hob die Hand, um anzuklopfen … und verharrte mitten in der Bewegung. Noch immer hörte ich keine Laute daraus, nicht mal eine Bewegung. Wollte ich sie wirklich wecken, wenn sie noch schlief? Und was wollte ich dann sagen, warum ich sie aus dem Schlaf gerissen hatte? *Hey, Mum, die Wohnung war heute früh nicht aufgeräumt, weil wir beide kaum da gewesen waren, und deswegen denke ich, du könntest einen Rückfall erlitten haben. Kannst du mir das bitte erklären?*

Selbst in meinem Kopf hörte sich das bescheuert an, daher wollte ich gar nicht wissen, wie es laut ausgesprochen wirkte. Unverrichteter Dinge ließ ich meine Faust wieder sinken, und in dem Moment rettete mich zum Glück die Türklingel.

In meinem Magen begann es zu flattern, denn das musste Ethan sein. Ich sah an mir herab, zu der hellen Leinenhose und dem verwaschenen Tanktop, das ich trug. Nach dem Aufstehen hatte ich mir keine Gedanken über mein Outfit gemacht, und jetzt war es zu spät, etwas daran zu ändern. Außer ich wollte Ethan unnötig warten lassen, was definitiv nicht auf dem Plan stand.

Ich nahm einen tiefen Atemzug, dann ging ich zur Tür und zog sie auf. Ethan stand davor, in Jeans, einem dunklen T-Shirt, das sich an seinen Oberkörper schmiegte, und die Haare auf diese herrliche Weise verstrubbelt, bei der ich mit den Fingern hindurchfahren wollte. Ein Lächeln zierte seine Lippen, und obwohl mir bis vor wenigen Sekunden nicht danach zumute war, hoben sich auch meine Mundwinkel.

»Hey«, brachte ich gerade noch heraus, da trat Ethan einen Schritt auf mich zu, legte seine Hände an meine Wangen und drückte einen Kuss auf meine Lippen. Seufzend ließ ich mich darin fallen. In den Kuss, in *ihn,* weil ich wusste, dass Ethan mich immer auffangen würde. Und so war es auch. Er schlang die Arme um meine Mitte, zog mich fest an seine harte Brust und vertiefte den Kuss, bis mir schwindelig wurde. Schwindelig vom Sauerstoffmangel, und weil das hier so viel besser war, als ich es mir je hätte erträumen lassen.

Schwer atmend lösten wir uns voneinander. »Schön, dass du da bist. Komm rein.« Wie selbstverständlich griff ich Ethans Hand und zog ihn ins Haus. Ethan kickte seine Sneakers von den Füßen und folgte mir in die offene Wohnküche.

»Hübsch habt ihr es hier.«

Unser einstöckiger Bungalow war nicht viel größer als sein Haus, auch wenn der offene Bereich den Anschein erweckte. »Komm, ich zeig dir mein Zimmer.« Ich warf einen letzten Blick auf Mums Tür, die noch immer geschlossen war und mich zu verhöhnen schien, dann führte ich Ethan in die entgegengesetzte Richtung. »Hier ist es.« Ich zog die Tür auf und trat nach Ethan ein.

Neugierig sah er sich um, dabei gab es nicht viel zu entdecken. Mein Bett, das direkt unter dem Fenster stand. Der Kleiderschrank an der gegenüberliegenden Wand. Mein Board, das daneben an der Ecke lehnte, und das Regal mit einigen Büchern und dem Pokal von meiner ersten gewonnenen Competition.

»Wie viele hast du schon gewonnen?« Ethan deutete auf den Pokal.

»Nicht so viele, wie ich gern gewonnen hätte«, entgegnete ich.

Er lachte leise. »Aber du bist das Golden Surfer Girl.«

Ich verdrehte die Augen. »Ich wohne in einem Kaff, in dem immer mehr aus einem gemacht wird, als da eigentlich ist. Also klar, ich bin … *war* gut, aber um regelmäßig Competitions zu gewinnen, musst du herausragend sein. Und vor allem …« Unschlüssig brach ich ab und überlegt, wie ich das, was ich sagen wollte, am besten in Worte packte. »Ich habe vor allem deswegen weniger gewonnen, als ich wollte, weil ich noch nie an einer internationalen Competition teilgenommen habe. Nur in Australien. Aber selbst wenn mich hier jeder kennt, haben Leute in Hawaii noch nie von mir gehört.«

Mit seinen warmen Augen betrachtete er mich und jagte einen angenehmen Schauer über meinen Rücken. »Warum hast du es noch nie gemacht, wenn es dein Traum ist?«

Das Grummeln in meinem Magen war zurück, diesmal jedoch aus einem anderen Grund. »Ich wollte immer, aber … ich habe mich nie getraut, Mum so lange allein zu lassen. Zu einer internationalen Competition zu fahren ist eine mehrwöchige Reise. Meistens macht man dann nicht nur eine, sondern es ist eine ganze Serie an Wettkämpfen, die hintereinander durchgezogen werden. Es ist sicher dumm, aber ich hätte mir zu viele Sorgen gemacht, vor allem, wenn sie sich nicht jeden Tag gemeldet hätte. Und wenn man mit den Gedanken woanders ist, kann man keine guten Leistungen abliefern.«

»Das ist überhaupt nicht dumm, sag so was nicht von dir. Es zeigt nur, wie wichtig dir deine Mum ist.«

Ich zuckte mit den Schultern, weil ich nicht wusste, was ich darauf antworten sollte.

Ethan legte seine Hände an meine Hüften und zog mich an sich. »Aber du warst jetzt mehrere Monate im Krankenhaus und in der Reha, ohne dass etwas Schlimmes passiert ist. Also weißt du, dass du wegkönntest. Und du gehörst doch zu den richtig Guten, die zu diesen Competitions fahren sollten, oder?«

Ein Grinsen erschien auf meinen Lippen. »Ich gehöre zu den Besten.«

In einer fließenden Bewegung schmiss Ethan mich aufs Bett und landete eine Sekunde später auf mir. »Du bist ganz schön von dir selbst überzeugt.« Ehe ich antworten konnte, lagen seine Lippen auf meinen, und er küsste mich.

»Ich weiß halt, was ich kann«, sagte ich, sobald wir uns voneinander gelöst hatten. Dabei schwebte Ethans Gesicht weiterhin nur wenige Zentimeter über meinem, und sein Gewicht drückte mich in die Matratze. Ich ließ meine Hände über seinen Rücken nach oben wandern, bis ich seine Schultern umfassen konnte. »Was machen wir jetzt mit dem angebrochenen Tag?«

Ethan stupste mit seiner Nase gegen meine. »Wonach ist dir denn?«

Ich horchte in mich hinein. Jetzt, wo er bei mir war, war ich schon deutlich ruhiger und hatte keine Lust, den ganzen Tag bei diesem schönen Wetter in der Bude zu hocken. »Wir könnten einen Spaziergang machen?«

Er lachte. »Fragst du mich, oder bist du selbst nicht sicher, ob du das willst?«

Schnaubend ließ ich meine Hände von seinen Schultern gleiten, um ihn zu kitzeln – und zu meiner Überraschung reagierte er darauf, indem er sich lachend in meinen Armen wand. »Wenn ich es nicht wollen würde, würde ich es nicht vorschlagen.«

»Okay, okay.« Noch immer lachend richtete Ethan sich auf, bis meine Hände von seinen Seiten rutschten. »Dann gehen wir spazieren.«

Ethan beugte sich herab, um mich ein weiteres Mal zu küssen, dann zog er mich an seinen Händen in eine aufrechte Position. Nach ihm krabbelte ich von meinem Bett und ging zum Schrank, um mir Klamotten zu suchen. Nur kurz verschwand ich im Bad, um mich umzuziehen, dann kehrte ich zu Ethan zurück. »Wollen wir los?« Er nickte und folgte mir aus dem Zimmer.

Im Flur schweifte mein Blick erneut zu Mums Tür. Nur für den Bruchteil einer Sekunde, ehe ich mich selbst dafür schalt und mir verbot, in den nächsten Stunden darüber nachzudenken.

Wir gingen aus der Haustür und danach nach rechts in das kleine Waldstück am Ende unserer Straße. Die Luft war klar und frisch, aber die Sonne strahlte von einem wolkenlosen Himmel. Kleine Äste und Zweige knackten auf dem Waldboden unter unseren Schritten, und die ersten Minuten gingen wir schweigend nebeneinanderher.

»Du hattest doch mal gefragt, ob ich nicht mit auf euer Schiff möchte, wenn ihr einen Tag unterwegs seid«, meinte ich schließlich. Meine eigene Stimme hörte sich unnatürlich laut in der Stille um uns herum an. Außer uns waren nur einige Vögel in den Baumwipfeln zu hören.

Ethan wurde langsamer und wandte sich mir zu. »Das Angebot steht immer noch.«

»Ich würde es gerne probieren.«

Prüfend betrachtete er mich. »Bist du sicher? Wenn wir einmal unterwegs sind, können wir nicht umkehren, wenn es dir schlecht geht. Und die Wahrscheinlichkeit, dass wir Haie sehen, ist durchaus gegeben.«

Ich nickte und schluckte die Angst hinunter, die automatisch in mir aufkam. Ich blieb stehen und griff nach Ethans Hand. Automatisch verschränkte er seine Finger mit meinen. »Dessen bin ich mir bewusst. Aber ich denke, dass ich das packe. Ich bin dann ja nicht wirklich *im* Wasser, und egal, wie viele Haie unter uns sind, sie können nicht an mich heran.« Ich gab mich zuversichtlicher, als ich war. Klar wusste ich, dass meine Worte der Wahrheit entsprachen, aber dass rationales Denken bei meiner Angststörung nicht half, hatte ich bisher mehr als einmal festgestellt.

Noch immer bedachte Ethan mich mit diesem Blick, der bis auf den Grund meiner Seele vordringen wollte. »Okay«, sagte er schließlich. »Übermorgen machen wir eine Tagestour, da kannst du gerne mitkommen. Aber wir legen bei Sonnenaufgang ab, ich hoffe also, dass du mit frühem Aufstehen klarkommst.«

Meine Antwort war ein Schnauben, denn das war meine einfachste Übung. »Ich werde pünktlich sein.«

Dann liefen wir Hand in Hand weiter durch den Wald und unterhielten uns über alles Mögliche. Ich erfuhr, dass Ethan als

Kind Fußball gespielt hatte und noch heute großer Fan von Manchester United war. Er hatte das Spielen aufgehört, als seine Schwester so krank geworden war, aber bereute es bis heute kein bisschen, weil seine Familie immer vorgehen würde.

Ich erzählte ihm derweil, dass ich als Kind unbedingt Flugbegleiterin hatte werden wollen, nachdem Mum und ich zu unserem ersten – und einzigen – Urlaub nach Neuseeland in ein Flugzeug gestiegen waren. Bis heute liebte ich es zu fliegen, und das einzige Gefühl, das noch viel besser war, als wenn ein Flugzeug abhob, war das, wenn ich auf meinem Board die perfekte Welle ritt.

Es war schon früher Nachmittag, als wir zurück nach Hause kamen, und sobald ich eintrat, bemerkte ich, dass die Tür zu Mums Zimmer offen stand. Ich horchte ins Haus hinein, aber es war dunkel und absolut still, sodass ich mir sicher war, sie wäre weg. Trotzdem warf ich einen Blick in ihr Zimmer und einen in unseren Garten, ob sie sich vielleicht dort aufhielt, konnte sie aber nirgendwo entdecken.

Eigentlich sollte es mich beruhigen, dass es ihr offenbar gut genug ging, das Haus zu verlassen – und in gewisser Weise tat es das auch. Trotzdem konnte ich das Gedankenkarussell nicht stoppen, das sich fragte, was heute los gewesen war.

Ich versuchte sie bestmöglich auszublenden, um die restliche Zeit mit Ethan zu genießen. Als er sich um neun Uhr abends mit einem Kuss von mir verabschiedete, der mich mit weichen Knien zurückließ, hatte ich es auch bestmöglich geschafft. Trotzdem nahm ich mir vor, wach zu bleiben, bis Mum nach Hause kam, auch wenn mir kurz darauf schon die Augen zufielen.

Kapitel 17

ETHAN

Wie ging man mit den ständigen Schmetterlingen im Magen um, sobald man an jemanden dachte? Morgens nach dem Aufwachen war Alicia mein erster Gedanke, und sofort wurde ich nervös und hibbelig. Das war eine völlig neue Erfahrung für mich. Dabei war es nicht einmal so, dass ich noch nie verliebt gewesen war, aber sosehr hatte es mich noch nie erwischt – oder ich hatte es in den letzten Jahren schlicht verdrängt.

Der nächste Tag verging wie im Flug. Ich verbrachte die meiste Zeit in meinem Bunker, wie Alicia das Büro unter dem Killer Whale Museum nannte, katalogisierte die neuen Haie und sah mir die ersten Routen an, die sie hinter sich gelegt hatten. Noch war es zu früh, daraus Schlüsse zu ziehen, aber bereits in einem Monat könnte ich eine erste Auswertung machen, die mir hoffentlich Anhaltspunkte für ihr Verhalten lieferte. Wo waren sie unterwegs, welche Strecken legten sie zurück, in welchen Gebieten suchten sie ihre Beute?

Bis es so weit war, würde ich hoffentlich weitere Haie mit Peilsendern versehen haben. Vielleicht bot sich bereits heute die Möglichkeit dazu, wenn wir mit der *Andrew Cross* rausfuhren.

Noch immer konnte ich nicht glauben, dass Alicia tatsächlich zugestimmt hatte, mitzukommen. Nach dem Desaster am Pambula River hatte ich befürchtet, dass sie erst mal Abstand von allem nehmen würde, was mit dem Meer zu tun hatte. Ich könnte es ihr nicht mal verdenken, zumal sie auf einem Schiff für einen längeren Zeitraum *auf* dem Meer war. Sie konnte dort keinen Abstand gewinnen. Zwar hatte Alicia recht damit, dass sie auf dem Schiff in Sicherheit vor den Haien war, aber das war sie auch am Pambula River gewesen, und trotzdem hatte sie dort eine Panikattacke erlitten. Ich hoffte, dass sie heute davon verschont blieb.

Ich blies mir eine Strähne aus der Stirn und parkte meinen Wagen auf dem Langzeitparkplatz am Hafen, obwohl wir heute nur für einen Tag auf dem Meer waren. Aber ich hatte es mir angewöhnt, das Auto hier abzustellen, sodass ich ihn schon ganz automatisch ansteuerte. Ich stieg aus und sah in Richtung Osten, wo die Sonne gerade aufging und den Himmel in ein rotgoldenes Licht tauchte. Es war nicht mal sechs Uhr morgens, aber Deepti wollte in spätestens einer halben Stunde ablegen.

Kaum hatte ich den Hafen erreicht, entdeckte ich Alicia. Ich hatte ihr angeboten, sie abzuholen, aber sie hatte abgelehnt, weil es ein Umweg für mich wäre und sie mit dem Rad ohnehin in zehn Minuten am Hafen war. Sie stand in der Nähe der *Andrew Cross,* ziemlich genau in der Mitte des Docks, an dem sie anlag. Als wollte sie von beiden Seiten möglichst weit weg vom Meer bleiben. Für einen Moment überkamen mich Zweifel, ob es wirklich eine gute Idee war, Alicia mitzunehmen. Wenn sie dort draußen auf hoher See eine Panikattacke bekam, würde ich ihr nicht helfen können. Es gäbe keine Möglichkeit, sie in Sicherheit zu bringen – obwohl sie das längst wäre. Doch dann breitete sich ein strahlendes Lächeln auf Alicias Gesicht aus, und sämtliche Bedenken verflüchtigten sich. Sie sprang mir in die Arme und drückte ihre Lippen auf meine.

Fast augenblicklich erklangen laute Pfiffe, die nur von der *Andrew Cross* kommen konnten. »Nehmt euch ein Zimmer«, rief jemand hinterher. Ohne den Kuss mit Alicia zu beenden, hob ich die linke Hand und zeigte demjenigen den Mittelfinger – hoffentlich auch in die korrekte Richtung.

»Bist du bereit?«, fragte ich Alicia, nachdem wir uns voneinander gelöst hatten.

Etwas verunsichert sah sie zu dem riesigen Schiff, das neben uns thronte, doch dann straffte sie die Schultern, und Entschlossenheit legte sich auf ihre Miene. »Was soll schon schiefgehen?« Damit griff sie meine Hand, und gemeinsam gingen wir die Planke zum Deck hoch.

»Habt ihr es doch noch geschafft?«, wurden wir mit einem süffisanten Grinsen von Deepti begrüßt. »Wir dachten schon, ihr kommt gar nicht mehr voneinander los und wir hier nicht pünktlich weg.« Wie um ihre Worte zu unterstreichen, wurde in diesem Moment die Planke hinter uns an Deck gezogen. »Komm, ich zeig dir alles.« Deepti hakte sich bei Alicia unter, und ich folgte den beiden Frauen Richtung Bug.

Sofort begann Deepti zu erzählen, und wie sooft schwang Stolz in ihrer Stimme mit, sobald sie von *ihrem* Schiff berichtete. »Die *Andrew Cross* ist ein zweiundfünfzig Meter langes Patrouillenboot. Sie ist bis zu fünfundzwanzig Knoten schnell und beherbergt eine Besatzung von vierzehn Leuten. Seit sieben Jahren sind wir mittlerweile an der Sapphire Coast mit ihr unterwegs, und hier haben wir unsere Kapitänin Shelby, die uns immer sicher zurück in den Hafen bringt.«

Shelby winkte uns vom Steuer zu. Ihre rotbraunen Haare waren zu einem Pferdeschwanz gebunden, und große Kopfhörer saßen auf ihren Ohren. »Sind alle an Bord?«, wollte sie wissen.

Ich nickte. »Wir sind startklar. Das ist übrigens Alicia, sie wird uns heute begleiten.«

»Freut mich. Hab schon viel von dir gehört.«

»Gott«, murmelte Alicia. Aus den Augenwinkeln sah sie in meine Richtung, als würde sie mir nicht ganz trauen. »Hoffentlich nur Gutes.«

Shelby sah von Alicia zu mir und wieder zurück und grinste breit. »Vor allem, dass ihr eine gute Zeit auf dem *Ocean Fall Fes-*

tival hattet.« Sie wackelte mit den Augenbrauen, und Deepti begann laut zu lachen.

»Dass Mason nie seine Klappe halten kann«, grummelte ich.

Deepti lachte. »Er wollte sicher nur davon ablenken, dass er mit Kilian ebenfalls eine *gute Zeit* hatte.«

»Auf jeden Fall.« Shelby sah auf die Instrumente vor sich, die für mich als Laie aussahen, als wären wir in einem Flugzeug. »Ich muss mich jetzt konzentrieren, also verschwindet.« Mit einer wegwischenden Handbewegung scheuchte sie uns aus ihrer Kabine, und wir gingen weiter vor zum Bug.

Immer wieder warf ich einen Blick auf Alicia, ob sie sich irgendwie unwohl fühlte, doch davon war nichts zu erkennen. Ihre Wangen waren rosig, und ihre Augen nahmen neugierig jedes Detail auf. Am Bug angekommen, stellte sie sich an die Reling und atmete tief ein. »Ich liebe den Geruch des Meeres.«

»Ich auch.« Diese einzigartige Mischung aus Salz, Wasser und Algen würde für mich immer Freiheit bedeuten.

Ich stellte mich so dicht neben sie, dass unsere Schultern sich berührten. Sie lehnte sich ein bisschen mehr in meine Berührung, während ein Rumpeln durch die *Andrew Cross* ging und das Schiff sich langsam in Bewegung setzte. Wie immer war ich fasziniert davon, wie Shelby diesen für mich riesigen Kahn aus dem engen Hafen auf die offene See manövrierte. Einen Moment standen wir schweigend beieinander und sahen dabei zu, wie wir aus der schmalen Bucht, die den Hafen begrenzte, hinausschipperten und dann langsam an Fahrt aufnahmen.

»Was genau macht ihr bei diesen Fahrten für Sea Shepherd eigentlich?«, fragte Alicia irgendwann.

»Alles Mögliche, aber vor allem dafür sorgen, dass die lokalen Gesetze eingehalten werden«, erklärte Deepti. »Die meisten Gebiete um Australien herum sind geschützt. An den Korallenriffen darf gar nicht gefischt werden, aber auch in den meisten anderen Gegenden ist kein industrielles Fischen gestattet. Vor allem um Eden herum, wo sich die Route der Buckelwale in die Antarktis und aus ihr zurück befindet, dürfen die großen Trawler nicht verkehren. Gerade in den aktuellen Zeiten, die voll in die Migration fallen. Heute sind wir also vor allem unterwegs, um ein paar der Zonen zu prüfen, in denen manchmal trotzdem gefischt wird, obwohl es verboten ist.«

»Ich kann immer noch nicht fassen, dass die Leute es trotzdem machen.« Mit zusammengepressten Lippen schüttelte sie den Kopf.

Deeptis Lachen klang bitter. »Wo kein Kläger, da kein Richter. Das Meer ist einfach zu groß, um jeden Meter davon im Auge zu behalten. Wir setzen zwar regelmäßig Schiffe fest, die die Regeln brechen, aber es ist nur ein Tropfen auf den heißen Stein, wenn gleichzeitig zehn andere davonkommen.«

»Die besten Gesetze sind nutzlos, wenn es niemanden gibt, der ihre Einhaltung überprüft«, fügte ich hinzu. »Und in diesem Fall können wir nicht mal wem Vorhaltungen machen, denn wie Deepti schon sagt, das Meer ist einfach zu groß. Selbst die geschützten Gebiete können nicht durchgängig überwacht werden. Du wirst es später sehen. Wir haben eine Drohne im Einsatz, und trotzdem entgeht uns regelmäßig irgendetwas. Und dieses *irgendetwas* bereuen wir am Ende leider meist.«

Alicia verzog den Mund. »Mir war nicht bewusst, dass es so schlimm ist.«

Es tat mir fast leid, dass wir Alicias Glauben an die Menschheit auf diese Weise zerstören mussten. Auch wenn ich es immer richtig fand, die Leute aufzuklären, damit sie ein vollständiges Bild der Situation hatten, konnte ich nachempfinden, wie furchtbar es war, zu realisieren, dass das, woran man geglaubt hatte, eine Lüge war. »Die Firmen nutzen alle Schlupflöcher aus, die sie finden können.«

»Und auf dem Meer gibt es eine ganze Menge davon«, fügte Deepti hinzu.

»Wenn du mehr darüber erfahren möchtest, schau dir *Seaspiracy* auf Netflix an. Da hat Sea Shepherd mitgewirkt, und wir haben ihnen einiges an Filmmaterial geliefert.« Das hatte ich ihr schon mal vorgeschlagen, und auch wenn diese Dokumentation keine leichte Kost war, war ich der Meinung, dass jeder ihn sehen sollte.

Sie lachte trocken. »Ich weiß nicht, ob ich mehr davon ertrage, aber ich behalte es mal im Hinterkopf.«

Ich verkniff mir einen Kommentar darüber, dass das, was sie nicht *ertragen* konnte, traurige Realität für die Fischbestände in unseren Ozeanen war. Sie hatten nicht die Wahl, wegzusehen oder sich nicht damit befassen zu müssen. Gleichzeitig wusste ich aber auch, dass Alicia hier nicht das Problem war. Bei ihr hatte bisher jede Unterhaltung, die ich mit ihr zu dem Thema gehabt hatte, Früchte getragen. Wenn das bei allen Menschen der Fall wäre, wären wir schon viel weiter, was den Artenschutz betraf … nicht nur bei den Meeresbewohnern.

Deepti verabschiedete sich in Richtung Kapitänskabine, und ich nutzte den Moment, in dem wir allein waren, um mich nach Alicias Befinden zu erkunden. »Geht es dir gut? Keine Probleme?« Mein Blick glitt in Richtung Ozean, aber Alicia wusste auch so, worauf ich anspielte.

Sofort schüttelte sie den Kopf. »Nicht die geringsten. Ich fühle mich sicher hier und dem Meer wieder viel verbundener als die letzten Monate. Es hat fast etwas Befreiendes, mir keine Gedanken darüber machen zu müssen, was passiert, wenn ich dem Ozean näher komme, weil näher als es gerade ist, kann es nicht werden. Auch nicht aus Versehen.« Sie seufzte, und Sehnsucht trat auf ihre Züge.

»Aber ich vermisse es so sehr. Das Gefühl der Wellen, die sich an meinen Beinen brechen. Das Salz auf meinen Lippen zu schmecken. Das raue Board unter meinen Füßen und die nächste Welle, die mich mitreißt. Mittlerweile habe ich Angst, dass es für immer außerhalb meiner Reichweite liegen wird. So wie jetzt. Eigentlich befindet es sich direkt vor mir, ist aber gleichzeitig unerreichbar für mich.«

Der Schmerz in ihrer Stimme drückte wie ein schweres Gewicht auf meine Schultern nieder. Ich würde ihr so gerne helfen, wusste aber nicht, wie. Ich hatte ja nicht mal die richtigen Worte, um darauf zu antworten, daher griff ich stattdessen nach ihrer Hand, die auf der Reling lag, um ihr zumindest etwas Halt zu geben. »Soll ich dir den Rest des Schiffes zeigen?«, fragte ich, um uns beide auf andere Gedanken zu bringen.

»Klar, total gern.«

Wir stießen uns von der Reling ab und traten den Rückweg über das Schiff an. Kurz hinter der Steuerkabine traten wir in einen schmalen Gang, der über eine Treppe nach unten führte. Als ich gerade hineingehen wollte, blieb Alicia abrupt stehen. »Was ist das?«

Mein Blick folgte der Richtung, in die sie deutete. »Ein Wasserwerfer. Wir haben zwei davon auf der *Andrew Cross.* Einen hier und einen auf der anderen Seite. Der wird nicht nur benutzt, sollte hier ein Feuer ausbrechen, sondern auch zur Abwehr gegnerischer Schiffe.«

»Das klingt ganz schön … kämpferisch.«

Ich seufzte und wandte mich ihr ganz zu. »Wir versuchen, jeden Konflikt friedlich zu lösen, aber wir reden hier über Organisationen, denen jedes Mittel recht ist, um an ihren Fisch zu kommen. Sie lügen und betrügen, betreiben teilweise Sklaverei und Menschenhandel und fischen in Gewässern, in denen es verboten ist. Da geht es manchmal etwas ruppig zu.« Das war untertrieben. Es war schon auf uns geschossen worden – mehrfach –, und es grenzte an ein Wunder, dass niemandem von uns bisher etwas Ernsthaftes zugestoßen war. Von Berichten anderer Sea-Shepherd-Organisationen wusste ich, dass es nicht immer so glimpflich ausging.

Aber darüber wollte ich selbst nicht nachdenken, während wir auf einem dieser Schiffe waren. »Komm, wir gehen runter.«

Ich führte Alicia ins Innere der *Andrew Cross.* Alles hier war eng und so niedrig gebaut, dass ich manchmal den Kopf einziehen musste. Auf einem Schiff unterwegs zu sein, war nichts für Leute mit Platzangst. Als Erstes gelangten wir in die Küche, wo bereits das Frühstück zubereitet wurde. »Das sind Ben und Kendra. Sie sorgen dafür, dass wir nicht verhungern.«

»Hi, ich bin Alicia«, stellte sie sich vor und betrachtete die Berge an Essen, die schon bereitlagen. Unmengen an Brot, Haferflocken, Obst und Gemüse wurden gerade klein geschnitten. Dazu gab es diverse Brotaufstriche, die alle rein pflanzlich waren. Bei uns wurden nur vegane Speisen angeboten. Die meisten von uns ernährten sich ohnehin vegan oder zumindest vegetarisch, und Deepti hatte vor Jahren entschieden, dass hier keine tierischen Produkte verzehrt wurden.

»Hey.« Ben legte das Küchenmesser beiseite, mit dem er gerade eine Gurke geschnitten hatte. »Bist du neu?«

»Ich …« Alicias Blick wanderte Hilfe suchend zu mir.

»Sie will sich erst mal alles ansehen, ob das was für sie ist.«

»Beim *Ocean Fall Festival* und der Strandsäuberung war ich auch schon dabei«, schob sie hinterher.

»Ah, daher kommst du mir so bekannt vor.« Kendra lächelte aufmunternd. »Ich hoffe, du fühlst dich nicht komplett überfordert wie ich am Anfang.«

»Ein bisschen schon.« Entschuldigend zuckte sie mit den Schultern.

»Das legt sich aber recht schnell«, sagte Ben. »Und eigentlich sind wir ganz nett.«

»Es ist auch auf jeden Fall super spannend bisher. Was ihr hier macht, ist so wichtig.«

»Komm, wir gehen weiter.« Sanft drückte ich Alicia in Richtung Ausgang. »Wir sehen uns später«, rief ich den beiden zu.

»Frühstück ist in einer halben Stunde fertig«, hörte ich noch, dann waren wir aus der Tür raus.

Hinter der Küche betraten wir den Gang in Richtung der Kajüten. Wenn wir länger als einen Tag auf See unterwegs waren, teilten sich immer zwei Leute eine davon. Heute waren sie natürlich leer, auch wenn trotzdem einige ihre Sachen darin abgelegt hatten. Ich schob Alicia in die erste, und plötzlich waren wir uns unfassbar nah. Die Kajüten waren eng. Zwischen dem Stockbett und der gegenüberliegenden Wand konnten wir so gerade nebeneinanderstehen, ohne uns zu berühren. Trotzdem spürte ich Alicias Nähe überdeutlich, und die Luft zwischen uns fühlte sich wie elektrisch aufgeladen an. Ihr Duft drang mir in die Nase und machte mich schwindelig. Ich bildete mir sogar ein, die Wärme spüren zu können, die von ihrem Körper ausging.

Alicia trat einen Schritt vor und presste ihren Oberkörper gegen meinen. In ihren Augen schimmerte eine stumme Frage, die ich nicht deuten konnte, aber bevor ich mich überhaupt wundern konnte, welche das war, lagen ihre Lippen auf meinen. Der Kuss war sanft und vorsichtig, wurde aber bald leidenschaftlicher und schien zudem die kleine Kajüte um uns herum aufzuheizen. Die Luft knisterte, und Verlangen bäumte sich in mir auf. Ich packte Alicia am Po, zog sie enger an mich, obwohl das schon nicht mehr möglich war, aber es war immer noch nicht genug. Alicia schien es genauso zu gehen. Sie presste sich enger an mich, bis ich mit dem Rücken gegen die Etagenbetten stieß, und vertiefte den Kuss. Ich ließ es einfach geschehen und mich in den Kuss fallen.

Ich wusste nicht, wie viel Zeit vergangen war, bis Alicia sich keuchend von mir löste. »Wo haben Sie eigentlich so küssen gelernt, Mr Parfit?«

Mein Lachen klang rau und heiser. »Kann man küssen überhaupt lernen?«

»Na klar. Immerhin hatte ich einige, die es gar nicht konnten, und ein paar wie du, die es richtig draufhatten.«

Mit dem Zeigefinger strich ich ihr eine Haarsträhne aus der Stirn und klemmte sie hinter ihr Ohr. Auf eine bescheuerte Weise machte es mich stolz, dass sie mich indirekt einen guten Küsser genannt hatte. »Ich denke, dass es darauf ankommt, ob man kompatibel mit der anderen Person ist. Es gibt einfach unterschiedliche Kusstechniken. Einige wenige davon findet man gut und den Rest Mist.«

»Komm mir nicht mit wissenschaftlichen Argumenten, wenn ich versuche, dir ein Kompliment zu machen.« Sie verdrehte die Augen, lachte dabei aber. »Egal, was es ist, ich will dich auf jeden Fall viel öfter küssen.«

Das Grinsen würde ich selbst dann nicht aus meinem Gesicht bekommen, wenn mein Leben davon abhing. »Du kannst mich so oft und viel küssen, wie du magst. Aber vielleicht sollten wir jetzt erst mal zu den anderen zurück, ehe sie uns vermissen. Wir können das Schiff ja nach dem Frühstück weiter erkunden.«

»Einen Moment.« Alicia stellte sich auf die Zehenspitzen und drückte mir einen unschuldigen Kuss auf die Lippen. Dann noch einen. Und noch einen. »Jetzt können wir.« Sie griff nach meiner Hand und zog mich hinter sich aus der Kajüte.

Kapitel 18

ALICIA

Nach einem ausgiebigen Frühstück mit der versammelten Mannschaft gingen Ethan und ich mit Mason zurück an Deck. Mason wollte die Drohne starten, und ich war mehr als gespannt, mir das anzusehen.

»Wofür genau ist die eigentlich?«, fragte ich, als die beiden den wuchtigen Koffer ins Freie trugen. Sie ächzten unter dem Gewicht und ließen ihn mit einem lauten Knall zu Boden sinken.

»Um unseren Observationsradius zu erweitern.« Mason strich sich den hellbraunen Pony aus dem Gesicht, dann bückte er sich, um den Koffer zu öffnen. Zum Vorschein kam eine schwarze Drohne, die ungefähr dreißig Zentimeter im Durchmesser war. Sie stand auf vier dünnen Beinen und hatte eine bewegliche Kamera unter sich befestigt. Daneben lag ein Paneel in dem Kasten, das ein wenig an einen PlayStation-Controller erinnerte. »Auf dem Meer kann man zwar weit sehen, aber es entgeht einem noch viel mehr. Nur wenige Kilometer entfernt kann ein Trawler sein und illegal fischen, aber wir sehen ihn nicht. Mit der Drohne können wir unseren Radius erweitern, vor allem, weil wir von großer Distanz Ausschau halten können.«

»Außerdem können wir so leichter Haie entdecken, die knapp unter der Oberfläche schwimmen.« Ethan trat so dicht an mich heran, dass unsere Schultern sich berührten. Das machte er neuerdings ständig und brachte mich damit aus dem Konzept, weil ich dann nur noch ihn wahrnahm. Trotzdem hoffte ich, dass er niemals damit aufhören würde. »Das ist für meine Forschung wichtig, weil ich so viele Haie wie möglich mit Peilsendern ausstatten möchte. Die Forschungsgelder, die ich bekomme, werden nur weiter fließen, wenn ich entsprechende Ergebnisse liefere. Und die bekomme ich nur, wenn ich eine große Anzahl an Daten sammeln kann.«

»Bisher haben wir bei jeder Fahrt mehrere Haie mit Peilsendern versehen können«, fügte Mason an.

»Was auch bitter nötig ist, weil regelmäßig welche von denen, die ausgestattet waren, als Beifang in Fischernetzen landen und keine weiteren Daten mehr liefern können.« Ein Schatten zog sich über Ethans Gesicht, und er rieb über seine Schläfe.

»Aber sind das dann nicht auch Dateninformationen, die du verwenden kannst? Wenn du einen Überblick darüber bekommst, wie häufig so etwas passiert?«

Sein Gesicht verzog sich, als hätte er in etwas Ungenießbares gebissen. »Ja, klar«, sagte er gedehnt, »das ist schon auch wichtig, aber es frustriert mich so ungemein.«

»Genau deswegen unternehmen wir ja was dagegen.« Mason nahm den Controller zur Hand und drückte ein Knöpfchen an der Drohne. Augenblicklich begannen sich die Rotoren zu bewegen, und dieses für Drohnen typische Summen ertönte.

Ethan stützte sich mit den Ellbogen an der Reling hinter sich ab, und wenn möglich verdunkelte sich sein Gesicht noch mehr. »Es ist einfach zu wenig. Egal, wie viele Trawler wir festsetzen, es gibt immer noch so viele mehr, die uns entwischen. Komme mir manchmal vor wie ein Hamster im Hamsterrad. Ich mache und tue und erreiche damit doch nichts.«

»Du kannst nicht die ganze Welt retten.« Plötzlich stand Deepti neben uns, auch wenn ich sie nicht hatte kommen hören.

Auch Ethan sah überrascht auf. »Ich kann es aber versuchen.«

An Deeptis verständnisvollem Augenrollen wurde deutlich, dass sie diese Diskussion wohl schon häufiger geführt hatten.

»Bist du sicher, dass du weißt, worauf du dich mit ihm einlässt?«, fragte sie mich.

»Klar.« Ich musste keine Sekunde darüber nachdenken. Ich fand es sexy, dass Ethan sich für die Tiere aufopferte, dabei mochte ich Haie nicht mal sonderlich. Früher schon nicht, und seit meinem Angriff noch viel weniger. Trotzdem war auch mir bewusst, wie wichtig sie für ein funktionierendes Ökosystem waren, dass ohne sie der Topjäger des Meeres wegfallen und alles aus dem Gleichgewicht geraten würde. Und dass Ethan so sehr für diese Tiere kämpfte, obwohl sie dem überwiegenden Rest der Menschheit völlig egal waren, machte ihn nur noch anziehender für mich.

Deepti nickte mir anerkennend zu, als hätte sie so viel mehr von meinen Gedankengängen mitbekommen als das eine Wort, das ich ausgesprochen hatte. In dem Moment wurde das Summen der Drohne lauter, und als ich aufsah, entdeckte ich, dass Mason sie in die Luft fliegen ließ. Hoch schoss sie über uns hinaus und entfernte sich dann in östlicher Richtung vom Schiff.

»Komm, ich zeig dir, was wir über sie sehen können.« Deepti stupste mich mit dem Ellbogen an, und ich folgte ihr in die Kapitänskabine vor einen großen Monitor. Ethan gesellte sich ebenfalls zu uns, und nach ein paar Klicks flackerte das Bild auf. Das Schiff und der Ozean um uns herum waren aus der Vogelperspektive zu erkennen. Wenn ich die Augen zusammenkniff, konnte ich an Deck sogar Mason mit dem Controller in der Hand ausmachen. Auch am Bug waren zwei Leute, aber ich konnte weder sagen, wer sie waren noch was sie dort taten.

Dann bewegte sich die Drohne vom Schiff weg. Ihre Geschwindigkeit musste atemberaubend sein, denn schon bald war nichts weiter als endloses Wasser unter ihr zu erkennen.

»Wie weit kann sie sich von uns entfernen, bis sie den Kontakt verliert?«, wollte ich wissen.

Ethan antwortete mir. »Bis zu fünfhundert Meter. Was erst

mal nicht viel klingt, aber dank der geänderten Perspektive unseren Blickwinkel stark erweitert.«

»Es ist so krass, was heutzutage alles möglich ist.« Ich war völlig fasziniert, obwohl auf dem Bildschirm nichts weiter als endlose See zu sehen war. Über ein Walkie-Talkie forderte Deepti Mason auf, die Drohne auch in die andere Richtung fliegen zu lassen, weil sie bisher nichts Verdächtiges entdecken konnten. Kurz darauf kam für wenige Sekunden die *Andrew Cross* in unser Sichtfeld, als sie über uns hinwegflog, dann war wieder nur die raue See zu erkennen. Ethan und Deepti starrten gebannt auf den Monitor vor uns, auch wenn sich für mich nichts darauf zeigte.

»Da, Stopp«, rief Ethan plötzlich, und Deepti gab die Anweisung zu Mason durch. Die Drohne verharrte über dem Meer und setzte dann zum Sinkflug an. Erst wusste ich nicht, was Ethan entdeckt hatte, dann wurde ein dunkler Schatten im Wasser deutlich. Mein Puls beschleunigte sich, weil ich mir sicher war, dass es sich um einen Hai handeln musste, doch nach wenigen Sekunden realisierte ich, dass die Bewegungen nicht zu einem Hai passten.

»Ist nur ein Wal«, bestätigte Ethan meinen Verdacht. Enttäuschung schwang in seiner Stimme mit, als er Mason anordnete, die Drohne wieder nach oben zu bringen und mit ihr weiter Ausschau zu halten.

So ging es die nächsten zwei Stunden weiter. Während die *Andrew Cross* durch das Meer schipperte, schickten wir die Drohne in unterschiedliche Richtungen und suchten den Ozean nach allem ab, was uns auffiel. Einmal war es eine ganze Kolonie von Buckelwalen, die gerade auf Beutezug waren. Obwohl ich schon bei mehreren Whale Watching Touren dabei gewesen war, war es noch mal etwas völlig anderes, diese Giganten völlig ungestört durch das Meer streifen zu sehen. Ein anderes Mal entdeckten wir ein kleines Fischerboot, das offenbar auf dem

Weg zurück nach Eden war, und dann ein Ausflugsboot, auf dessen Deck Leute tanzten. Vermutlich zu irgendeiner Art von Musik, aber Geräusche konnte die Drohne nicht aufnehmen, daher sah es etwas seltsam aus, wie die Leute sich zu völliger Stille rhythmisch bewegten.

Als ich schon fast nicht mehr damit rechnete, dass noch etwas Aufregenderes geschah, entdeckten wir zwei Haie, die Ethan noch nicht unter Beobachtung hatte. Es waren zwei kleinere Schwarzspitzen-Riffhaie, die zu den gefährdetsten Arten überhaupt gehörten.

»Das ist großartig. Bisher habe ich nur Arten, von denen es noch relativ viele Exemplare gibt. Das hier könnte aber ein großer Durchbruch sein.« Die Begeisterung in Ethans Stimme riss mich mit, obwohl mir das Bild der zwei Haie im Wasser gleichzeitig ein mulmiges Gefühl bereitete. Es war nicht zu vergleichen mit den Panikattacken, die mich am Strand überfielen. Mein Herzschlag blieb ruhig, und auch meine Atmung änderte sich nicht. Trotzdem zog sich mein Innerstes zusammen, und ich musste erneut an den Tag denken, als ich auf dem Surfbrett von dem Hai überrascht worden war.

Vehement wischte ich diese Gedanken beiseite und konzentrierte mich wieder auf das, was um mich herum geschah.

Deepti nannte Shelby die Koordinaten der Haie, damit sie uns zu ihnen steuerte, und ich folgte Ethan nach draußen an Deck. Aus einer verschlossenen Truhe am Bug holte er etwas, das für meine Augen wie ein Gewehr aussah. »Damit bringen wir die Peilsender an den Haien an«, erklärte er mir, ohne dass ich fragen musste. Er zog einen hervor und legte ihn mir in die Hand. Er war deutlich kleiner als vermutet, nur in etwa so groß wie mein Daumennagel. Ein kleiner Pfeil mit Widerhaken, an dem ein kleiner, runder Peilsender befestigt war. Eigentlich unspektakulär, aber mit unheimlich großer Wirkung.

Ich gab Ethan den Peilsender zurück. Er betätigte ein Knöpfchen daran und aktivierte ihn damit. Ein kleines Lämpchen begann zu blinken. Ethan nickte zufrieden und schob den Pfeil in den Gewehrlauf. Dann stellten wir uns an die Reling und hielten nach den Haien Ausschau. Es dauerte einige Minuten, bis wir sie entdeckten. Gemächlich schwammen sie nebeneinander durch den Ozean. Ich wartete darauf, dass die Angst bei mir einsetzte, denn immerhin war es das erste Mal seit meinem Angriff, dass ich diesen Tieren begegnete. Dass ich sie mit eigenen Augen betrachtete, in freier Wildbahn. Genau dort, wo der Angriff geschehen war. Ich erwartete Herzrasen, Schweißausbrüche, und dass mir schwindelig wurde, aber nichts davon geschah. Diese zwei dort im Wasser sahen so friedlich aus, außerdem war eine Menge Stahl zwischen ihnen und mir, sodass keine Gefahr zu erwarten war.

Sobald wir ihnen nah genug waren, stellte Ethan sich breitbeinig hin und legte das Gewehr an. Er zielte, atmete einige Male tief durch, dann drückte er den Abzug. Der Pfeil schoss so schnell heraus, dass ich seiner Flugbahn nicht folgen konnte, aber er musste wohl getroffen haben, denn mit einem Mal ging ein Ruck durch den rechten Hai, und beide tauchten ab.

»Jawohl«, jubelte Ethan. Mit leuchtenden Augen wandte er sich mir zu und zog mich in eine kräftige Umarmung. Ich ließ mich gegen ihn fallen, atmete tief seinen unvergleichlichen Geruch ein, der sich mit dem Salz des Meeres vermischte, und schlang die Arme um seine Mitte. Seine Körperwärme ging auf mich über, die mich mehr wärmte, als die Sonne es je könnte. Gerade als ich überlegte, ob ich Ethan küssen sollte, ging ein Ruck durch die *Andrew Cross,* der mich fast aus dem Gleichgewicht brachte. Wir lösten uns voneinander, und ich bekam gerade noch so die Reling zu fassen, um nicht umzufallen.

Da kam Deepti aus der Kapitänskabine gestürmt. »Da ist ein Trawler.« Ihre Augen waren weit aufgerissen, und sie deutete in die Richtung, in die wir jetzt fuhren. »Sie haben ein Netz ausgeworfen, obwohl es verboten ist, hier zu fischen.«

Mein Puls beschleunigte sich, und mein Blick folgte Deeptis Finger, aber ich konnte nichts außer dem Meer und blauem Himmel mit einigen Wolken ausmachen. Mason musste den Trawler also mit der Drohne entdeckt haben, während wir uns um die Haie gekümmert hatten.

Augenblicklich richtete sich Ethan auf und wandte sich dem Meer zu. Seine Miene war versteinert, und seine Kiefer mahlten. Von irgendwoher zauberte er ein Fernglas hervor und hielt es sich vor die Augen. »Wie weit weg?«, fragte er knapp.

Deepti trat neben uns an die Reling. »Ungefähr fünfzehn Minuten. Ich hab die Küstenwache schon informiert, aber sie werden frühestens in einer Stunde da sein.«

Schweigen senkte sich über uns, während wir gebannt aufs Meer hinausstarrten. Die Anspannung war in der Luft fast greifbar, obwohl oder vielleicht gerade weil wir noch nichts erkennen konnten. Jetzt wurde mir so richtig bewusst, wie wichtig die Arbeit mit der Drohne war. Ohne sie hätte Deepti den Trawler nicht entdeckt, obwohl er gar nicht so weit weg von uns war. Aber mit bloßem Auge war er noch immer nicht zu erkennen.

Plötzlich kam Mason zu uns angerannt. »In dem Fischernetz haben sich Buckelwale verfangen.«

»*Was?*« Ethan wirbelte zu ihm herum.

»Sieht nach einem Muttertier und ihrem Jungen aus. Und sie versuchen, es trotzdem weiter einzuziehen. Ich habe mit der Drohne alles gesehen.«

Ich hörte, was Mason sagte, aber mein Verstand wollte es trotzdem nicht begreifen. Wie konnten sich Buckelwale in einem Fischernetz verfangen? Waren die nicht eigentlich viel zu groß dafür?

»Shit. Wir müssen was unternehmen.« Ethan drückte Deepti das Fernglas in die Hand und ging in Richtung Heck. Neben einem Beiboot, das an Deck festgezurrt war, blieb er stehen. »Mason, hilf mir mal.«

Mason gab mir den Controller der Drohne, der zwischen meinen Fingern leicht vibrierte, dann half er Ethan dabei, einige Seile und Knoten zu lösen. Als sie damit fertig waren und das Beiboot über die Reling wuchteten, kam so langsam der Trawler in Sicht. Es war ein riesiges Schiff, bestimmt viermal so groß wie die *Andrew Cross,* und wenn ich ganz genau hinsah, konnte ich am hinteren Ende das Netz erkennen, das ins Wasser gelassen war. Ich versuchte die Wale auszumachen, doch dafür waren wir noch zu weit entfernt.

Ethan und Mason entfernten derweil die Plane, die über das Beiboot gezogen war.

»Was habt ihr vor?« Ich konnte mir nicht vorstellen, was sie mit diesem winzigen Boot gegen den riesigen Trawler ausrichten wollten.

»Wir befreien die Wale«, murmelte Ethan, ohne zu mir aufzublicken.

Mir blieb das Herz beinahe stehen. »Ist das nicht gefährlich?« Ich konnte mir unzählige Wege vorstellen, wie das schiefging. Die Leute auf dem Trawler würden das sicher nicht einfach so hinnehmen. Und selbst wenn sie nicht dagegen vorgingen, war es doch sicher nicht ungefährlich, den großen, im Netz gefangenen Walen so nah zu kommen.

»Wenn wir nicht eingreifen, sterben sie.« Ethan blickte zu mir auf, und was ich in seinen Augen entdeckte, ließ meinen Atem stocken. Diese Entschlossenheit, gepaart mit wilder Wut, die darunter kochte. Meine Kehle wurde trocken, und mein Herz hämmerte schwer gegen meinen Brustkorb. Dieser Mann lebte seinen Job, er würde alles für die Tiere geben, die sich selbst nicht schützen konnten, und erneut wurde mir bewusst, wie unglaublich anziehend ich das fand. Auch wenn ich immer noch Angst hatte, dass ihm oder Mason etwas zustoßen könnte, ging ich einen Schritt auf ihn zu und griff nach seiner Hand. Augenblicklich verschränkte er seine Finger mit meinen. »Pass bitte auf dich auf. Und wenn ich irgendwie helfen kann, sag nur Bescheid.«

In Ethans Augen flackerte Überraschung auf. »Ich werde vorsichtig sein.« Er beugte sich vor und küsste mich kurz. Viel zu kurz. »Du kannst uns helfen, indem du mit der Drohne alles filmst, was passiert, dann können wir das später als Beweismittel an die Küstenwache übergeben.«

»Alles klar.« Ich umklammerte die Steuerung in meiner Hand fester. Die Drohne hing noch immer über dem Trawler in der Luft, auch wenn ich ihr Summen über das Rauschen des Meeres und die lauten Rufe, die sich auf der *Andrew Cross* zugeworfen wurden, nicht hören konnte.

Ich trat einen Schritt von Ethan zurück, auch wenn es mir schwerfiel. Am liebsten hätte ich ihn davon abgehalten, auf das Boot zu steigen, aber ich wusste auch, dass ich ihn in diesem Moment gehen lassen musste. Deepti stellte sich neben mich, war eine beruhigende Präsenz an meiner Seite, und gemeinsam beobachteten wir, wie Mason und Ethan im Beiboot hinab in die Tiefe gelassen wurden. Kaum hatten sie die Meeresoberfläche erreicht und die Leinen gelöst, startete Mason den Motor, und sie schossen auf den Trawler zu.

Deepti griff nach meinem Arm und zog mich zur Kapitänskabine. »Hier kannst du die Aufnahme starten.« Sie deutete auf ein Knöpfchen an der Steuerung, das ich umgehend betätigte. Auf dem großen Monitor, den wir zuvor schon beobachtet hatten, erschien nun ein rotes ›*Rec*‹-Zeichen.

»*Vilnius*«, erklang plötzlich Deeptis Stimme aus den Lautsprechern am Schiff, und erst einige Sekunden später wurde mir bewusst, dass sie damit den Trawler meinte: »Sie fischen illegal in einem geschützten Gebiet. Die Küstenwache ist bereits informiert und auf dem Weg hierher, zudem wird alles, was Sie tun, von diesem Moment an aufgezeichnet und als Beweislast für Ihre Straftaten verwendet. Ich rate Ihnen, meine Männer, die mit einem Beiboot auf dem Weg zu Ihnen sind, um das Netz zu zerstören und die Tiere freizulassen, nicht an Ihrem Vorhaben zu hindern, sonst könnten die Strafen für Sie noch viel schlimmer ausfallen.«

Deepti ließ das Mikro sinken und atmete tief durch. »Wollen wir hoffen, dass sie vernünftig sind.«

»Hat so was Wirkung?« Es schien, als hätte sie Erfahrung mit derlei Dingen.

Entschuldigend hob sie die Schultern. »Manchmal ja. Manchmal werden wir trotzdem angegriffen.«

Ein Klumpen setzte sich in meinem Magen fest, als ich aus der Kapitänskabine an Deck trat. Ethan und Mason hatten die *Vilnius* fast erreicht, und auf dem großen Trawler konnte ich mittlerweile einige Leute erkennen, die wild gestikulierten. Sie schienen sich auch irgendwas zuzurufen, ihre Worte waren jedoch für uns nicht vernehmbar. Ich konnte nur mutmaßen, was dort vor sich ging, und natürlich malte mein verängstigtes Hirn sich gleich das Schlimmste aus. Dass einer dem anderen zurief, sie sollten eine Waffe holen, damit sie diese Tierschützer-Spinner, die sich an dem Netz zu schaffen machten, schnellstmöglich aus dem Weg räumen könnten.

Mit angehaltenem Atem sah ich dabei zu, wie Ethan und Mason das Netz mit den panischen Fischen und Walen erreicht hatten. Ethan versuchte es zu packen, doch in dem Moment machte das Rettungsboot einen Satz zur Seite, als wäre es von etwas getroffen worden. Einer Walflosse? Einer unberechenbaren Welle? Oder hatten doch die Leute auf dem Trawler etwas damit zu tun? Mein Blick zuckte zu ihnen hoch, aber sie standen noch immer bloß an Deck herum, diskutierten miteinander und warfen Ethan und Mason lediglich tödliche Blicke zu. Niemand von ihnen hatte eine Waffe in der Hand oder machte irgendwelche anderen Anstalten, die beiden in ihrem Vorhaben aufhalten zu wollen.

Vielleicht wissen sie, dass es ohnehin sinnlos ist.

Keine Ahnung, wo diese Stimme in meinem Kopf plötzlich herkam, aber sie wurde begleitet von einem fiesen Klumpen, der sich in meinem Magen festsetzte und weitere Zweifel mit sich brachte. War es überhaupt möglich, so ein Netz durchzuschneiden? Sie waren doch dafür konzipiert, große Mengen an Fischen einzufangen. Himmel, da waren zwei verdammte Buckelwale drin gefangen, die nicht eigenständig hinauskamen, was sollte Ethan mit einem popeligen Messer dagegen ausrichten können?

Ethan hatte es derweil geschafft, das Netz zu fassen zu bekommen. Weit hatte er sich über das Boot hinausgelehnt, aber wegen der Entfernung und weil er mit dem Rücken zu mir gewandt war, konnte ich nicht erkennen, was genau vor sich ging. Nervös biss ich auf meiner Unterlippe herum. Immer wieder zuckte mein Blick hoch zu den Männern an Deck der *Vilnius*. Jeden Moment erwartete ich, dass Ethan die Wale freibekommen würde oder die Besatzung des Trawlers doch noch etwas starten könnte, um sie aufzuhalten.

Doch nichts dergleichen geschah. Um genau zu sein, passierte überhaupt gar nichts. Sekunden zogen sich zu Minuten, und Minuten zu einer verfluchten Ewigkeit. Ich kam mir vor, wie in einer Zeitblase gefangen, in der es kein Vor und kein Zurück gab. In der immer alles gleich blieb. Auch Deepti stand wie versteinert neben mir und starrte gebannt auf das Geschehen vor uns. Nur an ihrem gelegentlichen Blinzeln war zu erkennen, dass sie überhaupt noch lebte.

Plötzlich fiel mir etwas ein. Die Drohne! Ich könnte sie so drehen, dass ich aus ihrer Position besser beobachten konnte, was Ethan und Mason an dem Netz machten. Ich stupste Deepti an und nickte in Richtung Kapitänskabine, als sie sich mir zuwandte. Sie folgte mir vor den Monitor.

»Was hast du vor?« Die Anspannung war deutlich aus ihrer Stimme herauszuhören.

»Wir können die Drohne so drehen, dass wir mit ihrer Hilfe sehen können, was Ethan und Mason treiben.« Fest umklammerte ich die Steuerung mit beiden Händen und wurde plötzlich von Unsicherheit gepackt. Ich hatte so ein Teil noch nie bedient. Zwar hatte es leicht ausgesehen, wie Mason sie herumgeflogen hatte, aber das musste nichts heißen. Bei mir sah es auch einfach aus, wenn ich auf dem Surfbrett stand, während andere, die das nie zuvor gemacht hatten, sich dort keine Sekunde auf den Beinen halten konnten.

»Aber dann filmen wir die Leute auf dem Trawler nicht mehr«, wandte Deepti ein.

Ich sah zum Monitor, der noch immer die Aufnahmen der Drohne zeigte. Mittlerweile standen die Männer nur noch an Deck herum und beobachteten Ethan und Mason. Ich war natürlich keine Expertin, aber für mich sah es nicht danach aus, als würden sie uns in die Quere kommen. »Denkst du, sie könnten noch eingreifen?«

Deepti presste die Lippen aufeinander. Ich sah, wie sie mit sich rang, die zwiespältigen Empfindungen deutlich auf ihrem Gesicht. »Glaube ich nicht, aber man kann es nie genau wissen. Wir sollten sie nicht aus den Augen verlieren.«

Ich nickte. »Wir schauen immer mal wieder hoch, aber ich *muss* wissen, was Ethan und Mason machen.«

Verständnis legte sich auf Deeptis Züge. »Tu es.«

Das ließ ich mir nicht zweimal sagen. Vorsichtig berührte ich einen der Steuerknöpfe, um ein Gefühl für die Drohne zu bekommen. Sie flog ein wenig nach rechts – in die entgegengesetzte Richtung, als ich sie haben wollte. Ich lenkte gegen, und innerhalb einer Minute schwebte sie über dem Boot und zeigte uns, was wir sehen wollten.

Ethan hing halb aus dem Boot raus und versuchte, das Netz zu zerschneiden. Jetzt war auch deutlich, dass er schon Fortschritte gemacht hatte. Einige Maschen waren bereits durchtrennt, und die kleineren Fische konnten durch das Loch bereits entkommen. Aber für die Wale war es noch nicht möglich. Ich erkannte jetzt auch, wie unruhig sie waren. Immer wieder versuchten sie, sich aus dem Netz zu befreien, und brachten das Boot mit Ethan und Mason darin gefährlich zum Schwanken. Mehr als einmal wäre Ethan fast herausgefallen, wenn Mason ihn nicht in letzter Sekunde am Arm oder an seinem Shirt festgehalten hätte. Mein Herz setzte jedes Mal für mehrere Schläge aus und trommelte erst weiter, sobald ich sicher war, dass Ethan noch immer im Boot saß.

Quälend langsam ging es so weiter. Ethan säbelte unermüdlich an dem Netz herum und löste Masche um Masche. Trotzdem kam es mir so vor, als würde er keine Fortschritte machen. Es verging fast eine Stunde, bis das Loch im Netz groß genug war, dass der kleinere Wal sich befreien konnte. Er schwamm heraus, aber entfernte sich nur wenige Meter von seiner Mutter, die noch immer gefangen war. Ganze Schwärme der Fische schwammen ebenfalls aus dem Netz, und ich war schockiert über die schiere Masse, die dort hätte gefangen werden sollen. Irgendwie hatte ich die naive Vorstellung gehabt, dass diese Netze viel kleiner waren, aber vielleicht hatte ich mir auch einfach nicht eingestehen wollen, was im industriellen Fischfang tatsächlich vor sich ging.

»Die Küstenwache ist da.«

Shelbys Stimme durchbrach die Stille, die sich die letzte Stunde über uns gesenkt hatte, und klang unnatürlich laut in meinen Ohren. Niemand von uns hatte in der letzten Zeit geredet, wir hatten alle nur gebannt auf Ethan und Mason gestarrt, doch jetzt hob ich den Kopf. Aus dem Fenster heraus konnte ich das Schiff der Küstenwache erkennen. Es war noch weit entfernt, würde bestimmt noch zwanzig Minuten dauern, bis es bei uns war, aber allein sie in Schlagdistanz zu wissen, beruhigte mich ungemein.

»Endlich.« Auch Deepti atmete tief durch, und zum ersten Mal, seit dieser ganze Mist begonnen hatte, war die Andeutung eines Lächelns auf ihrem Gesicht zu erkennen.

Ich sah zurück zu Ethan und Mason, die sich weiterhin an dem Netz abmühten. Der Kopf des großen Buckelwals passte mittlerweile fast durch das Loch. Er war allgemein ruhiger geworden, zappelte nicht mehr so viel im Netz herum. Ich wusste nicht, ob es daran lag, weil er mittlerweile realisiert hatte, dass die Jungs ihn retten wollten, oder ob er einfach zu erschöpft war, um sich weiter zu wehren.

Mason lenkte das Boot gerade auf die andere Seite des Wals, damit Ethan von dort weiterschneiden konnte. Gleichzeitig versuchten sie, das Netz um den massigen Körper des Wals nach unten zu ziehen, damit er endlich herausschwimmen konnte. Der Wal schien zu realisieren, was sie vorhatten, denn er bewegte sich wieder mehr, versuchte sich aus dem Loch zu befreien … und da! Mit einem kräftigen Schlag seiner Schwanzflosse kam er frei.

Ein lauter Jubelschrei entwich mir, der auf halbem Weg in meiner Kehle stecken blieb, als ich realisierte, dass der Wal mit seiner Schwanzflosse das Boot von Ethan und Mason zum Kentern gebracht hatte. Für einen erschreckend langen Moment waren die beiden nicht mehr zu sehen. Angespannt hielt ich die Luft an und atmete erst wieder auf, als Ethan und Mason auftauchten und sich prustend am umgekippten Boot festklammerten. Ein Stein fiel mir vom Herzen, und meine Knie wurden weich. Ich ließ mich gegen die Reling der *Andrew Cross* fallen und schloss für einen Moment die Augen.

Sie hatten es geschafft. Sie hatten *alles* geschafft. Die Wale und all die anderen Fische befreit und dabei so lange durchgehalten, bis die Küstenwache eingetroffen war, deren Schiff jetzt nur noch wenige Meter entfernt war. Mit Worten konnte ich gar nicht ausdrücken, wie stolz und erleichtert ich war.

Kapitel 19

ALICIA

Ethan und Mason waren noch immer klatschnass, als sie eine Stunde später das Deck der *Andrew Cross* betraten. So lange hatte es gedauert, bis sie das Beiboot mithilfe der Küstenwache wieder auf die richtige Seite gedreht und ein erstes Statement abgegeben hatten. Die Küstenwache hatte die *Vilnius* mittlerweile festgesetzt. Keine Ahnung, was mit ihr und ihrer Besatzung nun passieren würde, aber da Ethan gerade klitschnass vor mir stand, war es mir herzlich egal.

Ich fiel ihm um den Hals und presste meine Lippen auf seine. Das kühle Nass drang durch meine Klamotten bis auf meine Haut, aber auch das störte mich nicht. In diesem Moment fielen all die Anspannung und die Sorgen, die ich mir um ihn gemacht hatte, von mir ab. Ich fühlte mich regelrecht beflügelt, und die Bandbreite dessen, was in den letzten zwei Stunden passiert war, prasselte auf mich ein.

»Du bist ein Held. *Mein* Held«, murmelte ich, ohne meine Lippen von Ethans zu lösen.

Er lachte leise und zog mich enger an meine Brust. »Ich bin kein Held, ich versuche einfach nur, das Richtige zu tun.«

Ich ließ mich von seinem kleinen Protest gar nicht beirren. »Für mich bist du ein Held, und egal, was du sagst, du wirst mich nicht umstimmen können. Deine Taten sprechen lauter als deine Widerworte.«

Anstelle einer Antwort küsste Ethan mich, bis mir schwindelig wurde. Ich krallte mich an ihm fest, schob die Hände in seine nassen Haare und vergaß für einen Moment, wo wir waren. Die

Andrew Cross trat in den Hintergrund, genauso wie die Leute um uns herum. Nur noch Ethan und ich zählten. Seine Lippen auf meinen. Seine Hände, die mich hielten, als würde er mich nie wieder loslassen wollen.

Irgendwann musste er es jedoch tun, und erst da fiel mir auf, dass wir mittlerweile allein an Deck waren und die *Andrew Cross* sich wieder in Bewegung gesetzt hatte. Wir fanden die anderen in der Kapitänskabine. Shelby wirkte nur halb glücklich damit, dass ihr Reich so belagert wurde, trotzdem nahm sie das Glas Orangensaft entgegen, das Deepti ihr reichte. Mason packte gerade die Drohne wieder zurück in den Koffer.

Ups, die hatte ich völlig vergessen, weil ich so von Ethan eingenommen gewesen war.

Ehe das schlechte Gewissen sich melden konnte, stand Deepti vor uns. »Schön, dass ihr es auch noch geschafft habt.« Mit einem süffisanten Grinsen reichte sie Ethan und mir ebenfalls ein Glas Orangensaft. Kurz wunderte ich mich darüber, dann zog Deepti meine Aufmerksamkeit auf sich.

»Leider haben wir keinen Sekt, ich hätte gern mit etwas anderem angestoßen. Denn heute ist ein erfolgreicher Tag für uns, Sea Shepherd Australia und für Tierschützer weltweit. Wir konnten nicht nur die Wale und all die Fische im Netz der *Vilnius* befreien, sondern haben sie auch der Küstenwache übergeben, die sicherstellen wird, dass sie keine illegale Fischerei mehr betreiben. Es ist nur *ein* Schiff – nur ein Tropfen auf den heißen Stein sozusagen –, aber damit haben wir Abertausende Fische pro Jahr gerettet. Ich danke euch allen für euren unermüdlichen Einsatz. Unser Job ist oft fordernd und frustrierend, aber heute können wir einen tollen Erfolg verbuchen. Seid stolz auf euch. Ich bin es.« Damit hob sie ihr Glas, und wir stießen mit ihr an.

Weitere zwei Stunden später erreichten wir den Hafen von Eden. Wir vertäuten die *Andrew Cross* an ihrem Ankerplatz, dann verließ ich Hand in Hand mit Ethan das Schiff. Wie selbstverständlich folgte ich ihm zu seinem Auto, obwohl ich mit dem Fahrrad gekommen war, und als er mich fragte, ob ich noch mit zu ihm kommen würde, sagte ich sofort zu.

»Wow … das war wow.« Ich ließ mich auf den Beifahrersitz fallen, und in dem Moment überkamen mich all die überschwänglichen Empfindungen. Noch immer konnte ich nicht ganz fassen, was passiert war. Als ich zugesagt hatte, mit Ethan auf einen Trip der *Andrew Cross* zu gehen, war ich davon ausgegangen, dass es ein unspektakulärer Tag werden würde. Dass wir nicht viel mehr als offene See mit einigen Delfinen, Walen und vielleicht Haien sehen würden. Doch das, was passiert war … wenn ich nicht dabei gewesen und es mit eigenen Augen gesehen hätte, ich würde es nicht glauben. Bis vor drei Stunden hätte ich mir nicht einmal vorstellen können, dass Buckelwale als Beifang in Fischernetzen landen, und diese Arschlöcher von einer Crew trotzdem versuchen würden, das Netz an Bord zu ziehen. Wut kam in mir auf, gepaart mit Hilflosigkeit. Denn auch wenn wir es heute verhindern konnten, wollte ich gar nicht darüber nachdenken, wie viele weitere Trawler auf den unendlichen Weiten der Weltmeere unterwegs waren, die in ihrem abscheulichen Verhalten nicht gestoppt wurden.

»Das war wirklich krass. So was passiert uns höchstens einmal im Jahr«, erklärte Ethan, als hätte er meine Gedanken gelesen.

»Das Schicksal hat es sich extra für den Tag aufgehoben, an dem ich euch begleitet habe.« Ich lachte, dabei glaubte ich nicht mal an Schicksal, Vorbestimmung und all diesen Quatsch.

»Denk jetzt nur nicht, dass die meisten Ausflüge so aufregend sind. Normalerweise sitzen wir den überwiegenden Teil nur rum und sind froh, wenn uns einige Haie begegnen, die ich mit Peilsendern ausstatten kann.«

»Ehrlich gesagt wäre es mir auch etwas zu viel, so was jede Woche zu erleben. Mein armes Herz würde das regelmäßig nicht mitmachen.« Noch immer klopfte es aufgeregt, aber vielleicht lag das mittlerweile auch daran, dass Ethan und ich uns in diesem Auto so verflucht nah waren und gleichzeitig eine zu große Kluft zwischen uns herrschte. Seit er die Wale gerettet hatte, wollte ich nichts anderes tun, als mich auf ihn zu stürzen. Mein ganzer Körper verzehrte sich nach ihm, aber während er über die Küstenstraße fuhr, war wohl der denkbar schlechteste Moment.

»Höre ich da raus, dass du wieder mitkommen würdest?«

»Auf jeden Fall. Vielleicht nicht unbedingt bei mehrtägigen Fahrten, wegen meiner Mum …« Ich brach ab und sah aus dem Fenster. Irgendwas stimmte mit ihr nicht. Zwar war sie gestern wieder völlig normal gewesen. Sie war früh aufgestanden, hatte Frühstück für uns gemacht und danach die ganze Wohnung geputzt, ehe sie zur Arbeit gegangen war. Ich hatte keine Anzeichen erkennen können, dass es ihr schlecht ging, und darauf angesprochen, hatte sie mir versichert, dass sie bloß mal einen Tag für sich gebraucht hatte. Aber etwas an ihrem Tonfall hatte darauf hingedeutet, dass sie nicht völlig ehrlich mit mir gewesen war. Sie hatte mir dabei nicht in die Augen sehen können. Natürlich hatte ich weiter nachgehakt, doch sie war mir ausgewichen, wie nur meine Mum es konnte. So wie ich es selbst gerne tat, wenn ich über etwas nicht reden wollte. Und das war wohl das größte Warnzeichen für mich, dass irgendwas im Busch war.

Ethan umfasste meine Hand und drückte sie. »Das ist voll okay. Ich kann dir ja mal den Plan für die kommenden Monate zukommen lassen, dann kannst du schauen, welche Termine für dich passen.«

»Ich muss das ja nur mit meinen Schichten im Surfshop und meiner Physio abgleichen.«

Wir waren an Ethans Haus angekommen und stiegen aus

dem Wagen. Ethan holte seine Tasche mit seinen nassen Klamotten aus dem Kofferraum, dann gingen wir auf die Eingangstür zu. »Ich schmeiße die Sachen schnell in die Waschmaschine. Was hältst du davon, wenn wir uns danach zur Feier des Tages eine Pizza bestellen?«

Ich stellte mich ihm in den Weg und schlang die Arme um seinen Nacken. Ethan roch noch immer nach Meer, obwohl er mittlerweile geduscht und umgezogen war, aber vielleicht haftete dieser Duft mittlerweile ganz automatisch an ihm. »Ich dachte, du ernährst dich vegan.«

Er verdrehte die Augen, aber seine Mundwinkel hoben sich zu einem Lächeln. »Es gibt da was ganz Ausgefallenes, das sich vegane Pizza nennt.«

Ich versuchte, ein neutrales Gesicht zu behalten, konnte aber nicht verhindern, dass sich mein Mund verzog. »Veganer Käse ist ekelhaft.«

Er lachte. »Dann hast du den guten einfach noch nicht probiert.«

Ehrlich gesagt hatte ich veganen Käse überhaupt nur ein einziges Mal bei Liam probiert und danach nie wieder, aber das würde ich ihm nicht verraten. »Diesen Spruch sagen alle, die keine weiteren Argumente mehr haben.«

»Weil er *wahr* ist.« Ethans warme Hände legten sich auf meine Hüften und zogen mich an seine harte Brust. Wir waren uns plötzlich so nah, dass unsere Nasenspitzen sich fast berührten und sein süßer Atem über meine Lippen strich. Eine Schockwelle jagte durch meinen Körper, und als Ethan mich küsste, konnte ich ein überraschtes Keuchen nicht unterdrücken.

Seine Lippen waren fordernd, leidenschaftlich und gleichzeitig unheimlich sanft. Ich konnte den Kuss bis in die Zehenspitzen spüren. Jede Zelle schien damit zu resonieren, und ich ließ mich völlig in seine Arme fallen. Ich wollte nie wieder damit aufhören, Ethan zu küssen, und das verwunderte mich wohl am meisten. Es war lange her, seit mich ein Mann zuletzt umgehauen hatte, aber bei Ethan war es so schnell geschehen, dass ich es nicht einmal realisiert hatte. Ich war zu ihm gekommen, damit er mir alles über Haie erzählte, und hätte nicht damit gerechnet, dass so viel mehr daraus werden würde.

Ethan machte zwei Schritte nach vorne, und plötzlich hatte ich die Wand in meinem Rücken. Sein Gewicht drückte mich dagegen. Ich spürte ganz deutlich, was unser Kuss bei ihm auslöste, und Hitze sammelte sich in meinem Unterleib. Ich lehnte den Kopf zur Seite, um unseren Kuss zu vertiefen. Unsere Zungen duellierten sich miteinander, und mit einem Mal war da nur noch ein Gedanke in meinem Kopf. *Ich will mehr. Das ist nicht mehr ausreichend.*

»Lass uns nach oben gehen«, murmelte ich zwischen zwei Küssen.

Ethan löste sich von mir, lehnte den Kopf ein Stück zurück, presste mich aber weiterhin gegen die Wand. Er atmete schwer, seine Lippen waren von unserem Kuss gerötet und sein Blick lustverhangen. »Bist du sicher?«

Ich konnte nur nicken, weil sich vor Verlangen alles in mir zusammenzog.

»Sag es.« Er lehnte sich vor und drückte mir den süßesten aller Küsse auf die Nasenspitze.

»Ja. Ich will dich.« Meine Stimme klang völlig fremd in meinen Ohren. Viel tiefer und rauer als gewöhnlich, und es war deutlich herauszuhören, wie erregt ich mittlerweile war.

Ethan sah mich einen weiteren Moment intensiv an, dann nickte er, griff meine Hand und zog mich hinter sich die Treppe hoch. Ich war zum ersten Mal hier oben. Wie unten auch gab es einen schmalen Flur, von dem rechts zwei und links eine Tür abgingen. Zielstrebig steuerte Ethan die linke Tür an, hinter der sich sein Schlafzimmer befand. Ein großes Bett dominierte den Raum, dazu gab es einen Schrank an der Wand und ein schmales Bücherregal. Eine breite Fensterfront ließ viel Licht in das Zimmer und gab zudem den Blick auf den Wald frei, der das Haus von allen Seiten umgab. Die Fenster waren weit geöffnet, und Vogelzwitschern drang von draußen herein. Kurz wunderte ich mich darüber, dass Ethan die Fenster einfach offen ließ, wenn er den ganzen Tag unterwegs war, doch dann lagen seine Lippen wieder auf meinen, und jegliche Gedanken flogen zum offenen Fenster hinaus.

Ich krallte mich an Ethans Schultern fest, während seine Hände an meinem Rücken auf Wanderschaft gingen. Er schob sie unter mein Oberteil, und beim ersten Kontakt seiner rauen Fingerkuppen mit meiner nackten Haut jagte ein Stromstoß durch meinen Körper. Es fühlte sich unwirklich an, wie viel er in mir auslösen konnte, dabei waren wir beide noch vollständig angezogen.

Erst als meine Waden gegen die Bettkante stießen, bekam ich mit, dass Ethan mich sanft nach hinten drängte. Eine Sekunde später lag ich bereits auf der weichen Matratze, und Ethan stützte sich über mir ab. Mit dem Finger strich er meine Schläfe hinab, dann über meine Wange zu meiner Unterlippe. »Mit jemandem wie dir hab ich nicht in meinem Leben gerechnet«, wisperte er. Verwunderung lag in seinem Blick, als könnte er nicht glauben, dass ich hier war.

Ich ließ meine Hände aus seinen Haaren gleiten, über seine Schultern nach vorne, bis ich den Bund seines Shirts packen konnte und ihn zu mir herunterzog, bis unsere Nasenspitzen sich berührten. »Warum?«

Ich spürte mehr, dass er die Schultern zuckte, als dass ich es sah. »Weil ich nicht nach dir gesucht hab. Weil ich gar nicht *gewusst* hätte, wonach ich suchen sollte.«

»Die besten Dinge findet man ohnehin immer dann, wenn man nicht danach Ausschau hält.« Erneut verschloss ich seine Lippen mit einem innigen Kuss. Gleichzeitig schlang ich meine

Beine um seine Mitte und drehte uns, bis ich auf ihm hockte. Seine Härte zwischen meinen Beinen zu spüren, ließ weitere Hitze in mir aufsteigen. Ethan schob mein Shirt an meinem Oberkörper nach oben, und ich hob meine Arme, damit er es mir über den Kopf ziehen konnte. Er richtete sich auf, schmiss es achtlos zu Boden und machte sich danach am Verschluss meines BHs zu schaffen. Anscheinend hatte er magische Finger – oder reichlich Erfahrung –, denn es klappte beim ersten Versuch. Mein BH flog ebenfalls auf den Boden, und Ethan zog mich an seine Brust. Er verteilte Küsse auf meinem Hals, saugte an meinem Schlüsselbein und kam schließlich an meinem Busen an. Die rechte Brustwarze nahm er zwischen seine Zähne, knabberte sanft daran, während er die linke mit seiner Hand umschloss.

In mir braute sich etwas zusammen. Zu viele Empfindungen, die auf einmal auf mich einströmten. Die sich wie ein Inferno in mir aufbäumten und aus mir herauszubrechen drohten. Ethan auf meiner nackten Haut zu spüren, war alles, was ich mir gewünscht hatte, gleichzeitig kam es mir vor, als würde es nicht genug sein. Niemals genug, weil ich immer mehr von ihm wollen würde.

Ich zupfte an Ethans T-Shirt, damit er es sich endlich ebenfalls auszog. »Nicht so ungeduldig«, murmelte er amüsiert, kam meiner stummen Aufforderung aber nach und zog es sich über den Kopf. Seinen Oberkörper ein weiteres Mal zu sehen, ließ mir sprichwörtlich das Wasser im Mund zusammenlaufen. Weil er sich gerade zu mir nach oben beugte, spannte er die Bauchmuskeln zusätzlich an, was sie noch definierter erscheinen ließ. Meine Finger strichen von seinen Schultern hinab über seine Brust bis hin zu seinen Bauchmuskeln. Sie erzitterten unter meiner Berührung, und Ethan atmete keuchend aus.

Er legte einen Arm um meine Mitte, zog mich an sich und drehte uns in einer flüssigen Bewegung, bis ich unter ihm lag.

Sofort waren seine Lippen wieder auf meiner Haut. Er verteilte Küsse auf meinem Oberkörper, bis er meine gesamte Haut damit bedeckte hatte, und arbeitete sich dabei immer weiter nach unten vor. Jeder Kuss entzündete ein kleines Feuer in mir, bis ich vor Verlangen gar nicht mehr klar denken konnte. Doch als er am Bund meiner Jeans angekommen war und seine Finger am obersten Knopf zu nesteln begannen, kam es mir vor, als würde mir jemand einen Eimer mit Eiswasser übergießen.

Plötzlich war ich hellwach, voll da, und legte meine Hände auf seine.

Sofort hörte Ethan auf. »Was ist?« Er sah zu mir auf, der Blick noch immer lustverhangen, aber auch etwas verständnislos.

»M...meine Narbe«, stammelte ich. Am meisten war ich von mir selbst erschrocken, denn zum ersten Mal seit dem Haiangriff war sie kein ständiger Begleiter in meinem Kopf. Normalerweise dachte ich immer darüber nach, was ich tragen könnte, ohne dass man sie sah, in welche Situationen ich den Tag über geraten könnte, bei denen ich erklären müsste, warum ich trotz der Hitze keine kürzeren Klamotten trug. Aber als ich vorhin zu Ethan gesagt hatte, dass ich ihn wollte, hatte ich nicht einen Gedanken daran verschwendet, dass er mich nackt und sie damit sehen würde. Doch jetzt war das Wissen mit der Macht einer Abrissbirne zurückgekehrt, und ich war nicht sicher, ob ich dazu bereit war, sie ihm zu zeigen.

Ethan blinzelte und schüttelte den Kopf. »Was ist mit ihr?«

»Ich ... sie ist nicht schön.« Was die Untertreibung des Jahrhunderts war. Mein rechter Oberschenkel sah noch immer wie ein Schlachtfeld aus. Die vielen Operationen, bei denen versucht worden war, Gewebe und Muskelmasse wiederherzustellen, hatten ihre Spuren hinterlassen. Zudem war die verheilte Wunde noch immer rot und an einigen Stellen geschwollen. Meine Physiotherapeutin hatte mir bestätigt, dass es noch einige Monate dauern würde, bis sich alles zurückgebildet hatte. Ich wollte nicht, dass Ethan – oder irgendwer sonst – sie so sah. Am liebsten würde ich sie selbst nicht sehen müssen.

Ethans warme Hände legten sich auf meine Wangen und unterbrachen meine hektischen Gedanken. In seinem Blick lag etwas Liebevolles, das mich sofort ruhiger werden ließ. »Es ist mir egal, wie sie aussieht. Sie gehört zu *dir* und zeugt von dem, was du *überlebt* hast. Und vor allem ändert sie nichts an der Person, die du bist und in die ich mich verliebt habe.«

Mir stockte der Atem, und in meinem Magen begann es heftig zu prickeln. Wir hatten bisher nicht darüber gesprochen, was das mit uns war. Ihn so klar aussprechen zu hören, dass er etwas für mich empfand, brachte das, was wir gerade tun wollten, auf ein völlig neues Level. Trotzdem zögerte ich. Ethan könnte es sich noch mal anders überlegen, nachdem ihm klar wurde, *wie* schlimm sie aussah.

»Wir können die Rollos runterziehen, wenn dir das lieber ist«, schlug er vor. »Oder ganz aufhören, wenn du noch nicht dazu bereit bist.«

Sofort schüttelte ich den Kopf, denn beides waren keine Optionen. Ich wollte ihn noch immer, auch wenn ich befürchtete, die Stimmung zwischen uns zerstört zu haben. Und Sex im Dunkeln war zwar auch gut, aber viel besser war es, wenn ich Ethan dabei ansehen könnte.

Ich legte meine Hände ebenfalls an seine Wangen und zog sein Gesicht zu mir heran, bis unsere Nasenspitzen sich berührten. »Ich vertraue dir. Und ich will dich. Ganz und gar und mit allem, was dazugehört.«

Etwas blitzte in Ethans Augen auf, dann küsste er mich so stürmisch, dass ich nach hinten kippte. Ich lachte in den Kuss hinein, schlang die Arme um ihn und presste ihn so fest an mich, wie ich konnte. Ethan hielt sich nicht lange an meinem Mund auf, sondern küsste seinen Weg an meinem Oberkörper hinab. Diesmal hielt ich ihn nicht auf, als er den obersten Knopf an meiner Jeans öffnete und die anderen kurz darauf folgten. Er umfasste den Bund meiner Jeans und hielt meinen Blick gefangen. Eine unausgesprochene Frage lag darin, und erst als ich nickte, zog er sie langsam meine Beine hinab. Ich ließ ihn nicht aus den Augen, versuchte seine Reaktion einzuschätzen, aber Ethans Blick blieb auf meinem Gesicht ruhen. Er sah ebenfalls nicht weg, als würde ihn die Narbe gar nicht sonderlich interessieren.

Er legte die Hände auf meine Knöchel und fuhr quälend langsam meine Beine hinauf. Als er an meiner Narbe ankam, hielt ich kurz die Luft an, während mein Herz heftig hämmerte, doch noch immer sah Ethan nicht dorthin.

»Tut es noch weh?«, fragte er mit der sanftesten Stimme, die ich je von ihm gehört hatte.

»Manchmal, aber jetzt gerade nicht.« Jetzt gerade stand meine Haut in Flammen, aber auf eine gute Weise. Ich spürte nichts anderes als das unbändige Verlangen, das mit jeder von Ethans Berührungen nur größer wurde.

»Sehr gut.« Die Andeutung eines Lächelns blitzte auf seinen Lippen auf, dann war er über mir und küsste mich um den Verstand. Für die nächsten Minuten spürte ich nichts anderes als seine Hände auf meiner nackten Haut, seine raue Jeans an meinem Becken und die unbändige Lust, die immer größer in mir wurde. Schließlich hielt ich es nicht mehr aus und schob Ethan ein Stück von mir, um ihn vollständig zu entkleiden. Ich öffnete die Knöpfe an seiner Hose und zog sie sowie seine Boxershorts herunter. Seine Erektion sprang mir entgegen, und ich verschwendete keine Zeit, meine Hand darum zu legen.

Ethan atmete scharf ein, und seine Augenlider flatterten zu. Ein Ausdruck völligen Genusses legte sich auf seine Züge, als ich mit leichtem Druck an seinem Schaft auf und ab glitt. Seine Hände an meinen Hüften packten fester zu, und er stöhnte. »Was machst du nur mit mir?«

»Was Gutes hoffentlich.«

»Allerdings.«

Eine Sekunde später war er über mir, drückte mich zurück in die weiche Matratze und zog mir in einer fließenden Bewegung das Höschen aus. Nun war kein Stück Stoff mehr zwischen uns. Nur noch nackte Haut, die sich wie elektrisch aufgeladen anfühlte. Unsere Küsse wurden hitzig, Ethans Finger fanden den Weg zu meiner heißen Mitte, und als er nur mit einem davon in mich eindrang, war ich kurz davor zu kommen. Alles an ihm machte mich einfach so unglaublich an. Sein Lächeln, seine Aufopferung und dieser Körper, der zwar gestählt war, dabei aber keinesfalls aufgepumpt wirkte.

Als er einen zweiten Finger in mich schob, ließ ich ihn kurz gewähren, dann hielt ich ihn auf. »Hast du Kondome?«

Mit einem Nicken wandte Ethan sich ab und holte eine Folienverpackung aus seinem Nachttisch. Er riss sie auf und rollte es sich über. Als er sich mir wieder zuwandte, schubste ich ihn rücklings aufs Bett und hockte mich über ihn. Ich führte seine Erektion zu meinem Eingang und ließ mich langsam darauf sinken. Das Gefühl, wie er mich komplett ausfüllte, raubte mir im ersten Moment den Atem. Kurz hatte ich Angst, dass es zu viel sein könnte. Nicht von seiner Größe her, sondern einfach emotional, weil zu viele Empfindungen auf einmal auf mich einprasselten. Doch nach zwei Atemzügen verschwand die Enge in meiner Brust, und ich bewegte mich. Langsam hob ich mein Becken, nur um mich danach wieder auf ihn zu senken. Quälend langsam, aber das machte es nur besser. Jedes Mal, wenn Ethan komplett in mir war, explodierten kleine Sterne vor meinen Augen, und die Spannung in mir breitete sich weiter aus. Bald hielt ich das langsame Tempo nicht mehr aus. Mit jedem Stoß wurde ich schneller. Hitze jagte durch meine Adern, und das Blut rauschte durch meine Ohren.

Ethan löste eine Hand von meinem Hintern, legte sie unter

meine und verschränkte unsere Finger miteinander. Sein Blick verflocht sich mit meinem. In seinem brannte dasselbe Verlangen, das ich auch verspürte, und noch etwas anderes, Tieferes, das mich völlig umhaute. Ich spürte meinen Orgasmus über mich hinwegrollen und bekam nur am Rande mit, dass Ethan mir kurz darauf folgte.

Kraftlos brach ich danach auf ihm zusammen. Meine Atmung kam keuchend, und in meinen Händen und Füßen kribbelte es. Mein Herz raste, als wollte es vor mir davongaloppieren, aber das Lächeln könnte ich nicht verhindern, selbst wenn ich es versuchte. Wow. Ethan unter mir atmete ebenfalls schwer, und ich konnte spüren, dass sein Herz genauso schnell schlug wie meins. Seine rechte Hand war noch immer mit meiner verwoben, und die andere hatte er in meinen Haaren vergraben, wo er sanft meinen Nacken kraulte. Ein Gefühl absoluter Zufriedenheit spülte über mich hinweg. *Das hier ist absolut richtig,* schoss es mir durch den Kopf. Ich hatte bisher nicht großartig darüber nachgedacht, was Ethan für mich war, wie das mit uns beiden weitergehen würde, aber vielleicht musste ich das auch gar nicht. Vielleicht war es manchmal völlig ausreichend, den Dingen den Raum zu geben, um sich von selbst entwickeln zu können, ohne dass man große Reden darüber schwingen musste.

Langsam hatte ich das Gefühl, in meinen Körper zurückzukehren und meine Gliedmaßen wieder spüren zu können. Ich drehte den Kopf, bis ich Ethan ansehen konnte. Seine Augen waren geschlossen, seine Lippen leicht geöffnet, und ein Schweißtropfen rann seine Schläfe hinab. Er sah zu gleichen Teilen erschöpft und zufrieden aus, und mir ging das Herz auf, wenn ich ihn so betrachtete. Es war, wie Ethan zuvor gesagt hatte. Ich hatte ebenfalls nicht damit gerechnet, dass jemand wie er in mein Leben trat. Nicht zu dieser Zeit und nicht, wenn ich eigentlich nach etwas völlig anderem gesucht hatte. Aber manchmal spielte das Leben nicht nach den Regeln, die wir ihm aufzudrücken versuchten. Und vielleicht war das genau richtig so, weil wir sonst die besten Dinge verpassen würden.

Flatternd öffneten sich Ethans Augen. Sobald unsere Blicke sich trafen, breitete sich ein Lächeln auf seinen Lippen aus, das tief in mir Wärme aufsteigen ließ. Ohne etwas zu sagen, hob er den Kopf und presste einen süßen Kuss auf meinen Mundwinkel. »Ich will dich wirklich nicht loslassen, aber ich glaube, du musst mal von mir runtergehen.«

Ich gab ein widerwilliges Grummeln von mir, rollte aber zur Seite, um ihn aufstehen zu lassen. Nach einem letzten Kuss verließ er das Bett, entsorgte das Kondom im Mülleimer, und ich hörte ihn im Bad auf die Toilette gehen.

Ich legte mich auf den Rücken, mein Grinsen so breit, dass es mein Gesicht fast entzweiriss. Himmel, was für ein Tag! Als ich heute Morgen das Haus verlassen hatte, hätte ich nicht erahnen können, was mich alles erwartete. Noch immer jagte Adrenalin durch meine Adern, wenn ich an die Befreiung der Wale dachte. Der Sex mit Ethan war dann nur der krönende Abschluss dieses Tages. Die Kirsche auf der Sahne, sozusagen. Und die Schokosoße.

Im Bad wurde die Spülung betätigt, und dann war zu hören, wie Ethan sich die Hände wusch. Eine Minute später war er zurück. Er war noch immer völlig nackt, blieb einige Schritte vor dem Bett stehen und blickte auf mich herab. Ich sah zu ihm auf, in seine Augen, in denen stumme Fragen schimmerten. Plötzlich erfasste mich Unsicherheit. Wollte Ethan vielleicht, dass ich jetzt ging? Auch wenn er gesagt hatte, dass er in mich verliebt war, hieß das ja noch nicht, dass er mich auch über Nacht dahaben wollte. Vielleicht hatte er nach diesem Tag genug Zeit mit mir verbracht und …

»Bitte bleib«, durchbrach seine Stimme meine Gedanken.

Ich brauchte einen Moment, um zu realisieren, was er da gesagt hatte, dann nickte ich. »Ich hatte eh nicht vor zu gehen.«

»Gut.« Er kam zurück ins Bett, legte sich neben mich und zog mich an seine Brust. Seine Hände waren kühl von dem Wasser und ließen einen angenehmen Schauer über meinen Rücken rieseln. Tief atmete ich seinen Geruch ein, der jetzt nach dem Sex etwas herber, aber nicht weniger anziehend war. Ein wenig kam es mir vor, als hätten sich unsere beiden Gerüche miteinander verwoben und etwas völlig Neues kreiert. Etwas, das ich gerne viel öfter riechen wollte.

Ethan legte das Laken locker über unsere Beine. Die Temperatur im Raum war eigentlich warm genug, um ohne Decke zu schlafen, aber ganz ohne ging eben auch nicht. Ich hob das rechte Bein an, bis ich die Decke zwischen meine Oberschenkel pressen konnte, dann kuschelte ich mich eng an ihn.

Er beugte sich vor und drückte mir einen Kuss auf die Stirn. »Schlaf gut.«

»Du auch«, murmelte ich. Kurz dachte ich darüber nach, dass wir jetzt gar keine Pizza bestellt hatten, da driftete ich bereits in den Schlaf ab.

Kapitel 20

ALICIA

Vogelzwitschern weckte mich am nächsten Morgen, so laut, als würden die Tiere direkt neben mir sitzen. Im ersten Moment war ich verwirrt, wo ich war, weil ich sie bei mir zu Hause noch nie so laut gehört hatte, da spürte ich den warmen Körper hinter mir, der mich an seine Brust gezogen hatte, und alles fiel mir wieder ein. Die Fahrt mit der *Andrew Cross,* die Wale, die Ethan und Mason befreit hatten, und den unglaublichen Sex danach. Allein beim Gedanken daran begann es zwischen meinen Beinen heftig zu pochen, und ich presste genüsslich meine Oberschenkel zusammen.

Vorsichtig drehte ich mich in Ethans Armen, bis ich ihn ansehen konnte. Seine Augen waren geschlossen, und seine tiefe, gleichmäßige Atmung deutete darauf hin, dass er noch schlief. Meine Finger hoben sich wie von selbst und legten sich auf seine Stirn. Ich strich ihm einige Haarsträhnen zur Seite, dann seine Schläfe hinab zu seiner Wange. Sein Gesicht war mir mittlerweile so vertraut und löste ein Gefühlschaos in mir aus, dass ich ihn stundenlang einfach nur ansehen könnte. Eigentlich musste ich aufs Klo, aber ich zwang mich dazu, noch etwas länger auszuhalten, weil ich den Kokon aus seinen Armen noch nicht verlassen wollte.

Ethans Nase begann zu zucken, und seine Lider flatterten. Ein leiser Laut verließ seine Kehle, als versuchte er sich dagegen zu wehren, bereits aufzuwachen. Es war unheimlich niedlich, und ehe ich michs versah, hatte ich mich vorgebeugt und drückte ihm einen Kuss auf den Mund.

»Was?« Seine Augen öffneten sich, und verschlafen sah er mich an. Auch bei ihm schien es den Bruchteil einer Sekunde zu dauern, bis ihm alles von gestern wieder einfiel. Seine Mundwinkel zuckten hoch, und er vergrub den Kopf an meiner Brust. Ich drückte ihm einen Kuss auf die Haare und schob meine Hand hinein.

»Ich will nicht aufstehen.«

Ethans linke Schulter zuckte. »Dann bleiben wir einfach den ganzen Tag liegen.«

»Aber ich muss aufs Klo«, jammerte ich. So langsam konnte ich den Druck nicht mehr ignorieren.

Lachend lehnte er sich ein Stück zurück. »Vorschlag zur Güte. Du gehst aufs Klo, und ich mache uns schon mal Kaffee?«

»Deal.« Ich küsste ihn kurz, dann zwang ich mich dazu, aufzustehen. Vom Fußboden suchte ich meine Klamotten von gestern zusammen, dann verließ ich das Zimmer.

Als ich gerade an der Tür war, erklang Ethans Stimme erneut. »Im Schrank unter dem Waschbecken müsste noch eine eingepackte Ersatzzahnbürste sein.«

»Danke.« Ich warf ihm ein kurzes Lächeln zu und verschwand im Bad. Erst als ich die Tür hinter mir geschlossen hatte, fiel mir auf, dass ich noch immer nackt war und nicht einmal darüber nachgedacht hatte, dass Ethan meine Narbe sehen könnte. Gestern hätte ich beinahe den Sex deswegen abgebrochen, doch jetzt hatte ich keinen Gedanken daran verschwendet.

Mit einem Lächeln setzte ich mich auf die Toilette.

Als ich fünf Minuten später in der Küche war, strömte mir der Geruch von frisch gebrühtem Kaffee entgegen. Ethan hatte sich schwarze Boxershorts und ein zerknittertes, hellblaues T-Shirt übergezogen und lehnte an der Spüle, die erste Tasse bereits in der Hand. Am Kühlschrank neben ihm waren einige Fotos festgeklebt, die mir beim letzten Mal, als ich hier gewesen war, gar nicht aufgefallen waren. Ich trat neben ihn. Eins der Fotos stach mir sofort ins Auge. Es zeigte Ethan, als er vielleicht zehn oder elf gewesen war, zusammen mit einem weiteren Jungen, der ungefähr in seinem Alter war, und einem deutlich jüngeren Mädchen. Sie hielt ein riesiges Stofftier in der Form eines Hais im Arm, das bald so groß war wie sie.

»Sind das deine Geschwister?«

Ethan trat neben mich. »Genau. Kayla muss da vier gewesen sein. Es war der letzte Sommer, in dem sie gesund war. Kurz darauf wurde der Krebs bei ihr entdeckt.« Ein Schatten legte sich über sein Gesicht, und ich griff nach seiner Hand.

»Du musst nicht darüber reden, wenn du nicht willst.« Ich wollte keine alten Wunden aufreißen. Gleichzeitig war ich natürlich neugierig. Kayla schien noch immer ein wichtiger Teil seines Lebens zu sein, und ich wusste praktisch nichts über sie.

»Schon okay.« Er lächelte, und es erreichte sogar seine Augen, obwohl es traurig wirkte. »Habe ich dir jemals erzählt, dass ich ohne Kayla nie Haiforscher geworden wäre?«

»Was? Nein!«

Er deutete auf das Foto und den Hai, den sie umklammert hielt. »Haie waren eigentlich ihre Leidenschaft. Sie hat immer gesagt, dass sie sie retten will. Das Stofftier hat sie bei jedem Krankenhausaufenthalt, bei jeder Chemo begleitet. Am Ende hat ihm ein Auge gefehlt, aber …« Seine Stimme brach, was mir beinahe das Herz zerriss. Ethan räusperte sich und begann erneut. »Josh müsste das Tier immer noch irgendwo im Keller haben, weil wir uns nicht davon trennen konnten. Eine Zeit lang hat es noch zu Hause auf Kaylas Bett gelegen, weil wir es lange nicht über uns gebracht haben, nach ihrem Tod etwas an ihrem Zimmer zu verändern. Erst nach der Therapie haben wir das in Angriff genommen. Dabei sind wir auch über die vielen Bücher gestolpert, die Kayla zu Haien besessen hatte. Überwiegend Bilder und Vorlesebücher, aber auch einige Sachbücher. Kayla hat nie richtig lesen gelernt, aber sie wollte immer, dass wir ihr Geschichten erzählten oder vorlasen. Und alle mit Haien waren ihre Favoriten. Ich habe sie zu mir genommen, weil ich sie nicht wegschmeißen wollte, und sie nach und nach durchgelesen, um mich Kayla näher zu fühlen. Damals ist meine Leidenschaft für Haie entstanden. Deswegen habe ich mich nach der Schule für Meeresbiologie eingeschrieben. Ihr Traum ist zu meinem geworden, und dadurch habe ich das Gefühl, als wäre sie jeden Tag bei mir.«

Das war eine unheimlich schöne, wenn auch schrecklich traurige Geschichte. »Ich glaube, sie wäre auch so jeden Tag bei dir. Sie sitzt hier drin.« Ich tippte auf seine Brust, direkt über seinem Herzen. »Und solange du sie nicht vergisst, wird sie dort auch nicht verschwinden.«

Sein Lächeln nahm einen wehmütigen Zug an. »Ich werde sie nie vergessen – das würde ich auch nicht, wenn ich etwas anderes studiert hätte. Aber … vielleicht ist es total bescheuert, aber ich hab so das Gefühl, als würde sie in mir weiterleben, weil ich ihrem Traum nachgehe.« Ethan drückte mir den fertigen Kaffee in die Hand, der aber noch viel zu heiß war, um ihn zu trinken. »Wollen wir uns nach draußen setzen?«

Ich nickte und folgte Ethan nach draußen in den Garten, der diesen Namen eigentlich nicht verdiente. Er glich eher einem Urwald. Das Gras reichte mir fast bis zu den Knien. Es war vor allem kein gepflegter Rasen, sondern überall blitzte Unkraut hervor. Der Rosenbusch, den ich entdeckte, war völlig außer Kontrolle geraten und über den Zaun hinweggewachsen. Keine Ahnung, ob er darunter überhaupt noch intakt war, aber da Ethan ohnehin mitten im Wald wohnte, war es vermutlich auch egal.

»Ja, ich lasse es absichtlich wild wachsen«, sagte Ethan, als er meinen Blick bemerkte.

Ich grinste. »Hab ich mir gedacht. Bei uns in der Siedlung wärst du mit dem Garten das Gespött der Leute.«

»Weil sie nicht verstehen, was sie der Natur mit ihren akkuraten Beeten und den penibel heruntergeschnittenen Rasenflächen antun. Am schlimmsten sind aber immer noch die, die sämtliche Grünflächen zerstören und einfach nur eine Terrasse aus Stein bauen.« Er schüttelte den Kopf und ging zu einer kleinen Hütte, die mir bisher noch nicht aufgefallen war. Mit zwei Klappstühlen kam er zurück und stellte sie auf.

Ich setzte mich in einen davon. »Mir gefällt dein Garten. Und ich verstehe, warum der Wombat sich hier so wohlfühlt.« Als hätte er mich gehört, kam er in diesem Moment um die Ecke gewatschelt. Er hatte die Größe eines Hundes, war dabei aber viel stämmiger gebaut, mit kurzen Gliedmaßen und einem breiten Rücken. Sein Gesicht war unheimlich niedlich, und er schien keine Angst vor uns zu haben, denn er kam zielstrebig auf uns zu.

»Hey, Stacey«, sagte Ethan mit sanfter Stimme. Er riss einige Blätter Löwenzahn aus dem Boden und hielt sie ihr auffordernd hin. Sofort watschelte sie auf ihn zu, schnupperte kurz daran und begann zu fressen.

»Wenn ich hier regelmäßig gefüttert werde, würde ich auch nicht woanders hingehen.«

»Ist das so?« Ethans Blick traf auf meinen, brannte sich regelrecht in mich hinein. »Muss ich dich regelmäßig füttern, damit du bei mir bleibst.«

Ich lachte laut. »Gestern hast du das auch ohne geschafft. Die versprochene Pizza habe ich nicht mehr bekommen«, erinnerte ich ihn.

Erschrocken riss er die Augen auf. »Du hast recht, das müssen wir sofort ändern.« Er zog sein Handy aus der Hosentasche und sah aufs Display. »Es ist nach elf, die Pizzeria hat also schon auf. Ist Gemüsepizza okay?«

»Sehr okay.«

Er bestellte die Pizzen, dann schob er das Handy wieder in die Hosentasche und setzte sich neben mich.

»Hast du für mich jetzt auch vegane Pizza bestellt?«, fragte ich ihn neckend.

Ethan verdrehte die Augen, aber ein Lächeln umspielte seine Lippen. »Keine Sorge, Eure Käse-Süchtigkeit, ich habe eine ganz normale Pizza für dich bestellt und nur für mich vegane. Ich hoffe aber, dass du von meiner wenigstens mal probierst, damit du erkennst, dass es sehr wohl auch gute Käsealternativen gibt.«

Ich presste die Lippen zusammen, um nicht laut zu lachen. »Ich glaube, der Geschmack ist nicht mal das größte Problem.«

Fragend zog Ethan die Augenbrauen hoch.

»Weißt du, dass in Käse ein Stoff drin ist, der uns süchtig danach macht? Er löst in unserem Gehirn etwas Ähnliches wie Heroin aus, ohne dass wir davon high werden. Und *deswegen* fällt es nahezu allen Menschen schwer, vor allem auf Käse zu verzichten. Daher, ja, der Geschmack ist wohl nicht das größte Problem. Unser Körper erwartet bei Käse diese Auswirkung im Gehirn, die er von veganem Käse aber nicht bekommt.«

Entgeistert schüttelte er den Kopf. »Das wusste ich nicht.«

»Hab ich in irgendeiner Doku gesehen. Im Krankenhaus und in der Reha habe ich eine kleine Obsession dafür entwickelt, weil mir Serien und Filme irgendwann zu langweilig wurden. Also habe ich angefangen, mich durch die ganzen Netflix-Dokus zu schauen. Erst einige informative, und schließlich bin ich bei True Crime und Serienkillern gelandet.« Nach einigen davon hatte ich kaum schlafen können. Weniger aus Angst, sondern vielmehr, weil ich nicht fassen konnte, wie tief die menschlichen Abgründe manchmal waren.

»Also, wenn ich irgendwann einmal wissen muss, wie man eine Leiche im Wald verscharrt, damit sie niemals gefunden wird …?«

»Dann kommst du zu mir, das ist korrekt«, beendete ich seinen Satz, und wir begannen beide zu lachen. »Was ich vor allem gelernt habe«, fügte ich hinzu, als ich mich etwas beruhigt hatte,

»ist, dass der erste Mord oftmals im Affekt passiert und dort die meisten Fehler gemacht werden. Der erste Mord ist selten geplant, und die Mörder sind danach panisch, weil sie nicht entdeckt werden möchten. Erst nachfolgende Morde sind dann geplant, und somit wird es auch schwerer, dem Täter auf die Spur zu kommen.«

Ethan hob die Augenbrauen, und in seinen Mundwinkeln zuckte es. »Willst du mir damit sagen, dass ich auch den ersten Mord bereits planen sollte?«

»Falls du jemals vorhast, einen zu begehen, solltest du vorbereitet sein, ja.«

Erneut brachen wir in Gelächter aus, und eine Leichtigkeit ergriff von mir Besitz, die mir völlig neu war. Da war eine Vertrautheit zwischen uns, die nach dieser kurzen Zeit, die wir uns erst kannten, eigentlich unmöglich sein sollte, aber dennoch unbestritten da war. Und obwohl sie mir vermutlich Angst machen sollte, war das komplette Gegenteil der Fall.

Am frühen Abend brachte Ethan mich zurück zum Hafen, wo ich gestern mein Fahrrad abgestellt hatte. Der Tag war im Nu verflogen. Nach dem Kaffee und der morgendlichen Pizza im Garten waren wir wieder reingegangen und hatten uns einen Film ausgeschaut. Diesmal hatte Ethan mich auswählen lassen, und wir machten eine romantische Komödie an, von der wir jedoch nicht sonderlich viel mitbekommen hatten. Kurz nach der ersten Szene hatte Ethan angefangen, mich zu küssen. Eins war zum anderen gekommen, und schließlich waren wir im Bett gelandet, aus dem wir nicht mehr herausgekommen waren, bis ich schließlich meinte, dass ich so langsam mal nach Hause müsste. Eigentlich wollte ich mich noch nicht von ihm trennen, aber morgen musste ich erst zur Reha und danach arbeiten, da wäre es ganz gut, wenn ich vorher duschen ging und frische Klamotten anzog.

Ethan verabschiedete mich mit einem Kuss, der mich atemlos zurückließ. »Wir sehen uns morgen Abend?«

Ich nickte. Vorhin hatte Kilian in die Gruppe geschrieben, dass wir uns morgen alle am Strand treffen würden. Es war die perfekte Gelegenheit für Ethan, meine Freunde richtig kennenzulernen, nachdem er einen Teil schon kurz beim *Ocean Fall Festival* gesehen hatte. »Ich sage dir noch die genaue Zeit.«

»Alles klar. Komm gut nach Hause und schreib mir, wenn du da bist.« Er gab mir einen letzten, unschuldigen Kuss, dann stieg ich aus dem Auto aus. Ich sah ihm hinterher, bis er den Parkplatz verlassen hatte, dann löste ich das Schloss an meinem Fahrrad und machte mich ebenfalls auf den Heimweg.

Mum saß auf der Couch, als ich das Haus betrat. Sie blickte auf, als sie mich hörte. Eine Mischung aus Wut und Erleichterung legte sich auf ihre Züge. »Wo warst du so lange?« Abrupt stand sie auf und kam auf mich zu. Bevor ich überhaupt auf ihre Worte reagierte, sah ich an ihr hinab. Sie trug eine saubere Jeans und eine faltenfreie Bluse. Ihre Haare waren gemacht, auch der Rest des Wohnzimmers sah ordentlich und sauber aus. Kein Anzeichen von dem Chaos, das ich noch vor einigen Tagen hier entdeckt hatte. Ich wartete auf die Erleichterung, aber sie wollte sich trotzdem nicht einstellen. Ich wusste, was ich gesehen hatte, und würde es so schnell nicht vergessen können.

»Ich war bei Ethan.«

Ihre Augenbrauen hoben sich. »Wer ist Ethan?« Da lag eine Schärfe in ihrer Stimme, wie ich sie nicht von ihr kannte.

»Ein … Freund.« Auch wenn er mittlerweile viel mehr als das war, wollte ich das gerade nicht mit ihr ausdiskutieren.

»Und dieser Freund wohnt mitten im Outback? Wo du keinen Handyempfang hattest, um mir mitzuteilen, dass du die Nacht nicht nach Hause kommst?«

Unwillkürlich zog ich den Kopf ein. Ehrlich gesagt hatte ich daran nicht einmal gedacht. Ich hatte an *nichts* außer an Ethan gedacht, und mir war nicht mal der Gedanke gekommen, dass Mum sich Sorgen machen könnte. »Sorry, aber ich wusste ja nicht mal, ob du es mitbekommst. Du warst die Tage davor entweder nicht da oder hast dich in deinem Zimmer verkrochen.«

Mum verengte die Augen und kam näher auf mich zu. »Was ist nur mit dir los? Du warst doch früher nicht so nachlässig.«

»Was?« Im ersten Moment wusste ich überhaupt nicht, was sie damit meinte.

»Na ja.« Sie zuckte die Schulter, und ich konnte sehen, wie sie mit sich rang. Wir waren normalerweise nicht die Familie, die Dinge direkt ansprach, und es war offensichtlich, dass es ihr schwerfiel. »Du bist kaum noch zu Hause. Und du gehst vor allem nicht mehr surfen. Was passiert hier gerade, Alicia?«

Heiß und kalt lief es mir den Rücken hinab. Mum stand mit diesem prüfenden Blick vor mir, als wolle sie bis auf den Grund meiner Seele vordringen. Ich konnte mich nicht daran erinnern, wann sie mich zuletzt auf diese Weise angesehen hatte … ob es überhaupt schon mal vorgekommen war. Mir war auch nicht klar gewesen, wie aufmerksam sie war. Dass sie neuerdings darauf achtete, wann ich weg war und was ich machte. Vielleicht hatte sie das aber schon immer getan, und ich hatte es nur nicht mitbekommen.

»Natürlich gehe ich noch surfen«, sagte ich so nachdrücklich wie möglich. »Deswegen bin ich ja so oft nicht da.« Zum ersten Mal fiel es mir schwer, diese Lüge über die Lippen zu bekommen.

Ihr Seufzen war so leise, dass ich es kaum hörte. »Lüg mich bitte nicht an. Dein Surfbrett steht unbenutzt in deinem Zimmer, seit du aus der Reha zurück bist, und deinen Neoprenanzug habe ich seitdem auch nicht ein einziges Mal in der Wäsche gesehen. Ich weiß, dass wir normalerweise nicht über solche Dinge reden, aber ich mache mir Sorgen um dich.«

Ich konnte das Schnauben nicht verhindern und genauso wenig die Bitterkeit aus meinen Worten heraushalten. »Ach, und warum reden wir nicht über diese Dinge? Weil du mir das nicht anders vorgelebt hast. Die ganzen Jahre, wo es dir so schlecht ging, dass du nicht mal aufstehen konntest, hast du auch immer zu mir gesagt: *›Es ist nichts, morgen wird es schon wieder gehen.‹* Selbst vor drei Tagen, nachdem du wieder einen ganzen Tag nicht aus dem Bett aufgestanden bist, hast du dasselbe zu mir gesagt, und jetzt wunderst du dich, dass ich nicht über meine Probleme spreche? Wie auch? Ich habe es doch nie gelernt.«

Ich hatte mich regelrecht in Rage geredet. Meine Atmung ging schneller, und mein Puls dröhnte in meinen Ohren. Das Schlimmste war jedoch, dass dieses Gespräch die Erinnerungen an damals zurückholte. All die Tage, wo ich neben der Schule einkaufen gegangen war, den Haushalt geschmissen und gekocht hatte, weil meine Mum dazu nicht in der Lage gewesen war. Es hatte sogar eine Zeit gegeben, in der ich mehr bei Kilian und Liam ein und aus gegangen war, als daheim zu sein. Weil es mich zu sehr bedrückt hatte, in dem stillen Haus zu sein. Weil ich dort wenigstens jemanden zum Reden hatte. Denn die Wahrheit war, dass Mum einfach in sehr vielen Situationen nicht für mich da gewesen war, und ich spürte Wut in mir aufsteigen, weil sie es jetzt plötzlich sein wollte.

Bei meinem ersten Liebeskummer hatte Liams Mum mich getröstet. Als ich damals überlegt hatte, ob die Pille ein gutes Verhütungsmittel für mich wäre, war Kilians Mum mit mir zum Frauenarzt gegangen und hatte danach die verschiedenen Optionen mit mir durchgesprochen. Als ich den Entschluss gefasst hatte, nicht zu studieren, waren es Fotini und Kate gewesen, die mir Mut zugesprochen und mich in meiner Entscheidung bestärkt hatten. Irgendwann war es Mum zwar wieder besser gegangen, und wir hatten wieder begonnen, ein normaleres Verhältnis zueinander aufzubauen, trotzdem hatten wir selten darüber gesprochen, wie es mir ging. Als hätte sie sich nie dafür interessiert oder immer angenommen, dass ich mein Leben schon irgendwie auf die Reihe bekam.

Mum zuckte zusammen, als hätten meine Worte einen wunden Punkt getroffen. »Ich weiß, dass ich dir kein gutes Vorbild war, und das tut mir auch leid …«

Es war das erste Mal, dass ich diese Worte von ihr hörte, und obwohl ich mir das schon viele Jahre gewünscht hatte, fachten sie die Wut in mir nur weiter an. Mum hatte sich nie Sorgen um mich gemacht – zumindest hatte sie mir das nie gezeigt oder gesagt. Als Jugendliche war ich manchmal eine ganze Woche nicht zu Hause gewesen, und ich wusste bis heute nicht, ob es ihr gar nicht aufgefallen war oder sie nur nie etwas dazu gesagt hatte. Doch jetzt, wo ich dreiundzwanzig war, wollte sie plötzlich die *Mutter* raushängen lassen?

»Wenn es dir wirklich leidtut und du etwas ändern willst, fang doch mal damit an, mir zu sagen, was vor drei Tagen mit dir los war. Vielleicht erzähle ich dir dann, was bei mir abgeht.« Mit angehaltenem Atem betrachtete ich Mum. Ich wusste nicht, ob ich wirklich in der Lage dazu wäre, mit ihr über meine Ängste zu reden. Bei Ethan war es mir vor einigen Wochen erstaunlich leichtgefallen, aber das lag vermutlich daran, weil ich ihn zu dem Zeitpunkt noch nicht gekannt hatte und es mir egal gewesen war, was er von mir dachte. Bei Mum war es etwas völlig anderes – vor allem, weil es viele Jahre so gewesen war, dass ich die Erwachsenere von uns sein musste. Aber ich würde es versuchen, wenn sie den ersten Schritt machte.

Mum presste die Lippen aufeinander und schluckte sichtbar. Ihr Kiefer mahlte, und es war offensichtlich, dass sie mit sich rang, aber sie sagte nichts. Und je länger sie schwieg, desto mehr verpuffte auch meine Hoffnung, dass sie wirklich einen Neuanfang wagen wollte. Sie wollte mir nicht wirklich entgegenkommen. Warum auch immer sie dann überhaupt danach gefragt hatte, was bei mir los war.

Schwere legte sich über mich, und die Bitterkeit verengte meine Kehle. Es war noch nicht einmal so, dass ich mir wünschte, Mum würde sich endlich mal wie eine Mutter verhalten, aber war es wirklich zu viel verlangt, dass wir uns auf Augenhöhe begegneten?

Anscheinend …

Ich schüttelte den Kopf. Mir war eigentlich klar gewesen, wie das ausging, trotzdem schmerzte es mehr als gedacht. »Ich wusste, dass du das nicht kannst.« Damit wandte ich mich ab und ging in mein Zimmer, wo ich die Tür kräftiger als nötig zuschlug. Der Knall hallte noch in meinen Ohren nach, als ich mich auf mein Bett schmiss und mir das Kissen über den Kopf zog.

Kapitel 21

ETHAN

Eine Mischung aus Nervosität und Vorfreude prickelte in meinem Magen, als ich auf dem Weg zum Strand war, wo ich mich mit Alicia und ihren Freunden traf. Auch wenn ich die meisten von ihnen schon kurz beim *Ocean Fall Festival* gesehen hatte, war es noch mal etwas völlig anderes, sie heute richtig kennenzulernen. Vor einigen Tagen hatten sie von meiner Existenz noch nichts gewusst, jetzt würde ich offiziell als Alicias Freund vorgestellt werden. Und so bescheuert es vielleicht klang, aber ich wollte einen guten Eindruck hinterlassen.

Obwohl es heute recht kühl war, lenkte ich den Wagen mit schwitzigen Händen auf den Parkplatz, der schon gut gefüllt war. Kein Wunder, es war Sonntag, und da zog es jeden, der freihatte, ans Meer. Ich entdeckte Alicia sofort. Sie befestigte gerade ihr Fahrrad und drehte sich zu mir um, als hätte sie meinen Blick auf sich gespürt. Sie trug Jeans und ein knallgelbes T-Shirt, das sich schön von ihrer gebräunten Haut abhob. Die Haare hatte sie zu einem hohen Pferdeschwanz gebunden, aus dem der Wind einige Strähnen an ihre Wange wehte. Ein strahlendes Lächeln breitete sich auf ihren Lippen aus, das ihr gesamtes Gesicht leuchten ließ. Mit einem Schlag verflog die Nervosität.

Ich lenkte den Wagen in eine Parklücke, und als ich ausstieg, stand Alicia bereits neben mir.

»Hi«, begrüßte sie mich, und eine Sekunde später verschloss sie meine Lippen mit einem Kuss. Ich ließ mich völlig darin fallen, legte meine Hände um ihre Hüften und zog sie enger an mich. Sofort rückte der Trubel um uns herum in den Hintergrund, und ich nahm nur noch Alicia wahr. Ihr schien es genauso zu ergehen, denn sie presste sich mit ihrem ganzen Gewicht an mich, bis ich einen Schritt nach hinten stolperte und gegen mein Auto prallte.

Wir begannen gleichzeitig zu lachen und lösten uns langsam voneinander. »Eventuell freue ich mich, dich zu sehen«, sagte Alicia.

»Das habe ich eventuell gemerkt«, gab ich schmunzelnd zurück. Nicht, dass ich etwas dagegen hatte. Wenn es nach mir ginge, konnte sie mich gerne jedes Mal so stürmisch begrüßen.

»Ich würde mich ja dafür entschuldigen, aber …«

»Nicht nötig«, ging ich dazwischen und küsste sie erneut, nur ganz kurz diesmal. Dann holte ich meinen Rucksack von der Rückbank und warf ihn mir über die Schulter. »Wollen wir dann?«

Alicia nickte und führte den Weg an. »Die anderen müssten auch schon da sein. Zumindest habe ich Kilian gerade gesehen, als ich mein Fahrrad angekettet habe.«

Wir gingen vom Parkplatz über den schmalen Grünstreifen und betraten den Strand. Ich kickte meine Flipflops von den Füßen und hob sie auf. Alicia tat es mir gleich, und gemeinsam liefen wir los. Am Strand war einiges los. Vor allem Kinder spielten miteinander, einige Leute gingen mit oder ohne Hunde spazieren, und natürlich gab es auch die obligatorischen Surfer im Wasser. Nur zum Sonnenbaden hatte sich niemand in den Sand gelegt, was bei dem überwiegend bewölkten Himmel aber auch kein Wunder war.

»Da sind sie«, sagte Alicia schließlich und deutete auf eine Gruppe Leute, die nur noch wenige Meter von uns entfernt war. Auf Handtüchern saßen sie im Kreis, eine junge Frau mit braunen Haaren riss sich gerade das T-Shirt über den Kopf und schien ins Wasser gehen zu wollen, doch dann fiel ihr Blick auf uns, und sie stockte.

»Alicia«, brüllte sie und winkte uns zu, als hätten wir sie nicht längst entdeckt.

Augenblicklich drehten sich alle Köpfe in unsere Richtung. Nicht nur die ihrer Freunde, sondern auch die von allen anderen in der Umgebung. Und mit einem Mal war die Nervosität zurück, und ich fühlte mich wie auf dem Präsentierteller. Die Angst, von Alicias Freunden nicht akzeptiert zu werden, war plötzlich überpräsent, doch mir blieb keine Zeit, darüber nachzudenken.

»Kate«, brüllte Alicia zurück, ein breites Grinsen auf dem Gesicht. Sie griff nach meiner Hand, beschleunigte ihre Schritte, und kurz darauf standen wir vor ihren Freunden. Ich erkannte Kilian wieder, der auf dem Festival mit Mason geknutscht hatte und nun entspannt, die langen Beine ausgestreckt, dasaß. Das neben ihm müsste Liam sein, wenn mich nicht alles täuschte, zusammen mit seiner deutschen Freundin Isabel. Auch Cooper war da, mit dem ich mich lange über Tierschutz und seinen Job als Naturfotograf unterhalten hatte.

»Hey, Leute«, durchbrach Alicias Stimme meine Musterung. »Auch wenn einige von euch ihn auf dem *Ocean Fall Festival* bereits kennengelernt haben, hier noch mal ganz offiziell. Das ist Ethan.«

»Hey.« Ich winkte in die Runde.

»Das sind Kilian, Liam, Isabel, Sophie, Cooper, Fotini und Kate.« Der Reihe nach deutete sie auf die Personen. Fotini war mir neu, sie saß im Schneidersitz direkt vor mir, die grün gefärbten Haare zu einem unordentlichen Knoten am Kopf zusammengefasst. Auch Kate hatte ich noch nie gesehen, die gerade auf dem Weg ins Wasser gewesen war, sich jetzt jedoch das Shirt wieder anzog und sich neben Fotini auf das Handtuch setzte. Sie alle betrachteten mich mit Neugier, lächelten aber freundlich, was mich augenblicklich etwas entspannte.

Alicia ließ ihren Rucksack von den Schultern gleiten und holte eine Decke heraus, die sie neben ihren Freunden ausbreitete. »Seid ihr schon lange hier?«

»Gerade gekommen«, sagte Liam.

»Ich bin schon seit heute Mittag hier.« Kilian grinste breit, und kollektives Stöhnen ertönte.

»Kilian ist Sportjournalist«, erklärte Alicia an mich gewandt, während sie sich auf ihre Decke kniete, »und muss uns regelmäßig unter die Nase reiben, dass er *von überall aus arbeiten* kann.«

»Wir vermuten mittlerweile, dass er gar keinen Job hat und einfach nur auf der faulen Haut liegt«, warf Fotini ein.

Mit einem Ruck setzte Kilian sich auf. »Pah. Ich kann doch auch nichts dafür, dass es meinen Auftraggebern egal ist, wo genau ich meine Artikel schreibe.« Er klopfte auf die Tasche neben sich, in der ich seinen Laptop vermutete.

Isabel kicherte. »Das kann ja jeder behaupten.«

»Ich wette mit euch …«

»Nicht das schon wieder«, ging Kate dazwischen, und alle lachten. »Schaffen wir es vielleicht mal einen Tag ohne Wetten auszukommen, um vor Ethan einen guten Eindruck zu machen?«

»Oh.« Abwehrend hob ich die Arme und setzte mich neben Alicia auf ihr Strandtuch. »Wegen mir braucht ihr euch nicht zu verstellen.« Mir gefiel das Geplänkel zwischen ihnen, außerdem wollte ich sehen, wie sich Kilian aus dieser Schlinge wieder herauswinden würde.

»Seht ihr, Ethan ist ein guter Mann, hab ich doch gesagt.« Kilian nickte mir anerkennend zu, während mich mitleidige Blicke der anderen trafen.

»Er wird jetzt niemals aufhören«, seufzte Alicia.

»Man darf ihn nicht noch animieren«, stimmte Kate mit ernster Stimme zu.

Ich konnte nicht anders, ich begann zu lachen, und die anderen stimmten kurz darauf mit ein. Alicia lehnte sich näher zu mir und flüsterte mir leise ins Ohr, sodass die anderen es nicht mitbekamen. »Falls sie dir zu viel werden, können wir jederzeit gehen.«

Ich nickte und drückte ihr einen dankbaren Kuss auf die Wange. Das war nett, aber mit Sicherheit unnötig. Obwohl ich im Vorfeld nervös gewesen war – und es irgendwie immer noch war –, fühlte ich mich auf Anhieb wohl bei ihnen.

Fotini wandte sich mir zu. »Jetzt erzähl uns doch mal was über dich. Was treibst du so den ganzen Tag?«

Ich streckte die Beine aus und stützte mich mit den Händen hinter mir im kühlen Sand ab. »Da gibt es nicht viel zu erzählen. Ich wohne in einem kleinen Haus etwas außerhalb von Eden. Meine Tage verbringe ich entweder auf einem Schiff von Sea Shepherd oder in meinem Büro unterhalb des Killer Whale Museum.«

Alicia schnaubte. »Das Beste lässt er wieder aus. Er hat einen Wombat.«

»Ich *habe* keinen Wombat, Stacey verschwindet nur einfach nicht mehr aus meinem Garten«, entgegnete ich.

»Also hast du einen. Er hat sich dich ausgesucht.« Alicia ließ nicht von ihrer Meinung ab.

Jetzt lehnte sich auch Fotini näher zu mir. »Du hast ihr einen Namen gegeben? Dann ist sie so was von dein Wombat.«

Kilian nickte eifrig. »Man gibt Dingen nur dann einen Namen, wenn man eine besondere Verbindung zu ihnen aufgebaut hat – oder sich das wünscht. Ich zum Beispiel …«

»Ja, ja«, ging Liam dazwischen, »du hast deinem Schwanz einen Namen gegeben, aber das will gerade wirklich niemand wissen.«

Ein überraschtes Lachen brach aus mir heraus, denn ich hatte so ziemlich mit allem gerechnet, nur nicht damit. »Um die ganze Sache etwas aufzuklären«, sagte ich, sobald ich mich etwas beruhigt hatte. »Ich hatte sie verletzt im Wald gefunden und mit nach Hause genommen, um sie aufzupäppeln, deswegen habe ich ihr einen Namen gegeben. Was ich damals nicht ahnen konnte, war, dass sie zurückkommen würde, nachdem ich sie wieder ausgesetzt hatte.«

Fotini grinste breit, ihre dunkelbraunen Augen funkelten im Sonnenschein. »Und du hast es nicht über dich gebracht, sie wieder zu verscheuchen?«

»Sagen wir, sie hat sich nicht verscheuchen lassen, und ich hab irgendwann resigniert.«

»Also«, sagte Kilian laut und schlug sich mit den Händen auf die Oberschenkel, »wer spielt jetzt eine Runde Rugby mit mir?«

Alle um mich herum stöhnten laut und schüttelten den Kopf. »Lass dir mal was anderes einfallen«, sagte Cooper und zog sich in einer fließenden Bewegung das Shirt über den Kopf. »Ich gehe erst mal schwimmen, wer kommt mit?«

Sophie, Isabel und Liam schüttelten sofort den Kopf. »Ihr seid doch irre, bei dem Wetter ins Wasser zu wollen. Es ist doch viel zu kalt.« Sophie blinzelte zu ihrem Freund hoch und rieb sich über die Arme, als würde sie allein beim Gedanken daran frieren.

Cooper zuckte mit den Schultern und sah in die Runde.

Kilian sprang ebenfalls auf. »Kann dich ja nicht allein gehen lassen.«

»Das ist so gütig von dir. Allein hätte ich auch Angst bekommen.« Sarkasmus triefte aus Coopers Worten, und wieder begannen alle zu lachen.

Kate, die zuvor schon dabei gewesen war, sich das Shirt auszuziehen, machte sich ebenfalls bereit, den Jungs ins Wasser zu folgen. Ihr Blick fand den von Fotini, und eine stumme Kommunikation schien zwischen den Frauen abzulaufen, bis sie zeitgleich nickten und Fotini sich ebenfalls erhob.

»Was ist mit dir?«, fragte Kate an mich gewandt, als sie ihre Sonnenbrille in ihrer Tasche verstaute.

»Ich bleibe bei Alicia.«

»Alles klar.« Sie griff nach Fotinis Hand, und erst jetzt dämmerte mir, dass die beiden wohl ein Paar waren und ich deswegen diese bedingungslose Vertrautheit zwischen ihnen gespürt hatte. Es war so subtil gewesen, dass ich es bisher nicht hatte einordnen können, doch jetzt war es so klar, dass ich mich fragte, warum es mir zuvor nicht aufgefallen war.

»Du kannst ruhig mitgehen«, riss Alicia mich aus meinen Gedanken.

Ich wandte mich ihr zu, aber sie sah mich überhaupt nicht an. Stattdessen starrte sie auf den Ozean, an die Stelle, wo ihre Freunde im Wasser tobten. Ich konnte ihre Rufe bis hierhin hören, und vor allem Kilians Stimme trat klar daraus hervor.

Zum ersten Mal, seit ich sie kennengelernt hatte, sah sie nicht mit Angst aufs Meer hinaus, sondern mit einer Sehnsucht und Traurigkeit, die mein Herz schmerzen ließ. Ich konnte mir nicht vorstellen, wie sie sich fühlen musste. Wenn das, das einem bisher die meiste Freude im Leben bereitet hatte, einem plötzlich die größte Panik bescherte. Aber ich wusste, dass ich sie damit niemals allein lassen würde.

»Hier gefällt es mir viel besser.« Ich rückte an sie heran und legte einen Arm um ihre Schultern. Sofort lehnte Alicia sich gegen mich. Der Wind wehte mir einige ihrer Haarsträhnen ins Gesicht, die mich an der Nase kitzelten.

»Aww, ihr seid so süß«, quietschte Sophie.

»Als wären Cooper und du anders.« Isabel grinste und lehnte sich dann gegen Liam, der umgehend einen Arm um ihre Schultern legte.

»Du bist ein unglaublicher Charmeur, weißt du das?« Alicia knuffte mich in die Seite.

Ich lachte, denn das hatte noch niemand zu mir gesagt. »Wie kommst du denn jetzt darauf?«

»Ist das nicht offensichtlich? Ich sehe es dir an der Nasenspitze an, dass du auch gerne ins Wasser gehen würdest, aber mir zuliebe hierbleibst.« Alicia drehte den Kopf, bis sie mich ansehen konnte. Dankbarkeit schimmerte in ihren Augen, und ich beugte mich vor, um sie zu küssen.

»Ehrlich gesagt ist es mir heute viel zu kühl«, gab ich zu, »außerdem würde ich immer viel lieber bei dir bleiben. Egal, wo das ist.«

Ihre Mundwinkel zuckten hoch, und sie legte den Kopf wieder auf meiner Schulter ab. »Also gut, Mr Parfit, dann will ich dir mal glauben. Selbst schuld, dass du damit die langweiligere Variante gewählt hast.«

Ich schnaubte, denn damit hatte sie unrecht. Keine Sekunde mit ihr war bisher langweilig gewesen, selbst wenn wir nur nebeneinandersaßen und nicht miteinander sprachen. Und genau das taten wir. Wir blieben gemeinsam im Sand sitzen, bis ihre Freunde aus dem Wasser zurückkamen.

»Wie sieht es jetzt aus mit einer Runde Rugby?«, fragte Kilian irgendwann erneut. Mittlerweile ging es auf den Abend zu, und der Strand hatte sich deutlich geleert. Die Familien mit Kindern waren bereits aufgebrochen, um zu Hause zu Abend zu essen, nur noch vereinzelt gingen Leute am Strand spazieren. Um uns herum war es ruhig geworden, und es gab auch den nötigen Platz für ein Spiel.

Kollektives Stöhnen war die Antwort auf Kilians Frage.

Kate schmiss eine leere Coladose nach ihm, verfehlte ihn aber um einen halben Meter. »Nicht schon wieder.«

»Du immer mit deinem Rugby«, murrte Fotini.

»Ich bin so was von raus.« Isabel schüttelte wild den Kopf.

Mit einem Seufzen erhob sich Liam und klopfte sich den Sand von der Hose. »Wenn ich Nein sage, gibst du ja doch keine Ruhe.« Dann fiel sein Blick auf mich. »Was ist mit dir?«

»Nee, danke.« Abwehrend hob ich die Hände. Ich stand mehr

auf Fußball als auf Rugby und war zudem nicht gut in sämtlichen Sportarten, in denen werfen und fangen wichtig waren.

»Ich spiel eine Runde mit.« Alicia erhob sich von ihrem Platz neben mir.

Überrascht sah ich zu ihr auf. »Ich wusste gar nicht, dass du dich für Rugby interessierst.«

Sie zuckte mit den Schultern. »Ich bin mit den zwei Chaoten aufgewachsen. Zwar schaue ich mir das nicht regelmäßig an, aber ich kenne die Regeln und kann auch etwas spielen.« Ihr Blick wanderte von mir zu Liam, und ein kalkulierendes Lächeln hob ihre Mundwinkel. »Was meinst du, wir zwei gegen Kilian?«

»Pah.« Kilian sprang auf die Beine. »Ihr habt auch zu zweit keine Chance gegen mich.«

Liam lachte und wandte sich seinem besten Freund zu. »Wollen wir wetten?«

Kilian taxierte zuerst Liam und dann Alicia. Angriffslust lag in seinem Blick, und sein Grinsen hatte etwas von einem Raubtier, das seine Beute fest im Visier hatte. »Ihr seid so was von dran. Ich werde euch zerstören. *Zerstören.*« Erneut erklang Gelächter von allen, und ich fragte mich, was jetzt los war.

Kate rutschte an mich heran. »Kilian hat da so ein Ding mit Wetten. Er macht aus allem eine. Wer am schnellsten sein Bier exen kann. Wer am Abend die meisten Leute aufreißt. Er würde sogar mit dem Wetter eine Wette eingehen, wenn er es beeinflussen könnte. Dass Liam jetzt derjenige war, der die Wette zuerst ausgesprochen hat, fuchst ihn ungemein.«

Ich schmunzelte und sah zurück zu Kilian, dem der Kampfgeist noch immer ins Gesicht geschrieben stand. Er hatte bereits einen Rugbyball aus seiner Tasche geholt, den er in den Händen hin und her wog, während er Liam und Alicia nicht aus den Augen ließ, die die Köpfe zusammengesteckt hatten, um ihre Strategie zu besprechen.

»Also los.« Liam klatschte in die Hände, tackelte Kilian und entriss ihm dabei den Ball.

»Ey!«, brüllte er. »Wir hatten noch gar nicht angefangen.« Er jagte seinem Freund hinterher, doch der schlug zwei Haken, um ihm zu entkommen, und warf den Ball dann zu Alicia, die in die entgegengesetzte Richtung damit floh. Anstatt ihr zu folgen, warf Kilian sich auf Liam. »Das war nicht fair, Alter.«

»Wir haben nie behauptet, fair zu spielen.« Liam lachte so sehr, dass seine Worte kaum verständlich waren.

»Außerdem bist du sonst immer derjenige, der nicht fair spielt«, fügte Sophie an. Kilian bedachte sie mit einem bösen Blick, auf den sie nur zuckersüß grinste und ihm eine Kusshand zuwarf und sich danach an Cooper lehnte, der ihr einen Kuss auf den Scheitel drückte.

Danach entwickelte sich tatsächlich so etwas wie ein Match zwischen Liam, Alicia und Kilian. Es war offensichtlich, dass Kilian deutlich besser war als Alicia und Liam, aber die beiden hatten den Vorteil, zu zweit zu sein. Wann immer sie den Ball ergatterten, stoben sie auseinander und warfen ihn sich über Kilians Kopf hinweg zu, sodass er kaum eine Chance hatte, an ihn zu kommen. Dabei zogen sie Kilian immer wieder auf, vor allem, dass er die Wette verlor, weil sie mittlerweile mehr Punkte hatten als er.

Es war faszinierend, Alicia im Zusammenspiel mit ihren Freunden zu sehen. Sie wirkte irgendwie gelöster, als ich sie bisher kennengelernt hatte. Freier, ungezwungener. Vielleicht lag es daran, dass sie sich hier nicht mit ihrer Angststörung auseinandersetzen musste, wegen der wir uns ursprünglich kennengelernt hatten. Aber vielleicht hatte Alicia mit dieser Gruppe einfach diese Freunde gefunden, bei denen sie ganz sie selbst sein konnte, ohne sich irgendwie verstellen zu müssen. Weil sie sie einfach vollständig akzeptierten. Mit all ihren Fehlern, Makeln, und weil ihre Vergangenheit mit ihrer Mum bei ihnen nicht zählte.

Ich war noch immer in Gedanken, als es passierte, weswegen ich die Anzeichen zu spät erkannte. Liam hatte Kilian gerade den Ball entwendet, und Alicia ging rückwärts, um sich von den beiden Jungs zu entfernen, den Blick fest auf sie gerichtet. Dabei bemerkte sie nicht, dass sie sich dem Meer immer weiter näherte … bis eine Welle plötzlich ihre Knöchel überspülte.

Sofort erstarrte sie. Liam, der das alles nicht mitbekommen hatte, warf den Ball in ihre Richtung, aber Alicia beachtete ihn überhaupt nicht. Sie stand wie zur Salzsäule erstarrt an der Uferlinie, Panik in ihren Augen, während der Ball hinter ihr ins Meer fiel. Niemand um mich herum reagierte, und erst da wurde mir bewusst, dass sie wirklich niemandem von ihren Freunden erzählt hatte, was mit ihr los war. Zwar hatte sie mir mal gesagt, dass sie nicht wollte, dass die anderen davon erfuhren, doch ich war fest davon ausgegangen, dass sie zumindest einige mittlerweile eingeweiht hatte.

Abrupt sprang ich auf und raste zu ihr.

»Ethan, willst du jetzt doch mitspielen?«, rief Kilian mir zu, der vermutlich dachte, ich würde den Ball greifen wollen. Doch der Ball war mir mehr als egal. Mein Blick war nur auf Alicia gerichtet, und obwohl ihr Gesicht in meine Richtung zeigte, war mir klar, dass sie mich nicht sah. Mich überhaupt nicht wahrnahm, weil sie gerade völlig in ihrem eigenen Kopf gefangen war.

Als ich bei ihr ankam, war ich kurz unschlüssig, wie ich mich verhalten sollte. War es okay, sie anzufassen. oder würde sie dadurch noch mehr in Panik geraten, weil sie nicht realisierte, dass ich bei ihr war? Am Pambula River war es anders gewesen. Dort waren wir von Anfang an zusammen gewesen, ich hatte die ganze Zeit ihre Hand gehalten, doch jetzt …?

Ich wunderte mich über mich selbst. Es war doch total bescheuert, darüber nachzudenken. Ich musste Alicia aus dieser Situation herausholen, alles andere war erst mal unwichtig. Mit zwei Schritten war ich bei ihr und hob sie einfach hoch. Sofort klammerte sie sich an mich, vergrub das Gesicht an meiner Brust und atmete zitternd aus. Ich trug sie vom Wasser weg, noch ein Stück weiter als ihre Freunde saßen, ehe ich sie in den kühlen Sand sinken ließ. Vermutlich wollte Alicia gerade nicht von allen belagert und mit Fragen bombardiert werden.

Doch mir hätte klar sein sollen, dass meine Überlegung nicht aufging, denn natürlich folgten sie uns alle.

»Was ist passiert?« Sophie hockte sich neben Alicia und legte eine Hand auf ihre Schulter.

»Was stimmt nicht mit ihr?« Kilian betrachtete Alicia besorgt, die weiterhin mit leerem Blick ins Nichts starrte.

Weil Alicia überhaupt nicht reagierte, wandte sich die komplette Aufmerksamkeit mir zu. Ich schluckte, denn das war nichts, was ich heute hatte tun wollen. Oder überhaupt. Wenn Alicia bisher niemandem von ihren Freunden von ihrer Angststörung erzählt hatte, wollte ich nicht derjenige sein, der sie darüber aufklärte. Das fühlte sich einfach falsch an, so, als würde ich sie hintergehen. Daher wandte ich mich Alicia zu und versuchte, ihre Freunde bestmöglich auszublenden.

Sanft legte ich meine Hände an ihre Wangen. Ihre Haut fühlte sich klamm an, und zuerst reagierte Alicia auch nicht auf meine Berührung. Sie blinzelte nicht einmal, als wäre sie gar nicht wirklich anwesend.

»Du bist in Sicherheit«, flüsterte ich beruhigend auf sie ein und malte mit meinen Daumen Kreise auf ihren Wangen. Um mich herum war es still geworden, und fast kam es mir so vor, als würden alle mit mir gemeinsam die Luft anhalten. Nach einer gefühlten Ewigkeit, die aber vermutlich nicht mehr als eine Minute gewesen war, schien Alicia langsam zu sich zu kommen. Sie blinzelte, drehte den Kopf leicht in meine Richtung und sah mich direkt an.

Ich stieß die angehaltene Luft aus. »Da bist du ja wieder.«

»Was?«, murmelte sie, dann bemerkte sie ihre Freunde um uns herum. Ihre Augen weiteten sich, und Panik trat in ihren Blick. Aber eine andere Panik als zuvor im Wasser. Hier war es eher die Angst, entdeckt worden zu sein, und was ihre Freunde sagen würden, wenn sie die Wahrheit erfuhren.

»Bist du okay, Alicia?« Isabel griff nach ihrer Hand. Die Sorge stand ihr ins Gesicht geschrieben, wie bei all ihren anderen Freunden auch.

»Was war das gerade?«, fragte Liam.

Ihre Fragen waren nicht drängend oder verurteilend, trotzdem vergrub Alicia für einen Moment das Gesicht in den Händen. Und auch wenn ich es nicht guthieß, dass sie ihre Freunde bisher im Dunkeln gelassen hatte, konnte ich sie irgendwie verstehen. So auf dem Präsentierteller zu sitzen und allen gleichzeitig davon erzählen zu müssen, konnte keine angenehme Situation sein.

Daher griff ich nach ihrer Hand, verschränkte unsere Finger miteinander und hoffte, dass sie daraus die nötige Kraft für diesen Schritt ziehen konnte.

Kapitel 22

ALICIA

Ich spürte die neugierigen und besorgten Blicke meiner Freunde auf mir, die mich wie ein schweres Gewicht in den Boden drücken wollten. Nicht meine Freunde an sich. Ich wusste, dass sie es nur gut mit mir meinten, aber ihre offenkundige Besorgnis zu sehen, war etwas, mit dem ich nur schlecht klarkam. Mein ganzes Leben lang hatte ich selbstständig und die Starke sein müssen, und ich hatte keine Ahnung, wie man sich fallen ließ oder mit der Enttäuschung in den Blicken anderer lebte. Und enttäuscht würden sie sein. Nicht, weil ich diese Angststörung entwickelt hatte, sondern weil ich sie so lange vor ihnen verheimlicht hatte.

Ich konnte sie sogar verstehen. Wenn einer von ihnen ein Geheimnis hätte, in das er oder sie niemanden von uns einweihte, wäre ich auch zumindest gekränkt. Dabei war es ja nicht einmal so, dass ich ihnen nicht vertraute. Ich hatte sie nur nicht unnötig beunruhigen wollen, weil ich anfangs gedacht hatte, das mit Ethan innerhalb kürzester Zeit wieder in den Griff zu bekommen. Mein Blick glitt zu ihm. Er saß im Schneidersitz neben mir, hielt weiterhin meine Hand, und ich konnte nichts als Zuneigung in seinen Augen erkennen. Fast unmerklich nickte er mir zu, und ich wusste: Ich musste meinen Freunden jetzt sagen, was los war, und er wäre für mich da, egal, wie es ausging.

Mit einem tiefen Atemzug, der auf halbem Weg in meiner Lunge stecken blieb, wandte ich mich ihnen zu. In keinem ihrer Gesichter war Verurteilung zu lesen, und ich konnte nur hoffen, dass sich das nicht änderte, wenn sie alles wussten.

»Ihr fragt euch sicher, was das gerade war?«

Einstimmiges Nicken war ihre Antwort. Niemand sagte etwas, wofür ich gerade unheimlich dankbar war, denn ich wusste nicht, ob ich sonst den Mut gehabt hätte, weiterzusprechen. Auch so kamen die Worte nur stockend über meine Lippen.

»Seit ich aus der Reha zurück bin … kann ich nicht mehr ins Wasser. Ich … habe wohl eine … Angststörung entwickelt. Sobald ich mich dem Meer zu weit nähere, überkommt mich Panik, und ich bin wie erstarrt.«

Jetzt sprachen sie alle durcheinander.

»Warum hast du denn nichts gesagt?«

»Ich dachte, du warst seitdem surfen?«

»Das tut mir so leid.«

»Gibt es irgendwas, das wir tun können?«

»Hast du dir Hilfe geholt?«

Ich wusste nicht, wer was sagte. Ihre Stimmen vermischten sich zu einer großen Wolke, die Blitze auf mein Gehirn schoss. Unwillkürlich zuckte ich zusammen, nur um danach über mich selbst den Kopf zu schütteln. Das hier waren meine Freunde. Ich musste keine Angst vor ihnen haben. Wie so oft kam die Angst bloß aus mir selbst. Sie rührte daher, dass sie enttäuscht von mir sein könnten. Und vor allem daher, dass sie mich so sehen könnten wie ich meine Mum damals. Doch ich war nicht meine Mum. Unsere Situationen waren nicht miteinander vergleichbar, ich müsste das nur endlich in meinen Schädel bekommen.

Meine Freunde waren mittlerweile verstummt und sahen mich erwartungsvoll an. Meine Kehle zog sich zusammen, und ich spürte Tränen hinter meinen Augenlidern brennen. Ich wollte sie nicht enttäuschen, aber sie verdienten eine Erklärung.

»Ich hab euch nichts gesagt, weil ich euch nicht beunruhigen wollte. Ich dachte, wenn Ethan mir alles über Haie erzählt, was er weiß, dann verschwindet die Angst von allein wieder.« Mein Blick suchte und fand seinen, und ihn an meiner Seite zu wissen, half mir, nicht den Mut zu verlieren. »So haben wir uns kennengelernt. Ich habe ihn aufgesucht, damit er mir hilft.«

Eine steile Falte bildete sich auf Kilians Stirn. »Warum hast du dir keine professionelle Hilfe geholt? Nix gegen dich«, schob er an Ethan gewandt hinterher.

Sofort schüttelte ich den Kopf. »Ich will nicht. Ich *kann* nicht.« Der Reihe nach sah ich meine Freunde an. »Ihr habt alle mitbekommen, wie es mit meiner Mum war. Ich kann nicht wie sie werden. Den ganzen Tag nur auf der Couch liegen, weil ich so mit Medikamenten vollgepumpt bin. Das wäre einfach nicht ich.«

In den Blicken meiner Freunde konnte ich Skepsis lesen, und was noch viel mehr wehtat, ebenso in Ethans. Er war immer mein Rückhalt bei dieser Sache gewesen, aber ich wusste auch, dass er ebenfalls daran zweifelte, ob das der richtige Weg war. Er hatte es mir gesagt und mir auch erklärt, warum er so dachte, trotzdem zerbrach gerade etwas in mir, von dem ich nicht wusste, wie ich es wieder flicken konnte.

»Niemand sagt, dass du Medikamente nehmen musst.« Natürlich sprach Kilian als Erster. Er war immer derjenige, der andere nicht mit ihrem Bullshit durchkommen ließ. »Ich kenne mich nicht genau aus, aber es gibt doch auch andere Arten der Therapie. Konfrontationstherapie zum Beispiel.«

»Das ist doch genau das, was Ethan und ich versuchen. Mich langsam wieder daran gewöhnen, mich dem Meer zu nähern. Das heute war … ich hab einfach nicht damit gerechnet, plötzlich mit den Füßen im Wasser zu stehen.«

Die Furche auf Kilians Stirn wurde tiefer, und die Skepsis stand ihm deutlich ins Gesicht geschrieben. »Nichts für ungut, aber ihr wisst doch beide nicht, was ihr da tut. Keiner von euch ist in irgendeiner Art und Weise dafür ausgebildet.«

Ich verdrehte die Augen. »Na und? Was soll schon groß passieren? Dass ich es nicht bis zum Wasser schaffe?« Sarkasmus triefte aus meinen Worten, denn das war doch genau das, was ich seit meiner Rückkehr aus der Reha täglich erlebte. Okay, nicht mehr täglich, weil ich es nicht mehr jeden Tag probierte, aber das machte genau genommen keinen Unterschied.

Kilian schnaubte. »Was soll schon passieren? Im Zweifel könnt ihr es damit noch schlimmer machen. Ist es das, was du willst?«

Seine Worte trafen mich wie ein Faustschlag in den Magen. Ich krümmte mich vor und schloss für einen Moment die Augen. Bisher hatte ich es tunlichst vermieden, darüber nachzudenken. Nicht nur darüber, es mit meinen Aktionen verschlimmern zu können, sondern auch, sollte sich an dem aktuellen Zustand einfach nie wieder etwas ändern. Egal, in welche Richtung. Und vielleicht war genau das mit ein Grund, warum ich meinen Freunden bisher nichts davon erzählt hatte. Denn ich wusste genau, dass sie mich nicht einfach damit davonkommen lassen würden.

»Vielleicht sollten wir es jetzt einfach gut sein lassen«, meinte Isabel, »und Alicia erst mal wieder etwas runterkommen lassen. Sie zittert noch immer.«

Es war mir gar nicht aufgefallen, bis sie es angesprochen hatte, doch jetzt ballte ich meine Hände zu Fäusten, um es zu unterdrücken. Trotzdem warf ich ihr einen dankbaren Blick zu.

Für einen Moment wirkte Kilian, als wollte er weiter argumentieren. Da war dieses Feuer in seinen Augen, das ich aus vielen anderen Diskussionen mit ihm kannte. Doch schließlich seufzte er und nickte. »Du hast recht, sorry. Das ist wirklich nicht der passende Zeitpunkt.«

Erleichtert atmete ich aus, auch wenn ich wusste, dass es damit nicht aus der Welt war. Kilian würde mich erneut darauf ansprechen, daran hatte ich keinen Zweifel, aber dann war ich hoffentlich in einer besseren Verfassung, um darauf reagieren zu können.

Sophie setzte sich an meine freie Seite und legte einen Arm um mich. »Tut mir total leid, dass dir das passiert«, sagte sie leise. »Ich wünschte, ich könnte etwas tun.«

Mein Kopf sank an ihre Schulter. »Das wünschte ich auch«, murmelte ich, auch wenn ich genau wusste, dass es nichts gab, was sie daran ändern konnte.

»Ich bin wieder da«, rief ich, als ich zwei Stunden später die Tür aufschloss. Ethan hatte mich nach Hause bringen und bei mir bleiben wollen, aber zum ersten Mal hatte ich abgelehnt. Gerade wollte ich einfach nur allein sein.

Stille grüßte mich, alle Lampen waren aus, und ein Blick zu Mums Schlafzimmertür, die sperrangelweit offen stand, verriet mir, dass sie nicht da war. Kurz wunderte ich mich, wo sie sein könnte, immerhin war es zu spät, als dass sie noch im Café arbeiten könnte, das längst geschlossen war, aber eigentlich war ich froh darüber, mich nicht mit ihr auseinandersetzen zu müssen. Ich wollte mit niemandem reden, hatte alle Wörter für heute bereits am Strand verbraucht, um meinen Freunden zu erklären, dass ich Panikattacken bekam, sobald ich mich dem Meer zu weit näherte.

Panikattacken, von denen sie eine live miterlebt hatten.

Schamesröte schoss mir in die Wangen. Wie hatte ich nur so unbedacht sein können? Bisher hatte ich immer höllisch aufgepasst, wenn ich am Strand war. Hatte das Meer stets im Blick behalten und eine gewisse Distanz zu ihm gewahrt. Aber heute? Beim Rugbyspiel mit Liam und Kilian hatte ich nicht einmal mehr daran gedacht. Es hatte so viel Spaß gemacht, ich hatte mich frei und unverwundbar gefühlt … und genau das war mir zum Verhängnis geworden.

Ich rieb eine Hand über mein Gesicht und ließ meinen Rucksack von der Schulter gleiten. Dieses ganze Grübeln brachte doch nix. Aber ich wusste genau, was mir helfen würde.

Ich betrat die Küche, öffnete unser Kühlfach und zog eine Ben & Jerry's Eisbox hervor. *Salted Caramel,* meine liebste Sorte. Danach öffnete ich den Schrank, in dem Mum ihren Weinvorrat deponierte. Zwei volle Flaschen und eine angefangene grüßten mich, und ich nahm letztere an mich.

Eis und Rotwein konnten vielleicht keine Probleme lösen, aber sie würden mir dabei helfen, dass *ich* mich besser fühlte. Zumindest für den Moment. Ich schnappte mir ein Glas und einen großen Löffel, dann trug ich alles nach draußen auf die Terrasse.

Die Sonne war noch nicht ganz untergegangen, aber es war deutlich frischer geworden als tagsüber. Gänsehaut überzog meine Arme, aber ich ignorierte sie, setzte mich auf einen der Gartenstühle und schenkte den Wein in mein Glas ein. Nachdem ich einen kräftigen Schluck getrunken hatte, machte ich mich über das Eis her.

Die Packung war zu einem Drittel leer, als ich die Haustür hörte und meine Mum kurz darauf neben mir stand. Sie warf einen Blick auf mich, und ich wusste sofort, dass sie erkannte, dass etwas nicht stimmte.

»Ich will nicht drüber reden«, sagte ich sofort. »Wenn du nicht fragst, was los ist, frage ich nicht, wo du dich bis jetzt herumgetrieben hast.«

Mit einem Seufzen wandte sie sich ab und ging zurück in die Küche, nur um kurz darauf mit einem eigenen Glas zurückzukommen. Sie setzte sich mir gegenüber hin, legte die Füße auf einem weiteren Stuhl hoch und taxierte mich eindringlich. Es kam mir vor, als würde sie ohnehin schon zu viel wissen, auch ohne dass ich irgendwas sagte. So, wie es bei Müttern immer der Fall war, nur dass meine noch nie so gewesen war. Oder zumindest schon viel zu lange nicht mehr. So lange, dass ich mich kaum noch daran erinnerte, wie sie mir als Kind an der Nasenspitze angesehen hatte, wenn ich etwas angestellt hatte.

»Na gut«, sagte sie schließlich. »Ich werde deinen Wunsch berücksichtigen. Aber du weißt, dass du mit mir über alles reden kannst?«

Ich nickte, auch wenn ich mir da nicht so sicher war. Aus dem simplen Grund, weil ich es nie zuvor getan hatte. Auch Mum war niemand, der Dinge einfach ansprach. Unser Streit von vor einigen Tagen fiel mir wieder ein, über den bisher auch keine von uns beiden ein Wort verloren hatte. Dabei könnte es wirklich schön sein, mit ihr über das zu reden, was mich beschäftigte.

Doch wie so oft bekam ich die Worte nicht über die Lippen, weshalb ich still blieb. Es hatte schon etwas Beruhigendes, einfach nur mit ihr hier zu sitzen. Um uns herum wurde es dunkler und kühler, das Vogelzwitschern wurde leiser, bis es schließlich ganz verstummte.

Je länger wir hier saßen, desto mehr wunderte ich mich, wo Mum gewesen war. Vor dem Haiangriff war sie nur zur Arbeit im Café gegangen und hatte, davon abgesehen, kaum das Haus verlassen. Nun schien es, als wäre sie öfter unterwegs als ich. Als hätte sie sich ein ganz neues Leben aufgebaut, während ich weg gewesen war. Und ich freute mich darüber, freute mich für sie, sollte sie etwas gefunden haben, das ihr Spaß machte, gleichzeitig war ich auch unheimlich neugierig, was es war und wie es dazu gekommen war. Aber jetzt gerade konnte ich nicht fragen. Wir hatten eine Abmachung geschlossen, und wenn ich mich nicht an meinen Part hielt, würde sich Mum auch an ihren nicht halten müssen.

Also schwieg ich, trank mit Mum gemeinsam die Flasche Wein aus und genoss einfach nur das Zusammensein mit ihr. Etwas, das wir auch viel zu lange schon nicht mehr getan hatten.

Kapitel 23

ETHAN

Was, wenn ihr es damit schlimmer macht? Willst du das wirklich?

Die nächsten zwei Tage gingen mir Kilians Worte nicht mehr aus dem Kopf. Mit allem, was er gesagt hatte, hatte er recht gehabt, aber diese zwei Sätze hatten sich besonders in mein Hirn gegraben. Um ehrlich zu sein, hatte ich bisher nie darüber nachgedacht. Meine Vermutung war immer gewesen, dass all meine Vorschläge Alicia nicht helfen könnten und sie sich früher oder später von selbst dazu entschied, doch eine Therapie zu machen. Dass sie irgendwann genug davon hatte, keine Verbesserung zu spüren, und ihre Liebe zum Surfen die Oberhand gewann.

Doch bis jetzt war davon nichts zu erkennen. Eher im Gegenteil. Ich versuchte mich zu erinnern, wann sie mich zuletzt etwas über Haie gefragt hatte oder wir zusammen etwas Neues ausprobierten, doch es fiel mir einfach nicht ein. Das letzte Mal war am Pambula River gewesen, was eine gefühlte Ewigkeit her war, und selbst dieser Versuch war mein Vorschlag gewesen. Seitdem hatte sich mehr zwischen uns entwickelt, und sämtliche Unternehmungen, Alicia wieder auf ihr Surfbrett zu bekommen, waren in den Hintergrund geraten. Vielleicht nicht einmal absichtlich, immerhin war das zwischen uns neu und aufregend. Da war es logisch, dass es einen größeren Part einnahm. Trotzdem konnte ich seit dem Gespräch mit Kilian an nichts anderes denken.

Und nicht nur das. Eine weitere Frage hatte sich dazugesellt, die mir zuvor nie in den Sinn gekommen war. Was, wenn Alicia das, was zwischen uns war, nur dazu benutzte, um sich nicht mit ihrer Angststörung auseinandersetzen zu müssen? Wenn sie es aktiv benutzt hatte, um davon abzulenken? Mein Magen zog sich schmerzhaft zusammen, denn das war eine Sache, über die ich nicht einmal nachdenken wollte. Meine Gefühle für Alicia waren echt. Sie hatten mich zu einem Zeitpunkt überfallen, als ich am wenigsten damit gerechnet hatte. Vor allem, weil das letzte Mal, als ich verliebt gewesen war, schon so lange her war, dass ich mich kaum mehr an die Intensität der Gefühle erinnern konnte. Vielleicht kamen sie mir deswegen so viel wuchtiger vor. Vielleicht lag es aber auch einfach daran, weil Alicia mich in null Komma nichts um den kleinen Finger gewickelt hatte.

So war es eigentlich von Anfang an gewesen, auch wenn es mir zuvor noch nicht bewusst gewesen war. Anders konnte ich mir mittlerweile nicht mehr erklären, warum ich dieser hanebüchenen Idee überhaupt zugestimmt hatte. Ihr alles über Haie zu erzählen, damit sie keine Angst mehr hatte, ins Wasser zu gehen. Das war doch von vornherein zum Scheitern verurteilt gewesen. Ich konnte nur noch über mich selbst den Kopf schütteln, dass ich jemals gedacht hatte, es könnte funktionieren.

Aber vielleicht hatte ich das ja nie. Vielleicht hatte mein Unterbewusstsein damals schon gewusst, dass da mehr zwischen uns sein könnte, und deswegen diesem Plan zugestimmt. Wie seltsam war es, dass Alicia und ich uns vermutlich nie kennengelernt hätten, wenn sie nicht vor einigen Wochen deswegen bei mir zu Hause aufgetaucht wäre. Fast musste ich diesem Hai dankbar sein, auch wenn ich mir weiterhin wünschte, dass sie nie angegriffen worden wäre.

Ich ließ den Kopf nach hinten gegen die Hauswand sinken und schloss für einen Moment die Augen. Ich war froh, dass Alicia in mein Leben getreten war. Sie hatte mir mein Lachen zurückgegeben, das ich in den letzten Jahren irgendwie verloren hatte. Sie hatte mir gezeigt, dass es noch andere Dinge außer der Arbeit und der Rettung der Tiere gab. Irgendwie hatte ich mich, seit ich bei Sea Shepherd angefangen hatte, so in die Arbeit vertieft, dass ich völlig vergessen hatte, Spaß zu haben. Es war mir nicht einmal bewusst gewesen. Erst jetzt, mit ihr, fiel mir auf, wie viel trister und grauer meine Tage gewesen waren. Aber genau deswegen wollte ich ihr helfen. *Wirklich* helfen. Sie sollte auch wieder das machen können, was sie liebte, ohne Angst vor irgendwelchen Konsequenzen haben zu müssen. Und in dieser Sache hatte Kilian recht gehabt, ich war nicht die richtige Person dafür.

Das Klingeln des Telefons riss mich aus meinen Gedanken. Ich drehte mich um und griff durch das offene Fenster an die Küchenanrichte, auf der es lag. Der Name meines Bruders blinkte mir entgegen, und mit einem Grinsen ging ich ran.

»Hey, Josh.«

»Hi, Kleiner. Was machen die Haie?«

Lachend setzte ich mich auf einen der Klappstühle. »Die schwimmen rum und werden leider noch immer viel zu oft gefangen.«

»Aber wenn es einen gibt, der sie retten kann, wirst du es sein.« Plötzlich lag unheimlich viel Ernsthaftigkeit in seiner Stimme. Ich musste gegen den Kloß in meinem Hals anschlucken und war versucht, ihm zu sagen, dass eigentlich Kayla dafür bestimmt gewesen war, diesen Part zu übernehmen. Dass ich es nur tat, weil sie es nicht mehr konnte, und sicher nur halb so gut war, wie sie hätte sein können.

Aus meinem Mund kam jedoch etwas völlig anderes. »Was mir dabei einfällt … hast du noch den Plüsch-Hai von Kayla? Du weißt schon, den sie überallhin mitgenommen hat?«

Josh schwieg, und ich konnte ihn praktisch vor mir sehen, wie er kurz die Luft anhielt und die Stirn kraus zog. »Ich denke schon. Wie kommst du jetzt plötzlich darauf?«

»Ich musste letztens daran denken, weil ich das Foto wieder gesehen habe. Das mit uns drei und dem Hai drauf, das aufgenommen wurde, kurz bevor der Krebs bei ihr diagnostiziert wurde.«

Wieder dauerte es etwas, bis Josh antwortete. »Himmel, daran hab ich ewig nicht gedacht. Genauso wenig wie an den Hai.« Er lachte leise, und die Wehmut darin bereitete mir ein Ziehen in der Brust. »Erinnerst du dich noch daran, wie wir es nie geschafft haben, dass sie das Teil mal zu Hause lässt? Er hat bei der Chemo sogar einen eigenen Stuhl bekommen, und ihm wurde ein Zugang gelegt.«

Ein überraschtes Lachen brach aus mir heraus, denn das hatte ich vollkommen vergessen. »Stimmt. Und die Schwester musste ihm danach jedes Mal sorgfältig die Flosse verbinden, damit die Wunde gut verheilt.« Jetzt, wo ich mit Josh darüber sprach, fielen mir auch andere Dinge wieder ein. Wie Kayla jedes Mal darauf bestanden hatte, dass der Hai vor ihr untersucht wurde. Egal, wie schlecht es ihr gegangen war, sie hatte sich erst behandeln lassen, nachdem ihr Hai untersucht worden war. Oder als wir nach Perth geflogen waren, um ihr ihren letzten Wunsch zu erfüllen, wo der Hai einen eigenen Sitzplatz im Flugzeug haben musste. Zum Glück war die Maschine nicht ausgebucht gewesen, und die Flugbegleiterin hatte der Bitte sofort zugestimmt. Allerdings hatte sie die Reißleine gezogen, als Kayla zusätzlich verlangte, dass der Hai auch ein eigenes Frühstück bekam.

»Ich schaue jetzt, wo das verdammte Stofftier ist.« Im Hintergrund bei Josh war ein Knarzen zu hören, als hätte er einen Stuhl beim Aufstehen verrutscht. Danach eine Tür und Schritte auf der Treppe. »Ich meine, ich hätte es irgendwann mal auf dem Dachboden gesehen, aber das ist schon eine gefühlte Ewigkeit her.« Klappern ertönte im Hintergrund, und Josh fluchte. Ich musste mir auf die Lippe beißen, um nicht laut zu lachen.

»Will ich wissen, was du da treibst?«

»Ach, hier steht nur Schrott rum.«

Jetzt konnte ich das Lachen nicht mehr zurückhalten.

»Nein, wirklich. Immer wenn wir etwas aussortieren, kommt es auf den Dachboden, damit wir es *bald entsorgen können*. Dann vergammelt es hier, weil andere Dinge immer wichtiger sind, und jetzt muss ich über den ganzen Scheiß drüberklettern, weil es keinen Weg hindurch gibt.« Joshs Stimme wurde zum Ende hin lauter, als er seinen ganzen Frust über sich selbst und seine früheren Entscheidungen rausließ.

Leider brachte mich das nur noch mehr zum Lachen. »Du musst das nicht jetzt suchen«, brachte ich irgendwie hervor.

»Wenn ich das auf später verschiebe, macht es das Chaos hier nicht besser.« Damit hatte er recht. »Während ich suche, erzähl mir doch mal, wie du plötzlich auf den Hai kommst.«

»Alicia war hier.«

Sämtliche Geräusche auf Joshs Seite verstummten. »Alicia? Wer ist Alicia?« Da lag eine Neugier in seiner Stimme, wie ich sie schon lange nicht mehr gehört hatte.

Ich musste schmunzeln, dann erzählte ich Josh alles, was passiert war. Dass Alicia vor einigen Wochen hier aufgetaucht war und mich aus dem Bett geklingelt hatte. Dass sie meine Hilfe wollte, was aber plötzlich in etwas ganz anderes, viel Besseres umgeschwungen war. Wie wir uns auf dem *Ocean Fall Festival* geküsst hatten, sie mich auf eine Fahrt mit der *Andrew Cross* begleitet und mir damit restlos den Kopf verdreht hatte. Ich ließ nichts aus, nur den Grund, aus dem Alicia Hilfe suchte. Denn es stand mir nicht zu, derart persönliche Dinge von ihr weiterzuerzählen. Vor allem nicht, nachdem ich mit eigenen Augen gesehen hatte, wie schwer es ihr allein bei ihren Freunden gefallen war.

»Alicia? Alicia Taylor?«, fragte Josh, als ich geendet hatte. »Du datest das Golden Surfer Girl von Eden, und ich erfahre erst jetzt davon?«

Ich hatte vergessen, dass Josh ein großer Fan von ihr war. »Immerhin erzähle ich dir davon.«

»Hmpf. Aber wie ist sie so? Erzähl mal.«

Ich spürte, wie meine Lippen sich ganz von selbst zu einem Lächeln verzogen, und war froh, dass Josh meinen dümmlich-verliebten Ausdruck nicht sehen konnte. »Sie ist einfach toll, zeigt sogar Interesse für meine Arbeit bei Sea Shepherd, und … sie ist großartig, anders kann ich es nicht ausdrücken.« Das war alles andere als eloquent, und Alicia war so viel mehr als das, aber mir fehlten die Worte, um es beschreiben zu können.

»Aaww, mein Bruder ist verliebt. Dass ich das noch mal erleben darf.«

Ich schnaubte. »Ist ja nicht so, als wäre das noch nie vorgekommen.«

»Aber nicht mehr seit … wann? Der Uni?«

»Genau.« Mit Mandy war ich während des ersten Semesters zusammengekommen. Sie war das komplette Gegenteil von mir gewesen – extrovertiert, mit einem großen Freundeskreis, die ständig irgendwelche Partys gefeiert hatten. Genau das hatte sie damals so interessant für mich gemacht. Die Jahre zuvor hatte ich entweder in Krankenhäusern verbracht oder danach auf meinen jüngeren Bruder aufgepasst, weil unsere Eltern mehr mit ihrer Trauer beschäftigt gewesen waren. Auf die Uni zu gehen hatte für mich Freiheit bedeutet, und ich war gewillt gewesen, den Teil meiner Jugend nachzuholen, den ich verpasst hatte.

»Aber das war doch nichts Richtiges. Ich fand Mandy spannend, weil sie all das verkörperte, was ich die Jahre zuvor nicht haben konnte, aber das verpuffte recht schnell, als ich gemerkt habe, dass wir absolut nichts gemeinsam hatten und manchmal nicht einmal wussten, worüber wir reden sollten.«

»Und das ist bei Alicia anders?« Bei Josh im Hintergrund

quietschte es, und ich war nicht sicher, ob er irgendwas zur Seite geschoben oder sich auf etwas draufgesetzt hatte … vielleicht wollte ich das auch besser nicht wissen.

»Total. Uns gehen einfach nie die Gesprächsthemen aus. Selbst am Anfang nicht, als wir uns kaum kannten. Und sie ist wirklich an dem interessiert, was ich zu sagen habe. Sie hört zu und stellt Fragen.« Das war bei Mandy nicht so gewesen. Wenn ich von meinen Studien – oder damals noch meinen Vorlesungen – erzählt hatte, hatte sie diesen verklärten Blick bekommen, der deutlich machte, dass sie mit den Gedanken ganz woanders war und kein Interesse an dieser Unterhaltung hatte.

»Das ist grundsätzlich schon mal gut. Ich hoffe, das gilt auch umgekehrt.«

»Natürlich. Ich will alles von ihr wissen. Wie sie tickt, was sie ausmacht … was sie ausgerechnet an jemandem wie mir findet.«

»Ach komm, so schlecht bist du gar nicht.«

Der gönnerhafte Ton in seiner Stimme ließ mich auflachen. »Wow, vielen Dank«, gab ich sarkastisch zurück.

Josh prustete los, und ich konnte ihn praktisch vor mir sehen, wie er sich aufrichtete und den Rücken durchstreckte. »Na ja, Gefühle lassen sich nun mal nicht erklären, daher sind solche Grübeleien immer etwas überflüssig. Aber es wird schon einen Grund haben, warum es ausgerechnet bei dir gefunkt hat.« Im letzten Satz schwang etwas Neckendes mit, das mich schnauben ließ.

»Sag jetzt nicht Schicksal.« An diesen Quatsch glaubte ich überhaupt nicht.

Anstelle einer Antwort drang lautes Rumpeln und Ächzen an mein Ohr. »*Aha*«, sagte Josh schließlich. »Ich wusste doch, dass du hier irgendwo sein musst.«

Offenbar hatte er den Hai gefunden.

»Wie sieht er aus?«

»Ziemlich mitgenommen.«

»Das war er aber früher schon«, erinnerte ich ihn.

»Ja, aber jetzt ist er auch staubig, und … irgendwie riecht er komisch.« Josh gab ein angewidertes Geräusch von sich. »Leah soll den erst mal waschen, dann kannst du ihn haben, wenn du willst.«

»Das wäre toll.« Den Hai verband ich nicht nur mit Kayla, sondern jetzt auch mit Alicia. Ich hatte so lange nicht an dieses Stofftier gedacht, dabei ging ich jeden Tag an dem Foto vorbei, das an meinem Kühlschrank hing. Aber im Stress des Alltags achtete man oftmals nicht auf die Dinge, die direkt vor einem lagen – einem regelrecht ins Auge sprangen –, aber Alicia hatte es geschafft, meinen Fokus auf einige davon zurückzulenken. Das konnte sie natürlich nicht wissen. Sie war zu mir gekommen, weil sie Hilfe von mir brauchte, doch sie hatte mir mindestens genauso sehr geholfen.

»Kann ich dich etwas fragen?«, platzte ich heraus.

»Du kannst mich alles fragen, aber ich kann dir nicht versprechen, eine gute Antwort darauf zu haben.«

Ich verdrehte die Augen, was Josh zwar nicht sehen, sich aber vermutlich denken konnte. Das war so eine typische Antwort meines Bruders. »Alicia hat … ein paar Probleme, aber ich möchte nicht zu sehr ins Detail gehen, weil es sehr persönlich ist.« Normalerweise erzählten Josh und ich uns so ziemlich alles, aber er würde auch verstehen, warum ich es hier zurückhielt.

Wie vermutet hakte er nicht weiter nach. »Sind die der Grund, warum sie vor einigen Wochen vor deiner Tür stand und deine Hilfe wollte?«

Ich streckte meine Füße aus und ließ meinen Blick über den Wald um mich herum schweifen. »Genau. Das Ding ist, ich will ihr auch helfen. Unbedingt. Aber ich bin nicht die richtige Person dafür. Professionelle Unterstützung will sie sich aber nicht holen.«

»Hmm.« Vermutlich konnte Josh sich jetzt einen Teil zusammenreimen, aber wie nah an der Realität er damit war, konnte ich nicht einschätzen. »Du kannst sie nicht dazu zwingen.«

»Ich weiß …«

»Aber?«, schob Josh hinterher.

»Ich fühle mich schlecht, wenn ich gar nichts mache. Und …« Ich zögerte kurz, dann sprach ich es einfach aus. »Und ich habe Angst, dass wir es damit nur noch schlimmer machen könnten.« Noch immer bekam ich Kilians Worte einfach nicht aus dem Kopf. Sie hatten sich in mein Bewusstsein gebrannt und waren zu einem ständigen Begleiter geworden, sobald ich an Alicia dachte.

»Aber auch das wäre ihre Entscheidung. Die kannst du ihr nicht nehmen. Du bist dann im Übrigen auch nicht schuld daran, wenn es in die Hose geht. Sei einfach für sie da, wenn sie dich braucht, und mach ihr klar, dass sie jederzeit mit dir darüber reden kann, wenn sie das möchte.«

Ich seufzte. Wann war mein kleiner Bruder so erwachsen geworden? Josh hatte recht, aber das Wissen darüber konnte dennoch nicht das Gefühl der Unruhe in mir bekämpfen, das mich befallen hatte. Das mich dazu drängt, irgendwas *tun* zu müssen, anstatt weiterhin tatenlos herumzusitzen.

»Danke«, sagte ich etwas niedergeschlagen.

»Kopf hoch, das wird schon wieder. Wir waschen den Hai und bringen ihn in einigen Tagen mit, wenn wir zu Mums Geburtstag fahren, okay?«

»Klingt gut.« Auch wenn mich das gerade daran erinnerte, dass ich noch immer kein Geschenk für sie hatte. Nicht, dass Mum sich sonderlich für Geschenke interessierte. Sie war am glücklichsten, wenn sie ihre Familie an ihrem Tag um sich hatte, und ich wusste, dass die Neuigkeit von Joshs und Leahs Hochzeit ohnehin das beste Geschenk für sie sein würde. Trotzdem wollte ich nicht mit leeren Händen auftauchen.

»Hey, warum bringst du Alicia nicht einfach mit?«

»Meinst du? Ist das nicht vielleicht etwas viel?« Ich wusste ja nicht einmal, ob Alicia überhaupt Lust dazu hatte. Die Eltern von jemandem kennenzulernen, war irgendwie ein großer Schritt, und ich hatte keine Ahnung, ob wir bereits an diesem Punkt angelangt waren.

»Ach Quatsch. Mum wird sich freuen, du kennst sie doch. Überleg es dir einfach.«

Mit einem Seufzen gab ich klein bei. »Ich kann Alicia ja mal fragen, ob sie Lust dazu hat.«

»Alles klar. Wir sehen uns dann in ein paar Tagen.«

»Bis dann, Josh.«

Ich legte auf, ließ das Handy auf meinen Schoß sinken und sah in das grüne Dickicht vor mir. Und je länger ich den Wald anstarrte, desto klarer wurde mir etwas. Egal, was Josh oder die anderen sagten, ich konnte nicht länger tatenlos herumsitzen.

Kapitel 24

ALICIA

Sophie: Wie geht's dir?

Fotini: Hast du Lust, heute Nachmittag was mit mir zu unternehmen? Ich brauche neue Stoffe, und du könntest mir beim Aussuchen helfen.

Kilian: Tut mir leid, dass ich gestern so auf dich losgegangen bin. Ich verstehe, dass du nicht darüber reden willst, aber falls doch, weißt du, wo du mich findest.

Mit einem Seufzen ließ ich das Handy sinken und versuchte, das dumpfe Pochen hinter meinen Schläfen zu ignorieren. Der Tag am Strand war ein absoluter Reinfall gewesen. Das war so alles nicht geplant gewesen, und noch heute lief es mir heiß und kalt über den Rücken, wenn ich darüber nachdachte. Jeder hatte gesehen, wie ich im Wasser gestanden hatte, mich nicht mehr rühren konnte und von Ethan in Sicherheit gebracht werden musste. *Jeder.* Nicht nur meine Freunde, sondern auch einige andere Leute, die um diese Uhrzeit noch am Strand gewesen waren. Ob einige davon mich erkannt hatten, konnte ich nicht sagen, aber ich wartete nur darauf, dass auf irgendeinem Social-Media-Kanal Bilder von mir auftauchten mit der Überschrift: *›Golden Surfer Girl erstarrt im Wasser. Ist ihre Karriere damit beendet?‹*

Das nannte man wohl Worst-Case-Szenario. Dabei wäre das für mich nicht mal das Schlimmste. Der Tag hatte mir mehr als deutlich gemacht, dass es mich viel mehr interessierte, was meine Freunde von mir dachten als wildfremde Leute. Und ich musste sie bitter enttäuscht haben. Denn von allen Möglichkeiten, wie sie davon hätten erfahren können, war diese die furchtbarste. Vor allem, weil ich danach nicht richtig in der Lage gewesen war, mit ihnen zu diskutieren und alles zu erklären. Ich stand noch immer unter den Nachwirkungen der Panikattacke, fühlte mich zittrig, meine Gedanken kreisten unaufhörlich, und Kilians Fragen fühlten sich wie Einschläge eines Gewehrfeuers an.

Ich war Isabel noch immer dankbar, dass sie das Ganze beendet hatte, aber auch das war etwas, das ich normalerweise selbst getan hätte. Ich sagte, wenn mir etwas zu viel wurde, aber gestern hatte ich nicht einmal das auf die Reihe bekommen. Dafür waren das schlechte Gewissen und der Schock viel zu übermächtig gewesen. Ich könnte gut nachvollziehen, wenn meine Freunde sich hintergangen fühlten. Ich *hatte* ihnen verschwiegen, was mit mir los war, hatte vor ihnen so getan, als wäre alles in bester Ordnung, und sogar gelogen, dass ich schon wieder surfen gewesen war. Wenn einer von ihnen das mit mir getan hätte, würde ich das auch nicht einfach so hinnehmen. Aber niemand von ihnen hatte etwas in die Richtung gesagt. Sie alle hatten verständnisvoll reagiert, trotzdem konnte ich meine Befürchtungen, sie enttäuscht zu haben, nicht abstellen.

Ich seufzte erneut und massierte meine Schläfen. Diese verdammten Kopfschmerzen begleiteten mich schon den ganzen Tag. Ich hatte bereits eine Tablette genommen, was jedoch nicht sonderlich erfolgreich war. Vermutlich kamen sie von meinen pausenlosen Grübeleien und würden erst verschwinden, wenn ich meine Gedanken etwas im Griff hatte … was in absehbarer Zeit nicht der Fall sein würde.

Mein Handy klingelte erneut, aber diesmal rief mich jemand an. Ich stöhnte genervt, wollte ich gerade doch einfach nur meine Ruhe haben und mit niemandem sprechen. Doch dann sah ich, dass es Ethan war, und obwohl ich es bis gerade nicht für möglich gehalten hatte, hoben sich meine Mundwinkel zu einem Lächeln. Mit ihm würde ich immer reden wollen.

»Hey.« Ich klemmte mir das Handy zwischen Ohr und Schulter und stand von der Couch auf, auf der ich gesessen hatte, um nach draußen auf die Terrasse zu gehen. Ein frischer Wind blies mir entgegen, der mich trotz meiner Jeans und des langärmligen Oberteils frösteln ließ.

»Wie geht's dir?«

»Nicht schon wieder diese Frage«, murmelte ich.

Ethan lachte. »Warum? Wer hat sie dir auch schon gestellt?«

»Gefühlt *jeder*. Mein Handy steht gar nicht mehr still.« Ich setzte mich auf einen Gartenstuhl und legte die Beine auf einen zweiten hoch. Ich beobachtete die Baumkronen, deren Blätter sich langsam rot färbten und im Wind hin und her wiegten.

»Sie meinen es nur gut«, sagte Ethan.

»Ich weiß, aber sie überfordern mich damit trotzdem«, gestand ich.

»Du musst ihnen ja nicht antworten.«

Damit entlockte er mir ein Lachen. »Hab ich auch nicht getan.« Mittlerweile hatte ich sechs unbeantwortete Chats in Whatsapp, mit denen ich mich morgen auseinandersetzen würde. Oder übermorgen.

»Trotzdem bist du rangegangen, als ich angerufen habe.«

»Bei dir werde ich immer rangehen. Außerdem wirst du mir vermutlich keine unbequemen Fragen stellen«, schob ich scherzhaft hinterher. Doch an der dröhnend einsetzenden Stille wurde mir sofort klar, dass Ethan es nicht als Witz aufgefasst hatte.

»Das war nicht so gemeint«, ruderte ich sofort zurück.

Es dauerte noch einige Sekunden, bis er antwortete. »Du wirst nicht immer vor allem davonlaufen können.«

»Ich weiß. Und das will ich auch gar nicht. Aber … nicht heute, okay?« Meine Stimme hatte etwas Flehendes, und vielleicht war es das, was Ethan einknicken ließ.

»Okay, dann erzähl mir was anderes.«

Ich prustete leise. »Was willst du denn wissen?«

»Alles. Ich will alles von dir wissen.«

Ein warmes Gefühl nistete sich in meiner Brust ein, und meine Mundwinkel hoben sich wie von selbst. In dem Moment wünschte ich mir, dass Ethan bei mir wäre, damit ich ihn fest in die Arme schließen könnte. »Da gibt es gar nicht so viel zu erzählen. Ich bin ein ziemlich gewöhnliches Mädchen.«

Ethan schnaubte amüsiert. »Ich glaube, das ist eine ziemlich dreiste Lüge. Die Alicia, die ich bisher kennengelernt hab, ist alles andere als gewöhnlich.«

»Ist das so? Was macht mich denn so besonders?«

»Du bringst mich immer zum Lachen, auch wenn mir gar nicht danach ist. Ich habe das Gefühl, als könnte ich mit dir über alles reden, ohne verurteilt zu werden. Du hörst mir aufmerksam zu, wenn ich über Haie rede, obwohl du Angst vor ihnen hast. Durch dich hab ich wieder gelernt, wie schön es ist, sich zu verlieben.«

Wärme flutete meinen Magen, und ich wünschte mir mehr als alles andere, dass Ethan jetzt bei mir wäre, damit ich ihn in den Arm nehmen könnte. Es war nicht das erste Mal, dass er ausgesprochen hatte, in mich verliebt zu sein. Doch dieses zweite Mal, bei dem wir nicht kurz davor waren, miteinander ins Bett zu gehen, gab dem Ganzen für mich noch etwas mehr Gewicht und ließ mich gleich noch etwas mehr für diesen Mann empfinden. Dinge offen anzusprechen, war etwas, was ich nur aus meinem Freundeskreis, aber nicht aus meiner Familie kannte. Was Ethans Worte nur noch mehr besonders machten.

»Du …« Die Stimme versagte mir, und ich musste mich räuspern.

Ethan schien auch so zu ahnen, was ich sagen wollte. »Ja, Alicia. Ich habe mich in dich verliebt. Ich habe überhaupt nicht damit gerechnet, aber so plötzlich, wie du in mein Leben gestolpert bist, hast du dich auch in meinem Herzen breitgemacht. Und es gefällt mir. Sehr sogar. Bitte höre nie wieder damit auf.«

»Hab ich nicht vor.« Hatte ich zuvor noch gedacht, dass ich ihn bei mir haben wollte, um ihn in den Arm zu nehmen, kamen mir jetzt ganz andere Gedanken in den Sinn. Ich wollte ihn um den Verstand küssen, all das wiederholen, was wir in der Nacht nach der Fahrt mit der *Andrew Cross* getan hatten. Aber diesmal wollte ich über ihn herfallen, seinen Körper erkunden und mit meinen Lippen und Berührungen ausdrücken, was ich mit Worten nicht zu sagen vermochte. Dass es mir genauso ging. Dass ich mich ebenfalls in ihn verliebt hatte und hoffte, dass er nie wieder aus meinem Leben verschwinden würde.

Doch heute würde daraus nichts werden. Ich musste später noch zur Physiotherapie, auch wenn ich aktuell nicht einmal Lust hatte, mich dafür anzuziehen.

»Hast du morgen Nachmittag Zeit?«, riss Ethans Stimme mich aus meinen Gedanken.

Ich musste kurz darüber nachdenken, welcher Tag morgen war. »Ja. Ich muss morgen zwar arbeiten, aber nur bis um drei.«

»Dann hole ich dich danach direkt am Strand ab, ist das okay?«

»Klar, das passt. Was genau hast du denn vor?«

Für einen Moment stockte Ethan, und aus irgendeinem Grund jagte das meinen Puls nach oben. »Es gibt da etwas, das ich dir zeigen möchte.«

»Okay.« Das klang ominös, aber ich vertraute Ethan. Wenn er mir etwas zeigen wollte, ohne mir genau zu sagen, was es war, dann würde er schon einen Grund dafür haben. »Dann bis morgen. Ich freue mich.«

»Bis morgen, Alicia.«

Erst als wir aufgelegt hatten, fiel mir auf, dass ich Ethan nicht gesagt hatte, dass ich mich ebenfalls in ihn verliebt hatte. Dabei hatte ich das. Hals über Kopf.

Ich nahm mir vor, das morgen nachzuholen, wenn wir uns sahen.

Am nächsten Tag wurde ich früh wach und fand Mum in der Küche vor, die gerade Pancakes zubereitete. Auf dem Tisch standen bereits Vegemite und diverse geschnittene Früchte sowie eine volle Kanne Kaffee. Der süße Geruch der Pancakes hing in der Luft und ließ meinen Magen laut knurren.

Mit dem Pfannenwender in der Hand, drehte Mum sich zu mir um. Ein vorsichtiges Lächeln lag auf ihren Lippen, das ich ebenso vorsichtig erwiderte. Seit unserem Streit vor einigen Tagen hatten wir nicht mehr miteinander gesprochen, wenn man von dem Abend auf der Terrasse absah. Doch da hatten wir nur geschwiegen und zusammen Wein getrunken. Wir hatten einen Pakt geschlossen, aber gerade war ich unsicher, ob der immer noch galt oder mir gleich das nächste Verhör bevorstand.

Mum deutete Richtung Tisch. »Setz dich, Frühstück ist fast fertig.«

Etwas zögerlich nahm ich Platz und schenkte mir eine Tasse Kaffee ein, während ich Mum beobachtete. Sie trug eine enge Jeans und ein weites, sanft fallendes Oberteil. Ihre Haare waren frisiert, und als sie sich teilweise zu mir umdrehte, meinte ich zu erkennen, dass sie sogar geschminkt war. Heute war nichts davon zu erkennen, dass sie vor einer Woche noch einen ganzen Tag nicht aus dem Bett gekommen war. Einerseits erleichterte es mich, weil es bedeutete, dass sie nicht wie damals wieder in ein tiefes Loch gefallen war, aus dem sie monatelang nicht hervorkommen würde. Andererseits verwirrte es mich aber auch, weil ich nicht wusste, wie ich das zu bewerten hatte. War es nur ein einmaliger Vorfall gewesen, oder musste ich mit einer Wiederholung rechnen? Ich haderte mit mir, ob ich sie noch mal darauf ansprechen sollte. Ich wollte wissen, was los war, aber Mum war genauso gut darin wie ich, unliebsame Gespräche abzublocken. Das war schon immer so gewesen, und ich hatte keine Lust, mir wieder eine Lüge auftischen zu lassen.

Bevor ich zu einem Entschluss kam, stellte Mum einen mit Pancakes voll beladenen Teller vor mir ab. »Iss, bevor es kalt wird.«

Mein Magen knurrte erneut, weil das süße Gebäck vor mir lag. Der Duft ließ mir das Wasser im Mund zusammenlaufen, und ich beschloss, dass zum Reden später immer noch genug Zeit sein würde. »Danke«, sagte ich zu Mum, griff nach der Flasche Vegemite und ertränkte meine Pancakes darin.

Mum nahm mir gegenüber Platz. Anstatt Vegemite träufelte sie Nuss-Nougat-Creme über ihre Pancakes und begann augenblicklich zu essen. »Was steht bei dir heute an?«

»Ich muss zur Arbeit und treffe mich später noch mit Ethan.«

Ihr rechter Mundwinkel hob sich. »Also kann es sein, dass du heute Nacht wieder nicht nach Hause kommst?«

Beim bloßen Gedanken daran zogen Schmetterlinge in meinen Bauch ein. »Vielleicht.« Ich hoffte es. Ich konnte mir nichts Schöneres vorstellen, als ein weiteres Mal die Nacht mit ihm zu verbringen.

»Ich freue mich, dass du jemanden gefunden hast, der dir guttut. Dieses Strahlen auf deinem Gesicht habe ich schon viel zu lange nicht mehr gesehen.«

Meine Wangen wurden heiß. Mir war nicht bewusst gewesen, dass man es mir so leicht ansehen konnte, was Ethan mit mir machte. »Ethan ist einfach ein toller Typ.« Es war so leicht gewesen, sich in ihn zu verlieben. Leichter, als abends einzuschlafen.

»Dann solltest du ihn vielleicht mal zu uns zum Essen einladen. Ich könnte den Braten machen, den du so gerne magst.«

Ich ließ mein Besteck sinken und sah sie über den Tisch hinweg an. »Er ernährt sich vegan. Braten ist also ausgeschlossen.«

»Oh.« Kurz sah sie überfordert aus, doch sie fing sich schnell wieder. »Na, dann finden wir etwas anderes, das ist doch kein Problem.«

»Danke, Mum. Ich frag ihn, ob er Lust darauf hat. Vielleicht geht ihm das auch alles zu schnell.«

Sofort schüttelte Mum den Kopf. »Wenn es ihm zu früh ist, dann ist er nicht der Richtige für dich.«

Insgeheim musste ich ihr zustimmen. Und nachdem Ethan mir bereits zweimal gestanden hatte, in mich verliebt zu sein, konnte ich mir das beim besten Willen nicht vorstellen.

Kapitel 25

ALICIA

Die Arbeit war unspektakulär, aber wenigstens nicht langweilig. Die Wellen waren heute hoch, und es waren einige Surfer im Wasser. Dadurch waren die Verkäufe ordentlich, und ich konnte zudem vor dem Häuschen sitzen und sie beim Surfen beobachten. Meine Brust zog sich schmerzhaft zusammen, während ich zusah. Ich wünschte mir mehr als alles andere, mit ihnen die nächste Welle reiten zu können, endlich wieder auf meinem eigenen Board stehen zu können und sie nicht mehr nur von der Seitenlinie beobachten zu müssen. Es fühlte sich an, als hätte man mich auf einem Abstellgleis geparkt, und die Bremsen waren so verrostet, dass ich davon nicht mehr wegkam. Gleichzeitig traute ich mich aber auch nicht, mich von unserem Häuschen weiter in Richtung Ufer zu bewegen. Zu präsent waren noch die Bilder, was vor einigen Tagen am Strand passiert war.

Meinen Freunden hatte ich mittlerweile geantwortet und versucht, sie zu beruhigen. Dass es alles nicht so schlimm und nur vorübergehend war. Dass ich bald wieder ins Wasser gehen könnte und sie sich keine Sorgen zu machen brauchten. Ich fühlte mich schlecht damit, weil ich mir vorkam wie meine Mum, die mir als Vierzehnjährige erzählt hatte, dass alles in Ordnung sei, obwohl sie den ganzen Tag regungslos auf der Couch gelegen hatte. Gleichzeitig hatte ich es aber auch nicht über mich gebracht, ihnen die ganze Wahrheit zu erzählen.

Ob sie mir überhaupt glaubten, stand auf einem anderen Blatt. Zumindest bei Kilian war ich mir sicher, dass er mir meinen Optimismus nicht abkaufte. Nicht nur kannte er mich viel zu gut, er hatte auch erneut durchklingen lassen, dass er mit meinem Vorhaben nicht einverstanden war. Zwar hatte er nicht so vehement gewirkt wie am Strand, aber er war auch niemand, der andere in Watte packte, nur weil ihnen seine Meinung nicht gefallen könnte.

Ich machte drei Kreuze, als es endlich drei Uhr nachmittags war und ich von Andrej abgelöst wurde. Mit seinen langen blonden Haaren, die im Nacken zusammengebunden waren, der gebräunten Haut und dem jugendlichen Grinsen, das ständig auf seinen Lippen lag, passte er perfekt in das Surfer-Image. Er begrüßte mich mit einer lockeren halben Umarmung und verstaute danach seinen Rucksack hinter der Theke. Ich rechnete die Kasse ab, nahm das Trinkgeld heraus, das ich bekommen hatte, und verabschiedete mich von Andrej.

Nach einem letzten Blick auf den Ozean und die Surfer, die ich ganz klein am Horizont erkennen konnte, verließ ich den Strand. Ging die Treppen hoch, die in die Klippen geschlagen waren, und oben angekommen, entdeckte ich Ethan. Mit verschränkten Armen lehnte er an der Motorhaube seines Wagens. Er trug ein weißes T-Shirt und Kakishorts, die knapp oberhalb seiner Knie endeten und seine muskulösen Waden zur Schau stellten. Sein Blick war ungewohnt düster, hellte sich aber auf, sobald er mich entdeckte. Seine Mundwinkel hoben sich zu diesem Lächeln, das ich so sehr liebte, und er stieß sich von seinem Wagen ab, um auf mich zuzukommen.

Keine fünf Sekunden später befand ich mich in seinen Armen, und er legte seine Lippen auf meine. Ich war mir sicher, dass er nur einen kurzen Kuss geplant hatte, doch ich verschränkte meine Hände in seinem Nacken, presste mich eng an ihn und strich mit meiner Zunge über seine Oberlippe. Ich hatte ihn vermisst, dabei hatten wir uns bloß einen Tag nicht gesehen. Es wurde mir erst in dem Moment so richtig bewusst, als er vor mir stand, dafür traf mich die Erkenntnis wie eine Wucht. Ich wünschte mir, dass wir uns viel öfter sehen würden.

»Hey«, murmelte Ethan an meinen Lippen. »So stürmisch heute?«

Möglichst nonchalant zuckte ich mit den Schultern. »Alles deine Schuld. Was stehst du auch hier rum und siehst dabei so sexy aus?«

Ethan lachte leise. »Ich würde mich ja entschuldigen, aber das wäre eine Lüge. Du kannst mich gern öfter so begrüßen.«

»Dann sind wir uns ja einig.« Ich drückte ihm einen weiteren, diesmal unschuldigen Kuss auf die Lippen, dann löste ich mich von ihm und ging zur Beifahrerseite.

»Wo bringst du mich hin?«, wollte ich wissen, nachdem wir beide eingestiegen und angeschnallt waren.

»Wirst du gleich sehen.« Da war ein Unterton in seiner Stimme, der meine Alarmglocken schrillen ließ. Als würde er etwas vorhaben, das mir nicht gefallen könnte, dabei konnte ich mir das bei Ethan überhaupt nicht vorstellen.

Ich schüttelte den Kopf, um mich von diesen Gedanken zu befreien. »Hat es was mit Haien zu tun?«

Ethan wiegte den Kopf leicht hin und her. »Nein.«

Enttäuschung legte sich über mich, und fast hätte ich über die Absurdität gelacht. Ich hatte noch immer Angst vor ihnen, wachte nachts noch immer schweißgebadet auf, weil ich mich im Traum an den Moment erinnerte, als die scharfen Zähne sich in meinen Oberschenkel gegraben hatten. Gleichzeitig war mir durch die vielen Gespräche mit Ethan aber auch klar geworden, wie bedroht die Tiere waren und dass sie mich faszinierten. Je mehr ich von ihnen erfuhr, desto spannender fand ich sie – auch wenn ich gleichzeitig nicht wieder in ihre Nähe kommen wollte.

Ethan fuhr uns zurück nach Eden und parkte vor dem Gemeindezentrum. Ich hatte keine Ahnung, was wir hier wollten. Meines Wissens gab es hier nichts, zu dem Ethan mich bringen wollen könnte. Ich betrachtete das einstöckige, beige Gebäude mit den verspiegelten Fenstern, das so gar nicht zum Rest von Eden passen wollte. »Was wollen wir hier?«

»Vertraust du mir?«

Ich suchte in seinen Augen nach Anzeichen davon, die mir verraten könnten, was er mit mir vorhatte, konnte aber nichts entdecken. Schließlich gab ich mich geschlagen. »Ja«, sagte ich. Denn das tat ich.

Ethan griff nach meiner Hand, und gemeinsam gingen wir auf das Gemeindezentrum zu. Die Glastüren glitten auf, und wir traten in einen klimatisierten, dunklen Flur. Etliche Türen gingen davon ab, von denen die meisten aber geschlossen waren. Außer uns war niemand zu sehen, und ich fragte mich, warum Ethan mich hergebracht hatte. Am Ende des Flurs wandten wir uns nach rechts, und dann entdeckte ich endlich eine offen stehende Tür. Das musste wohl unser Ziel sein.

Das Gemurmel gedämpfter Gespräche drang zu uns, aber ich konnte nicht verstehen, was gesagt wurde. Als wir eintraten, blieb ich kurz stehen und ließ meinen Blick durch den Raum gleiten. Rechts von uns waren drei Tische aufgebaut, auf denen Wasserflaschen, Cola, eine Kaffeekanne und diverses Gebäck aufgebaut waren. Drei Leute standen davor, ein Mann und zwei Frauen, die sich leise unterhielten. Sämtliche Fenster waren geschlossen, und die Klimaanlage hatte den Raum auf eine angenehme Temperatur heruntergekühlt. In der Mitte des Raums entdeckte ich etwas, das mein Blut zu Eis gefrieren ließ.

Ein Stuhlkreis war aufgebaut, auf dem die meisten Plätze bereits besetzt waren. Wie auf Kommando drehten sich einige Leute zu mir um. Ich spürte ihre prüfenden, neugierigen Blicke. Zwei beugten sich zueinander und sagten etwas, das ich nicht verstehen konnte, aber das war auch nicht nötig. Ich wusste genau, was das hier war, wo Ethan mich hingebracht hatte, und es katapultierte mich zurück zu einer Situation in der Vergangenheit, als ich meine Mum mal zu einer ähnlichen Session begleitet hatte. Sie war von der lokalen Kirchengemeinde organisiert gewesen, und Mum hatte von Anfang an nicht hingehen wollen. Ich war damals noch zu jung gewesen, um zu verstehen, dass es keinen Sinn hatte, sie zu zwingen, also hatte ich sie überredet, bis sie zugestimmt hatte, und war mit ihr gemeinsam hingegangen.

Doch es war ein beschämendes Ereignis gewesen. Mum hatte sich überhaupt nicht beteiligt, hatte zuerst gelangweilt gewirkt und war danach sogar auf ihrem Stuhl eingeschlafen. Bis heute wusste ich nicht, ob es an ihren Medikamenten lag oder ob sie schlicht desinteressiert gewesen war, aber die mitleidigen Blicke der anderen, als ich versucht hatte, Mum nach der Stunde zu wecken, würde ich wohl nie vergessen.

All das kam jetzt in mir hoch und ließ Übelkeit in mir aufsteigen.

Fassungslos drehte ich mich zu Ethan um. »Wie konntest du mir das antun?« Meine Stimme zitterte, aber das war mir im Moment egal. Angst schnürte meine Kehle zu, und ich bekam einen Tunnelblick. Sah nur noch die Leute in dem Stuhlkreis, die mich noch immer betrachteten, jetzt noch mehr als zuvor, weil sie meine Stimme gehört hatten. Ich fühlte mich wie auf dem Präsentierteller und wünschte mir ein Loch, in dem ich mich vergraben könnte.

»Es ist keine Therapie.« Ethans Worte drangen über das Rauschen in meinen Ohren nur gedämpft zu mir durch. »Es ist nur eine Selbsthilfegruppe, und du musst heute auch gar nicht mitmachen. Schau es dir einfach nur an. Ich glaube, das könnte etwas für dich sein.«

Fast hätte ich gelacht, auch wenn ich gerade keinen Funken Humor in mir finden konnte. Dachte er wirklich, das machte einen Unterschied? Sah er nicht, wie er mir trotz allem in den Rücken gefallen und mein Vertrauen missbraucht hatte? War er wirklich der Meinung gewesen, ich würde mich hier fröhlich hinsetzen und ihm auch noch *dankbar* sein?

Immer mehr Leute drehten sich zu uns um und begannen, miteinander zu tuscheln. Sie schienen sich alle zu kennen, und ich fühlte mich wie ein Fremdkörper, den man dazugeworfen hatte, der aber weder hineinpasste noch hier sein wollte. Mittlerweile wünschte ich mir, gar nicht mit Ethan mitgegangen zu sein. Ihm nicht vertraut zu haben, denn das hatte er ganz offensichtlich nicht verdient.

»Wie konntest du mir das antun?«, fragte ich erneut. Es schien, als wären da keine anderen Worte mehr in mir. Nur noch die Fassungslosigkeit, wie sehr ich mich in diesem Mann getäuscht hatte. Ich hatte ihm vertraut, und er hatte es mit Füßen getreten.

Ich wartete eine Antwort gar nicht erst ab, sondern drehte mich um und verließ mit schnellen Schritten den Raum. Zwei Frauen kamen mir entgegen, mussten Platz machen, damit ich nicht voll in sie reinrannte, doch ich beachtete sie gar nicht. Ich wollte einfach nur weg. Weg, weg, weg. Raus aus diesem Raum und dieser Situation, die mir noch mehr Angst machte als eine weitere Begegnung mit Haien. Weg von Ethan, der sich zuerst mein Vertrauen erschlichen hatte, nur um es dann hinterhältig zu missbrauchen. Tränen brannten hinter meinen Augenlidern, und ich blinzelte angestrengt, um sie zurückzudrängen. Ich wollte nicht weinen. Nicht jetzt und vor allem nicht hier. Ich wollte die Fassung bewahren, bis ich zu Hause in der Sicherheit meines Zimmers war.

Eine Hand umfasste meinen Oberarm und zwang mich stehen zu bleiben. Noch bevor ich mich umdrehte, wusste ich, dass es Ethan war, weil dieses verräterische Kribbeln durch meinen Arm raste, das ich nie mehr verflucht hatte als jetzt. Ich wirbelte zu ihm herum. »Lass mich los.«

Sofort löste er seine Finger von mir. »Lass mich bitte erklären …«

»Ich will es nicht hören«, unterbrach ich ihn. »Du hattest kein Recht, mich einfach herzubringen. Mich einfach in diese Situation zu werfen, ohne zumindest vorab mit mir darüber zu reden und mich darauf vorzubereiten.«

Ethan presste die Lippen zu einer schmalen Linie zusammen. »Du wärst nie mitgekommen, wenn ich dir gesagt hätte, was wir hier wollen.«

Ein höhnisches Lachen brach aus mir heraus. »Und da dachtest du, es wäre besser, wenn du es mir verschweigst? Wirklich großartige Idee.«

»Ich will dir doch nur helfen.«

»Wenn du das wirklich wolltest, würdest du meine Wünsche respektieren.«

Etwas veränderte sich in Ethans Blick. »Ich glaube, dass du nicht mehr einschätzen kannst, was gut für dich ist oder was du brauchst. Wann hast du denn das letzte Mal aktiv versucht, dem Wasser näher zu kommen? Tust du das überhaupt noch, oder hast du unterbewusst schon akzeptiert, dass du nie wieder surfen kannst?«

Eine Schärfe trat in seine Stimme, die zuvor nicht da gewesen war, aber sie war nicht der Grund, warum ich keuchend ausatmete. Seine Worte waren wie ein Schlag in die Magengrube, weil er mit jedem davon recht hatte. Und es war mir nicht einmal aufgefallen, bis er es angesprochen hatte.

»Das geht dich überhaupt nichts an«, zischte ich dennoch. Gerade konnte ich mich nicht damit beschäftigen. »Lenk nicht davon ab, dass du mich hintergangen hast. Wenn du wirklich so besorgt darum wärst, hättest du einfach mit mir darüber reden können.« Ich konnte nicht darüber hinwegsehen, dass er mein Vertrauen missbraucht hatte.

»Aber …«, setzte Ethan erneut an, doch ich unterbrach ihn ein weiteres Mal.

»Spar dir deine billigen Ausflüchte. Ich will nichts davon hören. Und lass mich von nun an in Ruhe.«

Damit ließ ich ihn stehen und eilte den Flur entlang in Richtung Ausgang. Dass ich keine Geräusche hinter mir hören konnte, sagte mir, dass Ethan mir nicht wieder zu folgen versuchte. Und ich war dankbar dafür, denn ich konnte mich nicht länger mit ihm auseinandersetzen. Der Schmerz seines Verrats brannte ein tiefes Loch in meine Brust, genau an der Stelle, wo eigentlich mein Herz sitzen sollte. Doch ich war mir nicht sicher, ob es überhaupt noch schlug. Ob es nicht längst in tausend Teile zersplittert zu meinen Füßen lag.

Vielleicht war es besser so, redete ich mir ein, als ich aus dem Gemeindehaus nach draußen auf den Parkplatz trat. Der frische Wind blies mir die Haare über die Schulter und kühlte mein überhitztes Gesicht. Vielleicht war es besser, dass Ethan mir jetzt schon sein wahres Gesicht zeigte, bevor ich noch mehr in ihn investierte. Bevor ich mich noch weiter in ihn verliebte und es am Ende noch mehr wehtun würde als ohnehin schon.

In dem Moment schob sich die Sonne zwischen zwei Wolken hervor, als wollte sie mir sagen, dass doch alles gar nicht so schlimm war. Eine erste Träne löste sich aus meinem Augenwinkel und lief über meine Wange hinab. Wirsch wischte ich sie mit dem Handrücken weg und beschleunigte meine Schritte. Als könnte ich damit vor dem Unausweichlichen davonlaufen.

Kapitel 26

ETHAN

Ich starrte den leeren Flur an, in dem Alicia gerade noch gestanden hatte. Das mulmige Gefühl in meinem Magen verwandelte sich in Übelkeit, und ich musste mich zwingen, ihr nicht ein weiteres Mal hinterherzulaufen. Sie würde mir nicht zuhören, das hatte sie gerade deutlich gemacht. Ich konnte nur hoffen, dass ich es nicht komplett verbockt hatte. Dass Alicia mit einigem Abstand erkennen würde, dass ich nur ihr Bestes wollte, und mich erklären ließ, warum ich sie hergebracht hatte.

Lass mich von nun an in Ruhe.

Ihre letzten Worte hallten in meinem Kopf nach, und vor allem ihren Ton würde ich wohl nie vergessen. Er hatte irgendwo zwischen purer Verzweiflung und unbändiger Wut gelegen. Etwas, das ich nie zuvor bei Alicia gehört hatte. Dabei hatte ich ihre Wünsche genau genommen befolgt. Das hier war keine Therapie. Alicia hatte immer davon gesprochen, dass sie keine Medikamente nehmen wollte, die sie müde und träge machten. Diese würde sie hier nicht bekommen, es war nur eine Gesprächsrunde unter Angstpatienten, die sich untereinander austauschten. Ich hatte gehofft, dass Alicia mit den anderen Teilnehmenden sprechen und realisieren würde, dass es unterschiedliche Therapieansätze gab und niemand sie zwingen würde, etwas zu tun – oder zu nehmen –, das sie nicht wollte.

Aber so weit war es gar nicht gekommen. Ich hatte regelrecht dabei zusehen können, wie sie dichtgemacht hatte, sobald sie den Stuhlkreis entdeckt hatte. Keine Ahnung, was in dem Moment in ihrem Kopf vorgegangen war, aber ich musste einsehen, dass ich mit diesem Versuch wohl alles falsch gemacht hatte, was man falsch machen konnte.

Zwei Frauen liefen an mir vorbei. Ich spürte ihre prüfenden Blicke auf mir, die mir noch mehr das Gefühl vermittelten, nichts richtig machen zu können, aber ich ignorierte sie. Gleichzeitig räusperte sich jemand hinter mir.

Erschrocken wirbelte ich herum. Vor mir stand ein Mann mit dunkelblonden Haaren, der mich ernst betrachtete. »Haben wir gestern telefoniert?«

Ich schluckte. Das musste Jason sein, den ich gestern nach meiner Internetrecherche angerufen hatte. Seit zwei Jahren betrieb er diese Selbsthilfegruppe, die sich an Angstpatienten wendete. Ich hatte gedacht, dass es ein guter Einstieg für Alicia sein könnte, da es keine Therapie war und sie nicht einmal etwas sagen musste, wenn sie nicht wollte. Das hatte er mir gestern bestätigt. »Ja, aber es sieht nicht so aus, als würden wir heute der Veranstaltung beiwohnen.«

Er warf einen Blick hinter mich in den leeren Flur. »Als wir gesprochen haben, war ich in der Annahme, dass Ihre Freundin Bescheid wüsste.«

Ich schluckte erneut, denn vielleicht hatte ich ihn absichtlich in der Annahme gelassen. Es war nicht mal so, dass ich ihn angelogen hatte, ich hatte ihn lediglich nicht berichtigt, als er es ausgesprochen hatte.

Zum Glück erwartete er keine Antwort von mir und sprach direkt weiter. »Es hat keinen Sinn, jemanden gegen seinen Willen herzubringen. Egal, ob hierhin oder zu einer Therapie. Ich dachte, das hätte ich am Telefon deutlich gemacht. Jemanden dazu zu zwingen, sich zu öffnen, ist keine Hilfe, sondern kann das Problem im schlimmsten Fall sogar noch verstärken. Und das ist nun wirklich in niemandes Interesse. Hoffe ich zumindest.«

Er betrachtete mich eingehend, und ich nickte, während sich mein Magen immer weiter verkrampfte. Es war bereits das zweite Mal, dass jemand zu mir sagte, ich könnte mit meinem Verhalten alles schlimmer machen, anstatt Alicia zu helfen. Und so langsam fragte ich mich, ob ich schlicht nicht in der Lage dazu war, überhaupt irgendwas richtig zu machen. Dabei war das doch das Einzige, was ich wollte. Das Richtige tun, damit es Alicia bald wieder besser ging.

»Ihr seid weiterhin jederzeit willkommen in unserer Gruppe, aber bitte nur, wenn deine Freundin das nächste Mal Bescheid weiß und aus freien Stücken mitkommt.« Damit wandte er sich ab und ging in den Raum zurück. Er zog die Tür hinter sich zu und ließ mich völlig allein im Flur zurück.

Die letzten Worte hämmerten sich in mein Bewusstsein, und mein Herz fühlte sich mit einem Mal tonnenschwer an. Denn ich war mir ziemlich sicher, dass wir nicht wieder zurückkommen würden. Vor allem nicht zusammen. Alicia hatte ziemlich deutlich zum Ausdruck gebracht, dass sie meine Aktion als Vertrauensmissbrauch ansah. Und genau genommen hatte sie auch recht damit. Ich *hatte* sie hintergangen, indem ich ihr nichts gesagt hatte. Aber ich hatte gedacht, wenn sie erst einmal hier war und erkannte, dass es keine Therapie war, könnte ich sie zum Bleiben überreden. Ihr erklären, dass es bloß eine Gruppe Gleichgesinnter war, dass sie auch überhaupt nichts sagen musste, niemandem erklären musste, was ihr Problem war, sondern sich einfach nur die Stunde ansehen konnte, um zu entscheiden, ob das etwas für sie wäre. Ich hätte mich sogar bereit erklärt, der Gruppe zu sagen, dass ich derjenige mit der Angststörung wäre und sie mich nur begleitete, weil ich mich allein nicht getraut hätte.

Aber sie hatte mich nicht einmal ausreden lassen. Zweimal war sie mir ins Wort gefallen, und das, was sie gesagt hatte, hatte unmissverständlich klargemacht, dass es von diesem

Standpunkt kein Zurück gab. Sie würde mir nicht verzeihen, und diese Erkenntnis riss ein tiefes, schmerzhaftes Loch in meine Brust.

Denn es gab niemanden, dem ich die Schuld dafür geben konnte, außer mir selbst.

Kapitel 27

ALICIA

Die nächsten zwei Tage verschanzte ich mich in meinem Zimmer. Mein Handy war ausgeschaltet, weil ich mit niemandem reden oder irgendwen sehen wollte. Etwas zu essen oder trinken holte ich mir nur dann, wenn ich wusste, dass meine Mum nicht zu Hause war. Einmal klopfte sie an meine Tür und fragte, ob alles okay sei. Ich tischte ihr eine Lüge auf, dass ich mich wohl erkältet hatte, und schob ein klägliches Husten hinterher. Danach ließ sie mich in Ruhe, auch wenn ich mir sicher war, dass sie mir kein Wort glaubte.

Der Verrat von Ethan wog schwer. Ich konnte nicht vergessen, dass er mich derart hintergangen hatte. Jedes Mal zerriss es mein Herz ein bisschen mehr, wenn ich daran dachte. Wie hatte er mich nur zu dieser Selbsthilfegruppe bringen und denken können, dass es eine gute Idee wäre? Zwar konnte er nicht gewusst haben, dass ich früher mit Mum in einer ähnlichen Situation gesteckt hatte, aber wieso hatte er mir nicht gesagt, was er mit mir vorhatte?

Das schmerzte mich am allermeisten. Wenn Ethan der Meinung war, dass das, was wir versuchten, nichts brachte oder er keine Lust mehr darauf hatte, warum hatte er es nicht direkt angesprochen? Ich hätte ihn doch nicht gezwungen, weiterzumachen. Gemeinsam hätten wir eine Lösung finden können – und vielleicht hätte diese Gruppe ein Teil davon sein können, wenn ich vorab informiert gewesen wäre. Aber mich einfach dorthin zu bringen, war nicht viel besser, als mir einen Schubs in ein Haifischbecken zu verpassen.

Wieder zog sich mein Herz schmerzhaft zusammen, und hinter meinen Augenlidern begann es, verräterisch zu brennen. Gott, ich hatte diese Tränen so satt. Würde das jemals aufhören?

Das Schlimmste an der ganzen Sache war jedoch, dass Ethan mit einigen seiner Anschuldigungen recht gehabt hatte. Ich hatte in den letzten Wochen nicht mehr aktiv versucht, mich dem Meer zu nähern. Weder war ich allein zum Strand gegangen, noch hatte ich es probiert, als ich bei der Arbeit vor meiner Hütte gesessen hatte. Ich hatte auch nicht weiter überlegt, was man sonst noch versuchen könnte. Es war nicht mal eine bewusste Entscheidung gewesen, und es war mir auch erst richtig bewusst geworden, als Ethan mich darauf angesprochen hatte. Aber ich konnte klar benennen, warum ich es getan hatte.

Ich mochte einfach das Gefühl nicht, wenn eine Panikattacke mich überfiel. Dieses Gefühl, als hätte ich meinen Körper nicht mehr unter Kontrolle. Wenn ich nichts dagegen tun konnte, um das Unheil abzuwenden. Anfangs hatte ich noch immer die Hoffnung gehabt, dass ich es dieses Mal aufhalten konnte. Wenn es in meinen Fingern zu kribbeln begann und sich mein Herzschlag erhöhte, konnte ich mir zuerst einbilden, dass es diesmal nicht so schlimm werden würde und ich es unterdrücken konnte. Doch das war nie der Fall. Der Rest der Panikattacke rollte so schnell über mich hinweg, dass ich keine Chance dagegen hatte. Und dann war ich gefangen, in mir selbst, ohne einen Ausweg zu finden.

Genau das wollte ich nicht mehr erleben, weshalb mein Unterbewusstsein mich von jeder Situation, in der es dazu kommen könnte, abgehalten hatte. Doch so würde ich nie wieder surfen können, auch damit hatte Ethan recht gehabt, und das wollte ich noch viel weniger. Beim bloßen Gedanken daran stiegen erneut Tränen in mir auf. Surfen war immer das Einzige gewesen, das ich tun wollte, und ich konnte mir nicht einmal vorstellen, wie mein Leben ohne es aussehen könnte. Es war die klassische Zwickmühle, in der ich mich befand. Einerseits wollte ich alles tun, um schnellstmöglich wieder auf mein Board zu steigen. Andererseits wollte ich alles verhindern, was mir eine weitere Panikattacke verschaffte. Und beides kollidierte leider miteinander.

Ich zog ein Kissen vor mein Gesicht, presste es auf meinen Mund und schrie laut hinein. Ich brüllte alles raus. Meine Angst, die Verzweiflung und all die aufwühlenden Gefühle, die ich seit Tagen nicht abschütteln konnte. Es änderte nichts an meiner Situation, half mir nicht dabei, eine Entscheidung zu treffen, trotzdem ging es mir danach etwas besser. Ich fühlte mich leichter, wenn auch nur ein kleines bisschen, aber es war ausreichend, dass ich endlich aufstand. Mittlerweile war es fast Mittag, und ich hatte noch immer nicht gefrühstückt.

Vorsichtig öffnete ich meine Zimmertür. Aus dem Haus waren keine Geräusche zu hören. Eigentlich hatte ich den ganzen Tag bisher noch nichts gehört, daher war ich mir ziemlich sicher, dass Mum gar nicht da war – oder selbst wieder den ganzen Tag in ihrem Schlafzimmer verbrachte.

»Alicia.«

Im ersten Moment war ich sicher, mir Mums Stimme einbilden zu müssen, weil ich gerade an sie gedacht hatte. Doch dann hob ich den Blick und sah sie auf dem Sofa sitzen. Sie trug eine bequeme Stoffhose und ein blaues T-Shirt und hielt ein aufgeschlagenes Buch in der Hand.

»Was machst du hier?«, platzte es aus mir heraus.

Sie hielt das Buch in die Höhe, den Zeigefinger zwischen die Seiten gelegt. »Ich lese.«

Skeptisch zog ich die Augenbrauen hoch. Nicht, dass ich Mum noch nie beim Lesen gesehen hatte, im Gegensatz zu mir war sie eine wahre Leseratte. Trotzdem hatte das Ganze den Beigeschmack einer Verschwörung. Warum hatte ich sie den ganzen Tag nicht gehört? Normalerweise klapperte sie immer mit irgendwas, wenn sie in der Küche hantierte, aber selbst zur Frühstückszeit war es mucksmäuschenstill im Haus gewesen.

»Na gut.« Mit einem Seufzen ließ sie das Buch sinken und steckte ein Lesezeichen an die Stelle ihres Fingers. »Ich hatte gehofft, dass du irgendwann aus deinem Zimmer kommst und ich dich abpassen kann.«

»Ich will nicht reden«, wehrte ich sofort ab, obwohl sie noch nichts dergleichen erwähnt hatte. Aber nach unserem Streit neulich, und weil sie mitbekommen hatte, dass ich mich die letzten zwei Tage in meinem Zimmer verschanzt hatte, war es naheliegend, dass sie das wollte. Ich trat bereits einen Schritt zurück, da antwortete sie mir.

»Ich will nicht über dich, sondern über *mich* reden. Du musst auch gar nichts sagen. Zuhören reicht.«

Überrascht hielt ich mitten in der Bewegung inne und sah sie an. Suchte in ihrer Miene nach einem Anzeichen dafür, dass alles nur ein Vorwand war, um mich doch zum Reden zu bewegen. Doch ich fand nichts als absolute Aufrichtigkeit. »Okay.« Langsam ging ich auf die Couch zu und setzte mich auf die freie Seite. Mein Blick ruhte auf Mum, und ich hielt gespannt die Luft an, was sie mir sagen wollte.

Sichtlich nervös wrang sie die Hände. Ihre Schultern waren angespannt, aber sie sah mich direkt an. Schließlich holte sie tief Luft. »Ich weiß, dass wir das hier nie gemacht haben. Wir haben nie wirklich geredet, weder über unsere Probleme noch über die schönen Dinge, und das ist allein meine Schuld. Ich habe gedacht, wenn ich dich im Unwissen lasse, wie schlecht es mir geht, wenn ich nicht darüber spreche, dass es dich dann nicht so sehr belastet.«

»Natürlich hat es mich belastet«, platzte es aus mir heraus. »Ich habe mir ständig Sorgen um dich gemacht. Vor allem, wenn du tagelang nicht aus deinem Zimmer gekommen bist.« Wie hatte sie nur denken können, ich würde es nicht mitbekommen?

Mum presste die Lippen aufeinander, und ich konnte Bedauern in ihrem Blick erkennen. »Ich weiß. *Jetzt* weiß ich das. Damals dachte ich, ich würde dir damit einen Gefallen tun. Dass es so für uns alle leichter wäre. Es war einiges nötig, bis ich meinen Fehler erkannt habe.«

Ich hing regelrecht an ihren Lippen, an jedem Wort, das sie sagte. So offen hatten wir noch nie miteinander gesprochen. Sonst hatte Mum jedes Gespräch in die Richtung abgeblockt, immer nur behauptet, es ginge ihr gut und ich sollte mir keine Sorgen machen. Doch nun schien sie endlich bereit, sich mir zu öffnen, und ich wusste nicht, welche der unzähligen Fragen, die ich seit Jahren in mir trug, ich zuerst stellen sollte.

Also stellte ich eine, die gerade eben in mir aufgeploppt war: »Was hat sich geändert?«

»Ich mache seit drei Monaten eine Therapie, und seitdem geht es mir deutlich besser.«

Meine Augen weiteten sich, denn der Zeitrahmen fiel sehr deutlich mit meinem Haiangriff und den damit verbundenen Krankenhaus- und Reha-Aufenthalten zusammen.

Sie schien meinen Gedankengang zu erraten. »Das war Zufall. Ich hatte mich schon viel früher auf den Platz beworben, musste aber einige Monate warten, bis ich einen zugewiesen bekam. Und dies geschah genau zum richtigen Zeitpunkt, denn nachdem du weg warst, ging es mir gar nicht gut. Plötzlich war ich völlig allein in unserem Haus. Etwas, das ich nicht kannte. Ich war zu oft in meinen Gedanken und in mir gefangen, die Einsamkeit hat mich an manchen Abenden zerfressen. Meine Therapeutin hat mir den Tipp gegeben, mehr Stunden im Café zu übernehmen, wenn mir zu Hause die Decke auf den Kopf fällt. Aber auch generell mehr rauszugehen. Spaziergänge zu machen, mich mit einem Buch an den Strand zu setzen, mich mit Freundinnen zu treffen oder irgendwas anderes zu machen, das mich aus der Wohnung bringt. Seitdem habe ich mich ein paarmal mit Martha getroffen. Wir haben mehr gemeinsam, als ich je für möglich gehalten hatte.«

Martha wohnte am Ende unserer Straße. Ihr Sohn war vor einigen Jahren zum Studieren nach Perth gezogen und seitdem nur noch in den Ferien und an den Feiertagen zu Hause. Ihr Mann arbeitete bei einem Straßenbauunternehmen und war beruflich viel unterwegs. Ansonsten wusste ich nicht viel über diese Familie, die kaum hundert Meter von uns entfernt lebte.

»Aber warum? Warum hast du dich nach all den Jahren doch noch dazu entschieden, wieder eine Therapie zu machen?« Nach der ersten hatte Mum vehement behauptet, nie eine zweite machen zu wollen, weil die erste alles nur schlimmer anstatt besser gemacht hätte. Die Medikamente hatten sie schlapp und müde gemacht, und auch alles andere hätte ihre Situation nicht verbessert. Das war immer das Einzige gewesen, was ich überhaupt aus ihr herausbekommen hatte.

Mum seufzte und blickte auf ihre Hände, die in ihrem Schoß verschränkt waren. »Weil ich keine andere Wahl hatte. Es gab bessere und schlechtere Tage, und irgendwie habe ich beide immer überstanden, aber es ging mir nicht gut. Jeder Tag war anstrengend, und ich konnte kein richtiges Glück empfinden. Also habe ich irgendwann angefangen, online nach möglichen Therapieplätzen zu suchen. Ich habe einige angeschrieben, die vielversprechend klangen. Von vielen kam eine Standardantwort zurück, dass sie die nächsten zwei Jahre keine neuen Patienten aufnehmen können, und ich war schon komplett demotiviert, da kam eine Mail mit dem Angebot eines Online-Erstgesprächs herein. Ich war ziemlich nervös vorher, und das Erste, was ich bei dem Gespräch gesagt habe, war, dass ich auf keinen Fall Medikamente nehmen will. Ich habe ihr erzählt, was beim letzten Mal passiert ist. Meine Therapeutin war sehr verständnisvoll, hat mir mehrfach versichert, dass ich nichts machen muss, mit dem ich mich nicht wohlfühle, aber dass es oft unabdingbar ist, die Therapie mit Medikamenten zu unterstützen. Sie hat aber gleich gesagt, dass wir sie sofort ändern können, wenn ich mich dadurch nicht in der Lage fühle, meinen Tag zu bestreiten.«

»Und jetzt nimmst du welche?«

Mum nickte, stand auf und ging zu einem Hängeschrank in der Küche, in dem wir auch Kopfschmerztabletten und Erkältungsmedizin aufbewahrten. Mit drei unscheinbaren Schachteln in der Hand kam sie zurück. »Auf diese drei bin ich mittlerweile eingestellt. Ich werde sie nicht ewig nehmen müssen, aber aktuell komme ich gut damit zurecht.«

Ich drehte eine der Packungen in meinen Händen, zog die Lasche auf und holte einen der Blister heraus. Die Hälfte der Tabletten war bereits herausgepresst, also musste Mum sie wirklich regelmäßig nehmen.

»Ich verstehe das nicht ganz.« Mein Hirn kam einfach nicht hinterher, was gerade vor sich ging. Das war so ziemlich das Letzte, das ich von diesem Tag erwartet hatte, und irgendwie witterte ich schon wieder eine Verschwörung dahinter, die Ethan in Gang gesetzt hatte. Doch das konnte nicht sein, oder?

»Was möchtest du wissen? Ich erkläre dir alles.«

Mums Worte verschafften mir ein Ziehen in der Brust. Es war kein richtiger Schmerz, eher eine Art von Wehmut. Ich hätte mir gewünscht, dieses Gespräch mit ihr schon vor vielen Jahren geführt zu haben. »Was war letztens? Der Tag, an dem du nicht aus deinem Schlafzimmer gekommen bist?«

Mum nickte, als hätte sie diese Frage erwartet. »Am Vortag hatte ich eine Therapiesitzung, und wir haben eine Art Durchbruch geschafft. Mir ist klar geworden, dass ich mir unterbewusst immer die Schuld gegeben habe, dass dein Vater uns damals verlassen hat. Weil ich zu fordernd war, zu sehr geklammert habe und ich nach seiner Flucht Angst hatte, dich auf dieselbe Art verlieren zu können. Und es war gut, dass ich diesen Durchbruch hatte, dass ich endlich benennen kann, was mich emotional mitnimmt, aber es war auch anstrengend. Es ging mir nicht schlecht, aber ich war an dem Tag emotional vollkommen ausgelaugt und nicht in der Lage, mich der Realität zu stellen.«

»Oh, Mum.« Ich rutschte näher an sie heran und zog sie in meine Arme. Etwas, das ich seit vielen Jahren nicht mehr getan hatte. »Ich würde dich niemals einfach verlassen. Du weißt doch, wir zwei durch dick und dünn.« Das hatte sie damals immer zu mir gesagt, in den ersten Jahren, nachdem Dad abgehauen war. Dass wir zusammenhalten mussten, weil wir nur noch uns hatten und uns auf niemand anderen verlassen konnten. Und trotz aller Schwierigkeiten, die das Leben uns in den Weg geworfen hatte, hatten wir daran immer festgehalten.

»Ich weiß.« Sie drückte mich kurz, dann setzte sie sich auf. »Rein rational weiß ich das. Aber das hat mein Unterbewusstsein wohl nicht davon abgehalten, sich trotzdem ständig Sorgen darum zu machen.«

Ich griff nach ihrer Hand, mein Herz irgendwie schwer und leicht zugleich. Schwer, weil ich mir wünschte, dass Mum das nicht durchmachen müsste, und weil ich mich irgendwie in ihr wiederfand, auch wenn meine Probleme anders gelagert waren. Und leicht, weil wir endlich diese Unterhaltung führten und wir uns dadurch näher waren als je zuvor.

»Aber jetzt geht es dir wieder besser?«

Mums Lächeln hatte etwas Melancholisches. »Ich arbeite daran. Ich bin auf dem richtigen Weg, aber noch nicht da, wo ich hinwill.«

»Ich bin für dich da. Wenn du jemanden zum Reden brauchst oder einfach nur jemanden, der mit dir zusammen schweigt, ich bin für dich da.«

Sie drückte meine Hand kurz. »Danke.«

Danach verfielen wir in Schweigen. Es wäre der perfekte Moment, um ihr auch von meinen Problemen zu erzählen, um endlich laut auszusprechen, dass ich eine Angststörung hatte und nicht mehr ins Wasser gehen konnte. Vermutlich dachte sie sich so etwas ohnehin schon, immerhin war ihr aufgefallen, dass mein Board seit Wochen unbenutzt in meinem Zimmer stand. Und nach dem Gespräch gerade konnte ich mir auch nicht vorstellen, dass sie mich verurteilte, trotzdem bekam ich die Worte nicht über die Lippen. Eine unerklärliche Angst lähmte mich, als würde alles über mir zusammenbrechen, sollte ich vor Mum laut aussprechen, was mit mir los war. Dabei war das total bescheuert, denn ich hatte bereits meinen Freunden davon erzählt, und die Welt war danach nicht untergegangen. Aber mir geisterten noch die Ereignisse der vergangenen Tage im Kopf herum. Ethans Verrat, als er mich zu dieser Selbsthilfegruppe gebracht hatte, gepaart mit seinen Worten, dass ich ja überhaupt nicht mehr versuchen würde, etwas gegen die Angststörung zu unternehmen. Dazwischen schob sich aber auch immer der Satz, den Kilian am Strand gesagt hatte: *Was, wenn ihr es damit nur noch schlimmer macht?*

Ja, was dann? Und was, wenn es dafür ohnehin längst zu spät war? Außerdem waren beide Aussagen irgendwie widersprüchlich, und so gern ich beide hatte, sosehr ich Ethan und Kilian schätzte, waren sie doch keine Experten auf dem Gebiet. Ethan war Wissenschaftler und Kilian Sportjournalist, vielleicht sollte ich in psychologischen Fragen weniger Wert auf ihre Meinung legen. Was mich aber auch dazu brachte, dass Ethan vielleicht nicht die richtige Person war, um mir aus der Angststörung zu helfen.

Mein Herz zog sich zusammen, und ich musste an den Tag denken, als ich Ethan aufgesucht hatte. Damals hätte ich mir im Traum nicht vorstellen können, was sich aus uns entwickelte, und auch wenn es jetzt am Ende ganz fürchterlich schiefgelaufen war, konnte ich deswegen kein Bedauern empfinden. Vermutlich würde ich alles noch einmal genauso machen. Mit all den Fehlern und falschen Routen, aber vor allem mit all dem Glück, den vielen Küssen und dem guten Gefühl, das er mir so oft beschert hatte.

Und plötzlich wünschte ich mich an den Anfang zurück. An die ersten Schmetterlinge, die sich völlig ungefragt in meinen Bauch geschlichen hatten, wann immer ich ihn angesehen hatte. Die ersten zufälligen Berührungen, als ich nicht sicher war, ob Ethan genauso dabei empfand. Und dann unser erster Kuss am Strand beim *Ocean Fall Festival,* der keinen Zweifel mehr an unser beider Absichten gelassen hatte.

Ich wollte das Kribbeln zurück, das ich bei all diesen Situationen gespürt hatte, aber es wurde überschattet von Ethans Verrat. Auch wenn ich nachvollziehen konnte, warum er es getan hatte, änderte es nichts daran, dass er mich ohne vorherige Absprache zu dieser Sitzung geschleppt hatte. Dass er nicht einmal eingesehen hatte, wie falsch das gewesen war. Und dass er sich seitdem nicht einmal bei mir gemeldet hatte.

»Du wirkst bedrückt«, riss Mums Stimme mich aus meinen Gedanken.

Ich versuchte zu lächeln, war mir aber ziemlich sicher, daran zu scheitern. »Du erinnerst dich an diesen Mann, den ich kennengelernt habe? Ethan. Ich glaube, es ist zu Ende, bevor es richtig angefangen hat.«

»Das tut mir leid.« Mum zog mich in ihre Arme. »Aber was immer er angestellt hat, wenn er sich nicht zumindest von sich aus entschuldigt, ist er es nicht wert.«

Seufzend lehnte ich meinen Kopf an ihre Schulter. Ethan hatte sich nicht gemeldet, seit ich ihn vor zwei Tagen im Gemeindezentrum hatte stehen lassen. Auch wenn ich ihm gesagt hatte, dass er mich in Ruhe lassen sollte, hätte ich zumindest eine Entschuldigung erwartet. Aber nichts. Keine einzige Nachricht hatte er mir geschrieben, von einem ›*Tut mir leid*‹ ganz zu schweigen. Dachte er so viel über mich nach wie ich über ihn? Oder war es ihm vielleicht sogar recht, dass ich abgehauen war und er sich nicht weiter mit meinen Problemen auseinandersetzen musste? Momentan konnte ich es überhaupt nicht einschätzen, und das war wohl das, was mich am meisten in die Verzweiflung trieb.

»Aber was, wenn ich ihn trotzdem nicht vergessen kann?« Meine Worte waren nur ein Flüstern, trotzdem hallten sie in der Stille um uns nach.

Mum presste einen Kuss auf meine Stirn. »Mach nicht denselben Fehler wie ich. Verliere dein Herz nicht an jemanden, der es nicht zu schätzen weiß.«

Wenn man das doch nur beeinflussen könnte …

Kapitel 28

ETHAN

Es tut mir leid …

Ich wusste nicht, wie oft ich diese Worte bereits in eine Nachricht an Alicia getippt hatte, nur um sie wieder zu löschen. Ich wusste einfach nicht, was genau ich danach schreiben sollte, und eigentlich wollte ich diese Dinge vor allem nicht über Textnachrichten mit ihr besprechen. Ich wollte vor ihr stehen, sie dabei ansehen und ihre Hand halten, denn die Wahrheit war, dass ich sie schrecklich vermisste.

Dass ich mich in sie verliebt hatte, war mir vorher schon klar gewesen, aber wie sehr Alicia mir den Kopf verdreht hatte, bemerkte ich erst jetzt, wo sie aus meinem Leben verschwunden war. Ständig kreisten meine Gedanken um sie, mein Herz schmerzte, seit sie mich vor drei Tagen stehen gelassen hatte, und Appetit hatte ich seitdem auch nicht mehr. Meine Welt kam mir viel grauer und eintöniger vor, und nicht mal unser gestriger Erfolg mit Sea Shepherd, drei weitere Haie mit Peilsendern ausgestattet zu haben, konnte meine Laune heben. Mittlerweile würde ich jeden einzelnen Hai, den ich in meiner Datenbank hatte, dagegen eintauschen, dass Alicia wieder mit mir sprach.

Vielleicht sollte ich dafür endlich mal eine dieser verdammten Nachrichten an sie abschicken.

Das Geräusch von Reifen, die über den Kiesweg fuhren und vor mir anhielten, riss mich aus meinen Gedanken. Ich erblickte Joshs blauen Sedan mit Leah hinter dem Steuer. Noch bevor ich einen Schritt machte, riss Josh die Beifahrertür auf und sprang heraus. In den Armen hielt er den Stoffhai, der früher Kayla gehört hatte. Den Hai zu sehen, mit dem fehlenden Auge auf der rechten Seite, ließ unzählige Empfindungen auf mich einprasseln. Schmerz, weil unsere kleine Schwester uns viel zu früh genommen worden war. Aber auch Dankbarkeit, dass es diese Erinnerungsstücke an sie gab und wir einen Weg gefunden hatten, mit der Trauer umzugehen. Gleichzeitig erschien auch Alicias Gesicht vor meinem inneren Auge, immerhin hatte ich das Stofftier wegen ihr haben wollen. Ob sie es nun jemals in Händen halten würde?

Ich riss mich aus meinen Gedanken und umarmte meinen Bruder. »Herzlichen Glückwunsch, Mann. Ich freue mich sehr für euch.« Noch immer konnte ich es nicht richtig fassen, dass mein kleiner Bruder, der mittlerweile alles andere als klein war, bald heiraten würde.

»Danke.« Er grinste breit, und seine Augen leuchteten mit der Sonne um die Wette.

»Ach, ihr zwei seid schon süß«, erklang plötzlich Leahs Stimme hinter uns.

Langsam löste ich mich von meinem Bruder und wandte mich ihr zu. Ihre dunkelblonden Haare waren zu einem hohen Pferdeschwanz gebunden, und sie trug ein luftiges Sommerkleid, das knapp oberhalb ihrer Knie endete. Ihre Augen strahlten genauso wie die meines Bruders, und ich wusste, dass die beiden einander sehr glücklich machen würden.

»Herzlichen Glückwunsch.« Ich zog auch sie in eine kräftige Umarmung und platzierte meinen Mund genau neben ihr Ohr. »Ich bin sehr froh, dass du Ja gesagt hast, sonst wäre Josh für die nächsten Monate unerträglich gewesen«, flüsterte ich so leise, dass nur sie mich verstehen konnte.

Leah lachte. »Er ist die Liebe meines Lebens, mir wäre gar nicht in den Sinn gekommen, etwas anderes zu sagen«, antwortete sie genauso leise.

Josh räusperte sich. »Wer flüstert, der lügt. Außerdem sollten wir langsam mal los, sonst kommen wir zu spät, und Mum macht sich Sorgen.«

Sofort löste ich mich von Leah, denn Josh hatte recht. Eins der Überbleibsel einer viel zu früh gestorbenen Schwester war, dass Mum noch immer Angst hatte, einem von uns könnte etwas Ähnliches passieren. Wenn sie hörte, dass wir beim Arzt waren, dachte sie sofort an eine unheilbare Krankheit anstatt einer Erkältung, und wenn wir mit dem Auto unterwegs waren und zu spät bei ihr ankamen, befürchtete sie sofort, dass wir einen Unfall gehabt hatten.

»Ich bringe den schnell rein.« Ich deutete auf den Hai, den ich noch immer unter meinen Arm geklemmt hatte, und wandte mich dem Haus zu. Nachdem ich die Tür aufgeschlossen hatte, legte ich ihn drinnen auf das Sideboard und ging wieder raus.

Sobald wir alle im Auto saßen, fuhr Leah los. Unterwegs unterhielten wir uns über die bevorstehende Hochzeit, die Leah bereits im Detail plante, und obwohl die Fahrt zu unseren Eltern über eine Stunde dauerte, verging sie wie im Flug. Ich war mir zudem ziemlich sicher, dass Leah sich nicht immer an die Geschwindigkeitsbegrenzung hielt, denn wir kamen fünf Minuten vor der vereinbarten Zeit an.

Kaum hatten wir vor der Garage geparkt, wurde die Tür aufgerissen, und Mum trat heraus. Sie trug eine Jeans und eine luftige Kurzarmbluse, ihre dunklen Haare, die bereits von einigen grauen Strähnen durchzogen waren, fielen ihr locker auf die Schultern. Sie sah älter aus als ihre sechsundvierzig Jahre – auch ein Überbleibsel der Sorgen, die sie sich viele Jahre lang um Kayla gemacht hatte –, aber heute versprühte sie nichts als Glück und Lebensfreude.

»Wie schön, dass ihr da seid!« Mit ausgebreiteten Armen kam sie auf uns zu.

Ich beugte mich hinab, um sie auf die Wange zu küssen. »Alles Gute zum Geburtstag, Mum.«

Ihr Lächeln wurde etwas breiter. »Danke, Schatz.« Sie begrüßte Josh und Leah, ließ sich auch von ihnen beglückwünschen, dann scheuchte sie uns ins Haus. Dad stand in der Küche vor der Kaffeemaschine, deren zischend-blubberndes Geräusch darauf hindeutete, dass der Kaffee bald durchgelaufen war.

»Meine Jungs«, begrüßte er uns, bevor sein Blick auf Leah fiel. »Und die hoffentlich zukünftige Schwiegertochter.«

Nur mit Mühe konnte ich mir ein Lachen verkneifen, während sich rote Flecken auf Joshs Hals bildeten. Manchmal fragte ich mich, ob Dad hellseherische Fähigkeiten besaß. Er hatte Leah noch nie zuvor so bezeichnet, und dass er es ausgerechnet an dem Tag machte, als sie ihre Verlobung bekannt geben wollten, kam mir fast wie ein Omen vor.

Josh räusperte sich. »Also … deswegen …« Er schien nach den richtigen Worten zu suchen und sie nicht zu finden.

Leah trat an seine Seite und nahm seine Hand. »Josh und ich haben uns verlobt. Wir werden nächstes Jahr heiraten.«

Augenblicklich herrschte eine Stille, bei der man eine Stecknadel fallen hören konnte.

Mum fing sich als Erste. »O mein Gott, wirklich? Endlich!« In wenigen Schritten war sie bei ihnen und zog sie in ihre Arme. »Ich freue mich so sehr.« Als sie von ihnen abließ, glitzerten Tränen in ihren Augen, aber ein glückliches Lächeln zierte ihre Lippen.

»Das wird auch wirklich Zeit«, sagte Dad mit erstickter Stimme. »Ich hab ja schon nicht mehr daran geglaubt.«

Josh lachte. »Ich bin dreiundzwanzig. Die meisten denken in dem Alter noch gar nicht ans Heiraten.«

Dad zuckte mit den Schultern. »Aber ihr seid schon Ewigkeiten zusammen, da spielt das Alter doch nur eine untergeordnete Rolle.«

Bei den Worten wanderte Joshs Blick zu Leah, und ein Lächeln breitete sich auf seinem Gesicht aus, das seine ganze Liebe und Zuneigung für sie widerspiegelte. In mir zog sich etwas zusammen, und es dauerte einen Moment, bis ich es als Neid identifizieren konnte. Ich hatte meinem Bruder sein Glück nie geneidet, und es war auch jetzt nicht so, dass ich es ihm nicht gönnte, doch zum ersten Mal wusste ich durch Alicia selbst, wie es sich anfühlte, wenn dieses Lächeln an einen selbst gerichtet war, und es zeigte mir mehr als deutlich, dass ich es zurückhaben wollte.

»Jetzt setzen wir uns doch erst mal.« Mum scheuchte uns zum Tisch, auf den sie gerade die volle Kaffeekanne stellte.

Ich setzte mich zwischen Josh und Dad. Leah nahm neben meinem Bruder Platz und Mum mir gegenüber.

»Sorry, dass wir deinen Geburtstag damit ein bisschen gecrasht haben«, sagte Leah.

»Ach, papperlapapp.« Mum winkte ab. »Ich freue mich sehr. Für euch, aber auch weil du damit ebenfalls bald zu unserer Familie gehören wirst. Also zumindest offiziell, eigentlich tust du das ja schon viel länger. Jetzt muss nur Ethan auch noch unter die Haube kommen.«

Plötzlich lag alle Aufmerksamkeit auf mir, und ich wünschte mir ein Mauseloch, in das ich mich verkriechen konnte. Ich suchte etwas, mit dem ich das Thema wechseln konnte, aber natürlich fiel mir auf die Schnelle nichts ein.

Dann machte Josh es noch schlimmer.

»Aber er hat doch schon jemanden kennengelernt. Mir hat er letztens schon von Alicia erzählt. Wolltest du sie nicht mitbringen?«

»Erzähl uns von ihr.« Mum drückte den Rücken durch und sah mich mehr als neugierig an. »Was macht sie so?«

Ich schoss einen tödlichen Blick in Richtung meines Bruders, dessen zufriedenes Grinsen aber nicht einen Millimeter verrutschte, dann wandte ich mich Mum zu. »Sie ist Surferin, aber ich weiß gerade gar nicht, ob das mit uns noch aktuell ist. Wir hatten einen Streit und seitdem keinen Kontakt mehr.« Ich hoffte, das wäre unverfänglich genug, um die Situation knapp zu erklären und mich danach mit dem Thema in Ruhe zu lassen.

Es hätte mir klar sein sollen, dass das bei meiner Familie nicht funktionierte.

»Was hast du angestellt, dass sie nichts mehr von dir wissen will?«, fragte Dad, während er Kuchen auf all unsere Teller verteilte.

Ich starrte das Stück vor mir an, als könnte es mich aus meiner misslichen Lage befreien. »Danke für dein Vertrauen in mich«, brummte ich. Warum ging er direkt davon aus, dass *ich* schuld daran war? Dass er damit auch noch recht hatte, ärgerte mich nur umso mehr.

Entschuldigend hob er die Schultern. »Wenn Frauen was angestellt haben, entschuldigen sie sich meistens.«

Für einen Moment schloss ich die Augen, denn es war ja nicht so, dass ich mich nicht entschuldigen *wollte*. Nur nicht am Telefon, und ich wusste nicht recht, wie ich beginnen sollte.

»Oh, warte mal.« Leah betrachtete mich mit schief gelegtem Kopf. »Du meinst aber nicht Alicia Taylor? Die Surferin, die letztens von einem Hai angegriffen wurde?«

In meinem Kopf drehte sich alles, und ich war unfähig, zu sprechen. Es hätte mir fast klar sein müssen, dass irgendjemand den Schluss zog. Alicia war so etwas wie eine kleine Berühmtheit in Eden und den umliegenden Dörfern. Jeder hatte zumindest schon mal von ihr gehört, und der Haiangriff hatte in sämtlichen Zeitungen gestanden. Warum hatte ich nur gesagt, dass sie Surferin war?

Auch Josh betrachtete mich nun viel zu interessiert, und ich schüttelte den Kopf, um ihm mitzuteilen, dass er seinen Mund halten sollte, aber natürlich hörte er nicht auf mich.

»Ist das das Problem, von dem du gesprochen hast? Hat es irgendwas mit dem Haiangriff zu tun?«

»Was für ein Problem?«

»Ich dachte, es wäre alles wieder in Ordnung.«

»Kann sie nicht mehr laufen, oder was?«

Plötzlich sprachen alle durcheinander, ihre Stimmen dröhnten in meinem Kopf, und hatte ich zuvor gedacht, ich wollte mich in einem Mauseloch verkriechen, wünschte ich mir nun, auf den Mars auswandern zu können. Sie stellten Vermutungen an, was Alicias Problem sein könnte … und lagen damit meilenweit daneben. Und das konnte ich nicht zulassen. Auch wenn ich wirklich nicht darüber sprechen wollte, weil es sich weiterhin wie ein Verrat anfühlte, konnte ich auch nicht weiter diesen falschen Spekulationen zuhören.

»Okay, okay, okay«, ging ich mit erhobener Stimme dazwischen. Um mich herum wurde es still, und ich spürte die neugierigen Blicke auf mir. »Ich sage euch, was los ist, aber ihr müsst mir versprechen, dass ihr damit nicht hausieren geht.«

»Natürlich nicht.«

»Du kannst dich auf uns verlassen.«

»Wem sollte ich denn davon erzählen?« Mum schnaubte. Ich taxierte sie mit hochgezogenen Augenbrauen, bis sie schließlich einknickte. »Na gut, natürlich werde ich auch im Frauenkreis nichts dazu sagen.«

Nachdem ich diese Bestätigung hatte, erzählte ich ihnen alles. Angefangen von dem Tag, an dem Alicia mich aus dem Bett geklingelt hatte und mir erzählte, was sie von mir wollte. Wie ich von Anfang an dagegen gewesen war, weil ich der Meinung war, dass sie eine Therapie brauchte, dann aber doch zugesagt hatte, aus Angst, dass sie sonst an jemand anderen geriet, der unlautere Absichten mit ihr haben könnte. Wie schlimm es für mich gewesen war, sie das erste Mal bei einer Panikattacke zu erleben, und dass ich anfangs trotzdem die Hoffnung hatte, dass wir gemeinsam etwas bewirken könnten. Dass dann aber nichts geholfen hatte, was wir versuchten, und ich immer verzweifelter geworden war, und dass ich dabei kaum bemerkt hatte, wie ich mich langsam in sie verliebt hatte. Sie blieben den ganzen Bericht über ruhig, hörten aufmerksam zu und unterbrachen mich nicht, wofür ich sehr dankbar war. Am Ende erzählte ich ihnen dann, wie ich Alicia zur Selbsthilfegruppe gebracht hatte, wo alles schiefgelaufen war.

Mum betrachtete mich pikiert. »Du hast sie da hingeschleppt„ obwohl du wusstest, dass sie das nicht will?«

»Es ist keine Therapie.« Selbst in meinen Ohren klang es mittlerweile wie eine billige Ausrede.

»Trotzdem hättest du es zumindest vorher mit ihr absprechen müssen. Du kannst sie doch nicht einfach ohne Vorwissen dahin bringen und erwarten, dass sie es vorbehaltlos gutheißt. Erinnere dich daran, wie lange es bei uns damals gedauert hat, bis wir uns zu einer Therapie durchringen konnten.«

Mums Worte trafen mich wie ein Schwall kaltes Wasser, das sich in eisigen Bahnen über meinen Rücken ergoss. Aus der Zeit nach Kaylas Tod erinnerte ich mich vor allem daran, wie oft Josh und ich allein gewesen waren. Alles andere lag wie hinter einem verschwommenen Schleier verschlossen.

Mum schien meinen Gesichtsausdruck richtig zu deuten. »Wir hatten schon die letzte Zeit im Krankenhaus psychologische Betreuung, und diese hatte uns danach auch an eine Trauerberatung weitervermittelt. Doch die wollten wir damals nicht annehmen. Wir dachten, wir kriegen das auch allein hin, immerhin hatten wir genug Zeit, uns auf das Unvermeidbare vorzubereiten. Wir dachten, wir konzentrieren uns einfach auf die Kinder, die wir noch haben, und dann geht es schon. Aber so läuft es leider nicht, und wir haben viel zu lange gebraucht, um das zu erkennen.«

Josh legte seine Hand auf Mums. »Es dauert so lange, wie es eben dauert. Es gibt kein Ablaufdatum für Trauer.« Dann wandte er sich mir zu. »Man darf das nicht erzwingen. Du kannst

Alicia nicht dazu drängen, egal, wie richtig es ist, dass sie eine Therapie machen muss. Aber sie selbst muss es *wollen,* der Wunsch dazu muss aus ihr herauskommen, sonst wird die Therapie leider nicht viel bewirken.«

»Aber ich kann doch nicht einfach nichts tun.« Es war ein kläglicher Versuch, mein Handeln zu erklären, und das war mir bewusst.

»Du kannst für sie da sein. Sie stärken und ihr helfen, wenn sie es wünscht.« Ich hatte Josh selten so ernst erlebt. »Aber du kannst sie nicht zu etwas zwingen, das sie nicht tun will oder für das sie noch nicht bereit ist. Es muss ihr doch wie ein Verrat vorkommen, dass du sie dorthin gebracht hast.«

Meine Hoffnung sackte noch weiter ab, und mein Magen gleich mit. »Genau das hat sie gesagt, als sie abgehauen ist.« Meine Stimme war kaum mehr als ein Flüstern, trotzdem war ich mir sicher, dass mich jeder am Tisch gut verstanden hatte. Mittlerweile fühlte ich mich noch schlechter als ohnehin schon, weil ich Alicia zu dieser Selbsthilfegruppe gebracht hatte. Warum hatte ich nicht länger darüber nachgedacht? Oder mit jemandem gesprochen, bevor ich eine Entscheidung gefällt hatte. Ich kam mir dumm vor, naiv, dass ich die Konsequenzen nicht näher beleuchtet hatte. »Was mache ich denn jetzt?« Es war eine Frage, die an niemand Bestimmten gestellt war. Ich erwartete nicht einmal eine Antwort darauf.

Natürlich bekam ich sie trotzdem.

»Du solltest dich entschuldigen.« Josh war in den Problemlösungsmodus übergegangen. Er saß nach vorne gebeugt, hatte sich mit den Ellbogen auf dem Tisch abgestützt, und seine Augenbrauen waren nachdenklich zusammengezogen. »Aber nicht mit einer popeligen Whatsapp-Nachricht oder so. Das wird nicht ausreichen.«

»No shit, Sherlock«, murmelte ich, denn das war mir selbst klar gewesen. Deswegen hatte ich bisher ja gezögert, Alicia einfach eine Nachricht zu schicken. Weil ich wusste, dass es ungenügend wäre, und ich nicht ein zweites Mal etwas, das ich eigentlich gut meinte, in den Sand setzen wollte.

Josh zuckte mit den Schultern. »Du weißt doch, wo sie wohnt. Fahr hin und rede in Ruhe mit ihr.«

»Und wenn sie mich nicht sehen will?« Das war meine größte Angst. Dass sie mir die Tür vor der Nase zuschlagen und mir gar nicht erst zuhören würde. Denn ihre Ablehnung würde ich nicht ertragen, vor allem nicht, wenn ich sie dabei ansehen müsste. Das wäre eindeutig leichter über Textnachrichten auszuhalten. Es würde mir zwar ebenfalls das Herz zerreißen, aber dann könnte ich mich zumindest umgehend in meinem Bett verkriechen und mich in meinem Selbstmitleid suhlen. Alicia in die Augen zu sehen, während sie mir sagte, dass sie mich nie wiedersehen wollte, ließ nackte Panik in mir aufsteigen.

»Wenn sie genauso verliebt in dich ist wie du in sie, dann wird sie dich sehen wollen.« Diesmal sprach Leah. »Klar, was du gemacht hast, war scheiße, das will ich gar nicht schönreden, aber ich an ihrer Stelle würde nur darauf warten, dass du vorbeikommst, dich entschuldigst und mir erklärst, warum du es getan hast.«

»Und mir vor allem versprichst, nie wieder hinter meinem Rücken zu agieren«, schob Mum hinterher.

»Genau.« Leah nickte zustimmend. »Das war wirklich keine glanzvolle Aktion von dir, aber wir haben doch alle schon mal Dinge getan, die in guter Absicht geschahen, aber das genaue Gegenteil bewirkten. Wichtig ist nur, seinen Fehler einzugestehen und es fortan besser zu machen. So funktionieren doch Beziehungen, und man lernt dadurch die Grenzen des anderen kennen.«

Ich taxierte Leah über den Tisch hinweg. »Du hast schon mal was falsch gemacht?« Ich konnte es mir bei ihr beim besten Willen nicht vorstellen. Josh hatte auch nie etwas in der Richtung erwähnt.

»Hast du eine Ahnung.« Sie lachte laut und warf einen Blick auf meinen Bruder, der ebenfalls schmunzelte. »Ich konnte anfangs nicht damit umgehen, dass eure Schwester gestorben ist. Ich hatte ständig Angst, das Falsche zu sagen, also hab ich gar nichts dazu gesagt.«

»Sie hat sogar das Thema gewechselt, wenn ich mit Kayla angefangen habe«, schob Josh hinterher. »Ich konnte das überhaupt nicht verstehen. Ich *wollte* über unsere Schwester sprechen, aber sobald ich nur ihren Namen genannt habe, hat sie mir was von ihren Schulstunden, dem Schwimmtraining oder ihrem Hund erzählt. Irgendwann war ich so angefressen, dass ich sie darauf angesprochen hab.«

Jetzt lachte Leah lauter. »Du hast mich nicht darauf *angesprochen*. Du hast zu mir gesagt, wenn ich ein Problem mit deiner Schwester hätte, könntest du leider nicht mit mir zusammen sein. Ich war so geschockt und verletzt, dass ich weinend abgehauen bin. Erst nach einigen Tagen habe ich realisiert, dass Josh ja gar nicht verstehen kann, was meine Bedenken sind. Also bin ich zu ihm, hab mich entschuldigt und ihm erklärt, dass ich einfach nicht wusste, wie ich damit umgehen sollte.«

Ein liebevoller Ausdruck erschien auf seinem Gesicht, und er griff nach ihrer Hand. »Und ich habe ihr erklärt, dass sie immer alles sagen kann, was ihr im Kopf herumschwirrt. Dass es mir immer lieber ist, zu erfahren, was sie denkt, anstatt mit einem verkrampften Schweigen zu leben.«

Leahs Mundwinkel zuckten hoch. »Er hat mir versichert, dass ich nie Angst davor haben müsste, über das zu reden, was mich beschäftigt. Selbst wenn ich wüsste, dass ihm nicht gefallen könnte, was ich sage.«

Joshs Blick fand den meinen und hielt ihn fest. »Reden ist unheimlich wichtig in einer Beziehung. Worte haben Macht, sie können verletzen, aber sie können auch klären, wenn man bereit ist, dem anderen zuzuhören und auf seine Bedürfnisse einzugehen. Sprich mit Alicia. Ich bin mir sicher, dass sie dir zuhören wird.«

Ich nickte und schluckte. Auch wenn Josh es sicher nicht beabsichtigt hatte, wurde mir erst jetzt so richtig klar, dass ich eine Sache nicht beachtet hatte. Ich war nicht auf Alicias Bedürfnisse eingegangen. Bedürfnisse, die sie zuvor klar kommuniziert hatte. Ich hatte gedacht, ich würde ihr einen Gefallen tun, aber wenn ich ehrlich zu mir selbst war, hatte ich nur das auf sie projiziert, was ich mir für sie wünschen würde. Was ich an ihrer Stelle tun würde. Aber es ging hier nicht um mich oder darum, was ich brauchte. Es ging um Alicia.

Und ich war gewillt, es von nun an besser zu machen.

Kapitel 29

ALICIA

»Was macht *ihr* denn hier?«

Mit großen Augen starrte ich Isabel und Sophie an, die vor mir standen. Ich hatte mit vielem gerechnet, als ich heute Morgen aufgestanden war, aber nicht damit, sie unangekündigt vor meiner Haustür vorzufinden. Ich hatte gehofft, endlich von Ethan zu hören, der sich noch immer nicht gemeldet hatte. Hatte er mich bereits aufgegeben? War ich ihm nicht einmal wichtig genug, dass er sich entschuldigte und mir erklärte, was er mit dieser Aktion bezwecken wollte?

Meine anfängliche Wut auf ihn war mittlerweile verraucht, aber je länger ich nichts von ihm hörte, desto mehr setzte Verzweiflung ein. Denn ich würde nicht diejenige sein, die sich zuerst meldete. Nach der Aktion würde er auf mich zukommen müssen. Und mittlerweile bezweifelte ich, dass er das tun würde.

»Wir wollten sicherstellen, dass es dir gut geht.« Sophies rotblonde Haare waren zu einem hohen Pferdeschwanz gebunden, ihr Pony hing ihr fast bis in die Augen und müsste bald wieder geschnitten werden.

»Also dachten wir, wir kommen mal vorbei. Vielleicht hast du ja Lust, mit uns an den Strand zu gehen.« Isabels Haare waren offen und fielen ihr wellig über die Schultern, was gut zu ihrer Jeans und der geblümten Kurzarmbluse passte.

»Wir müssen auch gar nicht über das reden, was letztens passiert ist«, schob Sophie hinterher.

»Aber du kannst natürlich darüber sprechen, wenn du willst.« Isabel grinste breit.

Ich wusste nicht, was ich dazu sagen sollte, daher zog ich sie einfach in meine Arme. »Danke. An den Strand gehen klingt toll.« In den letzten Tagen hatte ich mehrfach darüber nachgedacht, weil ich es vermisste. Das Meeresrauschen, den Sand unter meinen Füßen und die salzige Luft auf meinen Lippen. Aber ich hatte mich nicht getraut. Weil ich Angst davor hatte, eine Panikattacke zu bekommen, wenn niemand da war, der mir helfen konnte. Dadurch war mir umso mehr bewusst geworden, dass Ethan mit seinen Anschuldigungen recht gehabt hatte. Ich mied jegliche Situation, die mich mit meinen Problemen konfrontierte, und würde ich daran nicht etwas ändern, käme ich nie zurück auf mein geliebtes Board.

Ich schüttelte den Kopf, um mich von diesen Gedanken zu befreien. »Kommt kurz rein, ich gehe mich nur schnell umziehen.« Isabel und Sophie traten an mir vorbei ins Haus. Ich dirigierte sie ins Wohnzimmer und verschwand dann in meinem Zimmer, um etwas anzuziehen, das strandtauglich war. Noch immer trug ich die luftige lange Stoffhose und das ausgeblichene T-Shirt mit dem *Winter is coming*-Aufdruck, und auch wenn ich so morgens schon mal Frühstück holte, wollte ich mich in dem Aufzug nicht am Strand blicken lassen.

Ich zog meinen Kleiderschrank auf und griff zielsicher nach einer langen Jeans und einem Oberteil. Doch aus irgendeinem Grund zögerte ich. Mein Blick fiel auf die knappen Shorts, die ich früher, ohne zu überlegen, bei allen möglichen Temperaturen angezogen hätte. Ein schmerzhafter Stich fuhr durch mein Herz. Nicht nur, weil ich mir diese unbeschwerte Zeit zurückwünschte, sondern auch, weil ich es vermisste, mich wie *ich* zu fühlen. Klar, es waren nur Klamotten, aber sie signalisierten auch einen Teil meines Lebensgefühls. Und das hatte ich, zusammen mit allem anderen, seit dem Haiangriff nicht wiedererlangt.

Ich stopfte die Jeans zurück in den Schrank und zog die zweite Schrankseite auf, in der meine Kleider hingen. Ich wählte eins, das ungefähr zwei Drittel meiner Oberschenkel bedeckte und damit unweigerlich einen Teil meiner Narbe freigeben würde, aber nicht so viel, wie es mit den kurzen Shorts der Fall wäre. Irgendwann musste ich damit anfangen, sie der Welt zu zeigen, wenn ich nicht für den Rest meines Lebens in langen Jeans versauern wollte, und es gab keinen besseren Moment, damit zu starten, als jetzt.

Ich hatte ohnehin schon viel zu lange damit gewartet.

Isabel und Sophies Augen wurden groß, als sie mich mit dem Kleid ins Wohnzimmer kommen sahen. Ihre Blicke wanderten an meinem Körper hinab, verharrten für den Bruchteil einer Sekunde an dem Teil der Narbe, der unter dem Kleid zu sehen war, und kamen dann wieder hoch zu meinem Gesicht. Zeitgleich begannen sie zu grinsen.

»Das ist creepy, was ihr macht.« Ich deutete zuerst auf Isabel, dann auf Sophie.

Verwirrung legte sich auf ihre Züge. »Was meinst du?«

»Dass ihr so synchron seid. Kommt mir manchmal vor, als wärt ihr Zwillinge und nicht bloß Freunde.«

Sie sahen sich an und prusteten los.

»Genau das meine ich. Lasst das.« Das brachte sie nur noch mehr zum Lachen, und ich verdrehte die Augen. »Lasst uns lieber los.« Ich schnappte mir eine Decke, eine Flasche Wasser und eine Packung TimTams, dann scheuchte ich Isabel und Sophie zur Terrassentür hinaus.

Sophie legte einen Arm um meine Schultern. »Ich freue mich jedenfalls, dass du so langsam wieder deine Klamotten trägst.«

Ich seufzte. »Ich fühlte mich noch nicht wirklich wohl damit, meine Narbe zu zeigen, aber irgendwann muss ich ja damit anfangen. Kann ja nicht für den Rest meines Lebens lange Jeans tragen.«

Wir gingen durch das kleine Waldstück. Laub raschelte unter unseren Schuhen, Äste knackten, wenn wir darauf traten, und in den Kronen über uns, deren Blätter sich langsam zu verfärben begannen, zwitscherten die Vögel. Isabel warf mir einen Blick aus den Augenwinkeln zu. »Keine Ahnung, wie du zu Tattoos stehst, aber du könntest ein Cover-up über der Narbe machen. Dann sieht man sie nicht mehr.«

»Dafür starren die Leute mir dann wegen etwas anderem auf den Oberschenkel.«

Sie zuckte mit den Schultern. »Das werden sie ja ohnehin tun, aber du kannst entscheiden, warum sie es machen und was sie dort sehen werden.«

Damit hatte sie recht. »Mal sehen.« Bisher hatte ich kein einziges Tattoo, nicht einmal ein winzig kleines. Ich konnte überhaupt nicht einschätzen, wie weh das tun würde, vor allem auf der Narbe, wo die Haut ohnehin empfindlicher war. Noch immer musste ich sie mehrmals am Tag eincremen, und bei der Physiotherapie wurde das Gewebe massiert, um es elastischer zu machen. Vermutlich durfte ich jetzt auch noch gar nicht darübertätowieren, und bis es so weit war, hätte es ohnehin schon jeder in Eden gesehen.

»Musst du ja nicht jetzt entscheiden.«

Wir hatten den Strand erreicht. Aufgrund des schönen Wetters war heute deutlich mehr los als die letzten Male, als ich hier gewesen war. Die Sonne schien von einem fast wolkenlosen Himmel und schaffte es so, die Temperatur auf zwanzig Grad nach oben zu treiben. Leute gingen spazieren, einige sogen die letzten warmen Sonnenstrahlen des Jahres in sich auf, und einige Verrückte waren sogar im Meer, obwohl es mittlerweile viel zu kühl zum Baden war.

Die Brandung rauschte in meinen Ohren, der Wind trug den salzigen Geruch an meine Nase, und automatisch hoben sich meine Mundwinkel zu einem Lächeln. Wir suchten uns einen ruhigen Platz, der teilweise unter dem Schatten der Bäume lag, dann breiteten wir die Decke aus und ließen uns darauf sinken.

Ich kickte die Flipflops von meinen Füßen, streckte die Beine aus und hielt mein Gesicht in die Sonne.

»Wie läuft es eigentlich mit Ethan?«, fragte Sophie, die sich neben mir auf den Rücken gelegt hatte, die Arme hinter dem Kopf verschränkt, und eine riesige Sonnenbrille auf der Nase.

Sofort war der altbekannte Schmerz wieder da. Eigentlich wollte ich über dieses Thema nicht reden, aber woher sollte Sophie das wissen, wenn ich bisher niemandem erzählt hatte, was vorgefallen war. Also berichtete ich ihnen, wie Ethan mich zu der Selbsthilfegruppe geschleift hatte, es in einem Streit eskaliert war und er sich seitdem nicht mehr gemeldet hatte.

»Was für ein Arsch.« Abrupt setzte Sophie sich auf und schob die Sonnenbrille hoch. »Er kann so was doch nicht hinter deinem Rücken vereinbaren und dann erwarten, dass du fein damit bist.«

»Vor allem, wenn du ihm vorab gesagt hast, dass du so was nicht willst«, fügte Isabel hinzu. Ihre Augen waren verengt, und ein Feuer brannte darin, das ich zuvor noch nie bei ihr gesehen hatte. Selbst damals nicht, als Liam ständig vor ihr weggelaufen war.

»Ich verstehe auch nicht, warum er das gemacht hat. Warum er nicht wenigstens vorher mit mir gesprochen hat.« Vielleicht hätte ich es mir wirklich zumindest angesehen, wenn ich darauf vorbereitet gewesen wäre. Ich hätte hingehen und einfach zuhören können, ohne selbst etwas zu sagen. Aber Ethan hatte mich komplett überrumpelt. Ich hatte in dem Augenblick gar nicht klar denken können und nur wieder meine Mum vor Augen gehabt.

»Du wirst dich auf keinen Fall bei ihm melden.« Sophie sah mich eindringlich an.

»Hatte ich auch nicht vor.« Entschieden schüttelte ich den Kopf. Nach der Sache würde ich nicht bei Ethan angekrochen kommen. Wenn er nicht zu mir kam und sich entschuldigte, wäre was auch immer das zwischen uns war, vorbei, ehe es richtig begonnen hatte.

»Gut.« Isabel nickte. »Aber so, wie ich ihn bisher kennengelernt habe, ist es nicht in böser Absicht geschehen. Er wollte dir bestimmt nur helfen, ist es aber völlig falsch angegangen.«

Der mittlerweile bekannte Schmerz zog durch meine Brust, und ich schloss für einen Moment die Augen. Ich vermisste Ethan schrecklich, und Isabel jetzt sagen zu hören, dass er mir bestimmt nichts Böses wollte, verschlimmerte das Ganze nur. Jeder Gedanke an ihn tat auf eine Weise weh, wie ich es nie zuvor erlebt hatte. Trotzdem würde ich konsequent bleiben. Nur weil ein Typ mir den Kopf verdreht hatte, würde ich deswegen nicht all meine Prinzipien über Bord werfen.

»Das glaube ich auch, trotzdem muss er sich entschuldigen«, schob Sophie hinterher.

Sie hatte recht, das wusste ich ganz genau. Trotzdem überkam mich mit einem Mal die pure Verzweiflung. Was, wenn ich Ethan nie wiedersehen würde? Ich konnte es mir aktuell überhaupt nicht vorstellen, weil er in so kurzer Zeit so ein wichtiger Teil meines Lebens geworden war, trotzdem musste ich diese Möglichkeit in Betracht ziehen.

Stöhnend ließ ich mich auf den Rücken fallen und rieb mit den Händen über mein Gesicht. »Können wir über etwas anderes reden?« Ich konnte mich gerade nicht damit auseinandersetzen.

Sophies Hand landete auf meiner Schulter und drückte sie leicht. »Klar, über was immer du willst.«

»Wie geht es dem Reservat?«, wollte ich von Isabel wissen. Es hatte eine Zeit gegeben, da war ich im *Sapphire Coast Koala Sanctuary,* wie es mittlerweile hieß, ein und aus gegangen. Doch seit meiner Rückkehr aus der Reha war ich nicht mehr dort gewesen. Schuldgefühle überkamen mich, denn nicht nur Liam, sondern auch seine Eltern hatten mich wie einen Teil ihrer Familie behandelt, aber es war so viel los gewesen, und ich war zu sehr mit mir und meinen Problemen beschäftigt gewesen, um es überhaupt zu bemerken.

»Ganz gut so weit. Der Spatenstich für das vierte Gehege ist getan, wir haben so viele Koalas in unserer Obhut wie noch nie zuvor … und dazu noch einige andere verletzte Tiere, die Ellen aus den Nationalparks mitgenommen hat. Die Spenden laufen aber weiterhin ordentlich, auch wenn ich Liam zu oft daran erinnern muss, doch mal wieder was zu posten.«

Mit hochgezogenen Augenbrauen sah ich sie an. »Also alles wie immer?«

»Sozusagen.«

Ich musste schmunzeln. Ich konnte einfach nicht anders. Es war typisch Liam, und auch wenn er mich damit manchmal in die Verzweiflung trieb, machte es ihn auch irgendwie liebenswert. »Aber zwischen euch läuft es gut?«

Jetzt verzogen sich Isabels Lippen zu einem Lächeln, das ich nicht anders als strahlend bezeichnen konnte. »Bestens. Ich könnte nicht glücklicher sein. Liam ist so aufmerksam und zuvorkommend. Ich kann mir ein Leben ohne ihn gar nicht mehr vorstellen.« Ihre Liebe zu ihm wurde in jedem Wort deutlich, aber vor allem daran, wie ihre Augen leuchteten, wenn sie von ihm sprach.

»Das freut mich so für euch«, sagte ich ehrlich. »Und bei Cooper und dir?«, wandte ich mich danach an Sophie.

Sie strahlte nicht weniger breit. »Ich bin so froh, dass er noch die Kurve gekriegt und sich bei mir gemeldet hat. Momentan ist er für einen Auftrag im Northern Territory unterwegs, und ich schmeiße das Moonlight allein, aber ich freue mich schon, wenn er nächste Woche wieder bei mir ist.«

Ich erinnerte mich an unser letztes Gespräch, bevor Sophie und Isabel zurück nach Deutschland geflogen waren. Damals war ich gerade in der Reha angekommen, und vor allem Sophie war geknickt gewesen. Cooper hatte nicht mehr mit ihr gesprochen, als sie von ihrem Roadtrip zurückgekommen waren, hatte sich völlig in sich zurückgezogen, und sie war der festen Auffassung gewesen, dass es das mit ihnen gewesen war. Dass sie nach Deutschland zurückkehren und nie wieder einen Fuß auf australischen Boden setzen würde. Doch dann hatte Cooper sie angerufen und ihr die Bescheinigung zugeschickt, die sie für ihr Fünfjahresvisum brauchte. Auch bei ihnen hatte es etwas gedauert, doch am Ende hatten sie sich zusammengerauft. Vielleicht bestand für Ethan und mich ja doch noch eine Chance?

»Ich bin mir sicher, dass Ethan sich bei dir melden wird«, sagte Sophie, als hätte sie meine Gedanken erraten.

Ich schenkte ihr ein dankbares Lächeln, das sich ein wenig wackelig anfühlte. »Ich hoffe es.« Denn ich wusste nicht, was ich andernfalls tun würde.

»So, genug Trübsal geblasen.« Entschieden stemmte Sophie die Fäuste in die Hüften. »Ich hab mir sagen lassen, dass du TimTams dabeihast.«

Diesmal war mein Lachen laut und ehrlich. »War ja klar, dass du wieder nur aufs Essen aus bist.«

Ihr Grinsen wurde nur breiter. »Wenn du meine Lieblingskekse einpackst, musst du damit rechnen, dass ich sie haben will.«

Ich schüttelte den Kopf, zog aber meinen Rucksack heran, um den Proviant auszupacken.

Wir blieben am Strand sitzen, bis die Sonne sich am Nachmittag langsam in Richtung Meer senkte. Wir quatschten über alles und nichts, beobachteten die Möwen, die sich zum Jagen immer mal wieder ins Meer fallen ließen, und bauten eine Burg aus den kleinen Kieselsteinen am Strand. Ich schaffte es sogar, für einige Minuten nicht an Ethan zu denken, und selbst wenn er sich in meine Gedanken drängte, war es mit Isabel und Sophie an meiner Seite besser zu ertragen.

Kapitel 30

ALICIA

Als wir zurück zu mir gingen, weil Isabel und Sophie nach Hause mussten, fühlte ich mich deutlich leichter. Der Tag mit ihnen war befreiend gewesen, und mir wurde dadurch erst bewusst, wie sehr ich das in den letzten Wochen vermisst hatte. Nicht nur am Strand zu sitzen und dem Meeresrauschen zuzuhören, sondern auch mit meinen Freundinnen zusammen zu sein. Denn wenn ich ehrlich war, hatte ich sie – und den Rest der Clique – genauso vernachlässigt wie den Versuch, es wieder auf mein Board zu schaffen. Ich wusste nicht genau, ob es daran lag, weil ich von Ethan so sehr vereinnahmt gewesen war, oder ob mein Unterbewusstsein mich von den Menschen fernhalten wollte, die mich viel zu leicht durchschauen konnten, aber ich würde es nicht noch mal so weit kommen lassen.

Isabel und Sophie waren kaum fünf Minuten weg, und ich suchte in der Küche gerade einige Sachen zusammen, aus denen ich ein Abendessen für Mum und mich zaubern konnte, als es an der Tür klingelte. Überrascht sah ich auf. Ich erwartete niemanden mehr. Auch Mum würde frühestens in einer halben Stunde von der Arbeit zurück sein. Es kam so selten vor, dass jemand unangekündigt vor unserer Tür stand, und heute hatten schon Isabel und Sophie geklingelt, dass ich für einen Moment zur Salzsäule erstarrte. Dann fragte ich mich, ob es endlich Ethan war, der sich entschuldigen wollte, und Leben kam in mich.

Ich eilte zur Tür, riss sie auf und erstarrte erneut, denn vor mir stand nicht Ethan, sondern eine junge Frau, die ich noch nie gesehen hatte. Ihre dunklen Haare reichten ihr knapp bis zu den

Schultern, sie trug Shorts und ein pinkes Tanktop und … ihr linker Arm fehlte zur Hälfte. Knapp unterhalb des Ellbogens war ein Stumpf, der schon lange verheilt aussah, weil er keine roten, geschwülstigen Narben mehr aufwies, wie ich sie auf meinem Bein hatte.

Und plötzlich wusste ich doch, wer sie war.

India Jameson war in ihrer Jugend eine vielversprechende Surferin gewesen, bevor sie mit vierzehn ebenfalls von einem Hai angegriffen worden war. Das war mittlerweile vier Jahre her, und seitdem war es still um sie geworden, weshalb ich überhaupt nicht verstand, warum sie plötzlich vor meiner Tür stand.

»India?«

»Hey.« Sie hob die rechte Hand und winkte, ein entschuldigendes Lächeln auf den Lippen. »Sorry, wenn ich dich so überfalle.«

Ein erschreckender Gedanke kam mir, der einen eiskalten Schauder über meinen Rücken jagte. »Hat Ethan dich geschickt?«

Sie verengte die Augen und legte den Kopf leicht schief. »Ich habe keine Ahnung, wer das sein soll. Aber nein, ich habe dich vor einigen Tagen im Gemeindezentrum gesehen und erkannt. Du bist aus dem Gebäude gerannt, als meine Freundin und ich gerade zu der Selbsthilfegruppe gegangen sind.«

Vage erinnerte ich mich daran, dass ich bei meiner überstürzten Flucht fast zwei Leute über den Haufen gerannt hätte, aber ich hatte keine Erinnerung mehr daran, wie sie aussahen. »Und dir hat wirklich niemand gesagt, dass du nach mir schauen sollst?« Ich konnte nicht verhindern, dass die Worte meinen Mund verließen. Ich musste sichergehen, dass das nicht ein weiteres von Ethans Spielchen war.

Indias Augen verengten sich weiter, bis eine steile Falte auf ihrer Stirn erschien. »Worum geht es hier?«

Ich seufzte und kniff mir in die Nasenwurzel. Hinter meinen

Schläfen begann es dumpf zu pochen, und die ganze Entspannung, die mir der Nachmittag mit Isabel und Sophie verschafft hatte, verpuffte mit einem Schlag. India wirkte, als hätte sie keine Ahnung, wovon ich sprach. Vermutlich ging einfach mein Misstrauen mit mir durch. »Komm erst mal rein«, forderte ich sie auf.

Sie nickte überrascht, als hätte sie nicht mit meinem plötzlichen Sinneswandel gerechnet, und trat an mir vorbei ins Haus.

»Willst du was trinken?«

Neugierig sah sie sich um, und ich hatte keine Ahnung, wie unsere Wohnung auf sie wirkte. »Cola, wenn du hast.«

Aus dem Kühlschrank holte ich eine Flasche Cola, dann nahm ich zwei Gläser aus dem Schrank daneben. »Lass uns raus auf die Terrasse gehen.«

Wir nahmen an dem kleinen runden Tisch Platz, und ich füllte unsere Gläser. Dann nahm ich meins zur Hand. »Also, was führt dich zu mir?«

Mit einem Mal wirkte India unsicher. Sie zog die Unterlippe zwischen die Zähne und mied meinen Blick. Zögerlich begann sie zu sprechen. »Falls ich mit irgendwas eine Grenze überschreite, sag einfach nur Bescheid.«

Sie wartete mein Nicken ab, ehe sie weitersprach. »Ich gehe seit zwei Jahren in die Selbsthilfegruppe, weil es mir guttut, mich mit anderen auszutauschen. Nach dem Haiangriff …«, sie hob den Arm mit dem Stumpf, »… hatte ich Probleme damit, mich in tiefem Wasser zu befinden. Jeder Schatten, den ich gesehen habe, war ein weiterer Hai, der nur darauf wartete, sich auf mich zu stürzen. Also habe ich die tiefen Gewässer gemieden und das Surfen mehr oder weniger aufgegeben. Ich dachte, ich kriege das schon allein hin, dass es irgendwann wieder besser wird, aber das genaue Gegenteil war der Fall. Es wurde so schlimm, dass ich irgendwann nicht mal mehr in die Nähe des Strandes gehen konnte, ohne eine Panikattacke zu erleiden.«

Ich schluckte. Blühte mir das ebenfalls, wenn ich nicht endlich etwas dagegen unternahm? »Warum hast du keine Therapie gemacht?« Erstaunlich, wie einfach mir diese Frage über die Lippen kam, wo ich mich doch selbst so sehr dagegen wehrte. Aber ich spürte auch, wie meine Abneigung langsam bröckelte. Vor allem seit dem Gespräch mit Mum.

India verzog den Mund. »Ich wollte nicht. Ich wollte nicht zu denen gehören, die das nötig hatten. Es machte mir Angst, dass ich dann von anderen als verrückt angesehen werden könnte. Und vor allem war ich arrogant genug zu glauben, dass es bei *mir* schon nicht so schlimm werden könnte. Dass …« Sie brach ab und seufzte, ihre Schultern sackten herab. »Long story short, es war naiv von mir, das zu glauben. Irgendwann bin ich eingeknickt, habe eine Therapie begonnen und bin zusätzlich zu der Selbsthilfegruppe gegangen. Es war ein langer Weg, aber ich surfe wieder. Noch lange nicht so gut wie damals, bevor der ganze Mist passiert ist. Es wird noch dauern, bis ich wieder Competitions bestreite, falls ich das je schaffen sollte. Aber gerade bin ich einfach nur froh, überhaupt wieder auf dem Board zu stehen.«

In mir zog sich etwas zusammen, das ich nicht sofort identifizieren konnte. India hatte das geschafft, was ich mir auch mehr als alles andere wünschte. Aber sie hatte einen langen Weg hinter sich. Einen, den ich bisher zu feige gewesen war, überhaupt anzutreten.

»Geht das denn mit dem Arm?« Ich deutete auf ihren Stumpf.

Sie verzog den Mund. »Man mag es gar nicht glauben, es fehlt nicht mal die Hälfte vom Arm, aber laufen war in den ersten Wochen danach eine wackelige Angelegenheit. Auf dem Surfbrett ist es ähnlich. Ich muss neu lernen, wie ich mein Gewicht verlagere, um nicht sofort runterzufallen. Es wird langsam, aber ich arbeite noch daran. War sicher auch nicht hilfreich, dass ich so lange Pause machen musste. Bei dir ist es der Oberschenkel, oder?«

»Ja.« Ich zog den Bund von meinem Kleid ein Stück hoch, bis die komplette Narbe sichtbar war. Irgendwie machte es mir bei India überhaupt nichts aus. Vielleicht weil sie bisher nicht einmal in die Nähe gesehen hatte. »Das Rötliche und die Schwellungen sollen noch zurückgehen.«

»Das hat bei mir auch gedauert.«

»Wann …« Ich brach ab, weil ich mir plötzlich nicht sicher war, ob diese Frage nicht zu persönlich war.

»Du kannst alles fragen, was du willst.« Aufmunternd lächelte sie mir zu.

»Wann hast du dich wohl damit gefühlt, so in die Öffentlichkeit zu gehen.«

Indias Blick verdunkelte sich, und sie sah nach rechts in unseren Garten. »Manchmal tue ich das heute noch nicht«, gestand sie leise. »Aber was bleibt mir anderes übrig? Ich kann es ja nicht verstecken, außerdem wusste ja eh jeder, was passiert ist. Und das Letzte, was ich wollte, war, mich in meinem Zimmer zu verstecken und gar nicht mehr rauszukommen.«

Ich konnte sie so gut verstehen. »Heute ist der erste Tag, an dem ich etwas Kurzes trage. Bisher hatte ich immer lange Jeans an.«

Ein weiteres Mal blickte India zu meiner Narbe. »Es sieht gar nicht so schlimm aus.«

Ich zuckte mit den Schultern, denn da waren wir unterschiedlicher Auffassung. »Aber wie bei dir weiß bei mir jeder, was geschehen ist. Ich habe Angst, dass Leute *mich* nicht mehr wahrnehmen, sondern nur noch meine Narbe.«

Sie pustete eine Strähne aus ihrer Stirn. »Je mehr du sie versteckst, desto mehr rückst du den Fokus darauf.«

Ich öffnete meinen Mund und schloss ihn unverrichteter Dinge wieder. Von der Seite aus hatte ich es noch nie betrachtet, aber India hatte vollkommen recht. »Also ist deine Devise *Augen zu und durch?*«

Sie lachte leise. »Außer du willst für den Rest deines Lebens lange Hosen tragen.«

Ich stimmte in ihr Lachen mit ein, immerhin war der Gedanke heute früh der Ansporn gewesen, zum ersten Mal ein Kleid anzuziehen. »Auf gar keinen Fall!«

Schweigen senkte sich über uns. Ich ließ meinen Finger durch das Kondenswasser an meinem Glas gleiten, um etwas mit den Fingern zu tun zu haben. Es gab noch so viele Fragen, die ich India stellen wollte, aber ich wusste nicht, mit welcher ich beginnen sollte.

Schließlich kam sie mir zuvor. »Warum bist du so überstürzt aus dem Gemeindezentrum abgehauen?«

Die Erinnerung, was passiert war, legte sich schwer wie Blei um meine Schultern und drückte mich in den Boden. Ich unterdrückte ein Seufzen, dann erzählte ich ihr alles, was passiert war. Wie die Panikattacke mich überfallen hatte, als ich nach der Reha das erste Mal zum Strand gegangen war. Wie ich damals noch dachte, dass körperlich etwas mit mir nicht in Ordnung sein müsste, und ich es am kommenden Tag sofort wieder probiert hatte … mit demselben Ergebnis. Dass ich zu Ethan gegangen war, damit er mir alles über Haie erzählte, weil ich keine Therapie machen wollte, aber alles, was wir versuchten, nichts gebracht hatte. Und wie Ethan mich hintergangen hatte, indem er mich zu dieser Selbsthilfegruppe gebracht hatte, ohne vorab mit mir darüber zu sprechen, wo ich India und ihrer Freundin über den Weg gelaufen war. Dass ich mich zusätzlich in ihn verliebt hatte, behielt ich für mich, auch wenn die Worte mir die ganze Zeit auf der Zunge lagen.

India hörte mir aufmerksam zu, unterbrach mich nicht, und als ich geendet hatte, platzte sie heraus: »Das darf doch nicht wahr sein! Er hat dich dahin gebracht, ohne dass du wusstest, was auf dich zukommt?«

Dass sie genauso aufbrausend wurde wie ich in der Minute,

beruhigte mich ungemein. »Ja, aber er hatte ja recht, oder? Ich meine, du hast auch gesagt, dass du es ohne die Therapie nicht zurück aufs Board geschafft hättest.«

Wild schüttelte sie den Kopf. »Aber das ist doch völlig unerheblich. Ja, das war bei mir so, aber ich bin echt kein Experte, ich kann dir nicht sagen, ob das *immer* so ist. Und eine Therapie funktioniert sowieso nur dann, wenn du sie willst, dafür bereit bist und dich auch darauf einlassen kannst, was dort passiert. Nicht, wenn dich jemand hinterhältig dort hinbringt und du keine Ahnung hast, was auf dich zukommt.«

»Aber es war keine Therapie, nur eine Selbsthilfegruppe.« Warum ich Ethans Worte von diesem Tag wiederholte, wusste ich selbst nicht.

India blinzelte, als fände sie meine Argumentation ebenfalls seltsam.

Mit einem Seufzen kniff ich in meine Nasenwurzel. »Ich sehe ja selbst, dass es nicht funktioniert. Nichts von dem, was wir versucht haben, hat irgendetwas gebracht. Außer dass ich jetzt mehr über Haie weiß, als ich je wollte, und mir diese verdammten Viecher sogar leidtun. Aber ich hab es nie näher ans Meer geschafft als einige Meter und habe sogar eine Panikattacke bekommen, als ich nur mit den Füßen im Pambula River gestanden habe, weil da ein Schatten im Wasser war.«

Taxierend lehnte India sich im Stuhl zurück und verschränkte die Arme vor der Brust. »Das ändert nichts daran, dass *du* dafür bereit sein musst und dass andere deine Wünsche respektieren sollten. Gut, vielleicht stehen Ethan und du euch nicht sonderlich nahe, aber er hätte es zumindest vorab mit dir absprechen müssen, dir erklären müssen, was dort auf dich zukommt, damit du selbst entscheiden kannst, ob du dem gewachsen bist.«

Ich nickte und verfiel in Schweigen. Was India sagte, beruhigte mich ungemein. Es bestätigte mir, dass ich nicht überreagiert hatte, dass meine Gefühle ernst genommen werden sollten, egal, wie andere in meiner Situation handeln würden. Leider betrübte es mich gleichzeitig auch, weil ich dadurch noch weniger verstand, warum sich Ethan bisher nicht wenigstens bei mir gemeldet hatte. Aber es machte mir auch etwas anderes klar: Wenn ich die Panikattacken wirklich loswerden wollte, dann musste ich aktiv werden. Ich musste etwas dafür tun, sonst würde es mir nicht besser gehen.

India blieb ebenfalls still, ließ mich in Ruhe meine Gedankengänge zu Ende führen. Schließlich seufzte ich geschlagen. »Wie ist diese Selbsthilfegruppe denn so?«

In ihren Mundwinkeln zuckte es leicht. »Einige zuerst fremde Menschen kommen zusammen und reden über alles Mögliche. Es fühlt sich viel weniger nach Therapie an, als du es dir gerade vermutlich vorstellst. Zumindest war es bei mir so. Es herrscht gar nicht so eine bedrückte Stimmung, wie ich zuvor vermutet hatte. Also, klar reden wir auch über das, was uns beschäftigt, wie es uns die Woche ergangen ist und was uns Probleme bereitet hat. Aber es ist auch einfach schön zu sehen, dass man nicht allein ist. Dass auch andere Rückschläge oder schwere Tage erleben und man sich deswegen nicht schlecht fühlen muss. Wir tauschen Taktiken aus, wie man eine Panikattacke überwinden kann, und reden auch durchaus darüber, welche Therapeuten gut oder schlecht sind. Und man freut sich dann auch, wenn man hört, dass andere positive Durchbrüche geschafft haben. Oder wenn man selbst von so einem berichten kann.«

Das klang nicht schlecht, und dass es von India kam, die sich anfangs ebenfalls gegen eine Therapie gesträubt hatte, verlieh ihren Worten noch mehr Gewicht. »Kann ich dich etwas zu deiner Therapie fragen?«

»Alles, was du willst.«

Ich atmete tief ein und musste dann husten, weil die Luft auf halbem Weg in meiner Lunge stecken blieb. »Musstest du bei der Therapie jemals Medikamente nehmen?«

»Nein.« Ihre Antwort kam sofort. »Also es kann schon sein, dass das nötig ist bei manchen, aber dann wirst du zuvor darüber aufgeklärt, warum du es brauchst, welche Auswirkungen und vor allem Nebenwirkungen das hat. Und was das Wichtigste ist, du kannst jederzeit Nein sagen. Du musste nichts machen, mit dem du dich nicht wohlfühlst. Das hat mir damals sehr geholfen.«

Ich nickte, denn ich wusste genau, was sie meinte. Das Gespräch mit India hatte mehr Licht ins Dunkel gebracht, als ich je vermutete hätte. Meine Situation kam mir nicht mehr komplett ausweglos vor. Das hieß nicht, dass ich mich sofort hinsetzte und mir einen Therapeuten suchte, aber ich wollte diese Option nicht mehr kategorisch ausschließen.

»Falls ich mich dazu entscheide, mal zu dieser Selbsthilfegruppe zu gehen, würdest du … können wir dann zusammen gehen?«

»Natürlich.« Sie grinste breit und hielt mir ihre Hand entgegen. »Gib mir dein Handy, dann speichere ich meine Nummer ein, und du kannst dich jederzeit bei mir melden. Auch wenn du einfach nur jemanden zum Quatschen brauchst.«

»Danke.« Ich gab ihr mein Handy und sah dabei zu, wie sie ihre Nummer einspeicherte.

»Und wenn du irgendwann dafür bereit bist, kann ich dir auch gerne eine Liste von Therapeuten geben, die von unserer Gruppe als gut befunden wurden«, sagte sie, als sie mir das Handy zurückgab.

»Ich werde bei Gelegenheit darauf zurückkommen.«

Kurz darauf kam Mum heim, aber als sie sah, dass ich Besuch hatte, begrüßte sie uns nur kurz und verzog sich danach in ihr Zimmer. India bleib noch fast eine Stunde bei mir, und wir quatschten über Gott und die Welt. Ich erfuhr, dass sie angefangen hatte zu zeichnen, um etwas zu haben, das sie von dem Schmerz ablenkte, nicht surfen zu können, und ich fragte mich, ob das nicht auch was für mich wäre. Nicht zeichnen im Speziellen, darin war ich schon als Kind unheimlich schlecht gewesen. Aber irgendein Hobby, das nichts mit meiner Liebe zum Surfen zu tun hatte. Natürlich wollte ich es weiterhin so schnell wie möglich zurück auf mein Board schaffen, aber vielleicht wäre es generell nicht verkehrt, auch etwas abseits des Surfens zu haben, das mich begeisterte. Denn wenn ich ehrlich war, hatte ich das nie gehabt. Zwar hatte ich momentan keine Ahnung, was das sein sollte, aber ich war mir sicher, dass ich etwas finden würde, wenn ich danach suchte.

Kapitel 31

ETHAN

Ich wischte die schwitzigen Hände an meiner Jeans ab, während ich den einstöckigen Bungalow vor mir betrachtete. Die beige Wandfarbe und das blaue Dach strahlten Gemütlichkeit aus, trotzdem war ich von nackter Angst erfasst. Würde Alicia mir überhaupt zuhören? Gab es eine Chance auf Versöhnung, oder war es dafür längst zu spät? Mittlerweile wünschte ich mir, dass ich Alicia nie zu der Selbsthilfegruppe gebracht hätte, aber natürlich konnte ich das Vergangene nicht ungeschehen machen.

Nach Mums Geburtstag hatten Josh, Leah und ich noch lange bei mir im Garten gesessen und über alles geredet. Mir war mittlerweile klar, dass ich einen großen Fehler begangen hatte, und ich fragte mich, warum ich das nicht eher erkannt hatte.

Aber es war müßig, weiter darüber nachzudenken. Ich war hier, um ebendiesen Fehler zu bereinigen, um mich zu entschuldigen und Alicia zu zeigen, dass er sich nie wiederholen würde.

Ein weiteres Mal wischte ich meine Handflächen an meiner Jeans ab, dann trat ich vor und drückte auf die Klingel. Sie hallte im Haus nach, und ich wartete mit angehaltenem Atem, ob ich Schritte hörte. Da ich Alicia nicht vorgewarnt hatte, dass ich heute kommen würde, wusste ich auch nicht, ob sie überhaupt zu Hause war. Es wäre der Super-GAU, wenn niemand da war und ich unverrichteter Dinge wieder fahren müsste. Ich fragte mich gerade, ob ich genau das nicht verdient hätte, da wurde die Tür plötzlich aufgerissen.

Eine Frau stand vor mir, die ich noch nie gesehen hatte. Sie musste Alicias Mum sein, die Ähnlichkeit war bemerkenswert. Sie hatte dieselben blonden Haare, aber ihre reichten ihr nur knapp bis zu den Schultern, dieselben blauen Augen und dieselbe Nase. Fast kam es mir vor, als würde Alicia vor mir stehen und wäre nur in den letzten Tagen um zwanzig Jahre gealtert, aber das konnte natürlich nicht sein.

»Hallo. Ist Alicia da?«

Sie zog eine Augenbraue hoch. »Und wen darf ich ankündigen?«

Ich hatte gehofft, sie würde diese Frage nicht stellen. Alicia hatte ihr sicher erzählt, was vorgefallen war, und ich hatte etwas Angst, sie könnte mir die Tür vor der Nase zuschlagen, wenn sie erfuhr, wer ich war. Aber sie machte auch keine Anstalten, Alicia zu rufen.

»Ethan, ich bin Ethan.«

Erkenntnis blitzte in ihren Augen auf, davon abgesehen zeigte ihr Gesicht jedoch keine Gefühlsregung und ließ nicht erkennen, ob sie mir wohlgesinnt war oder nicht. Sie taxierte mich für einen Moment weiter. Mein Puls beschleunigte sich, und ich musste mich dazu zwingen, ruhig stehen zu bleiben und mich nicht schon vor ihr zu erklären. Die Worte lagen mir bereits auf der Zunge, da lehnte sie sich zurück und wandte den Kopf nach rechts.

»Alicia, du hast Besuch«, brüllte sie ins Haus hinein.

Eine Tür war zu hören, dann Schritte von nackten Füßen auf dem Holzboden, und eine Sekunde später stand sie vor mir. Ihr Anblick verschlug mir den Atem. Die blonden Haare waren zu einem unordentlichen Knoten auf ihrem Kopf zusammengefasst, aus dem sich einige Strähnen gelöst hatten. Ganz automatisch wanderte mein Blick an ihr herab, und ich stockte, als ich ihre kurzen Shorts entdeckte. Es war das erste Mal, seit ich Alicia kennengelernt hatte, dass sie keine Hose trug, die ihre Beine bis mindestens über die Knie bedeckten. Und das an einem Tag, an dem es für diese Klamotten eigentlich zu kühl war. Ein Teil der Narbe war an ihrem Oberschenkel zu erkennen, aber wenn ich nicht wüsste, dass sie da wäre, würden mir die leicht rötlichen Striemen gar nicht auffallen.

Stolz erfasste mich, dass Alicia endlich zu sich stand und sich traute, das zu tragen, was sie wollte. Trotzdem riss ich meinen Blick wieder hoch zu ihrem Gesicht, weil ich nicht den Anschein erwecken wollte, mich auf ihre Narbe zu konzentrieren.

»Hey«, kam es leise über meine Lippen.

Unzählige Emotionen huschten über Alicias Gesicht. Jede davon nur kurz und so schnell wieder weg, dass ich keine davon erfassen konnte. »Ethan.«

Auch ihre Stimme gab mir keinen Hinweis darauf, was sie empfand. »Können wir … reden?« Meine Worte kamen stockend, denn plötzlich war ich nicht mehr sicher, ob das hier die richtige Entscheidung gewesen war. Vielleicht wäre es doch besser gewesen, sie zuerst anzurufen, aber dafür war es jetzt zu spät.

Für einen Moment verengten sich ihre Augen, und ich dachte schon, sie würde mich abweisen, da nickte sie und trat einen Schritt zur Seite. »Komm rein.«

Vor Erleichterung wurden meine Knie weich. Vielleicht war doch noch nicht alles verloren.

Alicia holte eine Flasche Wasser und zwei Gläser, dann führte sie mich nach draußen auf die Terrasse. Als wir das letzte Mal hier gesessen hatten, war die Atmosphäre ähnlich angespannt gewesen, aber aus einem völlig anderen Grund.

Während ich nach den richtigen Worten suchte, schenkte Alicia uns ein und sah mich abwartend an. Eigentlich wusste ich genau, was ich sagen wollte. Zu Hause hatte ich mir die Sätze zurechtgelegt, sie sogar aufgeschrieben, weil ich sie mir auf diese Weise besser einprägen konnte. Doch jetzt, wo sie vor mir saß, war mein Kopf wie leer gefegt. Dabei wusste ich doch, wie wichtig das hier war. Dass von den nächsten Minuten abhängen würde, ob noch eine Chance für uns beide bestand. Aber vielleicht war es auch genau dieses Wissen, das mich lähmte. Die Schwere der Bedeutung, obwohl ich zuvor noch nie so etwas wie Prüfungsangst gehabt hatte. Doch das hier war keine Prüfung. Ich würde keine simple Note bekommen, obwohl ich ähnlich kritisch betrachtet werden würde. Und das war wohl das Beängstigendste daran.

»Es tut mir leid«, kam es schließlich – endlich – über meine Lippen.

»Was genau?« Alicias Gesicht zeigte keine Gefühlsregung.

»Alles.«

Sie hob die Augenbrauen, und auf ihrem Gesicht stand nun deutlich geschrieben: *Du musst schon präziser sein.*

»Es tut mir leid, dass ich dir nicht vorab von der Selbsthilfegruppe erzählt habe. Völlig unabhängig davon, dass es keine Therapie ist, war es nicht richtig, dich einfach dorthin zu bringen. Das war nicht fair, und ich habe mittlerweile auch verstanden, dass mein Verhalten kontraproduktiv war. Es tut mir leid, dass ich nicht die Stütze sein konnte, die du gebraucht hast. Es ist keine Entschuldigung, aber Kilian sagen zu hören, dass das, was wir versuchen, es eventuell schlimmer machen könnte, hat bei mir sämtliche Sicherungen durchbrennen lassen. Im Nachhinein kann ich es gar nicht mehr genau erklären, aber ich hatte plötzlich diesen Drang, etwas *tun zu müssen,* nicht mehr nur untätig herumsitzen zu können, und dabei habe ich das Wichtigste vergessen. Dass es hierbei nicht um mich geht und ich dich hätte miteinbeziehen müssen. Von Anfang an.«

Plötzlich purzelten die Worte nur so aus mir heraus. Sie waren weit entfernt von der Rede, die ich mir vorab zurechtgelegt hatte, aber dafür kamen sie von Herzen. Alicias Blick war noch immer unbeugsam, aber ihre Züge wurden weicher, sanfter, und ich bildete mir sogar ein, ein Zucken in ihren Mundwinkeln zu sehen.

»Was du gemacht hast, war echt scheiße. Du hast mich komplett überrumpelt.«

»Ich weiß.« Es sie so deutlich sagen zu hören, schmerzte mich mehr als alles, was mein Bruder zu mir gesagt hatte.

»Vor allem dachte ich in dem Moment, dass du es nur tust, weil du genug von mir hast. Weil du keinen Bock mehr auf die kleine Alicia hast, die jedes Mal eine Panikattacke bekommt, sobald sie in die Nähe des Meeres geht.«

Erstaunt riss ich die Augen auf und schüttelte den Kopf. »Nein! Absolut nicht! Das darfst du nicht mal denken. Ja, es schmerzt mich, dich dabei sehen zu müssen, aber nicht, weil es mir zu viel wird. Sondern weil ich mir wünsche, dass du diese Attacken nicht durchstehen musst. Weil ich mir für dich wünsche, dass du wieder ein unbeschwertes Leben führen und ohne Angst deiner Leidenschaft nachgehen kannst.«

Eine Regung huschte über Alicias Gesicht. Nur ganz kurz, sie war so schnell wieder weg, dass ich sie nicht fassen konnte.

»Mir wird es nie zu viel werden, für dich da zu sein«, schob ich hinterher. »Deine Ängste machen dich nicht aus. Sie sind zwar momentan ein Teil von dir, aber sie bestimmen dich nicht. Da gibt es noch so viel mehr, wie dein großes Herz und dass du immer versuchst zu helfen. Selbst wenn du Angst hast. Du lässt dich davon nicht unterkriegen.«

Endlich umspielte die Andeutung eines Lächelns Alicias Lippen. »Das ist lieb, dass du das sagst. Aber …« Sie seufzte, und für einen Moment schweifte ihr Blick zu den Bäumen, die ihren Garten einzäunten. »Ich bin mittlerweile selbst genervt davon. Ich *will* zurück auf mein Board und alles dafür tun, um die Angststörung zu überwinden. Zumindest dachte ich das. Denn du hattest auch recht, ich *habe* in den letzten Wochen unterbewusst alle Situationen gemieden, in denen ich dem Meer zu nahe kommen könnte. Es ist mir selbst nicht einmal aufgefallen, bis du es im Gemeindezentrum angesprochen hast. Es war wie ein Weckruf für mich.«

Ich hielt es nicht mehr aus, mit so viel Sicherheitsabstand zu ihr zu sitzen, daher rückte ich meinen Stuhl näher an ihren und griff nach ihrer Hand. Als sie, ohne zu zögern, ihre Finger mit meinen verschränkte, atmete ich erleichtert aus.

»Trotzdem hätte ich zuerst mit dir reden sollen, und ich verspreche dir, dass ich dich nie wieder übergehen oder deine Wünsche nicht beachten werde. Egal, um was es sich handelt. Also ...« Plötzlich war ich unsicher, ob ich nicht zu schnell vorpreschte. Ob Alicia überhaupt noch Interesse daran hatte, mich weiter zu sehen. »Also falls ich es nicht längst verbockt habe. Ich könnte verstehen, wenn du gar keine Lust mehr darauf hast, dich weiter mit mir zu ...«

Weiter kam ich nicht, denn Alicia beugte sich vor und küsste mich. Sie presste ihre Lippen so sanft und gleichzeitig verlangend auf meine, dass mir die Knie weich wurden. Ich schob meine Hand in ihren Nacken und zog sie noch näher an mich heran. Gleichzeitig öffnete ich meinen Mund und strich mit meiner Zunge über ihre Unterlippe. Da war es restlos um uns geschehen. Ohne den Kuss zu unterbrechen, krabbelte Alicia auf meinen Schoß, drängte meinen Kopf in den Nacken, um unseren Kuss zu vertiefen. Und bald wusste ich nicht mal mehr meinen eigenen Namen. Das Einzige, was mir noch klar war, war, dass ich nie wieder damit aufhören wollte.

»Alicia ... oh!«

Wir stoben auseinander, sobald wir die Stimme ihrer Mum hörten – zumindest soweit das möglich war, da Alicia noch immer auf meinem Schoß saß und ich sie so festhielt, dass daran nichts zu ändern war.

»Mum!« Vermutlich sollte es anklagend klingen, aber ihr keuchender Atem machte ihr einen Strich durch die Rechnung.

»Sorry, ich wusste nicht, dass ihr ...« Sie machte kreisende Bewegungen mit ihrer Hand.

Alicia seufzte. »Was wolltest du denn?«

»Ich wollte wissen, ob Ethan zum Essen bleibt, dann würde

ich noch mal schnell zum Supermarkt.« Ihr Blick wanderte von Alicia zu mir, und sie grinste breit.

Ich hatte noch nie so schnell genickt. »Ich bleibe gern, aber …«

»Du isst kein Fleisch, hat meine Tochter mir schon verraten.«

»Er ernährt sich vegan, Mum. Damit isst er auch keine anderen tierischen Produkte wie Käse, Eier oder Milch.«

»Ich weiß, ich weiß. Ich werde schon was finden. Bis später.«

Damit verschwand sie zurück im Haus, und kurz darauf hörten wir die Haustür zuschlagen. Alicia und ich sahen uns an und brachen gleichzeitig in Gelächter aus.

»Ich mag deine Mum«, sagte ich, nachdem wir uns etwas beruhigt hatten. »Ist zwischen euch wieder alles in Ordnung?«

»Ja, wir haben uns ausgesprochen.« Sie beugte sich vor und gab mir den süßesten aller Küsse. »Ich bin froh, dass du hergekommen bist.«

»Und ich bin froh, dass du mich nicht gleich wieder rausgeschmissen hast.« Fest zog ich sie an meine Brust und atmete tief ihren Geruch ein. Es gab noch vieles, über das wir reden mussten, aber das konnten wir zu einem anderen, späteren Zeitpunkt machen. Jetzt wollte ich sie erst mal nur festhalten und mich vergewissern, dass sie wirklich zurück bei mir war. Dass das mit uns noch kein verfrühtes Ende nehmen musste, weil ich mich blöd verhalten hatte.

Ich war so dankbar, dass sie mir verziehen hatte, und mir absolut sicher, dass sich etwas Ähnliches nicht noch einmal wiederholen würde.

Epilog

ALICIA

Drei Monate später

Das Board unter mir hob und senkte sich sanft mit den kleinen Wellen, die auf den Strand zuliefen. Ich spürte den rauen Belag unter meiner Haut und wusste nicht, ob sich jemals etwas besser angefühlt hatte. Kleine Gischtspritzer trafen mein Gesicht, und ich schmeckte das Salz des Meeres auf meiner Zunge – etwas, das ich noch vor wenigen Wochen nicht für möglich gehalten hätte. Doch jetzt war ich hier, mit meinem Surfbrett auf dem Ozean, und wartete auf die perfekte Welle, um sie zu reiten.

Die letzten Monate waren gleichermaßen anstrengend und wundervoll gewesen. Gemeinsam mit Ethans Hilfe hatte ich unzählige Therapeuten angerufen, bis ich eine Therapeutin gefunden hatte, die noch Patienten aufnahm und bei der ich mich auf Anhieb wohlgefühlt hatte. Ich hatte die Therapie begonnen, die mir einiges abverlangt, mich aber auch viel gelehrt hatte. Über mich selbst, und wie ich mit den Dämonen in meinem Kopf umgehen musste. Langsam hatte ich mich wieder ans Wasser herangetastet. Erst nur mit den Füßen, dann bis zu den Knien, bis ich mich heute endlich mit dem Board weiter rausgetraut hatte.

Ich warf einen Blick nach hinten, entdeckte eine Welle, die eine gute Größe hatte, und machte mich bereit. Ich legte mich flach aufs Board und begann, mit den Händen zu paddeln. Ich nahm Schwung auf, spürte, wie die Welle mich anhob und noch schneller machte.

Das war er. Der perfekte Moment. Ich drückte mich hoch, kam auf die Füße und verlagerte mein Gewicht in die Welle hinein. Das breiteste Grinsen erschien auf meinem Gesicht, und mein Herz quoll über vor Glück. Das hier war es, was ich vermisst hatte. Das Gefühl, als könnte ich fliegen, und die unbändige Freiheit, die damit einherging. Tränen schossen mir in die Augen, aber ich bemerkte sie nicht mal neben dem ganzen Meerwasser, das mein Gesicht ohnehin schon benetzte. Das hier war mein Happy Place, und ich war mehr als dankbar, ihn endlich zurückerobert zu haben. Nie wieder würde ich es als selbstverständlich ansehen und es von nun an viel mehr zu schätzen wissen.

Ich verlagerte mein Gewicht erneut, um es mit dem Board auf den Kamm der Welle zu schaffen … und schoss ein wenig über das Ziel hinaus. Das Board zog nach links, ich verlor das Gleichgewicht und fiel kopfüber ins Wasser. Die Leash, mit der das Board an meinem Knöchel befestigt war, hielt es davon ab, von mir weggeschwemmt zu werden.

Prustend tauchte ich auf, wischte das Wasser von meinem Gesicht und schwamm zu meinem Surfbrett. Ich war leicht außer Atem, als ich erneut darauf lag und auf die nächste Welle wartete. Nachdem ich über sechs Monate nicht gesurft hatte, war ich leicht aus der Form, das konnte ich nicht leugnen. Aber das war okay. Ich würde an mir arbeiten und sie mir zurückholen, so, wie ich mir alles andere erarbeitet hatte, was mir wichtig war. Egal, wie lange es dauerte, irgendwann würden die Zeitungen wieder vom *Golden Surfer Girl* berichten, das Wettkämpfe gewann.

Die nächste Welle rollte heran. Ich brachte mich in Position, drückte mich auf die Beine und lehnte mich in sie hinein.

Als ich eine halbe Stunde später zurück am Strand war, tat mir alles weh. Meine Hüftknochen, weil auf ihnen so viel Druck gelastet hatte, während ich auf dem Board gelegen hatte. In meinen Armen und Beinen spürte ich bereits den Muskelkater, den ich morgen haben würde. Aber ich freute mich, meinen Körper endlich wieder auf diese Weise zu spüren. Zu wissen, dass meine Muskeln schmerzten, weil sie meiner liebsten Beschäftigung nachgegangen waren.

Ich kam nicht dazu, weiter darüber nachzudenken, weil ich von meinen Freunden umringt wurde. Ich schaffte es gerade noch, mein Board in den Sand zu legen, da zog Ethan mich in die Arme, ohne sich an meinem nassen Neoprenanzug zu stören. Dabei war es bitterkalt heute. Ich konnte es durch den Anzug zwar nicht spüren, aber sein Pulli müsste bald durchnässt sein.

Ethans warme, weiche Lippen pressten sich auf meine, und eine Sekunde später hatte ich alles um mich herum vergessen. Nur der wundervolle Mann vor mir zählte, den ich in den letzten Monaten noch mehr in mein Herz geschlossen hatte. Denn obwohl ich hatte lernen müssen, mich nicht auf ihn zu verlassen, meine eigenen Entscheidungen zu treffen und für mich einzustehen, war er nicht von meiner Seite gewichen. Er war immer für mich da gewesen, und ich schätzte mich glücklich, von einem so wundervollen Menschen geliebt zu werden.

»Ich bin so stolz auf dich«, raunte er mir zu, ehe er von Sophie zur Seite gedrängt wurde.

»Du warst fantastisch«, quietschte sie und fiel mir um den Hals. Isabel, Kilian und Liam folgten ihr. Danach Cooper, Fotini und Kate. Plötzlich stand ich in der Mitte, unzählige Arme um mich herum, und mein Herz fühlte sich so, so leicht an. Als könnte es aus meinem Körper herausfliegen und mich mit sich nehmen.

Erst als meine Freunde mich losgelassen hatten, trat meine

Mum auf mich zu. Auch sie zog mich an ihre Brust und hielt mich für einen Moment fest. Dass sie heute ebenfalls hier war, bedeutete mir unheimlich viel. Früher war sie nie zu meinen Wettkämpfen gekommen. Allerdings nicht, weil sie kein Interesse daran gehabt hatte, wie ich immer vermutet hatte, sondern weil sie gedacht hatte, ich wollte sie nicht dabeihaben. In den letzten Wochen hatten wir viele Gespräche geführt – *richtige* Gespräche, die sich nicht nur um das Wetter und darum drehten, was wir für den Tag geplant hatten –, hatten viele Missverständnisse ausgeräumt und waren uns nähergekommen. Ich würde uns immer noch nicht als *Mutter und Tochter* beschreiben, aber immerhin bestand kein Ungleichgewicht mehr zwischen uns, und ich war unheimlich froh, dass sie heute hier war.

»Du hast wunderbar dort draußen ausgesehen«, raunte Mum mir zu, was das Grinsen auf meinem Gesicht noch etwas breiter werden ließ.

»Danke, dass ihr alle hier seid«, sagte ich und sah sie alle der Reihe nach an.

»Immer.« Isabel nickte mir zu.

»Als würden wir uns das entgehen lassen.« Fotini stupste mich mit der Schulter an.

»Ich wette, du wirst schon bald wieder jede Competition gewinnen.«

Wir alle lachten, weil Kilian es mal wieder nicht lassen konnte, einen Moment zu verbringen, ohne zu einer Wette aufzurufen. Aber diesmal hoffte ich, er würde recht behalten.

»Sollen wir uns dann ins Moonlight aufmachen?«, fragte Cooper. »Ich hab mir sagen lassen, jemand hat dort eine Party geplant.« Sein Blick brannte sich in Sophie, die möglichst nonchalant mit den Schultern zuckte, als wüsste sie nicht, wovon er sprach.

»Gebt ihr mir noch fünf Minuten?«

Die anderen nickten und wandten sich ab, um in Richtung

Parkplatz zu gehen. Ich griff nach Ethans Hand, der ebenfalls gehen wollte, und hielt ihn zurück. »Bleibst du bei mir?«

»Immer, wenn du das wünschst.«

Ich sah hoch zu diesem wunderbaren Mann. Zu seinen vom Wind zerzausten Haaren und den blauen Augen, die mich mit so viel Liebe betrachteten. Manchmal wusste ich gar nicht, womit ich ihn verdient hatte.

Gemeinsam gingen wir zur Uferlinie, wo unsere Füße gerade von den heranrauschenden Wellen überspült wurden. Es war so eine kleine Sache. Etwas, das ich mein Leben lang für selbstverständlich genommen hatte, aber das in den letzten Monaten zu etwas Besonderem geworden war.

»Danke für alles«, sagte ich.

Augenblicklich schüttelte Ethan den Kopf. »Du hast das ganz allein geschafft.«

Das wusste ich, trotzdem hatte auch er seinen Anteil daran. In den letzten Monaten war er die Stütze gewesen, die ich gebraucht hatte. Er hatte ganze Tage mit mir im Bett verbracht, wenn es für mich nötig gewesen war. Ich konnte mit ihm über alles reden, aber auch schweigen, wenn mir das lieber war. In der Mitarbeit bei Sea Shepherd hatte ich eine neue Leidenschaft gefunden und in Deepti eine neue Freundin. Das alles wäre ohne Ethan nicht möglich gewesen.

»Ich liebe dich, weißt du?« Es war das erste Mal, dass ich es laut aussprach.

Ethans Mundwinkel zuckten hoch, und er trat näher an mich heran, bis uns nur noch wenige Zentimeter trennten. Seine Hand legte sich um meine Wange. »Ich weiß. Ich liebe dich auch.«

»Ich bin froh, dass es dich gibt.« Dann zog ich ihn zu einem innigen Kuss heran. Seine Lippen schmeckten salzig, eine Welle brach sich über unseren Füßen, und ich konnte mit gutem Gewissen behaupten, dass dies der glücklichste Moment des letzten halben Jahres war.

Ich konnte alles schaffen, was ich wollte, das wusste ich mittlerweile. Aber vielleicht war es viel wichtiger, manchmal einfach innezuhalten und den Moment zu genießen. Sich über das zu freuen, was das Leben ausmachte und was einem Glück bescherte. Und es mit den Leuten zu teilen, die einem wichtig waren.

Langsam löste ich mich von ihm und sah ihn strahlend an. »Dann lass uns mal los, bevor die Party ohne uns startet.«

Ethan griff nach meiner Hand, verschränkte unsere Finger miteinander, und gemeinsam rannten wir zurück zu unseren Freunden und dem Leben, das vor uns lag.

Nachwort

Auch in diesem Buch habe ich mir ein wenig künstlerische Freiheit erlaubt. Das *Eden Whale Festival* im Oktober gibt es wirklich, das *Ocean Fall Festival* im April allerdings nicht. Ich habe es aber an das richtige Festival angelehnt. Es hat einfach zu gut in dieses Buch gepasst, um es auszuschließen, kollidierte zeitlich aber mit dem Unfall von Alicia.

Alle weiteren Angaben im Buch, vor allem diese in Bezug auf gefährdete Tierarten, stimmen jedoch. Den Film *Seaspiracy* gibt es auch wirklich auf Netflix, er hat mich dazu inspiriert, Ethan bei Sea Sherpherd arbeiten zu lassen. Ich finde es ungeheuerlich, was in der industriellen Fischerei abgeht, aber wenn euch das ganze Ausmaß interessiert, schaut ihn euch selbst an und bildet euch ein eigenes Urteil.

Danksagung

Es fällt mir unheimlich schwer, diese Danksagung zu schreiben. Nicht, weil ich nicht weiß, was ich schreiben soll, sondern weil es dann wirklich vorbei ist. Die *Love Down Under*-Reihe ist dann endgültig beendet, und es ist mir nie zuvor so schwergefallen, mich von einer Clique zu verabschieden, wie in diesem Fall. Eden und seine Bewohner sind in den letzten anderthalb Jahren zu einem Zuhause für mich geworden, und am liebsten würde ich noch fünf weitere Bücher in dieser Welt schreiben. Aber ihr wisst ja, wie es heißt: Ein Ende kann auch ein Neuanfang sein.

Ich danke dem kompletten Team von Droemer Knaur, die meinen Büchern so ein tolles Verlagszuhause gegeben haben, allen voran meinen Lektorinnen Anja Franzen und Anne Verhoeven, die das Buch bis zur Fertigstellung begleitet haben und dabei immer ein offenes Ort für mich hatten.

Eine dicke Umarmung geht auch an Micha und Klaus Gröner von meiner Agentur erzähl:perspektive. Ich bin so froh, euch an meiner Seite zu wissen und dass ich immer mit allem zu euch kommen kann.

Nicht unerwähnt bleiben darf auch Michelle Stöger, die dem Manuskript im Lektorat den Feinschliff gegeben hat. Das war mittlerweile unser viertes Buch zusammen, liebe Michelle, und ich hoffe, dass noch viele weitere folgen werden.

Nie ohne die Writing Mafia! Caro, Becka und Nadine, auch wenn ich euch nicht in jedes meiner Bücher einbaue, seid ihr trotzdem immer Teil des Prozesses. Und nicht nur, weil ihr die Ersten seid, zu denen ich mit guten News gehe und bei denen ich mich wegen schlechten ausheule.

Genauso wenig würde Schreiben ohne die Prestige Jesus

Squad funktionieren. Anabelle, Alex, Ava, Bianca, Klaudia, Laura, Laura (Jesus) Marie, Nicole und Tami. Ich danke euch für eure Freundschaft und eure Awesomeness!

Maike Voß, ich danke dir für den Hai. Für alle, die jetzt was Falsches denken, ich meine natürlich ein Stofftier. Ein Plüsch-Hai, der ein ständiger Begleiter auf meiner Couch geworden ist und den ich zudem in die Story eingebaut habe und der damit auch zu Kaylas Hai geworden ist.

Jana, Kathi und Anne, danke für eure Freundschaft, das Mutmachen und einfach Immer-da-Sein in diesem manchmal doch sehr chaotischen Business.

Danke auch an meine Freunde und Familie. Ohne euch würde sowieso gar nichts gehen!

Ebenso danken möchte ich meinem Blogger-Team. Asude, Isabell, Janine, Johanna, Justine, Laura, Nadja, Nina, Sabine und Sophie. Ihr seid mit so viel Begeisterung dabei gewesen und habt so tolle Beiträge vorbereitet, ich bin jedes Mal ganz gerührt.

Auch wenn sie es vermutlich nie lesen werden, muss ich an dieser Stelle auch Sea Shepherd danken. Nicht nur, weil eure Arbeit einen Teil des Buches inspiriert hat, sondern vor allem, weil ihr euch für die Lebewesen und ein funktionierendes Ökosystem im Meer einsetzt, was so unglaublich wichtig für den Fortbestand unseres Planeten ist.

Last, but not least danke ich dir, liebe*r Leser*in. Egal, ob du schon von Anfang an dabei bist oder dies mein erstes Buch ist, das du liest. Ich freue mich, dass du dazu gegriffen hast.

Wie so oft darf ich noch nicht verraten, womit es als Nächstes weitergeht, aber wenn du keine News verpassen willst, folge mir gern auf Instagram unter @nina.bilinszki.

Alles Liebe
Deine Nina

Playlist

Reclaiming What Was Mine – Takida
Nightmare – Avenged Sevenfold
When I Come Around – Green Day
Won't Stand Down – Muse
The Kill – Thirty Seconds To Mars
Watch Over You – Alter Bridge
I Help You Hate Me – Sunrise Avenue
Congratulations – Simple Plan
Song #3 – Stone Sour
Not Meant To Be – Theory of a Deadman
Somewhere I Belong – Linkin Park
Love Of My Life – Queen
I Don't Care – Fall Out Boy
The Liars Club – Coheed and Cambria
Leave Me Alone – H-Blockx
emo girl – Machine Gun Kelly feat. WILLOW
Kick – Def Leppard
The Hills – The Faim
Still Breathing – Green Day
Million Pictures Of You – Simple Plan
The Antidote – Simple Plan
32 – Cold Years
AfterLife – Five Finger Death Punch
Last Man Standing – Rise Against

Triggerwarnung

(Achtung, Spoiler!)

Dieses Buch enthält Elemente, die triggern können.
Diese sind:

- Angststörung
- Panikattacken

Wir haben uns sehr bemüht, sämtliche potenziellen Trigger anzuführen. Da jeder Mensch besonders und einzigartig ist, hat jede*r Lesende auch eine eigene Wahrnehmung von potenziellen Triggern. Wir bitten daher um Verständnis, dass wir nicht gewährlisten können, dass die Aufzählung vollständig ist.

Herzzerreißend, inspirierend, romantisch!

BETWEEN-US-REIHE

Nina Bilinszki

AN OCEAN BETWEEN US

Was macht das Leben aus, wenn dein größter Traum zerstört wurde?

A FIRE BETWEEN US

Du bist schön, so, wie du bist!

A STORM BETWEEN US

Die Liebe findet ihren Weg, selbst wenn du alle Türen zuschlägst.

»Eine berührende Liebesgeschichte über zweite Chancen und die Suche nach Plan B. Ich habe von der ersten Seite an mit Avery und Theo mitgefiebert. Absolute Leseempfehlung!«
Laura Kneidl über An Ocean Between Us